ବିଚିତ୍ରବର୍ଣ୍ଣା

ବିଚିତ୍ରବର୍ଣ୍ଣା

ରବି ପଟ୍ଟନାୟକ

 BLACK EAGLE BOOKS

USA address:
7464 Wisdom Lane
Dublin, OH 43016

India address:
E/312, Trident Galaxy, Kalinga Nagar,
Bhubaneswar-751003, Odisha, India

E-mail: info@blackeaglebooks.org
Website: www.blackeaglebooks.org

First International Edition Published by
BLACK EAGLE BOOKS, 2021

BICHITRABARNA
by **Rabi Patnaik**

Cover: **Tanuj Mallik**
Interior Design: Ezy's Publication

ISBN- 978-1-64560-228-6 (Paperback)

Printed in the United States of America

ଭୂମିକା

ପୁରୁଷ ଆଖିରେ ନାରୀ ଏକ ଚିର ବିସ୍ମୟ। ସେ ତାକୁ ଭଲପାଏ, ଘୃଣା କରେ, ପୂଜା କରେ, ତିରସ୍କାର କରେ ଓ ଭୟ ମଧ୍ୟ କରେ। ତା'ର ଏଇ ଭାବକୁ ରୂପ ଦେବା ପାଇଁ କେତେବେଳେ ତାକୁ ରାଧା ରୂପରେ କଳ୍ପନା କରିଛି ତ କେତେବେଳେ ପାର୍ବତୀ, କାଳୀ, ମହାଲକ୍ଷ୍ମୀ, ପିଙ୍ଗଳା, ଅଲକ୍ଷ୍ମୀ ରୂପରେ ଚିତ୍ରିତ କରିଛି। କେତେବେଳେ ତାକୁ ବିଶ୍ୱାସର ପ୍ରତିମୂର୍ତ୍ତି ରୂପରେ ଗ୍ରହଣ କରିଛି ତ କେତେବେଳେ ବିଶ୍ୱାସଘାତିନୀ ରୂପରେ ଚିତ୍ରିତ କରିଛି।

ସେ ତାକୁ ମା' ରୂପରେ ପୂଜା କରିଛି, ପ୍ରେମିକା ରୂପରେ ଭଲ ପାଇଛି, ଜାୟା ରୂପରେ ବିଶ୍ୱାସ ଓ ପ୍ରେମ କରିଛି, ଭଗିନୀ ରୂପରେ ସ୍ନେହ ଦେଇଛି। ପୁଣି ତାକୁ ବେଶ୍ୟା କରି ଘୃଣା କରିଛି, ବିଶ୍ୱାସଘାତିନୀ ରୂପରେ ହତ୍ୟା କରିଛି। ତାକୁ ନାନା ପ୍ରକାର ଅର୍ଗଳି ଓ ଶିକୁଳି ଭିତରେ ବନ୍ଦୀ କରି ରଖିଛି। ପୁଣି ସେ ଅବଳା, ଦୁର୍ବଳା ବୋଲି ଯୁଗଯୁଗ ଧରି ତା'ର ମାନସିକ ଚେତନାକୁ ବ୍ରେନ୍‌ୱାଶ୍‌ କରିଛି, ସେ ଯେପରି ନିଜେ କେବେହେଲେ ନିଜର ଶକ୍ତିକୁ, ନିଜର ସ୍ୱରୂପକୁ ଚିହ୍ନି ନ ପାରେ।

ନାରୀର ଚରିତ୍ରକୁ ବୁଝିବାକୁ ଯାଇ ପୁରୁଷ ଭୂଆଁ ବୁଲିଛି ଚିରକାଲ। ମନସ୍ତତ୍ତ୍ୱ, ଯୌନତତ୍ତ୍ୱ, ଶରୀରତତ୍ତ୍ୱ, ଭେଷଜତତ୍ତ୍ୱ, ପରିସଂଖ୍ୟାନ ସବୁ ପ୍ରକାର ଆଧୁନିକ ବୈଜ୍ଞାନିକ ପ୍ରଣାଳୀରେ ତା'ର ଚରିତ୍ର ବିଶ୍ଳେଷଣର ଚେଷ୍ଟା ଆଜିଯାଏ ଚାଲିଛି ଅବିରତ। ତଥାପି ଏକ ନିର୍ଦ୍ଧାରିତ ସତ୍ୟରେ ପୁରୁଷ ଆଜିଯାଏଁ ଉପନୀତ ହୋଇପାରିନାହିଁ। କାରଣ ମଣିଷ ତ ଏକ ଯନ୍ତ୍ର ନୁହେଁ। ସେ କୋଉ ପରିସ୍ଥିତିରେ କେମିତି ଭାବରେ ପ୍ରତିକ୍ରିୟା ଦେଖାଇବ ତାହା ଯାନ୍ତ୍ରିକ ପଦ୍ଧତିର ପୁନରାବୃତ୍ତି ଦ୍ୱାରା ନିର୍ଣ୍ଣୟ କରିହେବ ନାହିଁ। ଆଉ ମଣିଷ ଭିତରେ ନାରୀ। ତାକୁ କ'ଣ ଏତେ ସହଜରେ ବୁଝିଯାଇ ହେବ ?

ଋତୁ ପରିବର୍ତ୍ତନ ପରି ପୃଥିବୀର ମଧ୍ୟ ମାନସିକତାର ପରିବର୍ତ୍ତନ ହୁଏ ଚକ୍ରାକାରରେ। କେତେବେଳେ ଆସୁରିକ ଶକ୍ତି ପୃଥିବୀରେ ପ୍ରବଳ ହୁଏ ତ

କେତେବେଳେ ଦୈବୀଶକ୍ତି ପୃଥିବୀକୁ ଆଚ୍ଛାଦିତ କରିଯାଏ। କେତେବେଳେ କାମ, ଲୋଭ, କ୍ରୋଧର ନିଆଁରେ ପୃଥିବୀ ସନ୍ତାପିତ ହୋଇ ଉଠେ ତ ଆଉ କେତେବେଳେ ଦୟା, ଶାନ୍ତି, ପ୍ରେମର ବନ୍ୟାରେ ପୃଥିବୀ ଏକ ଅନିର୍ବଚନୀୟ ଆନନ୍ଦରେ ଉଦ୍ଭାସିତ ହୋଇଉଠେ। ଋତୁ ପରିବର୍ତ୍ତନର ଫଳରେ ଯେପରି ପ୍ରତ୍ୟେକ ଋତୁ ଭିନ୍ନ ଭିନ୍ନ ବୃକ୍ଷଲତା ଫୁଲଫଳରେ ନିଜ ନିଜର ସ୍ୱକୀୟତା, ନିର୍ଦିଷ୍ଟତା ଓ ନିଷ୍ଠିତତାରେ ପୃଥିବୀକୁ ନବ ନବ ରୂପରେ ସୁଷମାନ୍ଵିତ କରନ୍ତି, ସେହିପରି ମାନସିକ ପରିବର୍ତ୍ତନର ଫଳ ସ୍ୱରୂପ ଉଦ୍ଭବ ହୁଅନ୍ତି ସେଇ ସମୟୋପଯୋଗୀ ମନୁଷ୍ୟମାନେ। କେତେବେଳେ ରାବଣ, ଜରାସନ୍ଧ, କଂସ, ହିରଣ୍ୟକଶିପୁ ମାନେ ଜନ୍ମ ନିଅନ୍ତି ତ କେତେବେଳେ ରାମ, କୃଷ୍ଣ, ବୁଦ୍ଧ, ମହାବୀର, ଖ୍ରୀଷ୍ଟ ଓ ମହମ୍ମଦମାନେ ଜନ୍ମଗ୍ରହଣ କରନ୍ତି।

ମନୁସ୍ମୃତି କହେ ପୃଥିବୀର ଦୁଃସମୟ କାଳରେ ନାରୀମାନେ 'କୃତ୍ୟା' ରୂପରେ ଜନ୍ମ ନିଅନ୍ତି। 'କୃତ୍ୟା' ଏକ ଭୟଙ୍କର ନାରୀ। ଏହି 'କୃତ୍ୟା'ର ରୂପ ହେଉଛି କ୍ରୋଧରେ ପ୍ରଜ୍ୱଳିତା, ଅଗ୍ନିଜିହ୍ୱା, ଅସୁର ବିଧ୍ୱଂସୀ, କ୍ଷୁଧାତୁରା, ଜ୍ୱାଳାମୟୀର ରୂପ। ଯୋଉ ଗୃହରେ, ଦେଶରେ ନାରୀମାନଙ୍କର ଅପମାନ ହୁଏ, ସେଇ ଗୃହ ବା ଦେଶରେ ଏହି କୃତ୍ୟାମାନେ ଜନ୍ମନେଇ ତାକୁ ଧ୍ୱଂସ କରିଦିଅନ୍ତି। ପୁରାଣରେ ଅଛି ପ୍ରତ୍ୟେକ ଯୁଗରେ ଏହି କୃତ୍ୟାମାନେ ଜନ୍ମ ନେଇଥାନ୍ତି। ସତ୍ୟ ଯୁଗରେ ରେଣୁକା, ତ୍ରେତା ଯୁଗରେ ସୀତା ଓ ଦ୍ୱାପର ଯୁଗରେ ଦ୍ରୌପଦୀ ଏହିପରି ଜଣେ ଜଣେ କୃତ୍ୟା। ପୁରାଣ ପୁଣି କହେ କଳିଯୁଗରେ ଘରେ ଘରେ 'କୃତ୍ୟା'ମାନେ ଜନ୍ମ ନେବେ।

ମୁଁ ଏହି ସଂକଳନରେ ଏହିପରି କେତେଜଣ 'କୃତ୍ୟା'ଙ୍କୁ ରୂପ ଦେବାକୁ ଚେଷ୍ଟା କରିଛି। ଜାଣେନା କେତେଦୂର କୃତକାର୍ଯ୍ୟ ହୋଇଛି।

ଭୁବେଶ୍ୱର

୫।୧୨।୯୦   ରବି ପଟ୍ଟନାୟକ

ସୂଚିପତ୍ର

ପ୍ରେମ ଓ ସନ୍ନ୍ୟାସ

(କବି ରମାକାନ୍ତ ରଥଙ୍କୁ)

ଏଇ ଅଳ୍ପ ସମୟ ହେଲା ବର୍ଷା ଛାଡ଼ିଛି । ଭାଦ୍ରବ ମାସର ବର୍ଷା । ଠିକ୍ ପାଞ୍ଚଟା ବେଳକୁ କଳାଘୁମର ମେଘ ଆକାଶର ପଶ୍ଚିମ କୋଣରୁ ଘୋଟି ଆସିଲା ଚାରିଆଡ଼ ଅନ୍ଧାର କରି, ସାମାନ୍ୟ ଝଡ଼ ଓ ପ୍ରଚଣ୍ଡ ବିଦ୍ୟୁତ୍ ସହ । ଆଲୋକର ଔଜ୍ଜ୍ୱଲ୍ୟରେ ଆଖି ବନ୍ଦ, ବଜ୍ରର ଗର୍ଜନରେ କାନ ଅତଡ଼ା । ପ୍ରାୟ ଘଣ୍ଟାଏ ପନ୍ଦର ମିନିଟ୍ ଧରି ପ୍ରବଳ ବେଗରେ କଟି ଦେଇଗଲା ମେଘ । ତାପରେ ଆକାଶ ନିର୍ମଳ ।

ସୂର୍ଯ୍ୟ କେତେବେଳୁ ଅସ୍ତଗଲେଣି । ଝଡ଼ର ଭୟରେ-ମେଘର ଗର୍ଜନରେ ଡରିଯାଇ ତଥାପି ପଶ୍ଚିମ ଆକାଶରେ ଗୋଟାଏ କଣରେ ନେସି ହୋଇ ରହିଛି ତୂଳିଏ ରଙ୍ଗୀନ ଗୋଲାପି ଆଭା । ଅନ୍ଧାକାର ଛପି ଛପି ଆସୁଛି ଦିଗ୍‌ବଳୟର ଚାରିକୋଣରୁ ।

ତଥାପି ଆକାଶ ନୀଳ ଦିଶୁଛି । ଛାଇ ଛାଇକା ଅନ୍ଧକାର ଭିତରେ । ଗୋଟିଏ ଦୁଇଟି କରି ତାରା ଫୁଟିଲାଣି । ଆଉ କିଛି ସମୟ ପରେ ସାରା ଆକାଶ ଭର୍ତ୍ତି ହୋଇଯିବ ଅସଂଖ୍ୟ ତାରାର ଭିଡ଼ରେ ।

ସୁରଜିତ୍ ପିଡ଼ୁ ରାସ୍ତା ଛାଡ଼ି ଓହ୍ଲାଇଗଲା ପଡ଼ିଆ ଭିତରକୁ । ପଡ଼ିଆ ଭର୍ତ୍ତି ସବୁଜ ଆସ୍ତରଣ । ମଝିରେ ମଝିରେ ଚନ୍ଦାମୁଣ୍ଡ ପୁରି ଦିଶୁଛି ଅରାଏ ଅରାଏ ଘାସ ନଉଠା କଙ୍କରିକ ଭୂମି । ଚାରିଆଡ଼ ଓଦା ଓଦା । ଘାସ ଉପରେ ପାଦ ଦେଲାବେଳକୁ ଦବି ଯାଉଛି ନରମ ମାଟି । ଘାସରେ ଘାସରେ ଜଳକଣା ଏ‌ଯାଏଁ ଶୁଖିନାହିଁ । ସାମ୍ନା ଆଙ୍ଗୁଲି, ପାଦ ଗୋଇଠିରେ ପୋଛି ହୋଇଯାଉଛି । କେମିତି ଗୋଟାଏ ଅଣ୍ଡାଳିଆ ଲାଗୁଛି । ଭଲ ଲାଗୁଛି । ପାଦ ପଖରୁ ଗୋଟାଏ ଶୀତୁଆ କମ୍ପନ ଉଠିଯାଉଛି ମୁଣ୍ଡ ଉପରକୁ ଶିରା ପ୍ରଶିରାର ଚଲାବାଟ ଦେଇ । ଏକ ଅଜଣା ଶିହରଣ ଖେଳି ଯାଉଛି ସାରା ଦେହରେ ।

ଅଥଚ ମୂର୍ଚ୍ଛନା ଏମିତି ଭିଜା ଭିଜା ଘାସ ପଡ଼ିଆରେ ଜମା ବୁଲିବାକୁ

ଭଲପାଏନା । କହେ “ଛି, ଗୋଡ଼ ଅସନା ହୋଇଯିବ । ତା ଛଡ଼ା ଦୁନିଆ ଯାକର ପୋକଜୋକ । ତମକୁ କେମିତି ଏମିତି ଜାଗାରେ ବୁଲିବାକୁ ଭଲଲାଗେ କେଜାଣି ?” ମୂର୍ଚ୍ଛନା ଖୁବ୍ ବେଶୀ ବାସ୍ତବବାଦୀ । ଅତିମାତ୍ରାରେ ରୁକ୍ଷ ।

ଅଥଚ ତା ନାମ ମୂର୍ଚ୍ଛନା । କାହିଁକି ଏମିତି କାବ୍ୟିକ ନାମ ତା’ର ବାପ ମା’ ରଖିଥିଲେ କେଜାଣି ? ଘରେ ତ ତାକୁ ‘ପିଙ୍କି’ ଛଡ଼ା ଆଉ ଅନ୍ୟ କିଛି ନାମରେ ଡାକିବାର ଶୁଣାଯାଏ ନାହିଁ । ଅନ୍ତତଃ ସୁରଜିତ ଶୁଣିନାହିଁ । ସାଙ୍ଗମାନେ ମଧ ତାକୁ ଏଇ ନାମରେ ହିଁ ଡାକନ୍ତି । ସହପାଠୀ ଛାତ୍ରମାନଙ୍କ ମଧରୁ କେହି କେବେ ଡାକିଥାନ୍ତି ‘ମୂର୍ଚ୍ଛନା’ ବୋଲି । ଯଦି ତା’ର ସ୍ୱାମୀ ସୁରଜିତ୍ ନ ହୋଇ ଅନ୍ୟ କେହି ହୁଏ ସେ କ’ଣ ତାକୁ ‘ମୂର୍ଚ୍ଛନା’ ବୋଲି ଡାକିବ ?

କେଜାଣି ? ହୁଏତ ସେ ମଧ ‘ପିଙ୍କି’ରେ ହିଁ ରହିଯିବ । ଏଇ ନାମଟା ତେଣୁ ବୋଧହୁଏ କେବଳ ପ୍ରେମିକମାନଙ୍କ ପାଇଁ ।

‘ମୂର୍ଚ୍ଛନା’ ବୋଲି ଡାକିବାର ବୋଧ ହୁଏ ଜଣେ ପ୍ରେମିକ । ପୁରୁଷର ହିଁ ଏକମାତ୍ର ଅଧିକାର ।

ଅଧାପିକା ମୂର୍ଚ୍ଛନା ବଲିୟାର ସିଂହ ।

ଅଖାଡ଼ୁଆ ଲାଗେ ନାମ ସହିତ ତା’ର ଏ ସଂଜ୍ଞାଟା । ମୂର୍ଚ୍ଛନା କହିଲେ ଯୋଉ ଏକ କାବ୍ୟିକ ଅନୁଭବର ଆମେଜ ଆସେ ‘ବଲିୟାରସିଂହ’ କହିଦେଲା ପରେ ସତେ ଯେମିତି ଗୋଟାଏ ନିଷ୍ଠୁର, କର୍କଶ, କଠିନ ଶକ୍ତି ଆଘାତ ଲାଗେ । ସୁରଜିତ୍ ପାରୁପର୍ଯ୍ୟନ୍ତ ଏଇ ଶେଷ ଶଦଟା ଭୁଲିଯିବାକୁ ଚେଷ୍ଟା କରେ । ତା’ର ଭାବାବେଏ ନଷ୍ଟ ହୋଇଯାଏ ବୋଲି । ସେ ଥରେଥରେ ଅଭିଯୋଗ କରେ – ମୂର୍ଚ୍ଛନା, ତମେ ଏଇ ସଂଜ୍ଞାଟା ବଦଲେଇ ଦିଅ । ‘ମୂର୍ଚ୍ଛନା’ ପରେ ‘ବଲିୟାରସିଂହଟା’ ମନେହୁଏ ଗୋଟାଏ କାଚ ଝରକା ସତେ ଯେମିତି ଟେକା ମାଡ଼ରେ ଝନ୍ ଝନ୍ ହୋଇ ଭାଙ୍ଗି ଯାଇଛି ।

– ତମେ ଯେ ବେଳେବେଳେ ଏମିତି ପାଗଲଙ୍କ ପରି କଥାକୁହ, ଶୁଣିଲେ ହସିବି କି କାନ୍ଦିବି ଭାବି ପାରେନା । ମୋ ବାପାଙ୍କର, ମୋର ବଂଶ ସଂଜ୍ଞାଟା ଏମିତି ହଠାତ୍ ବଦଲାଇ ଦେବି କେମିତି ? ବେଶ୍ତ, ଶୀଘ୍ର ବାହା ହୋଇପଡ଼ । ସଂଜ୍ଞା ବଦଲି ଯିବ ।

ମୂର୍ଚ୍ଛନା ଏମିତି ସବୁବେଳେ ରୋକ୍ଠୋକ୍ । ସିଧା କଥା କହେ । ସୁରଜିତ କହେ– ‘ମୂର୍ଚ୍ଛନା’ ତମେ ଏମିତି ରଢ଼ି ବାସ୍ତବବାଦୀ କଥା କହିଲା ବେଲେ ଭିଜା ଭିଜା ମାଟି ପରି ଗନ୍ଧାଅ ।”

– କେମିତି ?

– ମନେ ନ ପଡ଼ୁଥିବା କୋଉ ଏ ବାସ୍ନାର ଝଲକ ପରି । ଯୋଉଥିରେ ହୁଏତ

ସାମୟିକ ଆନନ୍ଦ ଅଛି କିନ୍ତୁ ସ୍ଥାୟିତ୍ୱ ନାହିଁ। ବିଶ୍ୱାସ ହୁଏ 'ଅସ୍ତିତ୍ୱ' ଅଛି ବୋଲି ଅଥଚ ଖୋଜିଲେ ମିଲେ ନାହିଁ।

ଦୁଇଜଣକ ଭିତରେ ଏମିତି ବାରମ୍ବାର କଜିଆ ହୁଏ। ଦୁହେଁ ଦୁହିଁଙ୍କୁ ପଛକରି ବସନ୍ତି। ବହୁ ସମୟ ଧରି ନୀରବ ରହନ୍ତି। ପୁଣି କେଜାଣି କୋଉ ସୂତ୍ରରୁ କଥା ଆରମ୍ଭ ହୋଇଯାଏ ଯେ ଆଉ ଶେଷ ହୁଏ ନାହିଁ। ଅଛିଣ୍ଡା ଗପ ସୂତା ଲଟେଇରୁ ଅସରନ୍ତି ସୂତାପରି ବାହାରୁଥାଏ - ବାହାରୁଥାଏ।

ନାଁ, ମୂର୍ଚ୍ଛନା ଆଉ ରଖେଇ ଦେବ ନାହିଁ। ଏଇ ଦୁଇ ମାସ ଭିତରେ ବାହା ହେବାକୁ ଜିଦ୍ ଧରି ବସିଛି। ଘରେ ତାକୁ ବସେଇ ଉଠେଇ ଦେଉ ନାହାନ୍ତି। ତଲ ଭଉଣୀ ଏମ୍.ଏ. ପାସ୍ କରି ସାରିଲାଣି। କେତେ ସମୟ ସେ ଆଉ ଅପେକ୍ଷା କରିବ।

ବାହା ହେବାର ସମୟ ବିତି ଯାଉଛି।

ଅବଶ୍ୟ ବାହା ହେବାର ଗୋଟାଏ ବୟସ ଅଛି। ଥାଇପାରେ।

କିନ୍ତୁ ପ୍ରେମ କରିବାର ବୟସ କ'ଣ ସରିଯାଏ?

ପ୍ରେମ ତ ଆଦ୍ୟନ୍ତ ବିହୀନ ଏକ ଅସରନ୍ତି ପ୍ରବାହ।

ତା'ର ଫେର ସୀମା ଚିହ୍ନିତ କରିବ କିଏ?

ମୂର୍ଚ୍ଛନା କିଛି ବୁଝେ ନାହିଁ। ମାଟି-ମାଟି-ମାଟି-ପୃଥିବୀ।

କବି ସୁରଜିତ୍ ନାୟକ। ଏମ୍.ଏ. ପାସ୍ କରି ଚାରିବର୍ଷ ହେଲା ବେକାର। ଅଥଚ ତାଠୁ ଦୁଇବର୍ଷ ଛୋଟ ମୂର୍ଚ୍ଛନା ପାସ୍ କରି ମାତ୍ର ବର୍ଷକ ଭିତରେ ଅଧ୍ୟାପକ ହୋଇସାରିଲାଣି।

– ତମେ ଏଥର ଗୋଟାଏ ଚାକିରି ଦେଖ। ଏମିତି ଆଉ ଚାଖନା। ଚାରିଚାରିଟା ଚାକିରି ଛାଡ଼ି ସାରିଲଣି।

– ଏ ସବୁ ଚାକିରି ମୋ ଦ୍ୱାରା ହେବନି।

– ଆଉ କ'ଣ କରିବ?

– ତମକୁ ପ୍ରେମ କରିବି ଆଉ କବିତା ଲେଖିବି।

– ମୋତେ ପୋଷିବ କେମିତି? ତମ ଛୁଆପିଲାଙ୍କୁ ପୋଷିବ କେମିତି?

– କାହିଁକି? ତମେ ତ ଚାକିରି କରୁଛ। ସେତିକିରେ ଚଳିଯିବନି। ପୃଥିବୀରେ ତ ଅନେକ ପୁରୁଷ ଅଛନ୍ତି। ଯାହାଙ୍କ ଜଣକିଆ ଉପାର୍ଜନରେ ଘରସଂସାର ଚଳେ।

– ମୋ ପଇସାରେ ତମେ ଚଳିବ? ସମସ୍ତେ ତମକୁ କ'ଣ କହିବେ?

– କହିବେ କର୍ମକୋଢ଼ି-ନିର୍ଲଜ୍ଜ। ସ୍ତ୍ରୀ ରୋଜଗାରରେ ଚଳୁଛି।

– ମୁଁ ସେ କଥା ସହ୍ୟ କରି ପାରିବି ନାହିଁ। ତମେ ପଛେ କିରାନିଟିଏ ହୁଅ–

ମୋର ସେଥିରେ କିଛି ଲଜ୍ଜା ନାହିଁ–ଆପତ୍ତି ନାହିଁ କିନ୍ତୁ ତମେ ଚାକିରି କରିବାକୁ ବାଧ। ମୁଁ ମୋର ନିନ୍ଦା ଅପମାନ ସହ୍ୟ କରିପାରିବି ନାହିଁ। ମୋ ସ୍ୱାମୀର ଅପନିନ୍ଦା ମୁଁ ମୋଟେ ସହ୍ୟ କରି ପାରିବି ନାହିଁ। ଆଶ୍ଚର୍ଯ୍ୟ, ତମର ଟିକିଏ ଲଜ୍ଜାସରମ ବି ନାହିଁ– ଲୋକନିନ୍ଦାକୁ ଟିକେ ବି ଖାତିର କରନା ତମେ ?

– ତେବେ, ଏମିତି ଥାଉ। ବେଶ୍ ତ ଅଛେ।

– ତମେ କ'ଣ ସାରାଜୀବନ ଏମିତି ରହିଥିବ।

– କ୍ଷତି କ'ଣ ? ତମକୁ ଏମିତି ଦୂରରୁ ଦେଖୁଥିବି–ପାଖରେ ପାଉଥିବି ପୁଣି ଛାଡ଼ି ଦେଉଥିବି। ସବୁବେଳେ ପାଖରେ ପାଇ ନିୟତ ସଂଘର୍ଷ ଭିତରେ ସ୍ୱାମୀ ସ୍ତ୍ରୀର ଜୀବନ ବିତେଇବା ଅପେକ୍ଷା ଏ କ'ଣ ଭଲ ନୁହେଁ ? ଗୋଟାଏ ସ୍ୱପ୍ନର ନିଶାରେ ସାରା ଜୀବନ ବିତେଇ ଦେବା।

– ସୁରଜିତ୍, ତମେ କ'ଣ ପୁରୁଷ ନୁହଁ ? ତମର କ'ଣ ରକ୍ତମାଂସ ପ୍ରତି ଟିକିଏ ବି ଲୋଭ ନାହିଁ। ନିଜର ଘର, ନିଜର ସ୍ତ୍ରୀ, ନିଜର ସନ୍ତାନ ପ୍ରତି କୌଣସି ଆଶାନାହିଁ, ସ୍ୱପ୍ନ ନାହିଁ।

ମୂର୍ଚ୍ଛନାର କଥା ନ ସରୁଣୁ ସୁରଜିତ୍ ତାକୁ ଖୁବ୍ ଜୋର୍‌ରେ ଭିଡ଼ି ନେଇ ଆଲିଙ୍ଗନ କରି ଅଜସ୍ର ଚୁମାରେ ଛାଇଦେଇଗଲା।

କଥା ବନ୍ଦ ହୋଇଗଲା ମୂର୍ଚ୍ଛନାର। ବହୁ ସମୟ ଧରି ସେ ନୀରବରେ ସୁରଜିତ୍ କୋଳରେ ମୁଣ୍ଡରଖି ଶୋଇପଡ଼ିଲା।

ଏଇ ନୀରବତା କେବଳ ଏକ ବାଙ୍ମୟ ନିସ୍ତବ୍ଧତା। ଫିସ୍ ଫିସ୍ କରି ତା କାନରେ କହିଲା ସୁରଜିତ୍।

– ମୂର୍ଚ୍ଛନା, ସେଇ ସବୁ ସ୍ୱପ୍ନ ସବୁ ଭବିଷ୍ୟତର ସ୍ୱପ୍ନ। ସେ ସବୁ ସତ ହୋଇପାରେ ନ ପାରେ। ତା ବଦଳରେ ମୋର ଏଇ ବର୍ତ୍ତମାନର ସ୍ୱପ୍ନକୁ ଭାଙ୍ଗି ଦେବାକୁ ଚାହେଁନା। ମୋତେ ଆହୁରି କିଛି ସମୟ ଏଇ ତା'ର ମଧୁର ଆବେଗରେ ମଗ୍ନ ହେବାକୁ ଛାଡ଼ିଦିଅ।

ତା'ର ଠିକ୍ ସାତ ଦିନ ପରେ ମୂର୍ଚ୍ଛନା ପହଞ୍ଚିଲା। ହାତରେ ତା'ର କୋଉ ଗୋଟିଏ ଦରଖାସ୍ତ ଫର୍ମ।

– ଏଇଠି ଦସ୍ତଖତ କର।

– କ'ଣ ସେଇଟା ?

ଦରଖାସ୍ତ ଫର୍ମ ଲାଇବ୍ରେରୀ ଆସିଷ୍ଟାଣ୍ଟ ପାଇଁ ଆବେଦନ ପତ୍ର। ମାମୁ କହିଛନ୍ତି କରେଇ ଦେବେ।

– ମୋର ତ ଲାଇବ୍ରେରୀ ସାଏନସିରେ ଡିଗ୍ରୀ ନାହିଁ।

– ଏଇ ପୋଷ୍ଟଟା ଲାଇବ୍ରେରୀ ଆସିଷ୍ଟାଣ୍ଟ ପାଇଁ। ଲାଇବ୍ରେରିଆନ୍ ନୁହେଁ। ନିଅ, ଏଥର ଦସ୍ତଖତ କର।

– ଭାରି ନଛୋଡ଼ବନ୍ଧା ତମେ।

– ଏମିତି ଆକାଶରେ ଭସା ମେଘ ପରି ବୁଲିଲେ ଚଳିବ ନାହିଁ। ଏଇ ପୃଥିବୀର ମଣିଷ ତମେ। ପୃଥିବୀରେ ବଞ୍ଚିରହିବାକୁ ହେଲେ ପରିଶ୍ରମ କରି ନିର୍ଭରଶୀଳ କୂପଟିଏ ଖୋଲି ତା ଭିତରୁ ବଞ୍ଚିବାର ନିର୍ଝରଟିକୁ ଆବିଷ୍କାର କରିବାକୁ ପଡ଼େ। ଦୈନନ୍ଦିନ ଅନ୍ନସଂସ୍ଥାନ ଓ ପରିବାର ପରିପୋଷଣ ହିଁ ଜୀବର ଅନ୍ୟନାମ। ସାରାଜୀବନ ଏଇ କୂଅ ଖୋଲି ଯିବାହିଁ ଜୀବନ।

– କିନ୍ତୁ ତମେ ଗୋଟାଏ କଥା ଭୁଲିଯାଉଛ ମୂର୍ଚ୍ଛନା–ପୃଥିବୀର ଅଭ୍ୟନ୍ତର ଭିତରେ ରହିଥିବା ନିର୍ଝରଟିର ଆକାଶରହିଁ ଦାନ। ଆକାଶରେ ମେଘ ନଥିଲେ ନିର୍ଝରର ଅସ୍ତିତ୍ୱ କାହିଁ ? ଆକାଶକୁ ନଚାହିଁ ପାତାଳକୁ ଯିବାର ଚେଷ୍ଟା କରିବ କାହିଁକି ?

– କାରଣ ଆକାଶ ମେଘ ଦିଏ ସତ – କିନ୍ତୁ ଧରି ରଖେ ଧରିତ୍ରୀ। ଆକାଶ ନିଜକୁ ଶୂନ୍ୟ କରି ଉଜାଡ଼ କରିଦିଏ – ପୃଥିବୀ ପୂର୍ଣ୍ଣ ହୋଇ ଧାରଣ କରେ। ପୁଣି ତାକୁ ସେ କେଉଁ ନିଜ ପାଇଁ କିଛି ରଖେ ନାହିଁ ଆକାଶକୁ ଫେରାଇ ଦିଏ – ଆଉ ଏକ ନୂତନ ମେଘର ସୃଷ୍ଟି ପାଇଁ।

ମୂର୍ଚ୍ଛନାହିଁ ଜୋରଜବରଦସ୍ତ ଧରି ନେଇଥିଲା ସୁରଜିତ୍କୁ ଇଣ୍ଟରଭିଉ ଦେବା ପାଇଁ। ଆଉ ସତକୁ ସତ ସୁରଜିତ୍ର ଚାକିରି ହୋଇଯାଇଥିଲା। ଚାକିରିରେ ଯୋଗ ଦେବାର ପ୍ରଥମ ଦିନ ସନ୍ଧ୍ୟାବେଳେ ଆଉଥରେ ଆସିଥିଲା ମୂର୍ଚ୍ଛନା।

– ଏଇ ଥର ଶେଷ ଦେଖା। ଆଉ ଥରକୁ ଦେଖା ହେବ ମଧୁଶଯ୍ୟା ରାତିରେ ବୁଝିଲ। ବାହାଘର ଆଉ ପନ୍ଦର ଦିନ ରହିଲା। ଏ ଭିତରେ ଆସିଲେ ଲୋକେ କ'ଣ କହିବେ।

– ଆଛା, ମୂର୍ଚ୍ଛନା ତମେ ପ୍ରକୃତରେ ଚାହଁ କ'ଣ ? ମୁଁ ଠିକ୍ ତମକୁ ବୁଝିପାରୁନି।

– ମୁଁ ଚାହେଁ ତମକୁ।

– ମୁଁ ଯେ ଧ୍ୱଂସ ହୋଇଯାଇଛି ତମେ ବୁଝିପାରୁଛ। ବାହା ହୋଇ ସାରିଲା ପରେ ବୋଧହୁଏ ଏ ସୁରଜିତ୍ର ଅସ୍ତିତ୍ୱ ତମେ ଆଉ ପାଇବ ନାହିଁ – ସେ କଥା ଜାଣ ?

– ଜାଣେ ?

– ତଥାପି –

– ଆଛା, ସୁରଜିତ୍ ତମେ ଗୋଟାଏ ମଜାର କଥା ଜାଣିଛ ?

– କ'ଣ ?

– ଆଫ୍ରିକାରେ ନା କୋଉଠି କେଜାଣି ଗୋଟାଏ ଜାତିର ବୁଢ଼ିଆଣୀ ଅଛନ୍ତି, ଯୋଉମାନେ ସଙ୍ଗମ ପରେ ସେଇ ପୁରୁଷ ବୁଢ଼ିଆଣୀଟିକୁ ଗିଲି ଦିଅନ୍ତି ।

– ସତରେ ?

– ଜୈବିକ ସ୍ତରରେ କୀଟପତଙ୍ଗ ସ୍ତରରେ ଯୋଉଟା ସ୍ଥୂଳ ମଣିଷର କ୍ଷେତ୍ରରେ ସେଇଟା ସୂକ୍ଷ୍ମ ଓ ପ୍ରତୀକ । ପୃଥ୍ବୀର ସବୁ ନାରୀ ସେଥିପାଇଁ ତା'ର ପ୍ରେମିକ ପୁରୁଷକୁ ସର୍ବତୋଭାବରେ ଭକ୍ଷିନେବାକୁ ଚାହେଁ । ସେ ତାକୁ ଅନ୍ୟ କୌଣସି ନାରୀକୁ ବିନ୍ଦୁଏ ମାତ୍ର ଦେବାକୁ ପ୍ରସ୍ତୁତ ନୁହେଁ ।

– ତମେ ବି –

– ହଁ ମୁଁ ବି । ମୁଁ ତମକୁ ସମ୍ପୂର୍ଣ୍ଣ ଭାବରେ ମୋ ଗର୍ଭରେ ଧାରଣ କରିବାକୁ ଚାହେଁ । ବୋଧହୁଏ ସନ୍ତାନ କାମନା ନାରୀର ସହଜାତ ପ୍ରବୃତ୍ତି ନୁହେଁ ପ୍ରେମିକ ପୁରୁଷଟିକୁ ନିଜ ଗର୍ଭରେ ସମ୍ପୂର୍ଣ୍ଣ ଭାବରେ ଧାରଣ କରିବାର ପ୍ରବୃତ୍ତିର ଅନ୍ୟନାମ ବୋଧହୁଏ ମାତୃତ୍ୱ ।

ତମେ ମୋ ଭିତରେ ସମ୍ପୂର୍ଣ୍ଣ ଭାବରେ ନିଜକୁ ବିଶେଷ କରି ଅକାଢ଼ି ଦେଇଯିବ । ଆଉ ମୁଁ ତମର ଦାନରେ ପୂର୍ଣ୍ଣ ହୋଇ ତମକୁ ଧାରଣ କରିନେବି ନିଜ ଭିତରେ । ତାପରେ ତମଠୁ ଯାହାନେଇଥିଲି ତାକୁ ବହୁରୂପରେ ବହୁ ରଙ୍ଗରେ ମୁଁ ତମକୁ ଫେରାଇ ଦେବି ତମର ଶତ ସହସ୍ର ପ୍ରତିରୂପରେ ନିଜକୁ ନିଃଶେଷ କରିଦେଇ । କିନ୍ତୁ ତମେ ପ୍ରକୃତରେ କ'ଣ ଚାହଁ କୁହତ ? ତମେ କ'ଣ ମୋତେ ପାଖରେ ପାଇବାକୁ ଚାହଁନା । ସେଥିପାଇଁ ଏମିତି ଦୂରରେ ରହିବାକୁ ଚାହୁଁଛ ।

– କିଏ କହିଲା ? ତମ ପାଇଁ ତ ମୋର ଜୀବନ । ପ୍ରତିଟି ମୁହୂର୍ତ ମୁଁ ତମକୁ ଅନୁଭବ କରୁଛି ନିକଟତ୍ୱ – ଦୂରତ୍ୱ ତ କେବଳ ଦେହର । ତମର ଅସ୍ତିତ୍ୱ ମୋ ଭିତରେ । ତମ ଛଡ଼ା ମୋର ଅସ୍ତିତ୍ୱ ନାହିଁ ।

– ତେବେ ତମେ ଏମିତି ବୀତରାଗ ସନ୍ୟାସୀ କାହିଁକି ? ସବୁ ପ୍ରେମିକ ପୁରୁଷମାନେ କ'ଣ ଏମିତି ସନ୍ୟାସୀ ? ନା କେବଳ ତମେହିଁ ଜଣେ ଅଲଗା ଏକୁଟିଆ ଅନନ୍ୟ ବ୍ୟକ୍ତି ହୋଇ ମୋର ଭାଗ୍ୟରେ ଜନ୍ମ ହୋଇଛ ?

– ମୂର୍ଚ୍ଛନା ପ୍ରେମ ଓ ସନ୍ୟାସ ବୋଧହୁଏ ଏକ କଥା । ସବୁ ପ୍ରେମିକ ପୁରୁଷହିଁ ଜଣେ ଜଣେ ବୀତରାଗୀ, ସନ୍ୟାସୀ । ବନ୍ଧୁ କୁଟୁମ୍ବ, ପରିବାର ସମାଜ, ଲୋକମତ ଧନ ଦୌଲତ, କ୍ଷମତା, ସୁଖଭୋଗ ସବୁ ଆସକ୍ତିକୁ ତ୍ୟାଗ ନ କଲେ ପ୍ରେମ କରାଯାଇ ପାରେନା । ଆଉ ପ୍ରେମ ନଥିଲେ କବି, ଲେଖକ, ଶିଳ୍ପୀ କି ସନ୍ୟାସୀ ହୋଇ ହୁଏନା ।

ନୂଆ ସକାଳ

ଶିବୁନା ଆସି ଛାଡ଼ିଦେଇଗଲା ଝିଅକୁ ରାତି ନଅଟାରେ। କହିଲା "ବୋଉ, ଝୁନୁ ଏଠି ରହିବ ମାସେ। ସେଇଠି ପଢ଼ାପଢ଼ି କରୁନାହିଁ ଜମା। ପରୀକ୍ଷା ଆଉ ମାସେ ରହିଲା। ୟୁନିଟ୍ୟାକର ସବୁ ଝିଅ ତ ତା ସାଙ୍ଗ। ସବୁବେଳେ ୟା'ଘର ତା'ଘର ନାହିଁ ଚଙ୍ଗା ଚଙ୍ଗା ହୋଇ ବୁଲୁଛି। ଏଠି ରହୁ ସେ। ଦେଖିବୁ, ୟମିତି ସବୁବେଳେ ବସି ପଢ଼େ।" ସାଙ୍ଗେ ସାଙ୍ଗେ ବାହାରିଗଲା ସେ। ବୋହୂ ତେଣେ ଅପେକ୍ଷା କରିଥ୍ବ।

ଶିବୁନା ମାସକୁ ଥରେ ଆସେ। ଚା, ବିସ୍କୁଟ୍, ଚିନି ସବୁ ସାଙ୍ଗରେ ଆଣି ଦେଇଯାଏ। ଗାଁରେ ତ ସବୁ ମିଳିଲାଣି; ତଥାପି ତା'ର ଖୁସି। କେବେ କେବେ ପୁଅ ଝିଅଙ୍କୁ ସାଙ୍ଗରେ ଧରିଆସେ। ଏଠି ଓଳିଏ ରହେ। ଖାଇପିଇ ପୁଣି ଚାଲିଯାଏ। ବୋହୂ ବି ମଝିରେ ମଝିରେ ଆସେ ତା ସାଙ୍ଗରେ। ଶିବୁନା କିନ୍ତୁ ପ୍ରତ୍ୟେକ ମାସରେ ଥରେ ନିଶ୍ଚେ ଆସିବ।

ଏଥରକ ଏଇ ଆସିବାଟା ୟେମିତି ଅଚାନକ ସେମିତି କେମିତି ଅଖାଡୁଆ ଲାଗିଲା ହାରାମଣି ଦେଇଙ୍କୁ। ହଠାତ୍ ଏଇ ରାତି ଅଧରେ। ପୁଣି ଝିଅଟା ମୁହଁକୁ ଚାହିଁଦେଇ ତାଙ୍କ ଛାତି ଭିତରଟା ଧକ୍ କରି ଉଠିଲା। କେଡ଼େ ସୁନ୍ଦର ଗୋରୀ ହୋଇ ଲକ୍ଷ୍ମୀ ପ୍ରତିମା ପରି ନାତୁଣୀଟିକୁ ଦେଖିଲାମାତ୍ରେ ତାଙ୍କର ପେଟ ଏକ ଅଭୁତ ମମତା ଓ ସ୍ନେହରେ ପୂର୍ଣ୍ଣ ହୋଇଯାଏ। ସେଇ ହସକୁରୀ ଝିଅଟା ମୁହଁରେ ବିଷାଦର ଏକ ଘନ କଳାଛାଇ। ପାହାନ୍ତା ପହରର ଗଙ୍ଗାଶିଉଳି ଫୁଲପରି ମଉଳିଲା ମଉଳିଲା ଚେହେରା।

ତାକୁ କୋଳକୁ ଟାଣିନେଇ ଚୁମାଦେଇ ପକାଇ କୁଣ୍ଢେଇଧରି କହିଲେ "ଆହା, ମୋ ଭାଗ୍ୟ, ମୋ ମା' ପାଖରେ ଏତେଦିନ ଧରି ରହିବ। ସତରେ ମୋତେ କାଞ୍ଚ ବିଶ୍ୱାସ ଆସୁନାହିଁ। ହଇଲୋ ଟୋକି, ଏମିତି ମୁହଁ ଶୁଖେଇଛୁ କାହିଁକି ? ବୋଉ ବାପାଙ୍କୁ ଛାଡ଼ି କରି ରହିବୁ ବୋଲି ମନଦୁଃଖ କରୁଛୁ ଆଉ ବିଭାହୋଇ ଶାଶୂଘରେ

ପୁଣି ରହିବୁ କେମିତି ? ତୋତେ ତ ବୁଢ଼ୀମା ଆଉ ଖିରିପୁରୀ ଖାଇବାକୁ ଦେଇପାରିବ ନାହିଁ, ସେଇଥିପାଇଁ ଦୁଃଖ କରୁଛୁ କିଲୋ ? ଆଲୋ, କଥା କାହିଁକି କହୁନୁ, ବୋଉ ଗାଲିଦେଇଛି ନା – ବୋଉକଥା ମନେପଡ଼ୁଛି ବା ? ଆହା, ମୋ ଚନ୍ଦ୍ରଉଦିଆ ହସ। ଟୋକି ମତେ ପରଖୁଥିଲୁ କିଲୋ ?” ତା ପରେ ପୁଅ ଆଡ଼କୁ ଚାହିଁ କହିଲେ “ତୁ କିଛି ବ୍ୟସ୍ତ ହେବୁନି। ତା ବୋଉକୁ କହିବୁ ମୁଁ ତା ଝିଅକୁ ଆହୁରି ସୁନ୍ଦର ଗୋଲଗାଲ କରି ପଠେଇଦେବି ତା ପାଖକୁ। ଏଠି କ’ଣ କାମ ଯେ ? ଚୁପ୍‌ଚାପ୍‌ ଦିନରାତି ବସି ପାଠ ପଢ଼ିବ। ଏବେ ତ ବିଜୁଲିବତୀ ଲାଗିଲାଣି। ଆଉ ଭାବନା କ’ଣ ? ରାତିରେ ବି ବସି ପଢ଼ିବ। ଆଉ, ତୁ ଏମିତି ଅଖିଆ ଅପିଆ ଯିବୁ ନା କ’ଣ ? ରହ କ’ଣ ଗଣ୍ଡେ କରିଦିଏ।”

ସେ ବ୍ୟସ୍ତହେଲା ବେଲକୁ ଶିବୁନା ଆହୁରି ବ୍ୟସ୍ତ ହୋଇ କହିଲା “ନାଇଁ ନାଇଁ ମୋର ଜମା ସମୟ ନାହିଁ। ଏଇନେ ଏତେ କାମ ଭିଡ଼ ଯେ ଅଫିସରୁ ଫେରୁଫେରୁ ରାତି ନ’ଟା ବାଜିଯାଉଛି। ଆଜି ଖାଲି ଯାକୁ ଛାଡ଼ିବି ବୋଲି ଟିକିଏ ସହଲା ସହଲା ଫେରିଛି। ପୁଣି କାଲି ସକାଲୁ ଟୁର୍‌ରେ ବାହାରିଯିବି ତୁ ବ୍ୟସ୍ତ ହନା। ଭୁବନେଶ୍ୱର କେତେ ଏମିତି ବାଟକି ? ଘଣ୍ଟାଏ ବି ଲାଗିବ ନାହିଁ। ଆଉ ଝୁନୁ, ବୋଉ ପାଖରେ ଭଲରେ ରହିବୁ। ତାକୁ ହଇରାଣ କରିବୁ ନାହିଁ। ମନଦେଇ ପଢ଼ାଶୁଣା କରିବୁ।”

ସେଇ ରାତିରେ ହିଁ ବାହାରିଗଲା ସେ। କାର୍‌ରେ ଆଉ କେତେ ସମୟ ଲାଗିବ ?

ଘର ବୋଇଲେ ଦୁଇଟି କୋଠରି। ପୁରୁଣାକାଲିଆ କଡ଼ିବର୍ଗା ଛାତ। ଦାଣ୍ଡ ଖଞ୍ଜା କେଉଁଦିନରୁ ଭାଙ୍ଗି ମାଟିରେ ମିଶିଗଲାଣି। ଅମାରଟା ବି ଆଉ ନାହିଁ। ପଛ ଖଞ୍ଜାର ସେଇ ଘୋଡ଼ାଶାଲ ଭଲି ବିରାଟ ଚାଲ ଛପର ଘର ଭିତରୁ ବର୍ତ୍ତିଛି; ମାତ୍ର ଖଣ୍ଡିଏ କୋଠରି। ସେଇଥିରେ ରୋଷେଇବାସ ହୁଏ। ବୁଢ଼ୀର ଆଉ କ’ଣ ଘର ଦରକାର ଯେ ? କିଏ ଆସୁଛି ନା ଯାଉଛି ? ବାପଘରେ ତ ସବୁ ମରିହଜି ଗଲେଣି। ଆଉ ଯିଏ ଯାହା ଆସନ୍ତି ସବୁ ଯାଆନ୍ତି ଶିବୁନା ପାଖକୁ ଭୁବନେଶ୍ୱର। ଏଠି ସେ କେବଲ ଏକୁଟିଆ। ନିଃସଙ୍ଗ ଅତୀତର ସ୍ମୃତି ଭିତରେ ଦୋଲି ଖେଲି ଖେଲି ମରଣକୁ ଅପେକ୍ଷା କରି ରହିଛନ୍ତି କେବଲ।

ମଣିଷ ଯେତିକି ବୁଢ଼ାହୁଏ, ସେତିକି ସେତିକି ତା’ର ବୟସ କମି କମି ଯାଏ– ସେ ଶିଶୁ ହୋଇଯାଏ। ଆଉ ତା ସାଙ୍ଗେ ସାଙ୍ଗେ ଶୈଶବ, କୈଶୋରର ସ୍ମୃତିସବୁ ଆଉଥରେ ଜୀବନ୍ତ ହୋଇ ଉଠନ୍ତି ତା ଆଖିଆଗରେ। ମଣିଷ ସେଇ ଶୈଶବ-କୈଶୋର ଆନନ୍ଦ-ବିଷାଦ, ଦୁଃଖ-ସୁଖର ସ୍ମୃତି ଭିତରେ ପୁଣିଥରେ ଜିଇ ରହିବାକୁ ଚାହିଁ ମଲା ପର୍ଯ୍ୟନ୍ତ।

ନ ହେଲେ ଏକାନ୍ତ ଅନୁରକ୍ତ ପୁତ୍ର, ସୁଲକ୍ଷଣୀ ବୋହୂ, ସ୍ନେହୀ ନାତି ନାତୁଣୀଙ୍କି ଛାଡ଼ି ଗାଁର ଏହି ଭିଟାମାଟିକୁ ଏକାକୀ ନିଃସଙ୍ଗ ଭାବରେ ଜାବୁଡ଼ିଧରି ପଡ଼ି ରହିଥାନ୍ତେ କାହିଁକି ହାରାମଣି ଦେଈ ? ନାତି ନାତୁଣୀଙ୍କ ସ୍ନେହଭରା ଅନୁରୋଧ, ଅଳିଅର୍ଦଲି, ପୁଅର କେତେ ନେହୁରା, (ମିଛ କାହିଁକି କହିବେ ବୋହୂଟି ବି ଛଳ ଛଳ ଆଖିରେ କାକୁତି ମିନତି କରିଥିଲା) ସବୁକୁ ଛାଡ଼ି ପଲେଇ ଆସିଥିଲେ ଏଇଠିକି।

ନିଜେ ନିଜକୁ ନିର୍ବାସନ ଦଣ୍ଡ ଦେଇଥିଲେ ନିଜର ଇଚ୍ଛାରେ। ପୁଅ-ବୋହୂ ନାତି-ନାତୁଣୀର ଦୁନିଆଁ-ତାଙ୍କ ଦୁନିଆଠାରୁ ସମ୍ପୂର୍ଣ୍ଣ ଅଲଗା। ତାଙ୍କ ସମୟର ମୂଲ୍ୟବୋଧ, ତାଙ୍କ ସମୟର ରୀତିନୀତି, ଚାଲିଚଳଣ-ଯାହାର ହାତୁଡ଼ି ମାଡ଼ରେ ସତୁରି ବର୍ଷର ଦେହଟି ନିଦା ହୋଇଯାଇଛି - ତରଳ ମନଟି ଛାଞ୍ଚରେ ପଡ଼ି, ନିଆଁରେ ପୋଡ଼ି ପଥର ପରି ଶକ୍ତ ହୋଇଯାଇଛି, ତାକୁ ସେ ବଦଳାଇ ପାରିଥାନ୍ତେ କେମିତି ? ତାଠାରୁ ଭଲ, ଏଇ ପଥରଛାଞ୍ଚର ଦିହଟି ସେମିତି ଭାଙ୍ଗିଯାଉ - ଆଉ ତାକୁ ତରଳେଇ ନୂଆ ଛାଞ୍ଚରେ ଢାଳିବାର ସମୟ ନାହିଁ।

ଦଣ୍ଡ କୋଠରିରେ ପୁରୁଣା ଆମ୍ବକାଠର ତକ୍ତପୋଷଟିଏ। ଖଣ୍ଡିଏ ହାତଭଙ୍ଗା ନଡ଼ବଡ଼ ଟେୟାର। କାନ୍ତୁକଣକୁ ବଡ଼ ବଡ଼ ଯୋଡ଼ିଏ ଧାନ ଓଲିଆ। ଭଲ, ସେଇ ତକ୍ତପୋଷରେ ବସି ପଢ଼ିବ ଝୁନୁ। ଶୋଇବା ଘରଟି ଅପେକ୍ଷାକୃତ ବଡ଼। କୋଠରିର ତିନି ଚତୁର୍ଥାଂଶ ମାଡ଼ିବସିଛି ତାଙ୍କର ଶାଶୂ ଆଣିଥିବା ଯୌତୁକ ପଲଙ୍କ। ଏତେ ଉଚ ଯେ ପିଢ଼ା ପକେଇ ଉଠିବାକୁ ପଡ଼େ। କଳା ମଚମଚ ଶିଶୁକାଠ। ସାମ୍ନା ଦୁଇ ଖୁରାରେ ଅସଂଖ୍ୟ ଚୁନଦାଗ। ପାନରେ ଚୂନ ଲଗେଇ ସାରି ପୋଛିଦେବାର ସନ୍ତକ। ଖଟ ଆଉ କାନ୍ତୁ ମଝିରେ ଯେତେକ ହାଣ୍ଡିକୁଣ୍ଡେଇ, କଳସୀ। କୋଉଥିରେ ଦି ପୁଞ୍ଜା ସାରୁ ତ କୋଉଥିରେ ମୁଗଜାଇ, ଚାଉଳ। ଗୋଟିଏ ପଟକୁ ସେକାଲର ଗୋଟାଏ ଦରଭଙ୍ଗା ବେତ ପେଟରା। ତା ଉପରେ ପୁଅ ଦେଇଥିବା ଗୋଟାଏ ନୂଆ ଚମଡ଼ା ସୁଟ୍କେଶ୍। ଖଟ ତଳକୁ ଉଗୁରା ହୋଇ ରହିଛି କେତେଟା ପିତଳ ହାଣ୍ଡି, ଲୁହା କରେଇ, ଦି ଚାରିଟା ପିତଳ ପରାତ। ଭଙ୍ଗା କଂସା ବେଲା। ତା ଛଡ଼ା ତା ଭିତରେ ଦି' ଚାରିଟା ବାଉଁଶ ଟୋକେଇ ଏପରିକି କୁଲା ପର୍ଯ୍ୟନ୍ତ। କବାଟପାଖ କାନ୍ତୁରେ ଲୁହାକଣ୍ଟା ପିଟା ହୋଇ ଝୁଲୁଛି କାଠଫ୍ରେମ୍-ବନ୍ଦ ପାରଦଚ୍ଛଡ଼ା। ଦର୍ପଣଟିଏ। ଦର୍ପଣ ଉପରେ ଖୋସାହୋଇଛି ଗୋଟାଏ ସିଙ୍ଘପାନିଆ ଓ ଆଉ ଗୋଟାଏ ଶସ୍ତା ପ୍ଲାଷ୍ଟିକ୍ ପାନିଆଁଟିଏ।

ସେଇ ଐଶ୍ୱର୍ଯ୍ୟମୟୀ ପଲଙ୍କର ପୂର୍ବ ଗୌରବ ଆଉ ନାହିଁ। କୋଟି-କାମକରା, ଦୁଇଟି ମୟୂର ଭିତରୁ ଗୋଟିକର ଲାଞ୍ଜଭଙ୍ଗା। ତ ଆରଟିର ମୁଣ୍ଡ ନାହିଁ। ଏତେ ଭାରି ଖଟ। ଏପଟ ସେପଟ ସ୍ଥାନାନ୍ତରିତ ହେଉ ହେଉ ହାତରୁ ଖସିପଡ଼ି ଖଣ୍ଡେ ଖଣ୍ଡେ

ଛାଡ଼ିଯାଇଛି । ସେଇ ବିଶାଳ ଖଟରେ ଆଉ ସେ ବିଶାଳ ଗଦି ବି ନାହିଁ । କାନ୍ଥପାଖଟା ଖାଲି ପଡ଼ିଛି । ବାଟମୁହଁରେ ପଡ଼ିଛି ପୁଥ ଦେଇଥିବା ଗୋଟାଏ ଛଅଫୁଟ୍ ବାଇ ଅଢ଼େଇଫୁଟ୍‌ର ଡାନ୍‌ଲପ୍ ଗଦିଟିଏ, ଯୋଉଟା କୋଉ କୋଣକୁ ବି ପାଉନାହିଁ । ବିଶାଳ ଐତିହ୍ୟର ପ୍ରାସାଦ ଭିତରେ ଗୋଟାଏ ଆଧୁନିକ ଟୁ-ରୁମ୍ ଫ୍ଲେଟ୍ ପରି ଉଦ୍ଧତ, ନବ ଅହଙ୍କାରର ଏକ ସ୍ଫର୍ଦ୍ଧିତ ନବସଭ୍ୟତା । ବେଢ଼ଙ୍ଗ, ବେମାନିଆଁ । ସାଲୱାର ପଞ୍ଜାବୀ ପିନ୍ଧି ସେମିତି ତା ଉପରେ ଶୋଇଗଲା ଝୁନୁ । "କ'ଣ ତୁ କିଛି ଖାଇବୁନି କିଲୋ ? ରହ ଶୋ' ନା ବା । ମୁଁ କିଛି ଟିକିଏ କରିଦିଏ ।"

"ନାଇଁ, ନାଇଁ, ମୁଁ କିଛି ଖାଇବି ନାହିଁ । ମୋତେ ଭୋକ ନାହିଁ । ମୁଁ ଶୋଉଛି ।"

ତାଙ୍କର ପ୍ରତିଦିନ ରାତିର ସାଥୀ, ତାଙ୍କଠାରୁ ଦଶବର୍ଷ ଛୋଟ, କାଳିଆ ମା' ଗଉଡ଼ୁଣୀ ଖଟତଳକୁ ଲାଗିଥିବା ଖାଲି ଜଗାରେ ସେମିତି ଶୋଇଗଲାଣି । ହାରାମଣି ନିଜେ ଯାଇ ଦାଣ୍ଡକବାଟ, ବାରିକବାଟ ବନ୍ଦ କରି ଆସି ନାତୁଣୀକି କୁଣ୍ଢେଇଧରି ଶୋଇଗଲେ ।

କିଛି ସମୟ ପରେ, ତାଙ୍କର ଛାଇନିଦ ଲାଗିଛି କି ନାହିଁ ସେ ଚମକିପଡ଼ି ଉଠିବସିଲେ । ଦିହରୁ ତାଙ୍କର ଗୋଟାଏ ଝାଲ ବୋହିଗଲା । ମନେହେଲା ସତେଯେମିତି 'କୁନ୍ଦଲତା' ଡାକୁଛି 'ଭାଉଜ' 'ଭାଉଜ' ବୋଲି । ଯେମିତି ସେ ଆକୁଳ ବିକଳ ହୋଇ ଡାକିଥିଲା ଆଜିକୁ ପ୍ରାୟ ପଞ୍ଚାବନ ବର୍ଷ ତଳେ । ପୋଡ଼ାମୁହଁ ଆଜିପରା ଦିନରେ, ଏତେ ଦିନପରେ ସେ ଡାକୁଛି କାହିଁକି ?

ଭୟରେ, ଆଶଙ୍କାରେ ସେ ଅଣ୍ଟାଲି ହୋଇ ପକେଇଲେ ଚାରିଆଡ଼େ । ନା, ଝୁନୁ ଶୋଇଛି । ତା'ର ଗଭୀର ନିଦର ଭାରି ନିଶ୍ୱାସ ଶୁଣାଯାଉଛି ବହୁତ ଆସ୍ତେ ଆସ୍ତେ । ସେ ଉଠିପଡ଼ି ଲାଇଟ୍ ଜାଲିଲେ ।

ଅତି ଆଗ୍ରହରେ ଚାହିଁରହିଲେ ଝୁନୁଆଡ଼େ । ଚିତ୍ ହୋଇ ଶୋଇଛି ଝୁନୁ । ନିଦବାଉଳାରେ କ'ଣ ସ୍ୱପ୍ନ ଦେଖୁଛି, ନା କ'ଣ ଓଠରେ ମୁଚୁମୁଚୁ ହସ ଲାଖିରହିଛି । ଧୀର ନିଶ୍ୱାସରେ ତା'ର କଅଁଳ ଛାତି ଉଠୁଛି ପଡୁଛି ଧୀର ପବନରେ ପତ୍ରଟିଏ ହଲିଲାପରି ।

ଠିକ୍ ତା ପିଉସୀପରି ରୂପ ପାଇଛି ଝୁନୁ । ଅବିକଳ ତ 'କୁନ୍ଦ' ପରି ଚେହେରା ।

ହଠାତ୍ ଗୋଡ଼ ବାଜିଗଲା ତଳେ ଶୋଇଥିବା କାଳିଆ ମା' ଦେହରେ । କାଳିଆ ମା'ର ଦେହ ମୁଣ୍ଡରେ ଲୁଗା ନାହିଁ । ଛି, କି ଅଲାଜୁକି ବେହିଆଣି ବେସରମୀ ମାଈକିନିଆ । ଜାଗ୍ରତ ହୋଇ ଶୋଇବା ଏ ବୁଢ଼ୀ ବୟସରେ ବି ହେଲା ନାହିଁ । ବିରକ୍ତିରେ ଲାଇଟ୍ ବନ୍ଦ କରି ସେ ପୁଣି ଧାରେଧୀରେ ଉଠିଲେ ଖଟ ଉପରକୁ ।

କିନ୍ତୁ ଆଉ ଆଖିକୁ ନିଦ ଆସୁନାହିଁ । ଖାଲି ମନେପଡୁଛି କୁନ୍ଦଲତାର କଥା । କୁନ୍ଦଲତାର ମୁହଁ । ତା'ର ହସଖୁସି, ଅଳି ଆବଦାର । ସେ ବାହାହୋଇ ଆସିଲାବେଳକୁ କୁନ୍ଦର ବୟସ ଚଉଦ । ତାଠାରୁ ବର୍ଷେ କି ଦେଢ଼ବର୍ଷ ସାନ ହେବ ତ । ନଣନ୍ଦ ଭାଉଜଙ୍କ ଭିତରେ ପାଣି ଗଲୁ ନ ଥିଲା । ହାତଭାଗୀ, ପୋଡ଼ାମୁହଁ ବର୍ଷଟିଏ ବି ତ ରହିଲା ନାହିଁ ସାଙ୍ଗ ହେବାକୁ ।

ନ ହେଲେ ବି ତ ଯାଇଥାନ୍ତା ଶାଶୁଘରକୁ । ବାହାଘର ତ ପ୍ରାୟ ଠିକ୍ ହୋଇ ଯାଇଥିଲା; ତଥାପି ବଞ୍ଚିଥାନ୍ତା ତ –

ଏତେବର୍ଷ କଟିଗଲାଣି । ପୁଅ ଝିଅ ନାତି ନାତୁଣୀ ମଝିରେ କୁନ୍ଦକଥା କେତେଦିନଠୁଁ ଭୁଲି ହୋଇଯାଇଥିଲା । କେତେବେଳେ ବି ମନେପଡୁନଥିଲା ତା କଥା; ଅଥଚ ଆଜି ସେ ଯେମିତି ଜାଣିଶୁଣି ମନେପକାଇ ଦେବାକୁ ଆସିଛି ସେଇ ଭୟାନକ ରାତିର କଥା ।

ପ୍ରଥମରୁ ସେ ତାକୁ ହିଁ ସେଇକଥା କହିଥିଲା । ସ୍ୱାଭାବିକ ଭାବରେ ତା କଣ୍ଠରେ ବି ଭୟ ନ ଥିଲା, ଆଶଙ୍କା ନଥିଲା । ବୋକୀଟା, କିଛି ବୁଝିପାରୁ ନଥିଲା, ଏତେ ସରଳ ଏତେ ନିଷ୍ପାପ, ଏତେ ନିର୍ଦ୍ଦୋଷ ଓ ନିର୍ବୋଧ ଝିଅଟା ।

ଅଥଚ ତା କଥା ଶୁଣିଲା ପରଠୁ ମୁଣ୍ଡ ଘୁରି ଯାଇଥିଲା ହାରାମଣିଙ୍କର । ସେ ଏତେ ଜୋର୍‌ରେ ଚମକିପଡ଼ି ଥିଲେ ଯେ ପଡ଼ି ଯାଉ ଯାଉ ଖୁଣ୍ଟଧରି ବସିପଡ଼ିଥିଲେ କିଛି ସମୟ । "ଭାଉଜ କ'ଣ ହେଲା ?" ବୋଲି କେତେ ସ୍ନେହରେ, କେତେ ଆଦରରେ, କୁଣ୍ଢେଇ ଧରିଥିଲା ତାକୁ ।

ମନେମନେ ଭାବିଲେ ହାରାମଣି । "ମୁଇଁ ଡାଆଣୀ, ତାକୁ ଖାଇଲି । କିନ୍ତୁ ନ କହି କ'ଣ ଉପାୟ ଥିଲା ଆଉ; କିନ୍ତୁ କହି ନଥିଲେ କ'ଣ ଚଲିନଥାନ୍ତା ? କେଜାଣି ଷୋହଳ ବର୍ଷ ବୟସରେ କିଏ କ'ଣ ଏତେ ଚିନ୍ତା କରିପାରେ ?"

ସମ୍ଭାଳି ନ ପାରି କହିଦେଇଥିଲେ ଶାଶୁକୁ । ଏତେବଡ଼ କଥାଟାଏ, କଳଙ୍କର କଥା, ସେଇଟା ଯେମିତି ପାହାଡ଼ ପରି ବୋଝ ହୋଇ ତାଙ୍କର ଷୋହଳ ବର୍ଷ ମୁଣ୍ଡରେ ଚାପି ହୋଇ ତାଙ୍କୁ ଅନିଶ୍ୱାସୀ କରି ପକାଇଥିଲା । ଏକ ଅଜଣା ଭୟାନକ ଭୟରେ ସେ ପ୍ରାୟ ବିମୂଢ଼, ହତଚକିତ ହୋଇଯାଇଥିଲେ । ସ୍ୱାମୀ କଟକରେ ଚାକରିଆ । ଶନିବାରକୁ ଶନିବାର ଆସନ୍ତି । ବଡ଼ ଯା ତ ରାହାବାଲୀ । ତାଙ୍କୁ କହିଥିଲେ ତ ସେ ଦୁନିଆଁ କମ୍ପେଇ ଥାଆନ୍ତେ । ଶାଶୁଛଡ଼ା ଆଉ କାହାକୁ କହିଥାନ୍ତେ ସେ ? ଯେତେହେଲେ ସେ ତ ତାଙ୍କରି ଝିଅ ।

ତାପର ଘଟଣା ଅତି ଦ୍ରୁତ – ଅତି ସଂକ୍ଷିପ୍ତ । ଶାଶୁ ହଠାତ୍ ଚିତ୍କାରଟାଏ କରୁକରୁ

ଆଁ ହୋଇ ରହିଗଲେ ମିନିଟିଏ ପର୍ଯ୍ୟନ୍ତ। ହାରାମଣିକୁ ଭୟ ଲାଗି ଯାଇଥିଲା ସତରେ ଜୀବ ଛାଡ଼ିଗଲା ବୋଲି। ତାପରେ କୁନ୍ଦକୁ ସେ ଆଉ ଦେଖିବାକୁ ପାଇ ନଥିଲା। ଗମ୍ଭୀରା ଘର ଭିତରକୁ ନିଜେ ଡାକିନେଇ ଯାଇଥିଲେ ଶାଶୂ। ତା ପରଦିନ ଦିନସାରା କୁନ୍ଦକୁ ସେ ଦେଖିପାରି ନଥିଲା। ସେ ଛଟପଟ ହୋଇ ଏଘର ସେଘର ବୁଲୁଥିଲା। ଶାଶୂର ଗମ୍ଭୀର ମୁହଁକୁ ଚାହିଁ ଭରସି କରି କିଛି ପଚାରି ପାରି ନ ଥିଲା। କିନ୍ତୁ ଅଜଣା ଭୟରେ ଛାତିଟା ଧଡ଼ପଡ଼ କରୁଥାଏ। ଏତିକିବେଳେ ଭଏ ଥାଆନ୍ତେ କି ?

କୁନ୍ଦ ଗଲା କୁଆଡ଼େ ?

ମାମୁ ଘରକୁ ପଠେଇଦେଲେ କି ?

କଟକ ନେଇଗଲେ କି ?

ସେଇଦିନ ମଧ୍ୟରାତିରେ ତାକୁ ନିଦ ନାହିଁ। ରାତି ଅଧରେ ହଠାତ୍ କିଛି ଗୋଟାଏ ଶଢରେ ତାଙ୍କର ନିଦ ଭାଙ୍ଗିଗଲା। ସେ କବାଟ ଫାଙ୍କରେ ଧୀରେଧୀରେ ଆସି କାନ ପାରିଲେ। ଶୁଣାଗଲା ଶ୍ୱଶୁରଙ୍କ ଚାପା ହୁଙ୍କାର। ଶାଶୂଙ୍କ ଫିସ୍‌ଫାସ୍ କାନ୍ଦଣା। ଥରକ ପାଇଁ ସେ ଶୁଣିଥିଲେ କୁନ୍ଦର ସ୍ୱର। "ବୋଉଲୋ ମରିଗଲି"। ତା ପରେ ସବୁ ଚୁପ୍‌ଚାପ୍।

ପାହାନ୍ତା ହେବାକୁ ପହରେ ବାକୀ ଥାଏ। ଶାଶୂଙ୍କ ବିକଳ ବାହୁନାରେ ସାରା ଘର କମ୍ପି ଉଠିଲା। ସେତେବେଳକୁ ସବୁ ଶେଷ। କୁନ୍ଦକୁ କୋକେଇରେ ବନ୍ଧାହେବାକୁ ବାକୀ ଥାଏ। ହାରାମଣି ନୂଆବୋହୂ–ସେ କ'ଣ ଆଉ ବାହୁନି ବାହୁନି କାନ୍ଦିପାରିବେ ? ଛାତି ଭିତରଟା ଏକ ରୁଦ୍ଧ ଆବେଗ, ଅପରିସୀମ ଦୁଃଖ ବେଦନାରେ ଯେମିତି ଫାଟିପଡ଼ିବା ପଡ଼ିବା ହେଉଥାଏ; ଅଥଚ ସେ କାନ୍ଦିପାରୁ ନଥାନ୍ତି। କୁନ୍ଦର ଶବ ଉପରେ ମୂର୍ଚ୍ଛାହୋଇ ପଡ଼ିଯାଇଥିଲେ ସେ।

ସକାଳୁ କଥାଟା ପ୍ରଘଟ ହୋଇଗଲା। କୁନ୍ଦଲତାକୁ ରାତିରେ ଗୋଖର ସାପ ଦଂଶିଦେଇଛି। କଥାଟା ଜାଣିଥିଲେ ମାତ୍ର ତିନିଜଣ। ହାରାମଣି, ତାଙ୍କ ଶାଶୂ ଓ ତାଙ୍କ ଶ୍ୱଶୁର।

ପନ୍ଦରବର୍ଷ ପର୍ଯ୍ୟନ୍ତ ସେ କଥାଟା ତାଙ୍କ ସ୍ୱାମୀଙ୍କୁ ବି କହିପାରି ନ ଥିଲେ। ଶାଶୂ କାନିରେ ଗଣ୍ଠିପକାଇ କହିଥିଲେ "ବୋହୂ ଏ ଘରର ମାନମହତ ତୋ ହାତରେ। ପୁଅ କାନରେ ବି ଯେମିତି ଏକଥା ନ ପଡ଼େ।"

ସମସ୍ତେ ହୁଏତ ସନ୍ଦେହ କରିଥିଲେ। ପଛରେ ଫୁଟ୍‌ଫାଟ୍ ବି ହୋଇଥିଲେ। କିନ୍ତୁ ଏମିତି କି ରାହାବାଲୀ ବଡ଼ ଯା'କୁ ବି ତ କଥାଟା ଜଣା ନ ଥିଲା। ତେଣୁ ସତ ଜାଣିବ କିଏ ? ପଛରେ ସମସ୍ତେ ସାପ କାମୁଡ଼ିବା କଥାଟାକୁ ସତ ବୋଲି ଧରିନେଇଥିଲେ। ଏମିତିକି ତାଙ୍କ ସ୍ୱାମୀ ମଧ୍ୟ। ଶାଶୂ ଶ୍ୱଶୁର ଗତ ହେଲାପରେ ସେ

ଯେତେବେଳେ ଏ କଥାଟା କହିଲେ ସେ ବିଶ୍ୱାସ କରିପାରି ନ ଥିଲେ। କହିଥିଲେ, "ତମ ମାଇକିନିଆଙ୍କ ପେଟରେ ବି ଏମିତି ଗୁପ୍ତକଥା ରହିପାରେ?"

ବଡ଼ ଯା'ଙ୍କ ଷୋହଳବର୍ଷର ସାନଭାଇ ତ ନାଟର ଗୋବର୍ଦ୍ଧନ। କିନ୍ତୁ ସେ ବିଚରାର ବା ଦୋଷ କ'ଣ? ବୟସର ଦୋଷ।

କଥାଟା କହିଦେଲା ପରେ ସେ ଶାନ୍ତି ପାଇଥିଲେ; ନ ହେଲେ ପନ୍ଦରବର୍ଷ ଧରି ପ୍ରାୟ ଅଧିକାଂଶ ରାତିରେ ସେ ସ୍ୱପ୍ନ ଦେଖୁଥିଲେ କୁନ୍ଦଲତାକୁ। ମୁଣ୍ଡବାଳ ଅଳରା ବାଳୁରା, ମଳିନ ମୁହଁ କାନ୍ଦୁରା ଆଖି। ଖାଲି ମୂକ ଭାବରେ ତାଙ୍କ ଆଖିଆଗରେ ଆସି ଛିଡ଼ାହୋଇ ରହେ। ଖାଲି ଚାହିଁରହେ ଏକ ଅନ୍ତହୀନ ବିଷାଦର ଚାହାଣି ନେଇ।

କିନ୍ତୁ ସେଇଦିନଠାରୁ କୁନ୍ଦଲତାର ସ୍ୱପ୍ନ ସେ ଦେଖି ନ ଥିଲେ ଆଜି ପର୍ଯ୍ୟନ୍ତ। କିନ୍ତୁ ଆଜି ହଠାତ୍ କାହିଁକି?

ଫେବୃୟାରୀ ମାସର ପ୍ରଥମ ସପ୍ତାହ। ଶୀତ ଛାଡ଼ି ଛାଡ଼ି ଯାଇନାହିଁ। ପାହାନ୍ତା ପହରକୁ ବେଶ୍ ଶୀତ।

ସାରାରାତି ତାଙ୍କ ଆଖିରେ କଷାପଡ଼ି ନାହିଁ। ନିଦ ମଲମଲ ଆଖିରେ ଝୁନୁ କହିଲା "ଜେଜେମା ସକାଳ ହେଲାଣି?" ରେଜେଇଟା ଭଲ କରି ଘୋଡ଼େଇ ଦେଉ ଦେଉ କହିଲେ, "ପାହାନ୍ତା ହୋଇଛି। ଆଉ ଘଡ଼ିକୁ ବେଳ ଉଠିବ। ତୋର ଉଠିବା ଦରକାର ନାହିଁ। ମୁଁ ଉଠୁଛି।"

ଝୁନୁ କିନ୍ତୁ ତାଙ୍କୁ କୁଣ୍ଢେଇ ଧରିଲା।

ହାରାମଣିକୁ ମନେ ହେଲା ସତେ ଯେମିତି କୁନ୍ଦଲତା ତାଙ୍କୁ କୁଣ୍ଢେଇ ଧରିଛି।

ସେ ହଠାତ୍ ପ୍ରଶ୍ନ କଲେ "ଡାକ୍ତରଖାନାରୁ ସିଧା ଏଠିକୁ ଅଇଲୁ" ଝୁନୁ ସ୍ଥିର ହୋଇ ରହିଗଲା କିଛି ସମୟ ଅବାକ୍ ବିସ୍ମୟରେ। ତାପରେ ଆର୍ତ୍ତସ୍ୱରରେ କହିଲା 'ଜେଜେମା'? ମୁଁ ଜାଣେଲୋ ଜାଣେ। ଏତେବର୍ଷ ଧରି ଜିଇଁଲି, ଦୁନିଆ ଦେଖିଲି। ଆଉ ଏତକ ଜାଣିପାରିବି ନାହିଁ? ତୋ ବାପା ବୋଉ ଲୁଚେଇଲେ କ'ଣ ମୁଁ ଜାଣିବି ନାହିଁ? ଏକଥା ମୋ ରକ୍ତରେ ଲେଖା ହୋଇଯାଇଛି। ଭୟ ନାହିଁଲୋ, କିଛି ଭୟକରନା ମୁଁ ପରା ତୋ ଜେଜେମା!"

ଝୁନୁ ଏଥର ଝରଝର ହୋଇ କାନ୍ଦିବାକୁ ଆରମ୍ଭ କଲା, ଜେଜେମା କୋଳରେ ମୁହଁ ଲୁଚେଇ।

"ଛି, ମୋ ସୁନାଟାପରା, ମୋ ମା'ଟାପରା, କାନ୍ଦନା। ମଣିଷ ଆମେ। ଭୁଲହେବା ତ ସ୍ୱାଭାବିକ। ମଣିଷର ଭୁଲ ହେବ ନାହିଁ କ'ଣ ଜନ୍ତୁର ହେବ? ଭୁଲ୍‌ଟା 'ପାପ' ନୁହେଁ। ଭୁଲ୍‌ଟାକୁ 'ପାପ' ବୋଲି ଭାବିବା ହିଁ ମହାପାପ। ସେଇ ଭୁଲ୍‌

ଯୋଗୁଁ ତ ମଣିଷ ନିଜର ଜନ୍ମିତ ସନ୍ତାନକୁ ମଧ୍ୟ ତର୍ଣ୍ଣଟିପି ମାରିଦିଏ। ପାପର ଭୟରେ, କଳଙ୍କର ଭୟରେ ମଣିଷ ଖୁନୀ ହୋଇଯାଏ। 'କଳଙ୍କ'କୁ ଲୁଚେଇବାକୁ ଯାଇ ନିଜେ କଳଙ୍କିତ ହୋଇଯାଏ। 'ପାପ'କୁ ପୋଡ଼ିବାକୁ ଯାଇ ନିଜେ ଅଙ୍ଗାର ହୋଇଯାଏ ଜନ୍ମଜନ୍ମାନ୍ତରକୁ। କିଏ କହେ ଏବେ କଳିକାଳ ଘୋଟିଯାଇଛି ବୋଲି ? ଧନ୍ୟ କହିବା ଏ ଯୁଗକୁ। ମଣିଷ କେତେ ଉଦାର ହୋଇଯାଇଛି 'ପାପ'କୁ 'କଳଙ୍କ'କୁ ଠିକ୍ ଭାବରେ ଚିହ୍ନିପାରିଛି। ସେଇ ରାକ୍ଷସୀ ଆଗେଇ ମଣିଷ ବଳୀ ଦେବାକୁ ନାହିଁ କରିବାର ସାହସ ସଞ୍ଚୟ କରିପାରିଛି। ପଚାଶବର୍ଷ ତଳର ହୀନିମାନିଆ ମାଇପି ଜାତିକୁ 'ମଣିଷ' ବୋଲି ଗଣୁଛି। ଆଉ ଯିଏ ଯାହା କହୁ ମୁଁ ତ କହିବି ଏବେକାର ଯୁଗ ସତ୍ୟଯୁଗ।"

ଗଭୀର ପରିତୃପ୍ତିରେ ସେ ଝୁନୁକୁ ଆହୁରି ଜୋର୍‌ରେ କୁଣ୍ଢେଇ ଧରିଲେ। ମନେ ମନେ ଭାବିଲେ 'କୁନ୍ଦଲତା' ଫେରିଆସିଛି ତାଙ୍କ ପାଖକୁ ନୂଆ ରୂପରେ।

ପାହାନ୍ତାପହରର ଆଲୁଅ-ଅନ୍ଧାରର ଗୋଲିଆ ଗୋଲିଆ କୁହୁଡ଼ିଆ ଆଲୁଅ ଭିତରେ ହାରାମଣି ହଠାତ୍ ଦେଖିଲେ କୁନ୍ଦଲତାର ହସକୁରୀ ମୁହଁଟା ସ୍ୱସ୍ଥରୂପେ ପ୍ରତିଭାତ ହୋଇ ଉଠୁଛି। ଦୀର୍ଘ ପଞ୍ଚାବନବର୍ଷର ବ୍ୟବଧାନ ପରେ ସେ ଆଜି ପ୍ରଥମ କରି ଦେଖିଲେ ବିଷାଦବୋଳା ମୁହଁର ପରିବର୍ତ୍ତେ ସେଇ ଚିରପରିଚିତ ସରଳ, ସୁନ୍ଦର, ନିଷ୍ପାପ ମୁହଁଟିକୁ।

କୁନ୍ଦଲତା ହସୁଚି।

ସକାଳର ଆଲୁଅରେ ଧୀରେଧୀରେ ମିଳେଇଯାଉଛି ସେଇ ହସକୁରୀ ମୁହଁଟା।

ରାଜକୁମାରୀ

“ଦେଖନ୍ତୁ, ମିଃ ମହାନ୍ତି – ଆଉ ସେ କ୍ଲାସରେ ଆଦୌ ସିଟ୍ ନାହିଁ। ମୁଁ କୌଣସିମତେ ଆପଣଙ୍କ ଝିଅକୁ ଆଡ୍‌ମିସନ୍ ଦେଇପାରିବି ନାହିଁ। ମୁଁ ଭାରି ଦୁଃଖିତ।”

ରାୟପୁର ସହରର ସବୁଠାରୁ ପୁରୁଣା ଓ ପ୍ରତିଷ୍ଠିତ କନ୍‌ଭେଣ୍ଟ ସ୍କୁଲର ପ୍ରିନ୍‌ସପାଲ ସିଷ୍ଟର ଜୋସେଫାଇନ୍ ଡବ୍‌ଲାସ ସ୍ପଷ୍ଟ କଥାରେ ଏଇକଥା ଜଣାଇ ଦେଲେ। ସିଷ୍ଟର ଜୋସେଫାଇନ୍ ସ୍କଟ୍‌ଲ୍ୟାଣ୍ଡର ଅଧିବାସୀ। କାଥଲିକ୍ ପରିବାରରେ ଜନ୍ମ। ନନ୍ ହୋଇ ସାରିଲା ପରେ ଭାରତବର୍ଷକୁ ଆସିଥିଲେ ପ୍ରାୟ ଚାଲିଶ ବର୍ଷ ତଳେ। ଏଇ ସ୍କୁଲରେ ଶିକ୍ଷକତା କରି ଆସୁଛନ୍ତି ପ୍ରାୟ କୋଡ଼ିଏ ପଚିଶ ବର୍ଷ ଧରି।

ସେ ନାହିଁ କରି ଦେଲା ପରେ ଆଉ ବସିବାର ମାନେ କିଛି ହୁଏ ନା। ତା ଆଗରୁ ଅନେକ ଅନୁନୟ-ବିନୟ, କାକୁତି-ମିନତି ବ୍ୟର୍ଥ ହୋଇଛି। ତେଣୁ ମୁଁ ତାଙ୍କୁ ଧନ୍ୟବାଦ ଜଣେଇ ନମସ୍କାର କରି ଉଠିପଡ଼ିଲି। ମୋ ସାଙ୍ଗରେ ମୋ ସ୍ତ୍ରୀ ଝିଅ ନମସ୍କାର କରି ଉଠିପଡ଼ିଲେ।

ପ୍ରିନ୍‌ସପାଲଙ୍କ କୋଠରିରୁ ବାହାରକୁ ଆସି ଆମେ କିଛି ସମୟ ଛିଡ଼ା ହୋଇ ରହିଲୁ। ସାମ୍ନାରେ ବଡ଼ ପଡ଼ିଆ। ଏକା ରଙ୍ଗର ଡ୍ରେସ୍ ପିନ୍ଧିଥିବା ଅନେକ ଶିଶୁମାନଙ୍କର ଅହେତୁକ ଆନନ୍ଦର ଖେଳକୁଦ, ଚିତ୍କାର। ଦେଖୁ ଦେଖୁ ଅଟକି ଗଲୁ ଗୋଟାଏ ମିନିଟ୍। ମୋ ସ୍ତ୍ରୀ ବୋଧେ ସେଇ ଶିଶୁମାନଙ୍କ ମଧ୍ୟରେ ଆମ ଝିଅର ପ୍ରତିବିମ୍ବ ଦେଖୁଥିଲେ। ହଠାତ୍ ଝିଅ ମୋ ସ୍ତ୍ରୀର ଶାଢ଼ୀ ଧରି ଟାଣିଲା ‘ମମି ଚାଲ’। ଆଉ କେଜାଣି କାହିଁକି କାନ୍ଦିପକେଇଲା ନିଜ ଅଜାଣତରେ।

ପାଞ୍ଚ ବର୍ଷର ଝିଅ ଲେଲି। ବୋଧହୁଏ ତା’ର ଶିଶୁସୁଲଭ ସ୍ୱତଃ ପ୍ରବୃତ୍ତିରେ ବୁଝିପାରିଲା ଯେ ଏଇ ସ୍କୁଲରେ ସେ ପଢ଼ିପାରିବ ନାହିଁ। ତା ଆଗରୁ ଆମେ ତାକୁ ଏଇ ସ୍କୁଲ ସମ୍ବନ୍ଧରେ କେତେ କଥା ନ ଶୁଣାଇଛୁ। ତା’ର କେମିତି ନୂଆ ଜାମା

ତିଆରି ହେବ। ନୂଆ ଜୋତା ଆସିବ, ଟିଫିନ୍ ବକ୍ସ ଆସିବ, ୱାଟର ବଟଲ ଆସିବ ଇତ୍ୟାଦି ବହୁ ମଧୁର କଳ୍ପନା ତା ମନ ଭିତରେ ଆମେ ନିରନ୍ତର ଭର୍ତ୍ତି କରିଆସିଛୁ ଏଇ ଗତ କେଇମାସ ଧରି।

ହଠାତ୍ ସେ ଯେମିତି ବୁଝିପାରିଲା ଯେ ସବୁ କଳ୍ପନା ମିଛ ହୋଇଗଲା। ସେ ଆଉ ନୂଆ ଡ୍ରେସ୍, ଜୋତା ପିନ୍ଧି ହାତରେ ଟିଫିନ୍ ବକ୍ସ ଓ ୱାଟର ବଟଲ ଧରି ତା ସାଙ୍ଗ ପିଲାଙ୍କ ସାଙ୍ଗରେ ସ୍କୁଲ ଆସିପାରିବ ନାହିଁ। ଟିଫିନ୍ ବକ୍ସରେ ମମି ପ୍ରତିଶ୍ରୁତି ଦେଇଥିବା ମିଠା, ଫଳ ବି ଆଉ ସେ ପାଇପାରିବ ନାହିଁ।

ମୋ ସ୍ତ୍ରୀ ତାକୁ କୋଳକୁ ନେଇ ବୁଝାଇବାକୁ ଲାଗିଲେ। – "କାହିଁକି କାନ୍ଦୁଛୁ? ଆଁ କ'ଣ ହେଲା? ମୋ ସୁନା ଝିଅ ଏମିତି କାନ୍ଦୁଛୁ କାହିଁକି? ଦେଖିଲୁ- ସେ ପିଲାଗୁଡ଼ା ତୋତେ କେମିତି ଅନେଇଛନ୍ତି। ସେମାନେ କ'ଣ ଭାବିବେ? କହିବେ ଲୋଲି'ଟା ଭରକୁଲିଟା। ସ୍କୁଲ ଦେଖି ଡରିଯାଉଛି। ଛି : କାନ୍ଦନା ମା'। ହଉ, ଆମେ ଆଉ ଗୋଟାଏ ସ୍କୁଲକୁ ଯିବା। ଏଠୁ ସେଟା ଆହୁରି ବଢ଼ିଆ। ମୋ ଝିଅତ କେଡ଼େ ସୁନା। ମୋ ଝିଅ ବଢ଼ିଆ ସ୍କୁଲରେ ପଢ଼ିବ।"

ଲୋଲିର କାନ୍ଦ କିନ୍ତୁ ବନ୍ଦ ହୋଇ ନ ଥାଏ। ସେ ଆହୁରି କୁହୁରି କାନ୍ଦୁଥାଏ ମୋ ସ୍ତ୍ରୀଙ୍କ କାନିରେ ମୁହଁ ଲୁଚେଇ। ଏତିକିବେଳେ ପ୍ରିନ୍ସପାଲ୍ କୋଠରିକୁ ପଶି ଆସୁଆସୁ ଅଟକିଯାଇ ଜଣେ ଭଦ୍ରମହିଳା ଇଂରାଜୀରେ ପଚାରିଲେ "କ'ଣ ହେଲା, ସେ କାନ୍ଦୁଛି କାହିଁକି?" ଏତେବେଳଯାଏ ଆମେ ଆମ ଝିଅ ନେଇ ଏତେ ବ୍ୟସ୍ତ ଥିଲୁ ଯେ ଆଉ କିଏ ସେ ବାଟେ ଯାଉଛି ସେଥିପାଇଁ ଆମର ମୋଟେ ଲକ୍ଷ୍ୟ ନ ଥିଲା। ଏଇ ଅଚମକା ପ୍ରଶ୍ନରେ ମୁଁ ହଠାତ୍ ଚମକିଯାଇ ଫେରି ଚାହିଁଲି ଓ ପୁଣିଥରେ ଚମକି ପଡ଼ିଲି। ବୟସ ଛବିଶ ସତେଇଶ ହେବ। ଅଭୁତ ସୁନ୍ଦର ଭଦ୍ର ମହିଳା। ଦୀର୍ଘାଙ୍ଗୀ, କୃଶକାୟା। ଉଜ୍ଜ୍ୱଲ ହଲଦିଆ ବର୍ଣ୍ଣ। କାନ୍ଧ ପର୍ଯ୍ୟନ୍ତ ବବ୍କରା କଞ୍ଜୁଳ କଳା କେଶ। ଲମ୍ବା ଲମ୍ବା ଆଖିଦୁଇଟି ମଝିରେ ଘନକୃଷ୍ଣ କଳା ଡୋଲା। ତୀକ୍ଷଣ ଉନ୍ନତ ନାସା। ସରୁ ଓ ଦିଓଟି ଗୋଲାପର ଦୁଇଟି ପାଖୁଡ଼ା ପରି। ପରିଧାନରେ ଗୋଟାଏ ସିନ୍ଥେଟିକ୍ ଜର୍ଜେଟ। ହାତକଟା ବ୍ଲାଉଜ୍। ଉଭୟେ ହାଲୁକା ନୀଳ ରଙ୍ଗ।

ମୁଁ କିଛିକ୍ଷଣ ସ୍ତମ୍ଭିତ ହୋଇଗଲି ଏହି ରୂପବତୀ ବନ୍ୟାର ଉଜ୍ଜ୍ୱଲ ଆଲୋକରେ। ପରେ ପ୍ରକୃତିସ୍ଥ ହୋଇ କହିଲି "ନା, ମାଡ଼ାମ୍ ଏଠି ତା'ର ଆଡ଼ମିସନ ହୋଇପାରିଲା ନାହିଁ। ସେଥିପାଇଁ-"

– ଓ! କ'ଣ କହିଲେ ପ୍ରିନ୍ସପାଲ?

– ସିଟ୍ ନାହିଁ।

– କୋଉ କ୍ଲାସ୍ ?

– ଅପର ନର୍ସରୀ କିମ୍ବା କେ.ଜି.।

– ଆପଣ କ'ଣ ଏଠିକା ବାସିନ୍ଦା ?

ନା, ମୁଁ ଓଡ଼ିଶାର ଲୋକ। କେନ୍ଦ୍ର ସରକାରୀ କର୍ମଚାରୀ। ଏଇ ତିନିମାସ ତଳେ ରାୟପୁରକୁ ବଦଲି ହୋଇ ଆସିଛି।

– ଭଦ୍ର ମହିଳା ହଠାତ୍ ଚୁପ୍ ରହିଲେ କିଛି ସମୟ।

ତାପରେ ମୋ ସ୍ତ୍ରୀଙ୍କ କାଖରେ କାନ୍ଦ ବନ୍ଦ କରି ଅବାକ ଆଖିରେ ଜୁଲୁ ଜୁଲୁ ହୋଇ ଚାହୁଁଥିବା ଲୋଲିର ଗାଲରେ ଟିପା ମାରି ଦେଇ କହିଲେ "ନୋ ବେବି, ନୋ। ଡୋଣ୍ଟ କ୍ରାଏ।" ତାପରେ ଆମ ସମସ୍ତଙ୍କୁ ଆଶ୍ଚର୍ଯ୍ୟ କରିଦେଇ ପରିଷ୍କାର ଓଡ଼ିଆରେ ମୋ ସ୍ତ୍ରୀକୁ କହିଲେ, "ଟିକିଏ ଅପେକ୍ଷା କରନ୍ତୁ। ମୁଁ ଦେଖେ ମୋ ଦ୍ୱାରା ଯଦି କିଛି ହୋଇପାରେ।"

ଲୁହ ସାଲୁ ସାଲୁ କାନ୍ଦୁରା ମୁହଁରେ ଲୋଲି ତାଙ୍କ ଯିବା ବାଟକୁ ଚାହିଁଥାଏ ଅବାକ୍ ବିସ୍ମୟରେ।

ପ୍ରାୟ ଦଶମିନିଟ୍ ପରେ ପ୍ରିନ୍ସିପାଲଙ୍କ କୋଠରିରୁ ବାହାରି ଆସି କହିଲେ, "ଗୁଡ୍ ଲକ୍। ଯାଆନ୍ତୁ ଆଡ୍ମିସନ୍ ହୋଇଯିବ। ଝିଅର ନାକଟିକୁ ଟିପିଦେଇ କହିଲେ, "ହ୍ୱାଟ୍ସ୍ ୟୋର୍ ନେମ୍ ବେବି ?" ସେଇ କାନ୍ଦୁରା ଗଳାରେ ସେ ଗୁଣ୍ଡ ଗୁଣ୍ଡ ହୋଇ କହିଲା "ଲୌ ଲିଁ"। "ଓଃ ହ୍ୱାଟ୍ ଏ ଫାଇନ୍ ନେମ୍ ? ଲୋଲି, ଏଥର କାନ୍ଦ ବନ୍ଦ କର। ଓ.କେ. ପରେ ଦେଖା ହେବ। ମୋର କ୍ଲାସ ସମୟ ହୋଇଗଲାଣି।" ଆମକୁ ଧନ୍ୟବାଦ ଓ କୃତଜ୍ଞତା ଜଣାଇବାର କୌଣସି ସୁଯୋଗ ନଦେଇ ଭଦ୍ରମହିଳା ତରତର ହୋଇ ଚାଲିଗଲେ କ୍ଲାସ ଭିତରକୁ।

ଏହିପରି ଭାବରେ ଆମର ପ୍ରଥମ ପରିଚୟ ରାଜକୁମାରୀ ରତ୍ନପ୍ରଭା ସିଂହଦେଓଙ୍କ ସାଙ୍ଗରେ। ପ୍ରାୟ ଦୁଇମାସ ଭିତରେ ସେ ମୋ ସ୍ତ୍ରୀର ଜଣେ ଘନିଷ୍ଟ ବନ୍ଧୁ ତଥା ଆମ ପରିବାରର ଜଣେ ନିକଟ ଆତ୍ମୀୟ ଭାବରେ ପରିଗଣିତ ହୋଇଗଲେ।

ରାଜକୁମାରୀ ସିଂହଦେଓ ଏକୁଟିଆ ରହନ୍ତି ତାଙ୍କର ନିଜସ୍ୱ ପ୍ରାସାଦରେ। ପ୍ରାସାଦ ବୋଇଲେ ତିନି ବଖୁରିକିଆ ଗୋଟାଏ ପୁରୁଣା କାଳିଆ ଘର। ବହୁ ଦିନ ପୂର୍ବେ ତାଙ୍କର ଜେଜେବାପା ଏଇ ଘରଟିକୁ ତିଆରି କରିଥିଲେ। ତାଙ୍କର ବାପା ଯେତେବେଳେ ରାଜକୁମାର କଲେଜର ଛାତ୍ର ଥିଲେ ତାଙ୍କରି ପାଇଁ ଏଇ ଘରଟି ନିର୍ମିତ ହୋଇଥିଲା। ଘରଟି ବେଶ୍ ପୁରୁଣା କେବଳ ଯୋଡ଼ିଏ ରୁମ୍‌କୁ ଏବେ ଡିସ୍‌ଟେମ୍ପର କରାଯାଇ ଆଧୁନିକୀକରଣ କରାଯାଇଛି। ଘର ଚାରିପଟେ ବିରାଟ କମ୍ପାଉଣ୍ଡ। ପଛପାଖରେ

ଧାଉଡ଼ିଏ ଟିଣ ଘର। ଗୋଟାଏ ପାଖରେ ଘୋଡ଼ାଶାଳ। ଅନ୍ୟ ପାଖରେ ରୋଷେଇ ଘର ଏବଂ ତା ପାଖକୁ ଲାଗି ଚାକର ପୂଜାରୀ ରୋଷେୟା ସହିସମାନଙ୍କର ରହିବା ଘର। ଏବେ ସବୁ ପରିତ୍ୟକ୍ତ। ଗୋଟାଏ ଦୁଇଟା ଘର ଉପରୁ ଟିଣ ଛାତ ବି ଉଡ଼ିଯାଇଛି। କିନ୍ତୁ ସାରା ଶିଉଳି ଭର୍ତ୍ତି। ଫାଟ ଭିତରେ ବର ଓ ଅଶ୍ୱତ୍ଥ ଗଛ ଦି'ଟା ବି ମୁଣ୍ଡ ଟେକିଛନ୍ତି।

ସେଇ ଉଆସରେ ରହନ୍ତି ରାଜକୁମାରୀ। ସାଙ୍ଗରେ ତାଙ୍କର ଜଣେ ବୃଦ୍ଧା ପରିଚାରିକା ଓ ଜଣେ ରୋଷେୟା। ଦାଣ୍ଡ ଗେଟ୍ ପାଖକୁ ଟିକିଏ ଛାଡ଼ି ଗୋଟାଏ କଣରେ ନୂଆକରି ଗ୍ୟାରେଜ୍‌ଟିଏ ତିଆରି ହୋଇଛି। ତା ଭିତରେ ରହିଛି ବହୁ ପୁରୁଣା ଅଷ୍ଟିନ୍ ଗାଡ଼ିଟିଏ। ସେଇ ଗାଡ଼ିଟି ନେଇ ମଞ୍ଝରେ ମଞ୍ଝରେ ସହର ବୁଲିଯାଆନ୍ତି ରାଜକୁମାରୀ। ବର୍ଷା ହେଉଥିଲେ କି ଡେରି ହୋଇଗଲେ ସେ ଗାଡ଼ି ଧରି କନ୍‌ଭେଣ୍ଟ ଯାଆନ୍ତି। ତଥାପି ଗାଡ଼ିଟିଏ ଦରକାର ରାଜକୁମାରୀଙ୍କର। ଆଭିଜାତ୍ୟର ପ୍ରତୀକ। ବୁନିଆଦି ରାଜତନ୍ତ୍ରର ସ୍ମାରକୀ।

ତାଙ୍କରି ମୁହଁରୁ ହିଁ ଆମେ ଶୁଣିଥିଲୁ ତାଙ୍କ ଜୀବନ କାହାଣୀ। "ମୋର ଜନ୍ମ ହେବାର ବର୍ଷେ ପରେ ବାପାଙ୍କର ରାଜ୍ୟ ଚାଲିଗଲା। ମୋର ଅବଶ୍ୟ ସେ ସମୟର କଥା କିଛି ମନେ ନାହିଁ – ତେବେ ଧାଇମା କହେ ତା ପରଠୁ କେମିତି ସେ ଅନ୍ୟମନସ୍କ ହୋଇଗଲେ। ଆଗରୁ ସାମାନ୍ୟ ପିଆପିଇ କରୁଥିଲେ ମଧ ତାପରଠୁ ମଦର ମାତ୍ରା ବଢ଼ିବାକୁ ଆରମ୍ଭ କଲା। ସେ କୁଆଡ଼କୁ ଆଉ ବାହାରିଲେ ନାହିଁ। ଦିନ ରାତି କେବଳ ଉଆସରେ ପଡ଼ିରହିଲେ। ଧୀରେ ଧୀରେ ଚାକର ବାକର ସବୁ ବିଦାୟ ନେଲେ। ବନ୍ଧୁପରିଜନ ଜଣଜଣ କରି ଛାଡ଼ିଯିବାକୁ ଆରମ୍ଭ କଲେ। ମୋର ହେତୁ ହେଲା ବେଳକୁ ଉଆସର ଶିରୀ ସମ୍ପୂର୍ଣ୍ଣ ଭାବରେ ଲୋପ ପାଇ ସାରିଥିଲା। ଏତେବଡ଼ ଦିତାଲା ଘର ଓ ଶହେ ଆଠ ବଖରା ଘର ଭିତରେ ଥିଲୁ ଆମେ ମାତ୍ର ସାତଟି କି ଆଠଟି ମଣିଷ। ରାଜାସାହେବ, ରାଣୀମା, ଧାଇମା, ମୁଁ ଓ ଅନ୍ୟାନ୍ୟ ବୋଲହାକ କରୁଥିବା ପାଞ୍ଚ ଛଅ ଜଣ ଚାକର ବାକର। ସେମାନେ ପ୍ରାୟ ସମସ୍ତେ ଚାଳିଶ ବର୍ଷରୁ ଊର୍ଦ୍ଧ୍ୱ। ବାପାଙ୍କ ସାଙ୍ଗରେ କଦବା କ୍ବଚିତ୍ ଦେଖାହୁଏ। ସେତେବେଳେ ସେ ମୋତେ କୋଳକୁ ନେଇ ଗେଲ କରନ୍ତି। ମୋ ସାଙ୍ଗରେ ନାନାପ୍ରକାର ଖେଳ ଖେଳନ୍ତି। ସେଇ ଘଣ୍ଟାଏ ମାତ୍ର। ତାପରେ ତାଙ୍କ ସାଙ୍ଗରେ ଦେଖାହୁଏ ଦିନେ କି ଦୁଇଦିନ ପରେ।

"ମୋର ମା' ବାପାଙ୍କର ଏଇ ଅବସ୍ଥା ଦେଖି ରାଣୀହଂସପୁର ଛାଡ଼ି ଧୀରେଧୀରେ ବାହାରକୁ ବାହାରିବା ଆରମ୍ଭ କରିଥିଲେ। ସେ ଧୀରେଧୀରେ ଘରର ବ୍ୟବସ୍ଥା ସଜାଡ଼ିବାକୁ ଆରମ୍ଭ କଲେ। ଗୁମାସ୍ତାକୁ ଡାକି ଚାଷଘର ଖବର ବୁଝିବା, ଧାନ ବିକ୍ରୀ

କରିବା; କେଉଁ ଘର ବିକ୍ରୀ ହେବ, କେଉଁ ଘର ଭଡ଼ା ଦିଆଯିବ – ସବୁକଥା ସେ ନିଜେ ବୁଝିବାକୁ ଆରମ୍ଭ କଲେ। ମୋ ପାଖରେ ରହିବାକୁ ତାଙ୍କର ସମୟ କାହିଁ ? ଏକାଠି ରହିଲେ ବି ଦିନ ଭିତରେ କେବଳ ଅଧଘଣ୍ଟାକ ପାଇଁ ମୁଁ ତାଙ୍କର ଦେଖାପାଏ। ରାତିରେ ଯେତେବେଳେ ମୋତେ ନିଦ ମାଡ଼ି ଆସୁଥାଏ ଖୁବ୍ ଜୋରରେ ତାଙ୍କ ସାଙ୍ଗରେ ପଦେ କି ଦିପଦ କଥା ହୋଇଥିବି କି ନାହିଁ ମୁଁ ଶୋଇପଡ଼େ ତାଙ୍କୁ କୁଣ୍ଢେଇ ଧରି। ପରଦିନ ସକାଳେ ମୁଁ ଉଠି ଦେଖେ ଯେ ମୁଁ ନିଜ ବିଛଣାରେ ଶୋଇଛି। ଏଣୁ ମୋର ଶୈଶବର ଏକମାତ୍ର ବନ୍ଧୁ, ଖେଳସାଥୀ, ପିତାମାତା ସବୁ ଥିଲେ ମୋର ଧାଇଁମା।

"ମୁଁ ହିଁ ଥିଲି ପିତାମାତାଙ୍କର ଏକମାତ୍ର ସନ୍ତାନ। ଛଅ ବର୍ଷ ବୟସରୁ ମୁଁ ଧାଇଁମାଙ୍କ ସହିତ ଚାଲି ଆସିଲି ଏଇ ରାୟପୁରକୁ ପାଠ ପଢ଼ିବାକୁ। ରାଣୀ ମା' କହିଲେ ଏଇଠି ସାଧାରଣ ପ୍ରଜା ପିଲାମାନଙ୍କ ସହିତ ଏକା ସ୍କୁଲରେ ମୋ ଝିଅ ପାଠ ପଢ଼ିପାରିବ ନାହିଁ। ରାଜ୍ୟ ଚାଲିଗଲା ବୋଲି କ'ଣ ସେ ରାଜକୁମାରୀ ନୁହେଁ ? ମୁଁ ବଞ୍ଚିଥିଲା ପର୍ଯ୍ୟନ୍ତ ରାଜବଂଶର ଗୌରବରେ କଳଙ୍କ ଲାଗିବାକୁ ଦେବି ନାହିଁ।

ଅତଏବ ପ୍ରଜା ପିଲାଙ୍କ ସହିତ ମୋର ସମ୍ବନ୍ଧ ମୂଳରୁ ହିଁ ବିଚ୍ଛିନ୍ନ ହୋଇଗଲା। ଏଇ ପୁରୁଣା ଉଆସକୁ ପୁଣିଥରେ ପରିଷ୍କାର ପରିଚ୍ଛନ୍ନ କରାଗଲା। ଆବଶ୍ୟକୀୟ ପରିବର୍ତ୍ତନ କରାଗଲା। ଚୂନ ଧଉଲା ହେଲା। ମୁଁ ଓ ଧାଇଁମା ଚାରିଜଣ ଚାକର ପୂଜାରୀ, ଚୌକିଦାର ଓ ଡ୍ରାଇଭର ସହିତ ରହିଲୁ ଏଇ ଉଆସରେ। ଅଷ୍ଟିନ୍ ଗାଡ଼ି ଭିତରୁ ଗୋଟାଏ ମୋ ପାଇଁ ପଠାଇ ଦିଆଯାଇଥିଲା ସ୍କୁଲକୁ ଯିବା ଆସିବା କରିବା ପାଇଁ।

"ସେଦିନଠାରୁ ବାପାଙ୍କ ସହିତ ମୋର ସମ୍ପର୍କ ପ୍ରାୟ ଛିନ୍ନ ହୋଇଗଲା କହିଲେ ଚଳେ। ବର୍ଷକୁ ଥରେ ଯେତେବେଳେ ଉଆସକୁ ଯାଏ ସେତେବେଳେ ସେଇ ଘଣ୍ଟାଏ ଦୁଇଘଣ୍ଟା ପାଇଁ ଯାହା ଦେଖା। ତାପରେ ଆଉ କିଛି ନାହିଁ। କଥାବାର୍ତ୍ତା ଭିତରେ ବି ପୂର୍ବରୁ ସେଇ ସ୍ନେହମୟ ସମ୍ପର୍କ ବି ରହିଲା ନାହିଁ। 'ରହିବାର କିଛି ଅସୁବିଧା ନାହିଁ ତ ? ପଢ଼ାପଢ଼ି କେମିତି ଚାଲିଛି ? ଭଲକରି ପଢ଼ାପଢ଼ି କର।' ଇତ୍ୟାଦି କେତେକ ମାମୁଲି କଥା ମାତ୍ର।

"କାର୍ଯ୍ୟବ୍ୟସ୍ତତା ଭିତରେ ରାଣୀ ମା' ବି ଆସିପାରନ୍ତି ନାହିଁ ବେଶୀ। ତଥାପି ମାସେ ଦି'ମାସରେ ଥରେ ଥରେ ଆସି ବୁଲି ଯାଆନ୍ତି। ମୋ ସାଙ୍ଗରେ ସାତଦିନ ଖଣ୍ଡେ ରହନ୍ତି। ତାପରେ ପୁଣି ଫେରିଯାଆନ୍ତି। ବାପାଙ୍କ ସମ୍ବନ୍ଧରେ କୌଣସି କଥା ସେ ମୋତେ କହନ୍ତି ନାହିଁ, ମୁଁ ମଧ ପଚାରେ ନାହିଁ।"

"ମା'ଙ୍କର ଆର୍ଥିକ କଟକଣା ଯୋଗୁଁ ରାଜା ସାହେବ ଧାରେଧାରେ ବିଦେଶୀ ମଦରୁ ମହୁଲିକୁ ଖସିଲେ ଓ ଭିତର ଖଣ୍ଡାରୁ ନିର୍ବାସିତ ହୋଇ ଆସିଲେ ବାହାର

ଖଣ୍ଡାକୁ। ଚାକର ଆସି ସଞ୍ଜ ସକାଳେ ତାଙ୍କର ତଦାରଖ କରିଯାଏ, ଖାଇବାର ଦେଇଯାଏ। ରାଣୀମା'ଙ୍କ ସହିତ ତାଙ୍କର ମାସମାସ ଧରି ଦେଖା ସାକ୍ଷାତ୍ ହୁଏନାହିଁ। ଆଉ ଯୋଉଦିନ ହୁଏ ସେଦିନ ଗୋଟାଏ ତୁମୂଳ ଝଡ଼ ସୃଷ୍ଟି ହୁଏ। ବାକୀରେ ଖାଇଥିବା, ଧାର ଦେଇଥିବା ଲୋକେ ଯେତେବେଳେ ଆସି ରାଣୀମାଙ୍କ ଠାରେ ଗୁହାରି ଜଣାନ୍ତି ସେମାନଙ୍କର ହିସାବ ଫର୍ଦ ଧରି, ରାଣୀମା'ଙ୍କର ପିଉ ଚଢ଼ିଯାଏ ଓ ସେ ସେହିଦିନ ହିଁ ଭିତର ଉଆସରୁ ଓହ୍ଲାଇ ଆସନ୍ତି ରାଜାସାହେବଙ୍କ ବାହାର ଖଣ୍ଡାର କୋଠରି ଭିତରକୁ।

"ରାଣୀମା'ଙ୍କ ନିର୍ଦ୍ଦେଶରେ ଭାତିବାଲା, ଜଳଖିଆ ବାଲା ଶେଷକୁ ଧାର ଦେବା ବନ୍ଦ କରିଦେଲେ। ଆହତ ସିଂହ ପରି ରାଜାସାହେବ କେବଳ ତର୍ଜନ ଗର୍ଜନ କରନ୍ତି ସିନା କିନ୍ତୁ ଶେଷକୁ ନିରୁପାୟ ହୋଇ ପଡ଼ିରହନ୍ତି ସେଇ କୋଠରି ଭିତରେ ଏକାନ୍ତ ଅସହାୟ ଭାବରେ।

"ମୋର ଭାରି ଦୟା ହୁଏ ବାପାଙ୍କ ଉପରେ। ମା'ଙ୍କ ଉପରେ ରାଗ ହୁଏ। ଭାବି ଦେଖନ୍ତୁ ତ ଯୋଉ ଲୋକଟା ମାତ୍ର ପାଞ୍ଚବର୍ଷ ତଳେ ଗୋଟାଏ ରାଜ୍ୟର ଅଖଣ୍ଡ ପରାକ୍ରମୀ ପୁରୁଷ ଥିଲା, ଯାହାର ତର୍ଜନୀ ନିର୍ଦ୍ଦେଶରେ ସମସ୍ତେ ରାଜ୍ୟବାସୀ ଥରହର ହେଉଥିଲେ, ସେଇ ମହାପରାକ୍ରମୀ ବୀର ପୁରୁଷଟି ଦୀନହୀନ ଅସହାୟ ହୋଇ ପଡ଼ି ରହିଛି ତା'ରି ଗଢ଼ା ପ୍ରାସାଦର ଏକ ନିଭୃତ କୋଠରିରେ, ସମ୍ପୂର୍ଣ୍ଣ ଅବହେଳିତ, ଅପାଂକ୍ତେୟ ଅଚଳ ମୁଦ୍ରାଟିଏ ପରି। ଭାବି ବସିଲେ ମୋ ଆଖିକୁ ଲୁହ ଚାଲିଆସେ। ଶେଷକୁ ମା'ଙ୍କ ସାଙ୍ଗରେ କଳିକରି ତାଙ୍କ ପାଇଁ ମାସିକ ଦୁଇଶହ ଟଙ୍କାର ମାସିକିଆ ଭତା କରି ଦେଇଥିଲି। ପ୍ରତି ମାସର ପ୍ରଥମ ସପ୍ତାହରେ ଆମର ଗୁମାସ୍ତା ('ଦେଓ୍ୱାନ' ବୋଲି ରାଣୀମା ଡାକୁଥିଲେ ତାଙ୍କୁ) ତାଙ୍କୁ ଦୁଇଶହ ଟଙ୍କା ଦେଇ ଆସୁଥିଲା।"

"ଆପଣମାନେ ବୁଝିପାରିବେ ନାହିଁ କେତେ ଗଭୀର ଏ ଦୁଃଖ, କେତେ ମର୍ମାନ୍ତିକ ଏଇ ଅହମିକା ଭାଙ୍ଗିଯିବାର ଯନ୍ତ୍ରଣା। ଗୋଟାଏ ବିରାଟ ଗଛ ଝଡ଼ରେ ଉପୁଡ଼ିଗଲେ, କଟା ହୋଇଗଲେ ଦୁଃଖ ନାହିଁ, କିନ୍ତୁ ସେଇ ବିରାଟ ଦୁମଟିର ଭିତରେ ଭିତରେ ଘୁଣ ତଳେ ତଳେ ଖାଇ ଖାଇ ତାକୁ ପୋଲା କରିଦେବାରେ, ଫସ୍କା, ଭଙ୍ଗୁର କରିଦେବାରେ ହିଁ ନିହିତ ରହିଛି ଧୀରେଧୀରେ ପୋଡ଼ି ପୋଡ଼ି ନିଃଶେଷ ହୋଇଯିବାର ମର୍ମାନ୍ତିକ ବେଦନା। 'ତିଳ ତିଳ କରି ମୃତ୍ୟୁ' ବୋଧହୁଏ ଏହାକୁ ହିଁ କୁହାଯାଏ, ଏବଂ ମୁଁ ମୋର ବାପାଙ୍କୁ–ଅପ୍ରତିଦ୍ୱନ୍ଦୀ ମହାଦୁମ ରାଜାସାହେବଙ୍କୁ ଏମିତି ତିଳତିଳ କରି ମରିଯିବାର ନିଜ ଆଖିରେ ପ୍ରତ୍ୟକ୍ଷ କଲି। ଭଲ ହେଲା ସେ ମରିଗଲେ। ସେ ତ୍ରାହି ପାଇଗଲେ। ମୁଁ ମଧ୍ୟ ଏକ ମାନସିକ ଜ୍ୱାଳାରୁ ବର୍ତ୍ତିଗଲି।"

"ବାପାଙ୍କ ଦେହତ୍ୟାଗ କରିବାର ପନ୍ଦର ବର୍ଷ ପରେ ପ୍ରିଭି ପର୍ସଟା ବି କଟିଗଲା,

ଇନ୍ଦିରାଗାନ୍ଧୀଙ୍କ ଦୟାରୁ। ଆଉ ତା ପରଠାରୁ ରାଣୀମା' ମଧ୍ୟ ହଠାତ୍ ପରିବର୍ତିତ ହୋଇଗଲେ। ପ୍ରିଭି ପର୍ସଟା ଥିଲା ରାଜାମାନଙ୍କର ଶେଷ ସମ୍ମାନ। ପାଂଶହ ହେଉ ପାଞ୍ଚଲକ୍ଷ ହେଉ ସେଥିରେ ଯାଏ ଆସେ ନାହିଁ। ଟଙ୍କାର ମୂଲ୍ୟ ଅପେକ୍ଷା ଆଭିଜାତ୍ୟର ମୂଲ୍ୟ ଥିଲା ତାଠାରୁ ଲକ୍ଷେଗୁଣ ଅଧିକ। ନିଜସ୍ୱ ଗୌରବ ଅତୀତର ପରମ୍ପରା ପୁରାତନ ବୈଭବ ସହିତ ଶେଷ ଯୋଗସୂତ୍ର ଓ ପ୍ରତୀକ ଥିଲା–ସେଇ ରାଜକୀୟ ଭତ୍ତା।

"ରାଣୀମା ଯେମିତି ହଠାତ୍ ଉଚ୍ଚପାହାଚରୁ ଖସିପଡ଼ିଲେ ଶେଷପାହାଚର ତଳକୁ। ପ୍ରଥମ କରି ସେ ଅନୁଭବ କଲେ ଯେ ସେ ମାଟି ଉପରେ ଛିଡ଼ା ହୋଇଛନ୍ତି, ଅନ୍ୟ ସାଧାରଣ ପ୍ରଜାମାନଙ୍କ ସାଙ୍ଗରେ। ସେ ଆଉ ରାଣୀ ନୁହନ୍ତି ସାମାନ୍ୟ ବିଧବା ସ୍ତ୍ରୀଲୋକଟିଏ। ସାଧାରଣ–ଅତି ସାଧାରଣ ଲକ୍ଷ ଲକ୍ଷ ବିଧବା ସ୍ତ୍ରୀମାନଙ୍କ ମଧ୍ୟରୁ ଜଣେ ମାତ୍ର।"

"ସେଇଦିନଠାରୁ ତାଙ୍କର ଅଭୁତ ପରିବର୍ତ୍ତନ ଘଟିଲା। ଜୀବନସାରା ଯୋଉ ସ୍ୱାମୀକୁ ସେ ତିଳେ ମାତ୍ର ଭଲ ପାଉନଥିଲେ ଏବଂ ଯୋଉ ସ୍ୱାମୀକୁ ସେ ତାଙ୍କର ଶେଷ ଜୀବନରେ ଏକ ଅବଜ୍ଞା ଓ ଘୃଣ୍ୟ ବ୍ୟକ୍ତି ବୋଲି ହତାଦର ଓ ଅବହେଳିତ କରି ଆସିଥିଲେ, ସେ ହୋଇଗଲେ ତାଙ୍କ ଜୀବନର ସବୁଠାରୁ ମହନୀୟ ବ୍ୟକ୍ତି। ପୁରୁଣା, ଦାଗ ଲାଗିଥିବା ଅଳିଆ ଗଦାରେ ପଡ଼ିରହିଥିବା ରାଜା ସାହେବଙ୍କ ତୈଲଚିତ୍ରଟିକୁ ପୁଣିଥରେ ଉଦ୍ଧାର କରି ଅଣାଗଲା। ପରିଷ୍କାର ପରିଚ୍ଛନ୍ନ କରି ତାଙ୍କ ଶୋଇଲା ଘର କୋଠରି ସଂଲଗ୍ନ ଅନ୍ୟ ଗୋଟିଏ କୋଠରିରେ ପୁନର୍ବାର ପ୍ରତିଷ୍ଠା କରାଗଲା।

"ଏଥର ସକାଳ ସଞ୍ଜରେ ରାଣୀମା ଧୂପଦୀପ ନୈବେଦ୍ୟ ଦେଇ ପୂଜା କଲେ ଅତୀତର ଏଇ ସ୍ମୃତିଟିକୁ। ସେ ହୋଇଗଲେ ତାଙ୍କର ସବୁଠାରୁ ଶ୍ରେଷ୍ଠ ଆରାଧ୍ୟ ଦେବତା।"

"ମୋର ମନେହୁଏ ରାଣୀମା ବୋଧହୁଏ ବାପାଙ୍କର ଦୁଃଖଟିକୁ ଅସହାୟତାଟିକୁ ଠିକ୍ ଭାବରେ ହୃଦୟଙ୍ଗମ କରି ପାରିଲେ ଏଇ ପ୍ରିଭି ପର୍ସ ଯିବା ପରେ ହିଁ।"

"ବର୍ତ୍ତମାନ ସୁଦ୍ଧା ରାଣୀମା ସେଇଠି ଅଛନ୍ତି। ଅଧିକାଂଶ ଚାଷଜମି ବିକ୍ରୀ କରିଦେଇ ବ୍ୟାଙ୍କରେ ଫିକ୍ସଡ୍ ଡିପୋଜିଟ୍ କରିଦେଇଛନ୍ତି। ପୁରୁଣା ଉଆସଟା ପୂରାପୂରି ସରକାରଙ୍କୁ ବିକ୍ରୀ କରିଦେଇ ସେ ଉଠି ଆସିଛନ୍ତି ସହର ଉପକଣ୍ଠରେ ଥିବା ଛୋଟ ଉଆସଟିକୁ। ଏବେ ପ୍ରାୟ ଦିନରେ ଅଧିକାଂଶ ସମୟ ତାଙ୍କର ପୂଜା ଘରେ ବା ବାପାଙ୍କ ତୈଲଚିତ୍ର ସାମ୍ନାରେ କଟୁଛି। ମୁଁ ଗଲେ ବି ତାଙ୍କର ସେ ପୂର୍ବର ଉଜ୍ଜ୍ୱଲତା ନାହିଁ। ତଥାପି ସେ ପୂର୍ବପରି ବ୍ୟସ୍ତ ହୁଅନ୍ତି ମୋ ପାଇଁ। କ'ଣ ଖାଇବି, କ'ଣ ପିନ୍ଧିବି ନେଇ ସାରାଦିନ ଯୋଗାଡ଼ କରୁଥାନ୍ତି। ବରାଦ କରନ୍ତି। କିନ୍ତୁ ସେଇ ବ୍ୟସ୍ତତା ଭିତରେ ବି ମୁଁ

ଲକ୍ଷ୍ୟକରେ ଏକ ଉଦାସୀନତାର ଶୀତଳତା । ସ୍ୱପ୍ନ ଭାଙ୍ଗିଯିବାର ଶିଥିଳତା । ଏକ ଉଦାସ ହତାଶା ।

"ମୁଁ ଏମ୍.ଏ. ପାଶ୍ କରି ଏଠି କନ୍‌ଭେଣ୍ଟ ସ୍କୁଲରେ ଶିକ୍ଷକତା କରିବାକୁ ହିଁ ପସନ୍ଦ କଲି । କାହିଁକି କେଜାଣି ଆଉ କଲେଜରେ ଲେକ୍ଚରର ହେବାକୁ ମନ ବଳିଲା ନାହିଁ । ସରକାରୀ କଲେଜରେ ବି ପାଇଥିଲି । ତଥାପି ମନ ହେଲା ନାହିଁ । କ'ଣ ଆଉ ଦରକାର ଯେ । ଟଙ୍କା ତ ମୋର ଲୋଡ଼ା ନାହିଁ । ଯାହା ଅଛି ମୋ ପରି ଦଶ ଜଣକ ପାଇଁ ତାହା ଯଥେଷ୍ଟ । ରାଣୀମା ଅନ୍ତତଃ ମୋର ଭବିଷ୍ୟତ ପାଇଁ ଯଥେଷ୍ଟ କିଛି ରଖିଦେଇ ଯାଇଛନ୍ତି ।

– ଏଥର ବାହା ହୋଇ ପଡ଼ନ୍ତୁ ।

– ଆପଣ ତ ମୋ ମା' ପରି କଥା କହୁଛନ୍ତି । ଯେତେବେଳେ ଗଲେ ସେଇକଥା । ମୁଁ ତାକୁ କହିଦେଇଛି । ତୁମେ ଯଦି ଏ ବିଷୟରେ ଆଉ କିଛି କୁହ, ମୁଁ ଆଉ ରାଜଗଡ଼ ଆସିବି ନାହିଁ ।

– କିନ୍ତୁ କାହିଁକି ? ଆପଣଙ୍କ ପରି ରୂପସୀ ବିଦ୍ୟାବତୀ ରାଜକୁମାରୀଙ୍କ ପାଇଁ କ'ଣ ପୁରୁଷର ଅଭାବ ?

ପୁରୁଷର ଅଭାବ ନାହିଁ ଯେ ରାଜପୁତ୍ରର ଅଭାବ । ଆଣି ଦେଇପାରିବେ ଗୋଟାଏ ସୁପୁରୁଷ ରାଜପୁତ୍ରକୁ ? ମୁଁ ତା'ହେଲେ ସାଙ୍ଗେ ସାଙ୍ଗେ ବାହା ହୋଇପଡ଼ିବି ।

– କାହିଁକି ? ସୁପୁରୁଷ ରାଜପୁତ୍ର କ'ଣ ଅଭାବ ହୋଇଛନ୍ତି ଭାରତବର୍ଷରେ ?

– ନିଶ୍ଚୟ । ମୁଁ ବି.ଏ. ପଢୁଥିଲାବେଳେ ଏମିତି ଅନେକ ରାଜପୁତ୍ରର ପ୍ରସ୍ତାବ ନେଇ ରାଣୀମା ଅସୁଥିଲେ । ଏବେ ତ ମୁଁ ଅମାପ ଧନର ଅଧିକାରିଣୀ । ପୁଣି ରୂପସୀ, ବୁଦ୍ଧିମତୀ, ଉଚ୍ଚ ଶିକ୍ଷିତା । ତେଣୁ ମୋ ପ୍ରତି ଆକୃଷ୍ଟ ହେବା ତ ସ୍ୱାଭାବିକ କଥା । କିନ୍ତୁ ଜାଣନ୍ତି ରାଜ୍ୟ ଗଲା ପରେ ଭାରତବର୍ଷର ଅଧିକାଂଶ ରାଜପୁତ୍ରମାନେ ସତେଯେମିତି ବିଭ୍ରାନ୍ତ ହୋଇଗଲେ । ନପୁଂସକ, ମଦ୍ୟପ ପାଲଟିଗଲେ । କାହାରି ଶିକ୍ଷା ଦୀକ୍ଷା ନାହିଁ । କେବଳ ଯୌତୁକ ହିଁ ଥିଲା ସେମାନଙ୍କର ଏକମାତ୍ର ଲକ୍ଷ୍ୟ । ବିଳାସିତା ହିଁ ଥିଲା ସେମାନଙ୍କର ଧ୍ୟେୟ ଓ ଧାରଣା । ରାଜାମାନଙ୍କ କ୍ଷେତ୍ରରେ ଭାଙ୍ଗିପଡ଼ିବାର କାରଣ ଥାଇପାରେ । କିନ୍ତୁ ଯୋଉମାନେ ରାଜତ୍ୱ କ'ଣ ଜାଣିନଥିଲେ, ସେମାନଙ୍କ ପକ୍ଷରେ ଏମିତି ତଳକୁ ଖସିଯିବାର କାରଣ କ'ଣ ମୁଁ ବୁଝିପାରେନା । ଯୋଉ ରାଜପୁତ୍ର ସାହସ ନାହିଁ, ପରିସ୍ଥିତିକୁ ସାମ୍ନା କରିବାର ପୌରୁଷ ନାହିଁ, ପରିସ୍ଥିତିକୁ ବଦଲେଇ ନିଜକୁ ପ୍ରତିଷ୍ଠିତ କରିବାର ଆଗ୍ରହ ନାହିଁ, ଉଦ୍ୟମ ନାହିଁ, ସେଇପରି ଅପୋଗଣ୍ଡ ରାଜପୁତ୍ରଟିକୁ ପତିରୂପରେ ବରଣ କରିବାର ମୋର ତିଳାର୍ଦ୍ଧ ଆଗ୍ରହ ନଥିଲା ।

ରାଜକୁମାରୀ ବରଣମାଲା ଦିଏ ବୀରକୁ। କାପୁରୁଷ, ହୀନବୀର୍ଯ୍ୟ, ମଦ୍ୟପ, ଲମ୍ପଟ, ଭୀରୁକୁ ନୁହେଁ।

ଏସବୁ କଥାରେ କିନ୍ତୁ ମୋ ସ୍ତ୍ରୀ ବିଶ୍ୱାସ ଗଲେ ନାହିଁ। ପରେ ନିଭୃତରେ ମୋତେ କହିଲେ, 'ନାଇଁମ, ତା ଭିତରେ ଆଉ କିଛି ଅଛି।'

କିନ୍ତୁ ରାୟପୁର ସହରରେ ରାଜକୁମାରୀଙ୍କ ଚରିତ୍ର ସମ୍ବନ୍ଧରେ ସାମାନ୍ୟତମ କୁସା ମଧ୍ୟ ନ ଥିଲା। ସମସ୍ତେ ଏକ ସ୍ୱରରେ କହୁଥିଲେ ରାଜକୁମାରୀଙ୍କ ପରି ନିଷ୍କଲଙ୍କ, ଚରିତ୍ରବତୀ କନ୍ୟାଟିଏ ଭାରତବର୍ଷରେ ଦୁର୍ଲଭ। କୌଣସି ପୁରୁଷକୁ ସେ ଆଡ଼ ଆଖିରେ ଚାହୁଁଥିବାର ମଧ୍ୟ ପ୍ରମାଣ ନାହିଁ। ଦୃପ୍ତ, ଅହଂକାରୀ, ଅଗ୍ନିଶିଖା ପରି ଜ୍ୱଳମାନ ରାଜକୁମାରୀ ରତ୍ନପ୍ରଭା।

କିନ୍ତୁ ଚରିତ୍ରରେ ମିଛଟାରେ ବି କାଳିମା ଲେପିବାର ଲୋକ ପୃଥିବୀରେ ଅଛନ୍ତି।

ଯେପରି କୌଣସି ସୂତ୍ରରୁ ଉଦ୍ଧାର କରି ମୋ ସ୍ତ୍ରୀ ଦିନେ କହିଲେ, "ଜାଣିବ ନା, ରାଜକୁମାରୀ କାହିଁକି ବାହା ହେଉ ନାହାନ୍ତି? ଜଣେ ନିକଟ ସମ୍ପର୍କୀୟ ଭାଇଙ୍କ ସହିତ ତାଙ୍କର ଅବୈଧ ସମ୍ପର୍କ ରହିଛି। ସେ ତ ତାକୁ ବାହା ହୋଇ ପାରିବେନି; ତେଣୁ ସେ ଅବିବାହିତ ରହିଛନ୍ତି।"

ହେ, ପ୍ରଭୁ! ଧନ୍ୟ ତମର ମାଣିଷ। ପୃଥିବୀରେ ଜଣେ ବି କେହି ନିଷ୍କଲଙ୍କ ଚରିତ୍ର ରହିପାରିବେ ନାହିଁ। ଏପରିକି ସ୍ୱୟଂ ତୁମେ ନିଜେ ସୁଦ୍ଧା ଏ ଚରିତ୍ର ସଂହାରରୁ ବର୍ତ୍ତି ପାରିନ।

ପ୍ରାୟ ପାଞ୍ଚ ଛଅମାସ ପରର କଥା।

ଆମ ସହରକୁ ବଦଳି ହୋଇ ଆସିଲେ ଜଣେ ନୂଆ ଡେପୁଟି କଲେକ୍ଟର। ବିନୋଦ କୁମାର। ଆଇ.ଏ.ଏସ୍.। ପ୍ରାୟ ଛଅଫୁଟ୍ ଲମ୍ବା। ଉଜ୍ଜ୍ୱଳ ଗୌରବର୍ଣ୍ଣ। ସୁଠାମ, ସୁଗଠିତ ଦେହ। ଅଭୁତ ବ୍ୟକ୍ତିତ୍ୱ ଲୋକଟିର। ଚାଲିଚଳଣ ସବୁଥିରେ ଯେପରି ଏକ ପୌରୁଷଭାବ ପ୍ରକଟିତ ହୋଇ ଉଠୁଥାଏ। ତା ଛଡ଼ା ଚମକ୍କାର ଚେହେରା ମଧ୍ୟ। ଦିଲ୍ଲୀର ବାସିନ୍ଦା। ଆଦି ବାସସ୍ଥାନ ଜାମ୍ମୁ। ମୋନା ପଞ୍ଜାବୀ। ଆମ ଘରେ ପ୍ରଥମ ଦେଖାରେ ହିଁ ସେ ଭଲପାଇ ବସିଲେ ରାଜକୁମାରୀଙ୍କୁ। କିଛିଦିନ ପରେ ସେ ନିଜଆଡୁ ପ୍ରସ୍ତାବ ଦେଲେ ତାଙ୍କୁ ବିବାହ କରିବାକୁ। ମୁଁ ମୋ ସ୍ତ୍ରୀଙ୍କୁ କହିଲି, "ଥରେ ପଚାରି ଦେଖ।"

ସ୍ତ୍ରୀ କହିଲେ "ରାଜକୁମାରୀ ନାହିଁ କଲେ।"

ବିନୋଦ କୁମାର କହିଲେ, 'କାହିଁକି?'

– କେଜାଣି? ତାଙ୍କର ତ ଅଭୁତ ମାନସିକତା। କିଛି ବୁଝିହୁଏ ନାହିଁ। ଆପଣ

ଟିକିଏ ଅପେକ୍ଷା କରନ୍ତୁ ଯଦି ପରେ ରାଜକୁମାରୀଙ୍କ ନିଷ୍ଠୁର ହୃଦୟ ଦ୍ରବୀଭୂତ ହୁଏ। ରାଜକୁମାରୀଙ୍କ ହୃଦୟ ଜୟ କରିବା କ'ଣ ସାମାନ୍ୟ କଥା ?

ବିନୋଦ କୁମାର ଅପେକ୍ଷା କରିବାକୁ ଲାଗିଲେ।

ମୋର ସେତେବେଳକୁ ବଦଲି ଅର୍ଡର ଆସି ସାରିଥାଏ। ମୋ ସ୍ତ୍ରୀ ଶେଷଥର ପାଇଁ ଚେଷ୍ଟା କଲେ। "କ'ଣ ହେଲା, କାହିଁକି ଆପଣ ନାହିଁ କରୁଛନ୍ତି। ତା ଛଡ଼ା ଆପଣଙ୍କର ରାଜ ପରିବାରରେ ତ ବିଭିନ୍ନ ପ୍ରଦେଶରେ ବିବାହ ଚଲେ। ଆପଣ ତ ଚମତ୍କାର ହିନ୍ଦୀ କହନ୍ତି। କହିବାକୁ ଗଲେ ହିନ୍ଦୀ ହିଁ ଆପଣଙ୍କର ମାତୃଭାଷା। ତା'ପରେ ବି ନିଜେ ଏତେ ଆଗ୍ରହୀ। ଆପଣଙ୍କ ବିଷୟରେ କିଛି ନ ଜାଣି ସୁଦ୍ଧା ଭଲପାଇ ବସିଛନ୍ତି ପ୍ରଥମ ଦେଖାରେ। କାହିଁକି ନାହିଁ କରୁଛନ୍ତି ?"

ବହୁ ସମୟ ନୀରବ ରହି ରାଜକୁମାରୀ ଉତ୍ତର ଦେଲେ।

– ଆପଣ ବୁଝିପାରିବେ ନାହିଁ ମିସେସ୍ ମହାନ୍ତି। ସେଇଟା ଆମ ରାଜକୁମାରୀମାନଙ୍କର ନିଜସ୍ୱ ଦୁଃଖ – ନିଜସ୍ୱ ବେଢ଼ି। ଆପଣମାନଙ୍କ ପକ୍ଷରେ ସୌନ୍ଦର୍ଯ୍ୟ, କ୍ଷମତା, ଧନ ବଡ଼ ହୋଇ ଦେଖାଯାଏ। ମୋ ପାଖରେ କିନ୍ତୁ ସେ ସମସ୍ତ ତୁଚ୍ଛ। ଅନେକ କ୍ଷମତା, ଧନ ଦେଖିଛି ମୁଁ। ସୌନ୍ଦର୍ଯ୍ୟ, ପୁରୁଷତ୍ୱ ବି ଅନେକ ଦେଖିଛି। ଆଉ କେମିତି କହିବି ବୁଝିପାରୁନି। ଆପଣଙ୍କ ଦେହରେ ରକ୍ତର ରଙ୍ଗ ନାଲି। ରାଜକୁମାରୀମାନଙ୍କର ରକ୍ତର ରଙ୍ଗ ନୀଲ। ଏଇ ନୀଲ ରଙ୍ଗର ରକ୍ତଧାରିଣୀ କୌଣସି କନ୍ୟା ଯେତେ କ୍ଷମତାସମ୍ପନ୍ନ, କୋଟିପତି, ସୁପୁରୁଷ ହେଉପଛେ ସାଧାରଣ ବ୍ୟକ୍ତି ମାତ୍ର। ତାକୁ ସେ ଦେହଦାନ କରିପାରେନା। ଅନ୍ତତଃ ମୁଁ ପାରିବି ନାହିଁ। ମୁଁ ରାଜକୁମାରୀ ମିସେସ୍ ମହାନ୍ତି, ମୁଁ ରାଜକୁମାରୀ।

ସ୍ୱପ୍ନ + କଳ୍ପନା + ବାସ୍ତବ = ଜୀବନ

ମଣିଷ ସ୍ୱପ୍ନ ଦେଖେ। ଦେଖେ କେବଳ। ସେଥିରେ ତା'ର କରିବାର କିଛି ନଥାଏ। ମଣିଷ କଳ୍ପନା କରେ। ନିଜ ଇଚ୍ଛାରେ। ସେ ସ୍ୱଇଚ୍ଛାରେ ସବୁ ପ୍ରକାର ଜିନିଷ ଗଢ଼ିପାରେ। ଭାଙ୍ଗିପାରେ।

ସ୍ୱପ୍ନ ଅଚାନକ ଆସେ। ଅନାହୂତ। ତା'ର ଆସିବାର ଯିବାର କିଛି ସଙ୍ଗତି ନାହିଁ। ନିର୍ଦ୍ଦିଷ୍ଟତା ନାହିଁ। ଝଲକାଏ ବାସ୍ନା ପରି ଆସେ-ତା ବିଷୟରେ ସଚେତନ ହେବା ପୂର୍ବରୁ ସେ ମିଳେଇ ଯାଏ। କାରଣ ନାହିଁ-ଅହେତୁକ। ସମୟର ନିର୍ଦ୍ଦିଷ୍ଟତା ନାହିଁ। ଘଟଣାର ନିର୍ଦ୍ଦିଷ୍ଟତା ନାହିଁ। ଖାଲି କେବଳ କେତେକ ଅନିର୍ଦ୍ଧାରିତ ଭେରିଏବଲସ୍। ଅପ୍ରତ୍ୟାଶିତ। ଅନ୍‌ପ୍ରେଡ଼ିକ୍‌ଟେବଲ୍।

କଳ୍ପନା କିନ୍ତୁ ସେମିତି ନୁହେଁ। ମଣିଷ ଇଚ୍ଛାକୃତ ଭାବରେ ତାକୁ ସଜେଇ ସଜେଇ ଗଢ଼ିପାରେ। ଗୋଟାଏ ନିର୍ଦ୍ଦିଷ୍ଟ ଚିତ୍ର ଆଙ୍କିପାରେ। ଜୀବନର ଏକ ସୁମଧୁର ଖସଡ଼ା ପ୍ରସ୍ତୁତ କରିପାରେ। ସେଇ ସୁଖର ଦୃଶ୍ୟ ଦୃଶ୍ୟାନ୍ତର ଗଠନ କରି ତାରି ଭିତରେ କିଛି ସମୟ ପାଇଁ ନିଜକୁ ନିଜେ ଭୁଲିଯାଇପାରେ।

ବ୍ୟକ୍ତି ବିଶେଷ ନେଇ କଳ୍ପନାର ରଙ୍ଗ, ଦୃଶ୍ୟପଟ ବିସ୍ତାରିତ ହୋଇପାରେ। ସଂକୁଚିତ ହୋଇପାରେ। ଯାହାର ଯେତିକି ଅନୁଭୂତି-କଳ୍ପନାର ପରିଧ୍ ତା'ର ସେତିକି। ଏଇ ଯେମିତି ଏଇନେ କଳ୍ପନା କରୁଛି ଚିତ୍ରାଙ୍ଗଦା ଶତପଥୀ ଖଟ ଉପରେ ଶୋଇରହି- ଆଦ୍ୟ ଆଷାଢ଼ର କଳା ଘୁମର ମେଘ ଆଡ଼େ ଅନିର୍ଦ୍ଦିଷ୍ଟ ଭାବରେ ଚାହିଁ ଚାହିଁ।

ସେ ବାହାହୋଇ ଯାଇଛି ଏକ ଅନିନ୍ଦ୍ୟ ସୁନ୍ଦର ଯୁବାପୁରୁଷକୁ। ଭାରତ ଛାଡ଼ି ଚାଲି ଯାଇଛି ସୁଦୂର ଆମେରିକା। ସେଇଠି କୋଉ ଗୋଟାଏ ସହରରେ ରହିଛି ତା'ର ନିଜସ୍ୱ ବାଂଲୋ। ବାଂଲୋ ଚାରିପଟେ ବିରାଟ ବିରାଟ ପାଇନ ଗଛର ଜଙ୍ଗଲ। ସାମ୍ନାରେ ସୁନ୍ଦର ଶ୍ୟାମଳ ବିସ୍ତୃତ ଲନ୍‌। ଲନ୍‌ ଚାରିପଟେ ନାଲି ଗୋଲାପର ଗଛ।

ଆଉ ଲନର ଆରପଟେ ମଲ୍ଲୀ ଗଛର ବୁଦା । ତା ପାଖକୁ ରହିଛି ଦୁଇଟି ଗଙ୍ଗାଶିଉଲି ଗଛ । ଠିକ୍ ତା ସାମ୍ନାକୁ ପାଖାପାଖି ଦୁଇଟି ବଉଲ ଗଛ । ବଉଲଗଛ ଦୁଇଟିକୁ ଲଗେଇ ଝୁଲୁଛି ଗୋଟାଏ ନାନାରଙ୍ଗର ବେତର ଦୋଲି । ପୋର୍ଟିକୋର ଦୁଇଧାରରେ ଗୋଟିଏ ପଟେ ୟୂଇ ତ ଅନ୍ୟପଟେ ଗୋଟାଏ ମଧୁମାଲତୀର ଲତା । ଏକାବେଲକେ ଫୁଟିଛନ୍ତି ସବୁ । ଗୋଟାଏ ଅଭୁତ ମହକରେ ଚାରିଆଡ଼େ ମହକି ଉଠୁଛି । ସେ ତା'ର ସ୍ୱାମୀର କୋଲରେ ମୁଣ୍ଡ ଦେଇ ଝୁଲୁଛି ସେଇ ଦୋଲିରେ ସମ୍ପୂର୍ଣ୍ଣ ରୂପେ ଆତ୍ମଲୀନ ହୋଇ ।

ଛି, ଆମେରିକାରେ କ'ଣ ୟୂଇ ୟାଇ ମଲ୍ଲୀ ମାଧୁମାଲତୀ ସମ୍ଭବ ? ନା ତା ବଦଲରେ ଜିନିଆ, ଡାହଲିଆ, କ୍ରିସେନ୍ଥାମ୍ ସିନା ରହିବା ଉଚିତ ? ଛି, କି ପ୍ରକାର କଳ୍ପନା କରୁଛି ସେ ? ଆଛା, ତାହାଲେ ଲନ୍ର ଆର ପଟରେ କିଆରୀ କିଆରୀ ହୋଇ ଜିନିଆ, କ୍ରିସେନ୍ଥାମାମ୍, ଡାହଲିଆ–ଆଉ କେତେ ରଙ୍ଗର କେତେ କିସମର ଫୁଲ । ବାରଣ୍ଡାରେ, ପୋର୍ଟିକୋରେ, ରଙ୍ଗ ବେରଙ୍ଗୀ ସୁତାରେ, ବିଭିନ୍ନ ରଙ୍ଗର ପଟ୍ରେ କେତେ ପ୍ରକାର ଅର୍କିଡ୍ ।

କେତେ ବଡ଼ ବଙ୍ଗଲା । ଛଅଟି କି ସାତଟି ଘର । ତିନୋଟି ବେଡ଼୍ରୁମ୍ । ବଡ଼ ଡ୍ରାଇଂରୁମ୍ କମ୍ ଡାଇନିଂ ରୁମ୍ । ପାଖରେ ପେଣ୍ଟ୍ରି । କିଚେନ୍ରେ ଲାଗିଛି କୁକିଂ ରେଞ୍ଜ । ବିଶାଲ ରେଫ୍ରିଜେରେଟରରେ ଖୁଦିହୋଇ ରହିଛି ନାନା ପ୍ରକାର ଫଳମୂଲ ଖାଦ୍ୟ ସାମଗ୍ରୀ । ଡ୍ରଇଂ ରୁମ୍ର ଝରକାରେ ସୁନ୍ଦର ଝିଲିମିଲି ପରଦା । ପେଲମେଟ୍ ଦେହରେ ଦିହରେ କେତେ ବହଲ ରଙ୍ଗୀନ୍ ପର୍ଦା । କାଡ଼ିଲାକ୍ସ କାର ଦୁଇଟା । ଗୋଟାଏ ତା ପାଇଁ–ଗୋଟାଏ ତା'ର ସ୍ୱାମୀ ପାଇଁ । ନା, ତା କାର୍ଟା ଛୋଟ ଆକାଶୀ ରଙ୍ଗର ଟୟୋଟା । କେତେ ମୋଟା ଗଦି ବିଛଣା–ବିରାଟ କଲର ଟିଭି, ଭିସିଆର୍, ଆଉ, ଆଉ–ହଁ ଟେପ୍ ରେକଡ଼ର–ଥ୍ରୀ ଇନ୍ ୱାନ୍ ।

ସବୁଆଡ଼େ ଶୁନ୍ଶାନ୍ । କେହି ନାହିଁ । କେବଲ ସେ ଓ ତା'ର ସ୍ୱାମୀ । ବଗିଚାରେ ଦୋଲିରେ କେତେବେଲେ ନିଜ ଖୁସିରେ ଝୁଲୁଛନ୍ତି ତ କେତେବେଲେ ଗଦି ବିଛଣାରେ – ଆଉ –

ଆଉ କ'ଣ କଳ୍ପନା କରାୟାଇପାରେ ଚିତ୍ରାଙ୍ଗଦାର ମୁଣ୍ଡକୁ ଆସୁ ନାହିଁ । ସେ ଏଠିକାର ଜଣେ ଉଚ୍ଚପଦସ୍ଥ ଅଫିସର, ଡାକ୍ତର, ଇଞ୍ଜିନିଅର କିମ୍ବା ଆଇ.ଏ.ଏସ୍.କୁ ପତିରୂପରେ କଳ୍ପନା କରିବାକୁ ଭଲପାଏ ନାହିଁ । କେମିତି ଚିହ୍ନଚିହ୍ନା ଜଣାପଡ଼େ । ନିତିଦିନିଆ, ଦିହଗସରା ପରି ଜଣାୟାଏ । ଆକର୍ଷଣ ଆସେ ନା । କିନ୍ତୁ ସୁଦୂର ଆମେରିକାରେ ୟେ ତା'ର ଏଇ ନିତିଦିନିଆ ଦୁନିଆ ଠାରୁ ଆଉ କିଛି ଭୋଗ୍ୟ ବସ୍ତୁ ଥାଇପାରେ, ସେ ତା'ର କଳ୍ପନା କରିପାରେ ନାହିଁ ।

ତା'ର କଳ୍ପନାର ପରିଧି ଏତିକିରେ ଅଟକିଯାଏ। ସେଇତକ ସୁଖ ଭିତରେ ସାରାଜୀବନ କଟିଯିବ ବୋଲି ସେ ଭାବିନିଏ। ବୁଢ଼ୀମା' କାହାଣୀର ରାଜାପୁଅ ରାଜାଝିଅ ମିଳନ ଘଟିଯିବାପରେ ଯେମିତି କାହାଣୀର ଶେଷ ହୋଇଯାଏ–ବାହାଘର ପରେ ତା'ର ମନକୁ ସେମିତି ଆଉ କିଛି ଆସେ ନାହିଁ। କଳ୍ପନାର ପୂର୍ଣ୍ଣଚ୍ଛେଦ ସେଇଠି ସେ ଆଙ୍କିଦିଏ, ପୁଣି ଆଉଥରେ କଳ୍ପନା କରିବାର ମୁହୂର୍ତ୍ତକୁ ଅପେକ୍ଷା କରି।

ଅଥଚ ରାତିରେ ସେ ଏଇ ସ୍ୱପ୍ନ ଦେଖେ ନାହିଁ। ସେ ସ୍ୱପ୍ନ ଦେଖେ ସେ ଗୋଟାଏ ଧଳା ରାଜହଂସରେ ରୂପାନ୍ତରିତ ହୋଇଯାଇଛି। ଆକାଶରେ ଉଡ଼ି ଉଡ଼ି ସେ ଯେଉ ପୋଖରୀରେ ଆସି ପହଞ୍ଚିଛି, ସେଇ ପୋଖରୀରେ କାଚକେନ୍ଦୁ ଭରା ପାଣି। ଚାରିଆଡ଼େ ନାଲି ନାଲି କଇଁ ଫୁଲ ଫୁଟିଛି। ପଦ୍ମଫୁଲରେ ସାରା ପୋଖରୀ ମଣ୍ଡି ହୋଇଯାଇଛି। ସେ ପହଁରି ପହଁରି କୂଳ ଆଡ଼କୁ ଯାଇ ଦେଖୁଛି ଯେ ତା'ର ପ୍ରେମିକ ପ୍ରଦୀପ ମହାନ୍ତି କୂଳରେ ଏକୁଟିଆ ବସି ତା ଆଡ଼କୁ ଶୂନ୍ୟ ଦୃଷ୍ଟିରେ ଚାହିଁ ରହିଛି। ସେ ତା'ର ଶୁଭ୍ର ଡେଣା ଦୁଇଟି ମେଲେଇ ତା'ର ଦୃଷ୍ଟି ଆକର୍ଷଣ କରିବାକୁ ଚେଷ୍ଟା କରୁଛି। ଡେଣା ଝପଟାଇ ଉପରକୁ ଉଠୁଛି, ପାଣିତଳେ ଡୁବ ଦେଉଛି। ଅଥଚ ପ୍ରଦୀପ କେମିତି ପ୍ରାଣହୀନ, ନିଥର। ସେ କିଛି ବୁଝିପାରୁନି। ଜାଣିପାରୁନି। ତା'ର ବହୁତ ଇଚ୍ଛା ହେଉଛି ତାକୁ ସେ ପାଟି କରି ଡାକନ୍ତା– "ପ୍ରଦୀପ, ପ୍ରଦୀପ ହେଇ ଦେଖ – ମୁଁ ଆସିଛି। ମୁଁ ତମର ଚିତ୍ରା। ରାଜହଂସ ବେଶରେ। ଆକାଶରେ ବଉଦର ଭେଳା କାଟି କାଟି – ତମରି ପାଖକୁ ଉଡ଼ି ଆସିଛି କେଉଁ ସାତ ସମୁଦ୍ର ତେର ନଦୀର ଦେଶ ପାର ହୋଇ। ଆସ ପ୍ରଦୀପ – ମୋତେ କୋଳେଇ ନିଅ – ଆସ ମୋତେ କ'ଣ ଚିହ୍ନିପାରୁନ? ପ୍ରଦୀପ–ମୁଁ ଯେ ଚିତ୍ରା–ପ୍ରଦୀପ–ପ୍ରଦୀପ–"

ଅଥଚ ତା'ର ପାଟିରୁ କଥା ବାହାରୁ ନାହିଁ। ଗଳା ଯେମିତି ରୁଦ୍ଧ ହୋଇଯାଇଛି। ଯେତେ ଚେଷ୍ଟା କଲେ ବି ସେ ଆଉ କଥା କହିପାରୁନି। ପ୍ରଦୀପ ତାକୁ ପଛ କରି ଚାଲିଯାଉଛି।

– ପ୍ରଦୀପ। ପ୍ରଦୀପ। ଶୁଣ। ନିଜ ଚିତ୍କାରରେ ନିଜର ସ୍ୱପ୍ନ ଭାଙ୍ଗିଯାଏ ଚିତ୍ରାଙ୍ଗଦାର। ପାଖ ବେଡ଼ରେ ଶୋଇଥିବା ସୁହାସିନୀ ନିଦ ବାଉଳାରେ ଉଠିପଡ଼ି ପଚାରେ "କ'ଣ ହେଲା ନାନୀ?"

ଚିତ୍ରାଙ୍ଗଦା ଲାଜରା ହୁଏ। କିଛି କହିପାରେ ନା। କିଛି ନ ଜାଣିଲା ପରି କରମୋଡ଼ି ଶୁଏ।

ଭୋର ହୋଇ ଆସିଲାଣି ବୋଧହୁଏ। ଆକାଶରେ ନାନା ପକ୍ଷୀର କାକଳି। ଅଗଣାର ସଜନା ଗଛ ଉପରେ ଡାମରା କାଉର କା କା ଶବ୍ଦ।

କଳ୍ପନା ଓ ସ୍ୱପ୍ନର ପାହାଚ ଉପରୁ ଲଥ୍ କରି ଖସିପଡ଼େ ସୁନାମଣି ପ୍ରାଇଭେଟ୍ ଗାର୍ଲ୍‌ସ ହାଇସ୍କୁଲର ପ୍ରଧାନ ଶିକ୍ଷୟିତ୍ରୀ ଚିତ୍ରାଙ୍ଗଦା ଶତପଥୀ। ବାସ୍ତବତା ତା'ର ସଠିକ୍ ଚିତ୍ର ଆଙ୍କେ। ନରିପୁର ପଞ୍ଚାୟତ ସମିତିର ପିଅନ ହରେକୃଷ୍ଣ ଶତପଥୀଙ୍କ ପ୍ରଥମା କନ୍ୟା–ଶ୍ୟାମଳୀ, ସାଧାରଣ ରୂପ ସମ୍ପନ୍ନା। ବି.ଏସ୍.ସି. ବି.ଇଡି ପାଶ୍। ଚିତ୍ରାଙ୍ଗଦା ଘରେ ଦୁଇଟି ଅନୂଢ଼ା ଭଉଣୀ–ଜଣେ ସାନଭାଇ। କୋଉ ଏକ ଧୋଇଆ ଅପନ୍ତରା ଗାଁର ନୂଆଁଣିଆ ଚାଳଘର। ରୂଢ଼ ବାସ୍ତବତା ସବୁ କିଛି ରଙ୍ଗ ଶୋଷିନିଏ।

ଚିତ୍ରାଙ୍ଗଦା ଶତପଥୀ ସବୁ କିଛି ବାସ୍ତବତାକୁ କର୍ମ ଆଦରି ଗ୍ରହଣ କରିନିଏ। ହେଉପଛେ ଦରମା ତିନିଶହ ଟଙ୍କା। ନିଜେ ଚଲି ଘରକୁ ଅନ୍ତତଃ ଶହେଟଙ୍କା ତ ଦେଇ ପାରୁଛି। ବର୍ଷେ ଦି ବର୍ଷ ପରେ ନିଶ୍ଚୟ ପୂରା ଏଡେଡ୍ ହୋଇଯିବ। ସିଧାସଳଖ ଦରମା ମିଳିବ। ଆଉ ହଜାରେ ଲେଖି ତିନିଶ ପାଇବାର ଗ୍ଲାନି ଓ ବିଦ୍ୱେଷରୁ ରକ୍ଷା ମିଳିଯିବ। ହଜାରେ ପାଖାପାଖି ଦରମା ପାଇବ ସେ।

ପୁଣି କଳ୍ପନା ମାଡ଼ି ଆସେ ଚିତ୍ରାଙ୍ଗଦା ଉପରକୁ।

ସେ ଭୁଲିଯାଏ ମେଦବହୁଳ ଦରପାଠୁଆ ସରପଞ୍ଚ, ଧୂର୍ତ୍ତ, ଶେତାଳିଆ ଶୀର୍ଷ, ପଞ୍ଚାୟତ ଚେୟାରମେନର ଲୋଭିଲା ଆଖିମାନଙ୍କୁ। ଯୁବନେତାମାନଙ୍କର ଲାଳସାପୂର୍ଣ୍ଣ ଇସାରାକୁ। ଦରପାଠୁଆ, କଲେଜ ଛଡ଼ା ଯୁବକମାନଙ୍କ ସୁସୁରିମାଡ଼ି, ବିଭସ୍ତ ଚାହାଣି ଓ ଗଦାଗଦା ଅଶ୍ଲୀଳ ପ୍ରେମ ପତ୍ରକୁ।

ସେ କଳ୍ପନା କରି ବସେ ଆଉ ଏକ ଦୃଶ୍ୟର। ପୁରୁଣା କଳ୍ପନା କଥା, ଭାବିଲେ ତାକୁ କେମିତି ସ୍ୱାର୍ଥପର ସ୍ୱାର୍ଥପର ମନେହୁଏ। ନା, ସେ ସବୁଠାରୁ ବଡ଼। ଝିଅପିଲା ହେଲେ କ'ଣ ହେଲା ତା'ର କ'ଣ ପିତାମାତା ଭାଇଭଉଣୀ ପ୍ରତି କିଛି କର୍ତ୍ତବ୍ୟ ନାହିଁ ? ନାଁ, ଥରେ ଏଡେଡ୍ ହୋଇଯାଉ, ସେ ଏଠି ଗୋଟାଏ ଘର ଭଡ଼ା ନେବ। ବୋଉ, ଭାଇଭଉଣୀମାନଙ୍କୁ ତା ପାଖକୁ ନେଇ ଆସିବ। ଏଠି ସେମାନେ ପାଠ ପଢ଼ିବେ। ତଳ ଭଉଣୀକୁ ନିଶ୍ଚେ ଏମ୍.ଏ. ପଢ଼ାଇବ। ତା ତଳଟା ଭାରି ବୁଦ୍ଧିମତୀ। ଯଦି ସୁବିଧା ହୁଏ ତାକୁ ଡାକ୍ତରାଣୀ କରିବ। ଆଉ ଭାଇଟା ତ ସବା ସାନ। ସେତେବେଳକୁ ଯଦି ତା ସାଙ୍ଗକୁ ଭଉଣୀଟା ପାରି ଉଠେ ତ ଆଉ ଭୟ କ'ଣ ? ତାକୁ ସେ ନିଶ୍ଚୟ ଇଞ୍ଜିନିଅରିଂ ପଢ଼ାଇବ।

ସେ କଳ୍ପନା କରେ ସେ ଉଜ୍ଜ୍ୱଳ ଭବିଷ୍ୟତକୁ। ସାନଭଉଣୀ ଅଧ୍ୟାପିକା ହୋଇଛି। ତା ତଳ ଭଉଣୀ ଡାକ୍ତରାଣୀ ହୋଇଛି। ସାନ ଭାଇ ଇଞ୍ଜିନିଅର। ସମସ୍ତେ ମିଶି ସହରରେ ଘରଟିଏ ତୋଳିଛନ୍ତି। ସେଇ ଘରେ ସେ ଜଣ ଜଣକର ବାହାଘର କରୁଛି। ସମସ୍ତେ ତାଙ୍କର ସଂସାର ନେଇ ଖୁସିରେ ଘର କରୁଛନ୍ତି।

ସେ ଭାବୁଛି ତା'ର ଆତ୍ମୋସର୍ଗ ସାର୍ଥକ ହୋଇଛି। ସମସ୍ତେ ମଣିଷ ହୋଇଯଛନ୍ତି। ମୁହଁରେ ତା'ର ପରିତୃପ୍ତିର ହସ।

ତା ପରେ ସେ ହଠାତ୍ ଆତଙ୍କିତ ହୋଇ ଉଠେ। ହଠାତ୍ କାହିଁକି ଆଉ ଗୋଟାଏ ଆଶଙ୍କାର ଚିତ୍ର ଉଙ୍କିମାରେ। ସେ ଦେଖେ ସମସ୍ତେ ତାକୁ ଛାଡ଼ି ଚାଲିଯାଇଛନ୍ତି। ଆଉ ସେଇ ଘର ଭିତରେ ସେ ଏକୁଟିଆ, ନିଃସଙ୍ଗ। ତରତର ହୋଇ ଉଠିପଡ଼େ ସେ। ନା ଆଉ କଳ୍ପନା କରିବ ନାହିଁ ସେ। ଯାହା ଯେମିତି ଘଟିଯାଉଛି ଯାଉ। ଯାହା ପରିସ୍ଥିତି ଆସିବ ଆସୁ। ବାସ୍ତବତାଠୁ ଦୂରେଇ ଯିବାହିଁ ଭଲ।

କଳ୍ପନା ନିଜର ଅବଚେତନ ମନର ପ୍ରତିକ୍ରିୟା। ଯାହା ମିଳେ ନାହିଁ, ମିଳିବାର ଆଶା ନାହିଁ, ତାକୁହିଁ ନିଜ ଇଚ୍ଛାରେ, ନିଜର ମନ ଅନୁସାରେ, ନିଜ ଭିତରେ ଗଢ଼ି ଆନନ୍ଦ ପାଇବାର ନାମ ତ କଳ୍ପନା।

କଳ୍ପନା ଭିତରେ ଯେତିକି ସୁଖ, କଳ୍ପନାରୁ ବାହାରି ଆସି ବାସ୍ତବତାର ମୁହାଁମୁହିଁ ହେଲେ ତାଠାରୁ ଦୁଇଗୁଣ ଦୁଃଖ। ଚିତ୍ରାଙ୍ଗଦା ଝଟ୍‌ପଟ୍ ବିଛଣା ଛାଡ଼େ। ନିତ୍ୟକର୍ମ ସାରି ରୋଷେଇ ବସାଏ। ଖାତା ଦେଖେ। ପାଠ ତିଆରି କରେ। ସ୍କୁଲ ବାହାରିଯାଏ। ସଞ୍ଜ ହୁଏ। ସ୍କୁଲରୁ ଫେରି ପୁଣି ତା'ର ନିତ୍ୟକର୍ମ କରେ। ରୋଷେଇ ବସାଏ। ଖାଇଦେଇ ପୁଣି ଗଡ଼ିପଡ଼େ ବିଛଣା ଉପରେ।

କଳ୍ପନା କିନ୍ତୁ ଛାଡ଼େ ନାହିଁ ତାକୁ। ଟିକିଏ ଫାଙ୍କା ଦେଖି ଝପଟି ଧରେ। ଜାବୁଡ଼ି ପକାଏ।

ସେ କଳ୍ପନା କରେ ଗୋଟାଏ ସାଧାସିଧା ଜୀବନର। ମାଷ୍ଟରଟିଏ ହୋଇଥିବ। ବେଶୀ ସୁନ୍ଦର ନ ହୋଇଥାଉ ପଛେ ଭଲଗୁଣର ହୋଇଥିବ। ତା'ର ବାପ, ମା, ଭାଇଭଉଣୀକୁ ସ୍ନେହ କରୁଥିବ। ଛୋଟ ଘର। ଛୋଟ ଅଗଣା। ଗୋଟାଏ ବୋଲି ମଲ୍ଲୀବୁଦା। ତୁଳସୀ ଚଉରାଟିଏ। ଅନ୍ତତଃ କିଛିଦିନ ପାଇଁ ବାପ ମା'କୁ ସାହାଯ୍ୟ ଦେବାକୁ ମନା କରୁନଥିବ। ତା'ର ଆଉ କେହି ନ ଥାନ୍ତେ କି? ଭଲ ହୁଅନ୍ତା। ଦୁଇଜଣ ଖୁସିବାସିରେ ଜୀବନଟା କଟେଇ ଦିଅନ୍ତେ।

କଳ୍ପନା କରୁ କରୁ ଆଖିପତା ମୁଦି ହୋଇଯାଏ। ସୁଷୁପ୍ତି ଜମି ଆସେ। ସ୍ୱପ୍ନ ପୁଣି ଅଚାନକ ଆସେ।

କୋଉ ଗୋଟାଏ ଅଜଣା ନଈ କୂଳରେ ଛିଡ଼ା ହୋଇଛି ଚିତ୍ରାଙ୍ଗଦା। ବହୁଦୂରରୁ ଗୋଟାଏ ଏକଣିଆ ନଉକା, ବାହି ବାହି କେହି ଜଣେ ଆସୁଛି। ଭଲକରି ଦେଖାଯାଉନି ଚେହେରାଟା। ଧୀରେଧୀରେ ନୌକାଟି ପାଖକୁ ଆସୁଛି। ତଥାପି ବାରି ହେଉନି ଲୋକଟି କିଏ? ଅତି ଚିହ୍ନା, ଅତି ପରିଚିତ ପରି ମନେ ହେଉଛି। ଅଥଚ ହଠାତ୍ ନୌକାଟି

ଭଉଁରୀ ଭିତରେ ପଡ଼ିଯାଉଛି । ଘୁରୁଛି, ଘୁରୁଛି ନୌକା । ଟଳମଳ ହୋଇ । ଚକ୍ରାକାରରେ ବୁଲୁଛି । ଲୋକଟା ଚିକ୍କାର କରୁଛି । ତା’ର ସ୍ୱରଟା ଚିହ୍ନା ଚିହ୍ନା । ଅଥଚ ହଠାତ୍ ନୌକାଟା ବୁଡ଼ିଯାଉଛି । ଭାସି ଉଠୁଛି ଅତି ପରିଷ୍କାର ଭାବରେ ପ୍ରଦୀପ ମହାନ୍ତିର ମୁହଁଟା ।

‘ପ୍ରଦୀପ’ । ଚିକ୍କାର କରି ନିଦ ଭାଙ୍ଗିଯାଏ ଚିତ୍ରାଙ୍ଗଦାର ।

ପ୍ରଦୀପଟା ଏମିତି । କେବେହେଲେ କଳ୍ପନାରେ ଆସେ ନାହିଁ । ତାକୁ ନେଇ ଘରସଂସାର କରିବାର କଳ୍ପନା ସେ କରିପାରେ ନାହିଁ ।

ଅଥଚ ସେ ଖାଲି ସ୍ୱପ୍ନରେ ଆସେ–ଅପ୍ରତ୍ୟାଶିତ । କାହିଁକି କେଜାଣି ? ଚିତ୍ରାଙ୍ଗଦା ମନେ ମନେ ପ୍ରତିଜ୍ଞା କରେ । ନାଁ ଆଉ କଳ୍ପନା ନୁହେଁ କି ସ୍ୱପ୍ନ ନୁହେଁ ।

କିନ୍ତୁ କ’ଣ କରିବ ବିଚରା ଚିତ୍ରାଙ୍ଗଦା ?

ସ୍ୱପ୍ନ ଦେଖିବା ତା’ର ଆୟଉରେ ନାହିଁ ।

କଳ୍ପନା ନ କରିବା ତା’ର ଇଚ୍ଛାଧୀନ ନୁହେଁ ।

କାସ୍ତବତା ବି ତା’ର ଇଚ୍ଛାଧୀନ ନୁହେଁ ।

ନିଜେ ନ ଚାହିଁ ବି ସେ ଏମିତି ସ୍ୱପ୍ନ ଦେଖୁଥିବ–କଳ୍ପନା କରୁଥିବ–ବାସ୍ତବତାର ମୁହାଁମୁହିଁ ହେଉଥିବ ।

ଅଣାୟଉ ।

ଆମ ମଣିଷ ଜୀବନର ଇତିହାସ ତ ଏହିପରି । କିଛି ଅଣାୟଉ ସ୍ୱପ୍ନ । କିଛି ଦୁର୍ବାର କଳ୍ପନା ଓ କିଛି ଅଲଙ୍ଘନୀୟ ବାସ୍ତବତା–ସବୁରି ଏକ ଫେଣ୍ଟାଫେଣ୍ଟିର ନାମ ତ ଜୀବନ ।

ସ୍ୱପ୍ନ ଭାଙ୍ଗୁଥିବ ।

କଳ୍ପନା ମିଛ ହେଉଥିବ ।

ତଥାପି ଜୀବନ ଆହୁରି ସ୍ୱପ୍ନ ଦେଖୁଥିବ–ଆହୁରି କଳ୍ପନା କରୁଥିବ–ନିୟତି ସାଙ୍ଗରେ ଲଢ଼ାଇ କରୁଥିବ–ଜୀବନ ଚାଲିଥିବ–ଚାଲିଥିବ–ଚାଲିଥିବ ।

ସୁରଭୀ ମିଶ୍ର ଆସିଛି-ରହିବ

ପହଞ୍ଚିବା ପରଦିନ ସକାଳୁ ହିଁ ଫେରିଯିବାକୁ ଜିଦ୍ ଧରି ବସିଲେ 'ଲତିକା ମଞ୍ଜରୀ ଗାର୍ଲ୍ସ୍ ସ୍କୁଲ'ର ପ୍ରଥମ ଶିକ୍ଷୟିତ୍ରୀ ଶ୍ରୀମତୀ ସୁରଭୀ ମିଶ୍ର ।

ଖବର ପାଇ ଲଣ୍ଡଭଣ୍ଡ ହୋଇ ଧାଇଁଲେ ସ୍କୁଲର ପ୍ରେସିଡେଣ୍ଟ ଗୌରାଙ୍ଗ ଶତପଥୀ ଓ ସେକ୍ରେଟାରୀ ଗୋପୀ ପଟ୍ଟନାୟକ ।

"ଗାଧୁଆଘର ଓ ପାଇଖାନା ତିଆରି ନହେଲା ଯାଏଁ ମୁଁ ଏଠାରେ ରହି ପାରିବି ନାହିଁ । ମୋତେ ଏ କଥା ଆପଣମାନେ ଆଗରୁ କହିଲେ ନାହିଁ କାହିଁକି ? କହିଲେ କ୍ବାର୍ଟର ଅଛି । ଏଇ କ'ଣ କ୍ବାର୍ଟରର ନମୁନା ? ମୋର ପ୍ରାଇଭେସି ବୋଲି କିଛି ନାହିଁ ?"

ଗୌରାଙ୍ଗ ଶତପଥୀ ବେଶ୍ ବୟସ୍କ ଲୋକ । ପ୍ରାୟ ଷାଠିଏ ପାଖାପାଖି । କହିଲେ "ଆହା ବ୍ୟସ୍ତ ହୁଅନାହିଁ ଦିନ କେଇଟା ସମ୍ଭାଳି ଯାଆ । ସବୁ ବ୍ୟବସ୍ଥା ହୋଇଯିବ ।"

"କି ଛେନାଗୁଢ ବ୍ୟବସ୍ଥା ହୋଇଯିବ ? ଏତେ ଲୋକଙ୍କ ଆଗରେ ମେଳା ବାନ୍ଧି ମୁଁ ପୋଖରୀ ହୁଡ଼ା, କିଆ ଗହୀରକୁ ଯାଇପାରିବି ନାହିଁ । ଅସଭ୍ୟ ଭାବରେ ମୁଁ ପୋଖରୀ ଘାଟରେ ଗାଧୋଇ ପାରିବି ନାହିଁ । ଯଦି ଆପଣଙ୍କର ଝିଅ ଝିଆଣୀମାନେ ସମସ୍ତଙ୍କ ସାମ୍ନାରେ ଠିଆ ଫେରି ଯାଇପାରନ୍ତି, ଶହ ଶହ ଲୋକଙ୍କ ଆଖି ସାମ୍ନାରେ ଲଙ୍ଗଳା ମୁକୁଳା ହୋଇ, ଅସଭ୍ୟ ଭାବରେ ଗାଧୋଇ ପାରନ୍ତି, ହାଇସ୍କୁଲ ଯାଇ ପୁଅପିଲାଙ୍କ ସାଙ୍ଗରେ ପାଠ ପଢ଼ିଲେ କ'ଣ ମହାଭାରତ ଅଶୁଦ୍ଧ ହୋଇଯିବ ଯେ ଆପଣମାନେ କିଛି ନ ଥାଇ ବାଳିକା ବିଦ୍ୟାଳୟଟି ଖୋଲି ବସିଲେ ? ଯଦି ଏତେ ଲୋକଙ୍କ ଭିତରେ ଏଇ କାମଗୁଡ଼ାକ କରିବାକୁ ଲଜ୍ଜା ଲାଗୁନାହିଁ, ତେବେ ପୁଅପିଲାଙ୍କ ଭିତରେ ଅଲଗା ବେଞ୍ଚରେ ବସି ପାଠ ପଢ଼ିଲେ କ'ଣ ଚରିତ୍ର ନଷ୍ଟ ହୋଇଯିବ ନା ଲଜ୍ଜା ଲାଗିଯିବ ?"

କାଲି ଆସିବା ପରଠାରୁ ସୁରଭୀ ଗାଧୋଇ ନାହିଁ କି ବାହାରକୁ ଯାଇ ନାହିଁ। ରାଗରେ ଜଳୁଛି ସେ ସେଇ ଆସିବା ପରି ମୁହୂର୍ତ୍ତଠୁ। ସୁବିଧା ଥିଲେ ସେ ବୋଧହୁଏ କାଲି ରାତିରୁ ପଳେଇ ଯାଇଥାନ୍ତା।

ଏମିତି ଉଦ୍ଧତ କଥା ଗୌରାଙ୍ଗ ବାବୁ ଓ ଗୋପୀବାବୁ ଜୀବନରେ ଶୁଣି ନ ଥିଲେ। ପୁଣି ବକତେ ନାଁକୁ ଏଇ ଝିଅପିଲା ଠାରୁ।

ଦି'ଜଣଯାକ ଥକ୍କା ମାରି, ସ୍ତବ୍ଧ ହୋଇ ରହିଗଲେ କିଛି ସମୟ। ତାଙ୍କ ପାଟିରୁ କିଛି କଥା ବାହାରିଲା ନାହିଁ।

ଗୋପୀ ପଟ୍ଟନାୟକଙ୍କ ଗୋରା ମୁହଁ ତା ପରେ ରାଗରେ ନାଲି ପଡ଼ିବା ଆରମ୍ଭ ଦେଖି ଗୌରାଙ୍ଗ ବାବୁ ତା ହାତ ଧରି ପକେଇଲେ। କେତେ କଷ୍ଟରେ ରାଜି କରେଇ ଆଣିଛନ୍ତି ଏଇ ଝିଅଟିକୁ। ନ ହେଲା ଏବେ ସେ ଗାଁରେ ଜନ୍ମ ହୋଇନାହିଁ। ବଢ଼ି ନାହିଁ – ହେଲେ ଏଇ ଗାଁରୁ ବାସୁମିଶ୍ର ଝିଅ ତ କଟକରେ ବଢ଼ିଛି। ପାଠ ପଢ଼ିଛି। ଗାଁ କଥା ଜାଣିନି। କହୁ ଦି ପଦ। କିନ୍ତୁ ସେ ଚାଲିଗଲେ ଯେ ଏଇ ଗାଁରେ ଆଉ ବାଲିକା ବିଦ୍ୟାଳୟଟିଏ ସ୍ଥାପିତ ହୋଇ ପାରିବ ନାହିଁ। ଏତେ ଦିନର ଆଶା ଆକାଂକ୍ଷା ସବୁ ମଉଳିଯିବ।

କୋଉ କାଳର ସ୍ୱପ୍ନ ତାଙ୍କର। ଗାନ୍ଧିଜୀ ଯେତେବେଳେ ପଦଯାତ୍ରାରେ ଆସିଥିଲେ ସେତେବେଳକୁ ସେ ଦୂର ହାଇସ୍କୁଲର ଛାତ୍ର। ଏକାଠି ମିଶି ସମସ୍ତେ ଯାଇଥିଲେ ତାଙ୍କୁ ଦେଖିବାକୁ। ସେଇଠି ଦେଖିଲେ ରମାଦେବୀଙ୍କୁ। ଆହୁରି କେତେ ଭଦ୍ରମହିଲାମାନଙ୍କୁ। ଝିଅମାନେ ପାଠ ନ ପଢ଼ିଲେ, ଦେଶର ଉନ୍ନତି ହେବ ନାହିଁ ବୋଲି ସେଇଠୁ ସେ ପ୍ରଥମ କରି ଶୁଣିଥିଲେ। ପରେ ମେଟ୍ରିକ୍ ଫେଲ୍ ହେଲା ପରେ ସେ ଏଲ୍‍ପି ସ୍କୁଲ ମାଷ୍ଟର ହୋଇ ଚାକିରି କରୁଥିଲା ବେଳେ ଯାଇଥିଲେ ବରୀ ଆଶ୍ରମକୁ। ତାଙ୍କର ଇଚ୍ଛାଥିଲା ସେମିତି ଖଣ୍ଡେ ଆଶ୍ରମ ତାଙ୍କ ଗାଁରେ କରିବାକୁ। ହେଲା ନାହିଁ। କିନ୍ତୁ ତାଙ୍କର ଶେଷ ଇଚ୍ଛା ଥିଲା ଯେମିତି ହେଉ ଗୋଟାଏ ବାଲିକା ବିଦ୍ୟାଳୟ ସ୍ଥାପନ କରିବାକୁ ପଡ଼ିବ।

ଏତେ ବଡ଼ କରଣ ସାହି। ବ୍ରାହ୍ମଣ ସାହି। ସମସ୍ତଙ୍କ ଘରେ ତ ବୋଉ ବୋଉ ଝିଅ। କେହି ଆଉ ନିମ୍ନ ପ୍ରାଇମେରୀ ଟପି ନାହାନ୍ତି। ଅଭିଆଡ଼ୀ ରହିଗଲେଣି ଅନେକ ଦିନ ଧରି। ବର କ'ଣ ସହଜେ ମିଳୁଛନ୍ତି। ଦିନ ସାରା ଖାଲି ତାସ୍ ପିଟା ଆଉ ଗପ। ଯେତେକ ବାଜେ ଚର୍ଚ୍ଚା ପରନିନ୍ଦାରେ ସମୟ କଟୁଛି। ନଈ ସେ ପାଖକୁ ମାଇନର ସ୍କୁଲ, ହାଇସ୍କୁଲ। ଏକେ ତ ଗାଁ ଝିଅ। ନିମ୍ନ ପ୍ରାଇମେରୀ ହେଲା ବେଳକୁ ବୟସ ତେର ଚଉଦରୁ ବେଶୀ। ସେମିତି ବଢ଼ିଲା ଝିଅଗୁଡ଼ାକ ପୁଣି ନଈ ପାର ହୋଇ ଆର ଗାଁ ସ୍କୁଲକୁ କୋଉ ବାପ ମା' ପଠେଇ ଦେବେ ଯେ।

ମନରେ କେତେ ଆଶା ଥିଲା। ୟୁ.ପି. ସ୍କୁଲଟିଏ ତା'ପରେ ସେ ହେବ ମାଇନର ସ୍କୁଲ ପୁଣି ସେଇଟା ବଢ଼ିବଢ଼ି ହେବ ହାଇସ୍କୁଲ। ଏବେ ୟୁ.ପି. ସ୍କୁଲଟା ହେଲା ଜମିଦାର ନରି ଚୌଧୁରୀଙ୍କ ଖମାର ଘରେ। ତିନି ବଖରା ଘର। ଦାଣ୍ଡ ବଖରା ତିନି ପଟକୁ ବନ୍ଦ, ଆଗକୁ ମେଲା। ତା ପଛକୁ ଧାଉଡ଼ି ହୋଇ ଦୁଇଟି ବଖରା। ଗୋଟାକରେ ଧାନ ରହେ। ଅନ୍ୟଟିରେ ମୁଗ, ବିରି, କୋଳଥ। ମଝିରେ ମଝିରେ ନରି ଚୌଧୁରୀଏ ଘୋଡ଼ାରେ ଆସି ଏଠାରେ ବଖତେ ରହି ପୁଣି ଫେରି ଯାଉଥିଲେ ତାଙ୍କ ଉଆସକୁ। ଜମିଦାରୀ ଚାଲିଗଲା ପରେ ନରି ଚୌଧୁରୀ ମାସଟିଏ ଭିତରେ ହିଁ ଚାଲିଗଲେ। ଧାନ ଚାଉଳ ଖାଲି ହୋଇଗଲା। ସେମିତି ଭୂତକୋଠି ପରି ଘରଟା ପଡ଼ିଥିଲା। ଶେଷକୁ ଗୌରାଙ୍ଗବାବୁଙ୍କ ଅନୁରୋଧରେ ତାଙ୍କ ସ୍ତ୍ରୀ ଲତିକା ମଞ୍ଜରୀ ଦେବୀ ଏଇଟି ସ୍କୁଲକୁ ଦାନ ସୂତ୍ରରେ ଦେଇ ଦେଲେ। ତାଙ୍କରି ନାମରେ ଏଇ ସ୍କୁଲ ଆରମ୍ଭ।

ଗୌରାଙ୍ଗ ବାବୁ କେତେ ମାଗି ଯାଚି ଆଣି ଘରଟିକୁ ଛପର କରେଇଛନ୍ତି। କାନ୍ଥ ଭାଙ୍ଗି କବାଟ ଝରକା ଲଗେଇଛନ୍ତି। ଲିପାଲିପି କରି ବାସଯୋଗ୍ୟ କରିଛନ୍ତି, ଭୂତକୋଠିକୁ। ଭଗବାନଙ୍କ କୃପା ନ ହେଲେ ଏତେ ବଡ଼ ଜାଗାଟି ସ୍କୁଲଘର ପାଇଁ ସେ ପାଇଥାନ୍ତେ କେଉଁଠୁ? ଏଇ ଗାଁର ବାହାରେ ଯାଇ କାମ କରୁଥିବା ଲୋକେ ପ୍ରତିଶ୍ରୁତି ଦେଇଛନ୍ତି ପ୍ରତି ମାସରେ କିଛି କିଛି ଚାନ୍ଦା ଦେବେ ବୋଲି। ପୁଣି ଏମ୍.ଏଲ୍.ଏ. ଦିବାକର ବାବୁ କହିଛନ୍ତି "ବର୍ଷେ ଚଲେଇ ନିଅ, ତା ପରକୁ ମୁଁ ଏହାକୁ ସରକାରୀ ସ୍କୁଲ କରିଦେବି – ନହେଲେ ପୂରା ଏଡ଼େଡ୍ ତ ନିଶ୍ଚୟ।"

ଗୌରାଙ୍ଗ ବାବୁ ତାଙ୍କର ନିଜ ସମ୍ପତ୍ତି ଦାନ କରିଦେଇଛନ୍ତି ଏଇ ସ୍କୁଲ ପାଇଁ। ତାଙ୍କର କିଏ ଅଛି ଯେ ସମ୍ପତ୍ତି ଖାଇବ। ନିଃସନ୍ତାନ ଲୋକ। ସେ ମଲେ କ'ଣ ବୁଢ଼ୀକି ଦି'ଟା କେହି ଖାଇବାକୁ ଦେବେ ନାହିଁ କି ଖଣ୍ଡେ ପିନ୍ଧିବାକୁ ଦେବେ ନାହିଁ? ସେ ବିଶ୍ୱାସ ତାଙ୍କର ଅଛି। ଏତେ ଚେଷ୍ଟା, ଏତେ ଦୁଃଖ କଷ୍ଟ ସହି ସେ ସ୍କୁଲଟିକୁ ଆରମ୍ଭ କରିଛନ୍ତି ଅଥଚ ତା'ର ଅୟମାରମ୍ଭ ନ ହେଉଣୁ ଅନର୍ଥ ଆରମ୍ଭ। ସେଇ ଧାଉଡ଼ି ଘରକୁ ଟିକିଏ ଗୋଟାଏ ମେଲା ଘର ଥିଲା ଘୋଡ଼ାଶାଳ। ସେଇଟାକୁ ପୁଣି ଛପର କରେଇ, କବାଟ ଝରକା ଲଗେଇ ହେଡ୍‌ମିଷ୍ଟେସ୍‌ଙ୍କ କ୍ୱାର୍ଟର ବନେଇଥିଲେ। କିନ୍ତୁ ଗାଧୁଆ ଘର କି ପାଇଖାନା କଥା ତାଙ୍କ ମନକୁ ଆସିନାହିଁ। ନହେଲେ ସେତକ କ'ଣ ନିଅଣ୍ଟ ହୋଇଥାନ୍ତା ଗୌରାଙ୍ଗ ବାବୁଙ୍କୁ?

କଥା ଛିଡ଼ିଲା, ସୁରଭୀ ଆଜି ଯିବ। ପନ୍ଦର ଦିନ ଭିତରେ ତା'ର ଗାଧୁଆଘର ଓ ନିଶ୍ଚିତ ଭାବରେ ଅନ୍ତତଃ ବରପାଲି ପାଇଖାନାଟିଏ ସେ କରିଦେବେ। ତା ଛଡ଼ା

କ୍ୱାର୍ଟର ଚାରି ପାଖରେ ବାଡ଼ ବସେଇ ଦେବେ। ସୁରଭୀକୁ ରନ୍ଧାବଢ଼ା କରିଦେବା ପାଇଁ କାହାକୁ ଜଣେ ବନ୍ଦୋବସ୍ତ କରିଦେବେ।

ଗୌରାଙ୍ଗ ବାବୁଙ୍କ ମନଟା ତିକ୍ତ ହୋଇଗଲା। ଛି-ମୂଳରୁ ଗଣ୍ଠଗୋଲ। ସେଥିପାଇଁ ସେ ହିଁ କେବଳ ଦାୟୀ। ତାଙ୍କର ଏଇ ସବୁ କଥା ଭାବିବା ଉଚିତ ଥିଲା। ନିଜ ଉପରେ ନିଜେ ରାଗିଗଲେ ସେ। ରାଗରେ ନିଜର ପାଚିଲା ବାଳ କେରାକ ଓଟାରି ଓଟାରି ସେ ଘରକୁ ଫେରିଲେ। ଛି ଛି ଛି କ'ଣ କହିବ ବାସୁଟା। "ଝିଅଟାକୁ ନେଲ, ତା'ର ଟିକିଏ ସାଧାରଣ ସୁବିଧା ବି କରି ଦେଇନ। ବୁଢ଼ାଟିଏ ହେଲଣି, ଏତିକି ଅକଲ ତୁମର ହେଲା ନାହିଁ?"

ହଁ ସତରେ ସେ ଦୋଷୀ। କିନ୍ତୁ ସେ ତ ଜାଣିଶୁଣି କିଛି ଦୋଷ କରି ନାହାନ୍ତି କି ଅପରାଧ କରି ନାହାନ୍ତି। ଗାଁର ମଣିଷ ସିଏ। ସହର କଥା ସେ କ'ଣ ଜାଣିଛନ୍ତି? କ'ଣ ବୁଝିଛନ୍ତି? ସୁରଭୀର କଥାରେ ତାଙ୍କର ଚୈତନ୍ୟୋଦୟ ହେଲା ଯେମିତି। ସେ ପ୍ରଥମ ଥର ପାଇଁ ଗୋଟାଏ ନୂଆ କଥା ଶୁଣିଲେ, ନୂଆ ସ୍ୱର ଶୁଣିଲେ। ଏକାବେଲକେ ନୂଆ – ପ୍ରଥମ।

ଆଶ୍ଚର୍ଯ୍ୟ ଏତେ ବର୍ଷ ବୟସ ହେଲା, ସେ କଥାଟା ଭାବି ପାରି ନାହାନ୍ତି କେମିତି।

ଗାଁ ମଣିଷ। ସାରା ଜୀବନ ଗାଁରେ କଟେଇ ଦେଇ ଆସିଲେ। ଗାଁ'ର ଚଳଣି, ଗାଁର ହାନିଲାଭ, ସୁଖସୁବିଧା, ଦୁଃଖଶୋକ ଭିତରେ ସେ ଜୀବନ ବିତେଇ ଦେଇ ଆସିଛନ୍ତି। ସମସ୍ତଙ୍କ ଭିତରେ ଜଣେ ହୋଇ। ସେଥିପାଇଁ କେବେହେଲେ ନିଜକୁ ଏକୁଟିଆ ମଣି ନାହାନ୍ତି। ସମସ୍ତେ ଯେମିତି ଏକ। ହୁଏତ ଉପରେ ବ୍ରାହ୍ମଣ ସାହି, କରଣ ସାହି, ଖଣ୍ଡାୟତ ସାହି ଅଲଗା। ବାହାରକୁ ଚଳଣୀ ଭିନ୍ନ। ମାତ୍ର ସେ ନାମକୁ ମାତ୍ର। ଭିତରେ ଭିତରେ ସମସ୍ତେ ଏକା। ସମସ୍ତେ ହିଁ ସେହି ଗ୍ରାମ୍ୟ ଜୀବନର ଏକୀଭୂତ ଧାରାର ଅଂଶ ମାତ୍ର। ଗୋଟିଏ ବଗିଚାର ଫୁଲ। ସେହି ଗାଁ ମଣିଷଟି କେବେ ଏକୁଟିଆ ରହିପାରେ ନାହିଁ। ଜନ୍ମଠାରୁ ମରଣ ପର୍ଯ୍ୟନ୍ତ ସେ ଏକୁଟିଆ ବ୍ୟକ୍ତିଟିଏ ନୁହେଁ, ଗୋଟାଏ ବୃହତ୍ତର ସମାଜର ଅଂଶଟିଏ। ଏକା ଓଡ଼ିଶା କାହିଁକି ପଲ୍ଲୀଜୀବନର ଏଇ ଗୋଷ୍ଠୀବଦ୍ଧତା, ଏଇ ସମାଜଭୁକ୍ତ ବ୍ୟକ୍ତି ଚେତନା ଭାରତର ସବୁଠାରେ ସମାନ। ବ୍ୟକ୍ତି ଏଠାରେ ଏକକ ନୁହେଁ, ସ୍ୱତନ୍ତ୍ର ନୁହେଁ, ସମାଜର ଏକ ଚେତନଶୀଳ ଅଂଶ।

ବୋହୂଟିଏ ଗର୍ଭବତୀ ହେଲା। ସେ ସମସ୍ତ ପରିବାରର ଆନନ୍ଦ – ଗ୍ରାମର ଆନନ୍ଦ। "ହଇଲୋ, ଶୁଣିଲଣି ନା, ନରିଆ ବୋଉ ବଡ଼ ବୋହୂର କ'ଣ ପିଲାପିଲି ହେବ ପରା?" ସଦଖିଆଠାରୁ ଷଠୀଘର, ପୁଣି ଏକୋଇଶାଠାରୁ ବ୍ରତଘର, ପୁଣି

ବିବାହଠାରୁ ଆଉରି ସନ୍ତାନ ଜନ୍ମ ନେବା ପର୍ଯ୍ୟନ୍ତ ଏବଂ ଶେଷକୁ ମୃତ୍ୟୁ ପର୍ଯ୍ୟନ୍ତ ବ୍ୟକ୍ତିଟିର ହସ-କାନ୍ଦ, ଦୁଃଖ-ଶୋକ, ସୁଖ-ଆନନ୍ଦ ସହିତ ସମସ୍ତ ସମାଜ ଓତଃପ୍ରୋତ ଭାବରେ ଜଡ଼ିତ ।

ସେମାନେ ଝାଡ଼ା ଫେରି ଯାଆନ୍ତି ମେଲି ବାନ୍ଧି, ଗାଧୋଇ ଯାଆନ୍ତି ମେଲି ବାନ୍ଧି, ମେଳାମଉସ୍ତବ, ପର୍ବପର୍ବାଣୀ, ଜନ୍ମ, ବିବାହ ଓ ମୃତ୍ୟୁକୁ ପାଳନ କରନ୍ତି ମେଲି ବାନ୍ଧି । ସେଠାରେ ଲଜ୍ଜା ସରମ, ମାନ ଅପମାନ, ଭଦ୍ର ଅଭଦ୍ରର ପ୍ରଶ୍ନ ହିଁ ଉଠେନା । ଏମିତିକି ଯୌନ ବିଷୟକ ଆଲୋଚନା ମଧ ଖୋଲାଖୋଲି ଭାବେ ମେଲି ବାନ୍ଧି କରନ୍ତି । ସ୍ତ୍ରୀ ପୁରୁଷ, ବାଳକ ବାଳିକା ନିର୍ବିଶେଷରେ ଯୌନାଙ୍ଗ ସମ୍ବନ୍ଧୀୟ ନିଛକ ଗାଉଁଲି ଦେଶଜ ଶବ୍ଦ ନିର୍ବିବାଦରେ ପ୍ରୟୋଗ କରନ୍ତି ବିନା ଅନୁଶୋଚନାରେ ।

ଏହା କ'ଣ ସତରେ ଅସଭ୍ୟତାର ନିଦର୍ଶନ ? ଯୁଗ ଯୁଗ ଧରି ଚଲି ଆସୁଥିବା ଏହି ଜୀବନଧାରା କ'ଣ ସତରେ ଅମାର୍ଜିତ, ଅସଭ୍ୟ, ବର୍ବର ?

ଗୌରାଙ୍ଗ ବାବୁ ଏ ପ୍ରଶ୍ନର କିଛି ଉତ୍ତର ଖୋଜି ପାଇଲେ ନାହିଁ । ତାଙ୍କର ହେତୁ ପାଇଲା ଦିନୁ ସେ ଏଇ ଭିତରେ ବଢ଼ି ଆସିଛନ୍ତି । ଟିକିଏ ମୁହଁସଞ୍ଜ ହୋଇଗଲେ ସେ ହାତରେ ଲଣ୍ଠନ ଧରି ବୋଉ, ଦେଉଇ, ଖୁଡ଼ି ନାନୀମାନଙ୍କୁ ସାଙ୍ଗରେ ଧରି ଯାଉଛନ୍ତି ବାଡ଼ି ପଛକୁ, ପୋଖରୀ ହୁଡ଼ାକୁ । ସେମାନେ ବି ସ୍ୱାଭାବିକ ଭାବରେ ତାଙ୍କରି ସାମ୍ନାରେ ବସି ପେଟ ବାଉ଼େଇଛନ୍ତି, ଝାଡ଼ା ବସିଛନ୍ତି, ନାନା ପ୍ରକାର ଆଲୋଚନା କରିଛନ୍ତି । ନାଁ ସେ ନାଁ ତାଙ୍କର ସେଇ ଗୁରୁଜନ ବୟସ୍କା ମହିଳାମାନେ ଏହାକୁ ଅସ୍ୱାଭାବିକ ବା ବେଲଜ୍ୟାର ପରିଚୟ ବୋଲି ଭାବିପାରି ନାହାନ୍ତି । ଗାଧୁଆ ତୁଠ ପୁରୁଷ ମହିଳା ପାଇଁ ଅଲଗା ହେଲେ ବି ଲଗାଲଗି । ସେଇଠି ସେ ଅର୍ଦ୍ଧ ଉଲଗ୍ନ ବିଭିନ୍ନ ବୟସର ନାରୀମାନଙ୍କୁ ଆଜିୟାଏଁ ଦେଖି ଆସିଛନ୍ତି ଅଥଚ କାହିଁ ଆଜିୟାଏ ଥରକ ପାଇଁ ସୁଦ୍ଧା ତାଙ୍କର ବିକାର ଆସିଥିବାର ସେମାନେ କରିପାରୁନାହାନ୍ତି ।

କାହାର ପରୀପ୍ରେକ୍ଷୀରେ ଏ ଜୀବନଧାରା ଅଶ୍ଲୀଲ ? କୋଉ ସଭ୍ୟତାର ମାନଦଣ୍ଡରେ ଏହା ଅସଭ୍ୟ, ସୁରଭୀ କହିଲା ବୋଲି କ'ଣ ତା' କଥା ହିଁ ସତ ? ଏତେ ଦିନରେ ଚଳଣି ସବୁ ମିଛ ? କେଜାଣି ଗୌରାଙ୍ଗ ବାବୁ କିଛି ଠିକ୍ କରି ପାରୁ ନାହାନ୍ତି ।

ସୁରଭୀ ଆଜିକାଲିକା ଝିଅ ।

ଦୁଇ ପ୍ରକାର ଜାମା ପିନ୍ଧୁଛି । ଲୁଗା ତଳେ ସାୟା ପିନ୍ଧୁଛି । ନିଜକୁ ଲୁଚେଇ ଶିଖିଛି । ମଣିଷର ଦେହ ବିଶେଷତଃ ନାରୀର ଦେହ ଯେ ଏତେ ଘୋଡ଼ାଣୀ ଦେଇ ଲୁଚେଇ ରଖିବାର ବସ୍ତୁ ସେ ଜାଣି ନ ଥିଲେ ଆଜିୟାଏଁ । ଏସବୁ ଢଙ୍ଗ ଆସିଛି

ବିଦେଶରୁ। ଇଂରେଜମାନଙ୍କ ଦ୍ୱାରା। ସେମାନେ ତାଙ୍କ ନିଜକୁ ଓ ତାଙ୍କର ଦେଶର ନାରୀମାନଙ୍କ ଘୋଡ଼ଣୀ ଦେଇ ଲୁଚେଇ ରଖିବାକୁ ଚାହାନ୍ତି ବୋଲି କ'ଣ ସେଇଟାହିଁ ସଭ୍ୟତା ? ହୁଏତ ତାଙ୍କର ଥଣ୍ଡା ଦେଶ – ଘୋଡ଼େଇ ହୋଇ ରହିବା ତାଙ୍କର ଅଭ୍ୟାସ। ସେଇ ଅଭ୍ୟାସ ଚଳଣିରେ ପଡ଼ିଯାଇଛି ଆଉ ସେଇ ଚଳଣି ହିଁ ତାଙ୍କର ସଭ୍ୟତା। ଆମର ଏଇ ଗରମ ଦେଶରେ ଯେଉଁଠି କାନ୍ଧରେ ଗାମୁଛା ଖଣ୍ଡିଏ ମଧ୍ୟ ରଖିବା ଅସମ୍ଭବ ହୋଇପଡୁଛି ସେଇଠି ତାଙ୍କର ଚଳଣୀକୁ ସ୍ୱୀକାର କରି ନେବା କାହିଁକି ? ଘୋଡ଼ଣୀ ଖୋଲିଲେ ହୁଏତ ତାଙ୍କର ବିକାର ଜାତ ହୁଏ। ହେବା ସ୍ୱାଭାବିକ। କିନ୍ତୁ ତା ବୋଲି ଆମର ଏଇ ଖୋଲା, ବିକାରହୀନ ଜୀବନ ଯାତ୍ରାରେ ଏକ ବିକାରଗ୍ରସ୍ତ ସଭ୍ୟତାକୁ ମୁଣ୍ଡେଇ ବସିବା କାହିଁକି ?

କିନ୍ତୁ ତାକୁ ସେ ଆଉ ଅଟକାଇ ପାରିବେ ନାହିଁ। ସେ ସଭ୍ୟତା କେତେ ଦିନରୁ ଚେରବାନ୍ଧି ବସିଥିଲା ଭାରତର ସହରମାନଙ୍କରେ। ସ୍ୱାଧୀନତା ପରେ ସେଇଟା ମାଡ଼ି ଆସିଲାଣି ଗାଁ ଗଣ୍ଡା ଭିତରକୁ। ନିଜେ ତ ସେ ବାଟ କଢ଼େଇ ଆଣିଛନ୍ତି। ଦୋଷ ଦେବେ କାହାକୁ ? ସେ ସୁରଭୀକୁ ନିମନ୍ତ୍ରଣ କରି ଆଣିଛନ୍ତି। ସୁରଭୀ ସଙ୍ଗରେ ଚାଲିଆସିଛି ସେ ସଭ୍ୟତାର ନିଆଁ। କିଛିଦିନ ଭିତରେ ସେ ନିଆଁ ଚରିବ "ଲତିକା ମଞ୍ଜରୀ ବିଦ୍ୟାଳୟ"ରୁ ଏଇ ଖଣ୍ଡମଣ୍ଡଳ ଯାକ। ତଥାପି ସୁରଭୀ ମିଶ୍ରକୁ ରୋକି ହେବ ନାହିଁ, ଉପେକ୍ଷା କରିହେବ ନାହିଁ। ସେ ନହେଲେ ଆଉ କିଏ ଆସିବ ତା'ରି ବେଶରେ। ଆସିବାଟାହିଁ ନିଶ୍ଚିତ। ସ୍ଥିର ନିଶ୍ଚିତ। ଅବଧାରିତ।

ଘାଟ ଅଲଗା ହେବ। ଘୁଞ୍ଚିବ ଦୂରକୁ। ମଣିଷର ଘାଟ ପୁଣି ଜାତି ବର୍ଣ୍ଣ ଧର୍ମ ବିଶେଷରେ ଅଲଗା ଅଲଗା ହୋଇଯିବ। ଘାଟର ମଣିଷ ଅଗଣାକୁ ଚାଲି ଆସିବ। ଅଗଣାର ମଣିଷ ପୁଣି ନିବୁଜ କୋଠରି ଭିତରକୁ ପଶି ଆସିବ ଏକକ ହୋଇ, ସ୍ୱତନ୍ତ୍ର ହୋଇ। ବିଚ୍ଛିନ୍ନ ହୋଇଯିବ ମଣିଷ। ଏକୁଟିଆ ହୋଇଯିବ। ଦେହରେ ଦୁଇପ୍ରସ୍ଥ ଜାମା ପିନ୍ଧି ବି ନିଜକୁ ଉଲଗ୍ନ ମନେ କରିବ। ତେଣୁ ମନରେ ଘୋଡ଼ଣୀ ଦେବା ପାଇଁ ଆରମ୍ଭ କରିବ।

ସମାଜର ମଣିଷଟି ହୋଇଯିବ, ଏକକ, ନିଃସଙ୍ଗ, ନିଃସହାୟ। କିଏ ଆଉ କ'ଣ କରିପାରିବ ?

ଗୌରାଙ୍ଗ ଶତପଥୀ ଗୋଟାଏ ଦୀର୍ଘ ନିଶ୍ୱାସ ଛାଡ଼ି ଆକାଶକୁ ଚାହିଁ ରହିଲେ।

ନୂଆ ବାଟ

ବିଜୟା ଶେଷ ପର୍ଯ୍ୟନ୍ତ କୋର୍ଟରେ ଛାଡ଼ପତ୍ର ପାଇଁ ଆବେଦନ କରିଦେଲା । ଏ ନିଷ୍ପତ୍ତି ନେବା ପାଇଁ ତାକୁ ପ୍ରାୟ ବର୍ଷେ ଲାଗିଯାଇଥିଲା । ତଥାପି ଶେଷ ମୁହୂର୍ତ୍ତ ପର୍ଯ୍ୟନ୍ତ ବି ସେ ଦୋଦୋପାଞ୍ଚ ଅବସ୍ଥାରେ ଥିଲା । କିନ୍ତୁ ତା'ର ମର୍ମ କହିଲେ, "ବିଜି, ତୁ କ'ଣ ଭାବିଛୁ ରମୁ ବଦଳିଯିବ ବୋଲି ? ଯଦି ତୁ ସେଇଆ ଭାବୁଥାଉ ତେବେ ମୋର କିଛି କହିବାର ନାହିଁ । କାରଣ ଏ ତୋ ଜୀବନର ସମସ୍ୟା । କିନ୍ତୁ ମୁଁ କହିବି ଆଉ ଅପେକ୍ଷା କରିବାରେ କିଛି ଲାଭ ନାହିଁ । ଯାହା ଗତ ଦୁଇବର୍ଷରେ ସମ୍ଭବ ହେଲା ନାହିଁ – ଆଉ କେବେ ହେବ ? ସେତେବେଳକୁ ନା ତୋର ବୟସ ଥବ ଆଉଥରେ ନୂଆ କରି ଜୀବନ ଗଢ଼ିବାକୁ, ନା ସାହସ ଥବ ଏକୁଟିଆ ରହିବାକୁ । ତୁ ଏଇ ଦିନେ ଦୁଇଦିନ ଭିତରେ ନିଷ୍ପତ୍ତି ନେଇଯା । ମୁଁ ଆଉ ବାହାର ଲୋକଙ୍କ ଏତେ କଥା ଶୁଣିପାରିବି ନାହିଁ କି ସବୁବେଳେ ତୋର ଏ ଶୁଖିଲା ମୁହଁ ସହ୍ୟ କରି ପାରିବି ନାହିଁ । ମୁଁ ଚାହେଁ ତୁ ସେମିତି ପୂର୍ବପରି ହସି ଖେଲି ବୁଲି, ଆନନ୍ଦ କର । ଏ ପ୍ରତୀକ୍ଷାରେ କିଛି ଅର୍ଥ ନାହିଁ ।"

ବାହାଘର ମୋଟେ ତିନିବର୍ଷ ବି ପୂରି ନାହିଁ, ଅଥଚ କିଏ ଜାଣିଥିଲା ଏ କଥା ହେବ ବୋଲି ? ଯେତେବେଳେ ଏତେ ଧୂମ୍ଧାମ୍‌ରେ ବାହାଘର ହେଲା, ଯେତେବେଳେ ସେ ବୋହୂବେଶରେ ଏ ଘରଛାଡ଼ି ଶାଶୂଘରକୁ ଯାଇଥିଲା, ସେତେବେଳେ କ୍ଷଣକ ପାଇଁ ସେ କ'ଣ ଭାବିଥିଲା ଯେ ଶେଷକୁ ସ୍ୱାମୀକୁ ଛାଡ଼ପତ୍ର ଦେବାକୁ ପଡ଼ିବ ? କିନ୍ତୁ ଭାଗ୍ୟ ! ସେ ବା ଆଉ କ'ଣ କରିପାରିବ ?

ବାପା ତାଙ୍କ ପରିବାର ଦେଖି ଖୁସି, ମା' ତାଙ୍କର ଧନ ଦେଖି ଖୁସି । ଆଉ ସେ ରମେଶର ସେ ସୌମ୍ୟ ଚେହେରା ଦେଖି ଖୁସିରେ ଆତ୍ମହରା ହୋଇ ଯାଇଥିଲା । ଏବେ ସୁନ୍ଦର ବର ପାଇବ ବୋଲି ସେ ନିଜେ ବି କେତେ ସ୍ୱପ୍ନରେ ଭାବି ନ ଥିଲା । ସ୍ୱାମୀ ଭିଲାଇ ଇସ୍ପାତ୍‌ କାରଖାନାରେ ଇଞ୍ଜିନିୟର । ସୁନ୍ଦର ବଙ୍ଗଳା । ବଙ୍ଗଳା

ଭିତରେ କି ସୁନ୍ଦର ବଗିଚା ! ବଗିଚା ଭିତରେ ଛିଡ଼ାହେଲେ ଦୂରରୁ ଦେଖାଯାଏ ଶ୍ୟାମଳ ବନଭୂମିରୁ ଶୀର୍ଷରେ ଉଚ୍ଚ ପାହାଡ଼ର ଶିଖର । ସେ ତ ଖୁସିରେ ଆତ୍ମହରା ହୋଇଯାଇଥିଲା ।

ବାହାଘରର ମାସକ ପରେ ସେ ଯାଇଥିଲା ଭିଲାଇ । ଶାଶୂ ଶ୍ୱଶୁର ନେଇ ଛାଡ଼ି ଆସିଥିଲେ ତାକୁ । ବିବାହର ସେଇ ମାସକ ତା'ର ସ୍ୱପ୍ନ ପରି କଟିଛି । ସାଇ ପଡ଼ିଶାର ଯେତେକ ବଙ୍ଗାଳୀ, ତେଲେଙ୍ଗା, ମାଡ୍ରାସୀ, ପଞ୍ଜାବୀ, ଗୁଜରାଟୀ ମାଇକିନାଏ ଦଳକୁ ଦଳ ତାକୁ ଦେଖି ଆସିଛନ୍ତି । ତାକୁ ଦେଖି ସମସ୍ତେ "ଆହା ଫୁଲ ପରି ବୋହୂଟେ" ବୋଲି କେତେ ଆଦରରେ ଗେଲ କରି ଯାଇଛନ୍ତି । ସେ ଖୁସିରେ ଗର୍ବରେ ଫୁଲିଫୁଲି ଉଠିଛି । ଯାହାହେଉ ତା'ର ଜୀବନ ସାର୍ଥକ । କିନ୍ତୁ ସେଇ ଦେଖାଚାହାଁ ଭିତରେ ବି ସେମାନଙ୍କ ଭିତରୁ "ଆହା ଚୁ ଚୁ" ଶବ୍ଦଟିଏ ବି ମଝିରେ ମଝିରେ ଶୁଣିଛି । କିନ୍ତୁ ସେ ଏଇ ଶବ୍ଦ ଆଡ଼କୁ କାନ ଦେଇନାହିଁ କି କିଛି ଭାବିନାହିଁ । ଅଲଗା ପ୍ରଦେଶର ଲୋକ ତ । ବୋଧହୁଏ ସେମାନଙ୍କ ଆଦର କରିବାର ସେଇ ଢଙ୍ଗ ଭାବି ଚୁପ୍ ରହିଥିଲା ।

ଆଉ ରମେଶ ସବୁଦିନେ ଅଫିସରୁ ଫେରିଲା ବେଳକୁ ଗୋଛାଏ ଫୁଲ ଧରି ଆସିଥିବେ । ଗେଲ କରି ଡାକୁଥିଲେ 'ଫୁଲମତୀ' ବୋଲି । ସେଇ ଅଞ୍ଚଳରେ କୁଆଡ଼େ ସେଇ ନାଁଟା ଖୁବ୍ ପ୍ରିୟ । କେତେ ସ୍ନେହ, କେତେ ଆଦର, କେତେ ଗେଲ ।

ବିଜୟାକୁ ଲାଗେ ସତେ ଯେମିତି ଏ ଜଗତରେ ସେ ନାହିଁ, ଭାସୁଛି କେଉଁ ଏକ ସ୍ୱପ୍ନର ସ୍ୱର୍ଗରେ ।

ଠିକ୍ ମାସକ ପରେ ରମେଶ ତିନିଦିନ ପାଇଁ ଟୁର୍‌ରେ ଗଲେ ବୋକାରୋ । ସେଇ ସମୟରେ ତା'ରି ସମବୟସୀ ପଡ଼ୋଶୀ ମିସେସ୍ ଶ୍ରୀନିବାସନ୍ କହିଲେ ଏ କଥାଟା । ସେ ପ୍ରଥମରେ ତ ଜମା ବିଶ୍ୱାସ ଗଲାନାହିଁ । ହସିକରି ଉଡ଼େଇ ଦେଲା । କିନ୍ତୁ ସେ ଯେତେବେଳେ ବାରମ୍ୱାର କରି କହିଲେ ତାକୁ ସତରେ ଡର ମାଡ଼ିଗଲା । କେମିତି ଗୋଟାଏ ଭୟରେ ତା'ର ତଣ୍ଟି ଶୁଖି ଶୁଖି ଗଲା । ହଠାତ୍ ଯେମିତି ସେ ଆକାଶରୁ ଛିଡ଼ିପଡ଼ିଲା ଭୂଇଁ ଉପରକୁ ।

ସେଇ ରାତିସାରା ସେ ଶୋଇ ପାରିଲା ନାହିଁ । କାନ୍ଦିକାନ୍ଦି ସାରା ରାତି କଟେଇ ଦେଇଛି ଅନିଦ୍ରାରେ । ସକାଳୁ ବି ଶାନ୍ତି ନାହିଁ । ଭିତରେ ଭିତରେ ସହସ୍ର ସହସ୍ର ଘୁଣପୋକ ଯେମିତି ତାକୁ କୋରିକୋରି ଖାଇ ଯାଉଛନ୍ତି । ଏମିତି ବେଳେ ରମେଶ ବି ନାହିଁ । ତାକୁ ପଚାରିଥାନ୍ତା, – ତା'ର ସନ୍ଦେହ ଦୂର ହୋଇଥାନ୍ତା । ସେ ଆଉଥରେ ସେମିତି ପୂର୍ବ ଅବସ୍ଥାକୁ ଫେରିଯାଇଥାନ୍ତା ତା'ର ସ୍ୱପ୍ନର ନଗରୀକୁ ।

ପରଦିନ ସାରା ସକାଳଟା ସେମିତି ଆଶାନ୍ତ ରହିଲା । ଶେଷକୁ ଆଉ ସମ୍ଭାଳି

ନ ପାରି ତା’ର ଆରପାଖ ପଡ଼ୋଶୀ ଘରକୁ ବୁଲିଗଲା ମନ ଭୁଲେଇବା ପାଇଁ। ସେ ଘରକୁ ପଶି ଯାଉଯାଉ ଶୁଣିଲା ମିସେସ୍ ମେହେରାଙ୍କ ଟାଙ୍ଗଟାଇଆଁ କଥା।

“ତମେ ଯାହା କହ, ଏଇଟା ଅନ୍ୟାୟ। ମୁଁ ନିଣ୍ଡେ ତାଙ୍କୁ କହିଦେବି।” ଭିତରୁ ଗମ୍ଭୀର କଣ୍ଠରେ ପୁରୁଷର ସ୍ୱର ଶୁଭିଲା। ବୋଧହୁଏ ମି: ମେହେରାଙ୍କର। “ତମେ କାହିଁକି ତା’ ଭିତରେ ପଶୁଛ କହିଲ? ସେଇଟା ମିଷ୍ଟର ମହାନ୍ତି ଓ ମିସେସ୍ ମହାନ୍ତିଙ୍କ ନିଜସ୍ୱ ବ୍ୟାପାର।”

“ନିଜସ୍ୱ ବ୍ୟାପାର ନା ଆଉ କିଛି? ଆଉ ଜଣକୁ ବାହା ହୋଇସାରି ବର୍ଷେ ଘର କରିସାରିଲା! ପରେ ପୁଣି ଆଉ ଜଣେ ନିଷ୍ପାପ ଝିଅଟିକୁ ନଷ୍ଟ କରିବାକୁ ଗଲେ କାହିଁକି? ଏମିତି ଭୀରୁ କାପୁରୁଷ। ବାପା ମା’ କଥାରେ ବାଧ୍ୟ ହୋଇ ହଁ ଭରିଦେଲେ। କାହିଁକି? କହିପାରିଲିନି ମୁଁ ବାହା ହୋଇ ସାରିଛି ବୋଲି। ଏତକ ସାହସ ଯଦି ହେଲା ନାହିଁ ବାହା ହେଉଥିଲ କାହିଁକି? ଆଉ ଗୋଟାଏ ଝିଅର ଜୀବନ ନେଇ ଖେଲ ଖେଲୁଥିଲ କାହିଁକି?”

କାନମୁଣ୍ଡା ଝାଁ ଝାଁ ହୋଇଗଲା ବିଜୟାର। ସେ ଦୁଇ ହାତରେ ଦୁଇ କାନକୁ ଚାପି ଧରି ଅନ୍ଧାଧୁନିଆ ଏକ ରକମ ଦୌଡ଼ି ଦୌଡ଼ି ପଲେଇ ଆସିଲା ଘର ଭିତରକୁ। ତା’ପରେ ବିଛଣା ଉପରେ ପଡ଼ିପଡ଼ି ଭୋ ଭୋ ହୋଇ କାନ୍ଦିବାରେ ଲାଗିଲା। ସାରା ଦି’ପହରଟା ସେମିତି ଅସହାୟ ଭାବରେ କାନ୍ଦିବାରେ କଟିଛି। କିନ୍ତୁ ସେଇ କାନ୍ଦିବା ଭିତରେ ହିଁ ସେ ନିଷ୍ପତ୍ତି ନେଇ ନେଲା। ନା ଆଉ ମୁହୂର୍ତ୍ତେ ବି ନୁହେଁ। ସେ ତା’ର ମମ୍ମୀ ପାଖକୁ ଫେରିଯିବ। ବାପା ଆସନ୍ତୁ। ସବୁ କଥା ବୁଝନ୍ତୁ। ତା’ପରେ ସେ ଆସିବ।

ସେଇଦିନ ସନ୍ଧ୍ୟାବେଳ ଟ୍ରେନ୍‌ରେ ସେ ଫେରି ଆସିଲା କଟକ – ଏକାକୀ।

ତାକୁ ଦେଖି ତ ସମସ୍ତେ ଆଶ୍ଚର୍ଯ୍ୟ ହୋଇଗଲେ ପ୍ରଥମେ। ତା ଚେହେରାକୁ ଦେଖି ସମସ୍ତେ ଆଶଙ୍କାରେ ଉଦ୍‌ଗ୍ରୀବ ହୋଇଗଲେ। ମମ୍ମୀ ଆଉ କାହାରିକି କିଛି ପଚାରିବାକୁ ନ ଦେଇ ତାକୁ କୁଣ୍ଢେଇ ଧରି ଶୋଇଲା ଘରକୁ ଏକରକମ କୋଳେଇ ନେଇ ଯାଇ ପଚାରିଲା, “ବିଜି ଲୋ, ମୋତେ କହ କଥା କ’ଣ?” ବେଉ କୋଳର ଉଷ୍ଣ ନିର୍ଭର ଆଶ୍ରୟ ପାଇଁ ସେ ଯେମିତି ସମ୍ପୂର୍ଣ୍ଣ ରୂପରେ ଓଜାଡ଼ି ହୋଇପଡ଼ିଲା। ପ୍ରଥମ ଦଶମିନିଟ୍ ତ ସେ କିଛି କହିପାରି ନ ଥିଲା। ଖାଲି କୋହ ଉପରେ କୋହ ତା’ର ଛାତିକୁ ରୁଦ୍ଧ ଦେଉଥାଏ। ଲୁହରେ ଲୁହରେ ବେଉର ଛାତି ଓଦା ସରସର ହୋଇଗଲା। ତା’ର ମୁଣ୍ଡ ବାଲରୁ ଧାରଧାର ହୋଇ ପାଣି ପରି ନିଗିଡ଼ି ପଡୁଥାଏ ବେଉର ଲୁହାଧାର। ମା’ ଝିଅଙ୍କର ଏମିତି ଅଭୁତ କାନ୍ଦଣା ଦେଖି ସୁଧାଂଶୁବାବୁ କାଠ ପରି ଛିଡ଼ା ହୋଇଥାଆନ୍ତି। ସାନ ଭାଇ ଭଉଣୀ ଯୋଡ଼ିକ ତାଟକା ହୋଇ ଭେଲ୍‌କା ମାରି ଯାଇଥାନ୍ତି।

କାନ୍ଦଣାର ବେଗ ସାମାନ୍ୟ କଟିଗଲା ପରେ ଆଶଙ୍କାକୁଳିତ ସୁଧାଂଶୁବାବୁ ସ୍ତ୍ରୀକୁ ଧମକାଇ ପଚାରିଲେ, "ଆରେ କ'ଣ ହୋଇଛି କୁହ ? ତମେ ବି ଏମିତି ଝିଅ ସାଙ୍ଗରେ କିଛି ନ ବୁଝି ନ ସୁଝି କାନ୍ଦୁଛ କାହିଁକି ?"

ବହୁ କଷ୍ଟରେ ବିଜୟା ଶେଷକୁ କଥାଟି କହିଲା। ସୁଧାଂଶୁବାବୁ ପଲଙ୍କ ଉପରେ ଲଥ୍ କରି ବସିପଡ଼ିଲେ ମୁଣ୍ଡକୁ ଦୁଇ ହାତରେ ଚାପି ଧରି। ମଞ୍ଜି ଯେ ଏତେବେଳ ପର୍ଯ୍ୟନ୍ତ କାନ୍ଦିବାରେ ଲାଗିଥିଲା, ହଠାତ୍ ଯେମିତି ରୂପାନ୍ତରିତ ହୋଇଗଲା ଏକ ଅଗ୍ନି ଶିଖାରେ। ରାଗରେ ନିଆଁ ବାଣ ହୋଇଯାଇ ସେ ତା'ର ବାପାଙ୍କ କାନ୍ଧକୁ ଜୋରରେ ଝିଙ୍କାଇ ଦେଇ କହିଲା, "ଏମିତି ମାଇଚିଆଙ୍କ ପରି ବସି ରହିଲ କ'ଣ ମ ? ଏଇନେ ଯାଅ। ତା ଶାଶୂ ଶ୍ୱଶୁରଙ୍କୁ ଧରି ଭିଡ଼ିଆଣ ଏଠିକି। ଆଜି ତାଙ୍କର ଦିନେ କି ମୋର ଦିନେ।"

ସୁଧାଂଶୁ ବାବୁ କିଛି ବୁଝିବା ଆଗରୁ ବାହାରିଗଲେ ବାହାରକୁ। ଗ୍ୟାରେଜ୍‌ରୁ କାର୍ ବାହାର କରି ସେ ସାଙ୍ଗେ ସାଙ୍ଗେ ଛୁଟିଲେ ପ୍ରଫୁଲ୍ଲବାବୁଙ୍କ ଘରକୁ।

ପ୍ରଫୁଲ୍ଲବାବୁ ଓ ତାଙ୍କ ସ୍ତ୍ରୀ ପହଞ୍ଚିଲା ବେଳକୁ ବିଜୟାର ମଞ୍ଜି ଆକ୍ରମଣ ପାଇଁ ସମସ୍ତ ପ୍ରସ୍ତୁତି କରି ସାରିଥିଲେ। ସେମାନେ ଘରେ ଗୋଡ଼ ଦେଇଛନ୍ତି କି ନାହିଁ, ସୁଧାଂଶୁବାବୁଙ୍କ ବାରଣ ସତ୍ତ୍ୱେ ସେ ଝିଅକୁ ଟାଣି ନେଇ ତାଙ୍କ ସାମ୍ନାରେ ଛିଡ଼ା କରେଇ ଦେଇ କହିଲେ, "ନିଅନ୍ତୁ, ଏଥର ପୋଡ଼ି ପାଉଁଶ କରି ଦିଅନ୍ତୁ ତାକୁ। ସେତିକିରେ ମନବୋଧ ହେବ ତ ?"

ତା'ପରେ ଅନର୍ଗଳ ବାକ୍ୟ। ଦିଆଲିର ବାଣ ପରି ଫୁଟି ଚାଲିଲା ତା ମୁହଁରୁ। ସେ ଯେମିତି ପାଗଳୀ ହୋଇଯାଇଛି। ମୁଣ୍ଡବାଳ ମୁକୁଳା। ସଂଭ୍ରମତା ନାହିଁ। ଆଖିରୁ ଲୁହ ଝରୁଛି। ଆଉ ପାଟିରୁ ନିଆଁ ବାହାରୁଛି ଯେମିତି।

ପ୍ରଫୁଲ୍ଲବାବୁ ଓ ତାଙ୍କ ସ୍ତ୍ରୀ ତ ହତବାକ୍-ହତଭୟ। ସେମିତି ସ୍ଥାଣୁ ହୋଇ ବସି ରହିଥାନ୍ତି ତଳକୁ ମୁଣ୍ଡ ପୋତି।

ପ୍ରାୟ ପନ୍ଦର ମିନିଟ୍ କାଳ ଅବିଶ୍ରାନ୍ତ ବକି ସାରିଲା ପରେ ସେ ମୂକପ୍ରତିମା ପରି ଛିଡ଼ା ହୋଇଥିବା ଝିଅଟିକୁ କୁଣ୍ଢେଇ ଧରି ଭୋ ଭୋ ହୋଇ କାନ୍ଦିବାକୁ ଲାଗିଲେ।

ପ୍ରଫୁଲ୍ଲବାବୁଙ୍କ ସ୍ତ୍ରୀ ବୋଧହୁଏ ସହି ପାରିଲେ ନାହିଁ। ତାଙ୍କର ମାତୃ ହୃଦୟ ସବୁ ବାକ୍ୟବାଣ ହଜମ କରି ଦେଇ ବିଗଳିତ ହୋଇ ଉଠିଲା। କାନି ପଣତରେ ଲୁହ ପୋଛୁ ପୋଛୁ ସେ ବି ଆସି କୁଣ୍ଢେଇ ଧରିଲେ ବିଜୟାକୁ ଓ ତା'ପରେ ମା'ଝିଅକୁ ଏକରକମ ଟାଣିଟାଣି ନେଇଗଲେ ଶୋଇଲା ଘରକୁ।

ରମେଶ ଯେ ଏ କଥା କରିପାରେ ଏ କଥା ସ୍ୱପ୍ନରେ ଭାବି ନ ଥିଲେ ସେ।

ଯଦି ବା କରିଥିଲା ସେ କହିଲା ନାହିଁ କାହିଁକି ? ନିଜ ପୁଅ ଉପରେ ପ୍ରଥମ ଥର ପାଇଁ ସେ ଭୟଙ୍କର ଭାବରେ ରାଗି ଉଠିଲେ । କଥା ହେଲା ତା' ପରଦିନ ଦି'ଜଣ ଭିଲାଇ ଯିବେ ସତ୍ୟାସତ୍ୟ ଅନୁସନ୍ଧାନ ପାଇଁ ।

ତିନିଦିନ ପରେ ଶୁଖିଲା ମୁହଁ ନେଇ ଫେରି ଆସିଲେ ସୁଧାଂଶୁ ବାବୁ । ସେଇଦିନୁ ବିଜୟା ଅପେକ୍ଷା କରି ରହିଛି । ଆଶା ଥିଲା, ରମେଶ ତାକୁ ଛାଡ଼ପତ୍ର ଦେଇ ବିଜୟାକୁ ଆଉଥରେ ନେଇଯିବ । କିନ୍ତୁ ନା, ରମେଶ ଆଉ ଆସି ନାହିଁ ।

ବିଜୟା ପୁଣି ଥରେ ଏମ୍.ଏ. ପଢ଼ିଲା ।

ରମେଶ ଯଦି ଥରକ ପାଇଁ ତା ଭୁଲ ପାଇଁ ଅନୁତାପ କରି ଚିଠିଟିଏ ଲେଖିଥାନ୍ତା ବିଜୟା ପାଖକୁ, ସେ ହୁଏତ ଆହୁରି କିଛିଦିନ, କିଛିଦିନ କାହିଁକି ସାରା ଜୀବନ ଅପେକ୍ଷା କରି ପାରିଥାନ୍ତା । କିନ୍ତୁ ସେ ଏତେ ଦୁର୍ବଲ, କାପୁରୁଷ ଯେ ନିଜ ଭୁଲକୁ ସ୍ୱୀକାର କରିବା ପାଇଁ ବି ତା'ର ସାମର୍ଥ୍ୟ ନାହିଁ । କେଜାଣି ସେ ବଙ୍ଗୀୟ ଲେଡ଼ି ଡାକ୍ତର ସ୍ତ୍ରୀ ତାକୁ ହୁଏତ ମେଣ୍ଢା କରି ରଖିଛି ।

ଅଢ଼େଇ ବର୍ଷ ଧରି ସେଇ ଚିଠିଟା ପାଇଁ ଅପେକ୍ଷା କରି ବସିଛି ବିଜୟା । ମମ୍ମୀ କୋଉଦିନୁ କହିଲାଣି ଡାଇଭୋର୍ସ କରିବାକୁ । କାହିଁକି କେଜାଣି ବିଜୟା ସେ କଥାକୁ କାନ ଦେଇ ନାହିଁ । ସଂସାର ? କେଜାଣି ?

ବୁଢ଼ୀ ଜେଜେମା ସବୁ ଶୁଣି କହିଲା, ଛି ଆଲୋ, ଛାଡ଼ପତ୍ର କଅଣ ? ଆଗ କାଳରେ କ'ଣ ସେ କଥା ହଉ ନଥିଲା ? ତୋ ଗୋସବାପା କ'ଣ ତିନିଟା ରକ୍ଷଣୀ ରଖି ନ ଥିଲା ? ତୋ ସୋସମା କ'ଣ ଛାଡ଼ି ପଳେଇଥିଲା ? କାହିଁକି ତୋ ପଣ ଅଜା ତା'ର ଦି'ଟା ନ ଥିଲେ ? ତୋ ଅଜା ଜେଜେବୋପା ଅମଲକୁ ସିନା କମି ଆସିଲା । ଆଲୋ, ପୋଷିବାକୁ ପଇସା ନ ଥିଲା ବୋଲି ସିନା, ନ ହେଲେ ତାଙ୍କର କ'ଣ ମନ ନ ଥିଲା । ମଣିଷଗୁଡ଼ା ସବୁବେଳେ ସେମିତି ଲୋ । ଆମର କ'ଣ ବାଉରୀ କନ୍ଥରା ଘର ହୋଇଛି ଯେ ଛାଡ଼ି ପଳେଇ ଆସିବ । ତୁ ଯା । ଜୋର ଜବରଦସ୍ତ ରହ । ତୁ ସିନା ନିଜ ବିଭା ହେଲା ସ୍ତ୍ରୀ । ସେଇଟା କିଏ ବା ? ରକ୍ଷଣୀଟା । ସେ ତା' ଜାଗାରେ ରହୁ । ତୁ କାହିଁକି ମନ ଉଣା କରୁଛୁ ? ସେ ତୋ ମୁଆଁମୀ । ତାକୁ ଛାଡ଼ପତ୍ର କଅଣ ? ତୋ ବୋଉର ମୁଣ୍ଡ ଖରାପ ହୋଇଗଲାଣି । ଭଲା, ସୁଆମୀ ସିଏ-ଜନମ ଜନମ ସାଥୀ । ତୁ କ'ଣ ତାକୁ ଛାଡ଼ି ପାରିବୁ ? ଆଲୋ, ଆମ ସମୟରେ କଣା ହେଉ, କୁଜା ହେଉ, ବାପା ମା' ଯାହାକୁ ଟେକି ଦେଇଥିଲେ ତାକୁ ଘେନି କରମ ଆଦରି ସଂସାର କରିଥିଲୁ । ସେମିତି ଦୁନିଆଁ ଚଲୁଥିଲା ନା କିଛି ଅଟକି ଯାଉଥିଲା ? ଏବେ କାଲକୁ ସବୁ ଦେଖି ଶୁଣି ଜାଣି ବିଭା ଦେଉଛନ୍ତି ଯେ ଯୋଉ କଥାକୁ ସେଇ କଥା । ଆଲୋ, ଅସଲ

ହେଲା କରମ। ନିଜ କରମ ଫଳ। ବିଧାତା ଅନ୍ୟଥା କରି ପାରିବ ନାହିଁ। ତମେ ଆମେ କିଏ? ତୁ ତହିଁକି ନାହିଁ କର। ତୋ ମା' କଥାରେ ପଡ଼ନା। ଯେତେ ହେଲେ ଆମ ଧରମ-ହିନ୍ଦୁ ଧରମ। ଥରେ ହାତଗଣ୍ଠି ପଡ଼ିଗଲେ, ସାତପାଦ ବୁଲିଗଲେ ଜୀବନ ଜୀବନ ଧରି ଛନ୍ଦାଛନ୍ଦି ହେଇଗଲା ଜାଣ। ଆଉ କ'ଣ ସେ ଗଣ୍ଠି ଫିଟିବ? ମନ୍ତର ଦୁଆର ବନ୍ଦ ହୋଇଗଲା ପରା। ମନ୍ତୁରା ହୋଇଗଲେ କଥା ସରିଲା। ଆଉ କିଏ କାହାରିକି ଛାଡ଼ି ପାରିବ ନାହିଁ।"

ଅଶୀ ବର୍ଷ ବୟସ ଜେଜେମା'ର। ଅଧିକାଂଶ ସମୟରେ ତା କଥା ହସରେ ଉଡ଼େଇ ଦିଏ ବିଜୟା। କିନ୍ତୁ ବେଳେ ବେଳେ ସେ ହଠାତ୍ ଅନ୍ୟମନସ୍କ ହୋଇଯାଏ। ଜେଜେମା'ର କଥା କ'ଣ ସବୁ ପୁରୁଣାକାଳିଆ ମୂଲ୍ୟବୋଧ? ତା'ର କିଛି ସତ୍ୟତା ନାହିଁ? ପୁରୁଷ ପ୍ରଧାନ ସମାଜର ଏକ ଅଫିମ? ତା'ର ଆଧୁନିକ ମନଟା କ୍ଷଣକ ପାଇଁ ବିଚଳିତ ହୋଇ ଉଠେ କାହିଁକି କେଜାଣି? ସଂସାର?

ମଡ଼ି କହନ୍ତି, "କାହିଁକି ଶୁଣୁଛୁ ତାଙ୍କ କଥା? ସେ ପୁରୁଣା ଯୁଗର ମଣିଷ। ତାଙ୍କ ସମୟରେ ଯାହା ଥିଲା ଆଜି କ'ଣ ସେଇଆ ଅଛି? ଯଦି ସେଇଟା ସତ ହୋଇଥାନ୍ତା ତେବେ ହିନ୍ଦୁ କୋଡ୍ ବିଲ୍ ପାଶ୍ ହେଲା କାହିଁକି ଓ କେମିତି? ସବୁ ଜଜ୍ ବାରିଷ୍ଟର, ବ୍ୟବସ୍ଥାପକମାନେ କ'ଣ ମୂର୍ଖ? ସେମାନେ କ'ଣ ଶାସ୍ତ୍ର ପଢ଼ି ନାହାନ୍ତି? ହୁଁ, ଜନ୍ମ ଜନ୍ମାନ୍ତରର ସାଥୀ - ଯେତେ ମଧ୍ୟଯୁଗୀୟ ସେଣ୍ଟିମେଣ୍ଟାଲିଟି। ତାଙ୍କ ବୋଉ ଅମଲରେ ତ ବିଧବା ବିବାହ ନ ଥିଲା - ତାଙ୍କ ଅମଲରେ ତ ଫେର୍ ହେଲା। ଏମିତି ଯୁଗ ବଦଳୁଛି ନା? ତୁ କ'ଣ ତୋ ଜୀବନଟା ନଷ୍ଟ କରିଦେବୁ ନା କ'ଣ? ତୁ ବି ତ ଜଣେ ମଣିଷ? ଅନ୍ୟ ପୁରୁଷ ପରି ତୋର ମଧ୍ୟ ସ୍ୱାଧୀନ ଭାବରେ ବଞ୍ଚ ରହିବାର ଅଧିକାର ରହିଛି। ସେ ଅପରାଧ କଲା ଆଉ ତୁ ଶାସ୍ତି ଭୋଗିବୁ କାହିଁକି? ତୁ ଆଉ ଥରେ ବାହାହୋଇ ଘରସଂସାର କର। ଯଦି ଜଣେ ପୁରୁଷ କରିପାରେ ତୁ ପାରିବୁନି କାହିଁକି? ପାଶ୍ଚାତ୍ୟ ଦେଶରେ ତ ପ୍ରତିଦିନ ଏମିତି ଶହ ଶହ ଘଟଣା ଘଟୁଛି। ସେମାନେ କ'ଣ ଆମ ପରି ନାରୀ ନୁହନ୍ତି? ଏଇଟା ଆମର ମାନସିକତା। ଯୁଗଯୁଗ ଧରି ଶୁଆ ପରି ଶିଖି ଆସିଥିବା କଥା ସବୁ ଆମର ରକ୍ତ ମଜ୍ଜାଗତ ହୋଇଯାଇଛି। ସେଇଥିପାଇଁ ଆମର ଏତେ ଦ୍ୱିଧା - ଏତେ ସନ୍ଦେହ। ତୁ କ'ଣ ଭୟ କରୁଛୁ କି ଆଉ ଥରେ ତୋତେ କେହିଁ ବାହା ହେବ ନାହିଁ ବୋଲି? କାହିଁକି? ତୋର ଏମିତି କ'ଣ ହୋଇଛି କି? କିଛି ହୋଇନି। ମନେକର ତୁ ଗୋଟାଏ ଦୁଃସ୍ୱପ୍ନ ଦେଖିଥିଲୁ। ସେଇଟା ଆଉ ନାହିଁ। ନୂଆ କରି ଜୀବନ ଜିଇଁବାରେ ଶିଖ। ଭୁଲ ତ ତୋର ନୁହେଁ। ତୁ ଆଉ ଚିନ୍ତା କରିବୁ କାହିଁକି? ନିଜକୁ ଦୋଷୀ ବୋଲି ଭାବୁଛୁ କାହିଁକି? ଭାଗ୍ୟ? କର୍ମଫଳ? ହେଲା

ଏବେ ଭାଗ୍ୟରେ ଥିଲା, ଘଟିଗଲା। କିନ୍ତୁ କିଏ ଜାଣେ ତୋରି ଉପରେ ନିର୍ଭର କରେ। ତୁ ଯେମିତି ନିଜ ମନକୁ ଗଢ଼ିବୁ, ନିଜକୁ ଗଢ଼ିବୁ, ଜୀବନ ସେଇମିତି ହେବ। ଥରେ ଫେଲ୍ ହେଲେ କ'ଣ ଆଉ କିଏ ଦ୍ୱିତୀୟ ଥର ପରୀକ୍ଷା ଦିଏ ନାହିଁ ? ଥରେ ହାରିଗଲେ କ'ଣ ଆଉ ଥରେ କିଏ ଲଢ଼େଇ କରେ ନାହିଁ ? ଯେ କରେ ନାହିଁ ସେ ଦୁର୍ବଳ। ତୁ ତ ପାଠ ପଢ଼ିଛୁ। ଶିକ୍ଷିତା। ତୋତେ ଆଉ ବେଶୀ କ'ଣ ବୁଝେଇବି ? ଦୃଢ଼ ହୁଅ। ସ୍ଥିର କର ନିଜ ମନକୁ। ସଂକଳ୍ପ କର ନୂଆ ଜୀବନ ଗଢ଼ିବାକୁ। ସବୁ ଠିକ୍ ହୋଇଯିବ। ତୋ ଭାଗ୍ୟକୁ ତୁ ନିଜେ ଗଢ଼ିବୁ ଆଉ କେହି ନୁହେଁ।"

ବିଜୟାର କ୍ଷଣିକ ପାଇଁ ଚହଲି ଯାଇଥିବା ମନଟା ପୁଣିଥରେ ସତେଜ ହୋଇ ଉଠେ। ନା ମଙ୍ଗି ଯାହା କହୁଛି ଠିକ୍। ସେ ହାରିଯିବ ନାହିଁ। କେହି ବାହା ନ ହେଲେ କ'ଣ ଜୀବନଟା ତା'ର ଅପୂର୍ଣ୍ଣ ରହିଯିବ ? ସାମାଜରେ ଲୋକେ ପଛରେ କହିବେ। କୁହନ୍ତୁ। ସେଥିରେ ତା'ର ଯାଏ ଆସେ କେତେ ? ତେଇଶ ବର୍ଷ ବୟସ ମୋଟେ। ଏଇ ବୟସରେ କେତେ ଝିଅ ଅବିବାହିତା ରହିଛନ୍ତି। ତା'ର କ'ଣ ହୋଇଛି କି ? ହଁ, ସେ ପୁରୁଷ ଦଂଷ୍ଟା। କିନ୍ତୁ ସେଥିରେ କ'ଣ ସେ ଏମିତି ଅପବିତ୍ର ହୋଇଗଲା ଯେ ଦ୍ୱିତୀୟ ପୁରୁଷକୁ ଦେବାପାଇଁ ତା ପାଖରେ କିଛି ନାହିଁ ?

ଭୟର କିଛି କାରଣ ନାହିଁ। ସମାଜ ବଦଳୁଛି। ପୁରୁଷ ବି ବଦଳୁଛି। ନୂତନ ଯୁଗର ନୂଆ ପୁରୁଷଟିଏ ନିଶ୍ଚୟ ଆସିବ। ସବୁ ଜାଣିଶୁଣି, ସବୁ ବୁଝି ସେ ତାକୁ ଆପଣାର କରିନେବ।

ସବୁ ଭାବିଚିନ୍ତି ବିଜୟା ଶେଷକୁ ଛାଡ଼ପତ୍ର ପାଇଁ ଆବେଦନ କରିଦେଲା। ଯାଉ, ଶେଷ ହୋଇଯାଉ ସେ କଳଙ୍କିତ ଅଧ୍ୟାୟ।

ତଥାପି କାହିଁକି ତା' ମନଟା ହଠାତ୍ ବିଚଳିତ ହୋଇ ଉଠିଲା ଆବେଦନ ପତ୍ରଟି ସ୍ୱାକ୍ଷର କରି ସାରିଲା ପରେ। ହଠାତ୍ କାହିଁକି ମନେ ହେଲା ସେ ବୋଧହୁଏ କିଛି ଭୁଲ କରୁଛି। କାହିଁକି ? ସୁସ୍ଥ ମନର ବିଚାର ବୋଧରେ ସେ ଯାହା ଠିକ୍ ମନେ କରିଛି ତାକୁ ଅନ୍ତର ଭିତରେ ପୂର୍ଣ୍ଣ ଭାବରେ ସ୍ୱୀକାର କରି ନେବାରେ ଏ ବାଧା କାହିଁକି ?

କେତେ ସହସ୍ର ବର୍ଷର ଇତିହାସ ଏ ହିନ୍ଦୁଜାତିର - ଏ ଭାରତବର୍ଷର। ଦୀର୍ଘ ହଜାର ହଜାର ବର୍ଷ ଧରି ଏଠିକା ନରନାରୀ ବିବାହକୁ ଏକ ପବିତ୍ର ଅନୁଷ୍ଠାନ ବୋଲି ମାନି ଆସିଛନ୍ତି ଆଜିଯାଏ। ଅଢ଼େଇ ହଜାର ବର୍ଷ ଧରି ସବୁ ମହାନ୍ ଋଷି, ଶାସ୍ତ୍ରକାର ହିନ୍ଦୁ ବିବାହକୁ ଅକାଟ୍ୟ ବନ୍ଧନ, ଅଚ୍ଛେଦ୍ୟ ବନ୍ଧନ ବୋଲି ସ୍ୱୀକାର କରି ଆସିଛନ୍ତି। ଏହି ମହାନ୍ ସଂସ୍କୃତିର ଦାୟାଦ ଭାବରେ, ଏକ ସମୃଦ୍ଧ ନୈତିକ ଓ ଆଧ୍ୟାତ୍ମିକ

ପରମ୍ପରାର ଏକ ଅଂଶ ଭାବରେ ସେ କେମିତି ତାକୁ ଅସ୍ୱୀକାର କରିବ ?

ଏହା କ'ଣ କେବଳ ଏକ ସଂସ୍କାର ? ଏକ ଅନ୍ଧବିଶ୍ୱାସ ? ଏଇ ବିଶ୍ୱାସର ମୂଳ କ'ଣ ଏତେ ଦୃଢ଼ ଯେ ତା'ପରି ଏକ ଉଚ୍ଚ ଶିକ୍ଷାପ୍ରାପ୍ତ, ବିଚାରବୁଦ୍ଧି ସମ୍ପନ୍ନ ମହିଲାଟିଏ ତାକୁ ହୃଦୟର ସହିତ ଗ୍ରହଣ କରିପାରୁ ନାହିଁ ? ଜଣେ ନିରକ୍ଷରା, ବୃଦ୍ଧା, ଗ୍ରାମ୍ୟ ମହିଲାର ବିଶ୍ୱାସ ଟିକକ ତାକୁ ଦୋହଲାଇ ଦେଉଛି ? ପରମ୍ପରା ସଂସ୍କୃତିର ବନ୍ଧନ କ'ଣ ବିଚାରବୋଧଠାରୁ ଏତେ ବେଶୀ ?

ଏହି ସଂସ୍କାର ବା ଅନ୍ଧବିଶ୍ୱାସ ବୋଧହୁଏ ମଣିଷର ଚେତନାର ତଳେ ତଳେ ସମସ୍ତ ମଣିଷ ଜାତିର ମନର ଗଭୀର ସ୍ତରରେ ବ୍ୟାପ୍ତ ହୋଇ ରହିଥାଏ ଜାତି ଧର୍ମ ନିର୍ବିଶେଷରେ। ଏହି ବିଶ୍ୱାସ ମଣିଷର ପ୍ରଥମ ଜନ୍ମଦିବସରୁ ହିଁ ତା' ସହିତ ଓତଃପ୍ରୋତ ଭାବରେ ଜଡ଼ିତ ହୋଇ ରହିଛି ବିଭିନ୍ନ ଧର୍ମର ଆରମ୍ଭର ବହୁ ପୂର୍ବରୁ। ଧର୍ମ ତାକୁ ଆଉ ଗୋଟାଏ ଅନ୍ଧବିଶ୍ୱାସ ଦିଏ। ପୁରୁଣା ବିଶ୍ୱାସ ପରିବର୍ତ୍ତେ ଆଉ ଏକ ବିଶ୍ୱାସକୁ ସେ ଗ୍ରହଣ କରିନିଏ।

ବିଶ୍ୱାସ ବିନା ମଣିଷ ବୋଧହୁଏ ମୁହୂର୍ତ୍ତେ ମାତ୍ର ବଞ୍ଚି ରହି ପାରିବନି। ସେଥିପାଇଁ ହୁଏତ ମଣିଷ ତାକୁ ଛାଡ଼ିବା ପାଇଁ ଏତେ ସମୟ ନିଏ। କିନ୍ତୁ ସମ୍ପୂର୍ଣ୍ଣ ରୂପେ ନୁହେଁ, ଅନ୍ୟ ଏକ ବିଶ୍ୱାସର ବିକଳ୍ପ ଭାବରେ।

ଜନ୍ମଜନ୍ମାନ୍ତରର ସାଥୀ ସେହିପରି ଏକ ଅନ୍ଧବିଶ୍ୱାସ ମାତ୍ର। ତା'ର ପ୍ରତିବଦଳରେ ଆଜିକାର ଏହି ମୁକ୍ତ ମନର ପ୍ରଚଳିତ ବିବାହ ବିଚ୍ଛେଦ ଆଇନକୁ ଗ୍ରହଣ କରି ନେବାକୁ ସମୟ ଲାଗିବା ସ୍ୱାଭାବିକ। କିନ୍ତୁ ଏହି ଆଇନ୍ ଯେ ଅଭ୍ରାନ୍ତ ସତ୍ୟ ଏହା ବି କ'ଣ ଏକ ଅନ୍ଧବିଶ୍ୱାସ ନୁହେଁ ?

ତଥାପି ବିଜୟା। ଏ ଯୁଗର ଏହି ନୂତନ ଅନ୍ଧବିଶ୍ୱାସକୁ ପ୍ରାଣ ଦେଇ ଦୃଢ଼ ଭାବରେ ଗ୍ରହଣ କରି ନେବାକୁ ପ୍ରସ୍ତୁତ। ବାଟ ନିଶ୍ଚୟ ନୂଆ। କିନ୍ତୁ କାହାରି ଜଣକୁ ତ ସେ ବାଟରେ ପ୍ରଥମ କରି ଚାଲିବାକୁ ପଡ଼ିବ। ବିଜୟା କାହିଁକି ନୁହେଁ ?

କୁମାରୀ ବଧୂ

ନିର୍ଜନ, ନିସ୍ତବ୍ଧ, ଦ୍ୱିପ୍ରହର। ବାଡ଼ି ପଛପଟ ଆମ୍ବଗଛ ଡାଳରେ ବସି ଏକଣିଆ 'କା' 'କା' ଡାକରେ ଆହୁରି ଉଦାସ କରି ତୋଳୁଛି କାଉଟିଏ ଏଇ ନିସ୍ତବ୍ଧତାକୁ।

ଛ' ନମ୍ବର ୟୁନିଟ୍‌ର ଏଇ ଘରଗୁଡ଼ିକରେ ଆଗପଛ ଚାରିଆଡ଼େ ବିରାଟ ଜାଗା। ଗତ ତିରିଶ, ଚାଳିଶ ବର୍ଷ ଧରି ପୁରାତନ କର୍ମଚାରୀମାନଙ୍କର ଗଛ-ପ୍ରୀତି ଫଳରେ ଆମ୍ବ, ଡାଳିମ୍ବ, ପଣସ, କଦଳୀ ଗଛର ବଣ ଚାରିପାଖ ବିଶେଷତଃ ପଛପଟଟାକୁ ଏକ ଛାୟାସ୍ନିଗ୍ଧ ପରିବେଶରେ ପରିଣତ କରି ଦେଇଛି।

ଏଇ ନିଛାଟିଆ ଅପରାହ୍ନରେ ଚାରିଆଡ଼େ କେମିତି ଖାଁ ଖାଁ ଲାଗେ। ଏକ ଜମାଟବନ୍ଧା ନିସ୍ତବ୍ଧତା ଶୀତଳ ବରଫ ପରି ଚାରିଆଡ଼ୁ ମାଡ଼ି ମାଡ଼ି ଆସେ। ସୁରମାକୁ ମନେହୁଏ ସତେ ଯେମିତି ସେ ଭୁବନେଶ୍ୱରରେ ନାହିଁ। ଦୂର କେଉଁ ଏକ ଅଜଣା ଛାୟାଘେରା ଗାଁର ଆମ୍ବ, ତେନ୍ତୁଳି, ପଣସ, ବାଉଁଶ ବଣଘେରା ନୂଆଁଣିଆ ଚାଲ ଘରର ଅଗଣାରେ ବସିଛି।

ଅଥଚ ସୁରମା କେବେ ଗାଁରେ ରହିନାହିଁ କି ଗାଁକୁ ଭଲ ଭାବରେ ଦେଖିନାହିଁ। ଦୀର୍ଘ ବତିଶ ବର୍ଷ ହେଲା ସେ ଏହି ସହରରେ ମଣିଷ ହୋଇଛି। ଭିନ୍ନ ହୋଇଛି ସହରରେ। ବଢ଼ିଛି, ଖେଳିଛି, ପାଠ ପଢ଼ିଛି, ସବୁ କୌଣସି ନା କୌଣସି ସହରରେ।

ବାର ବର୍ଷ ପୂର୍ବେ ସେ ଯେତେବେଳେ ନୂଆ ବାହାହୋଇ ଏଇ ଘରକୁ ଆସିଥିଲା, ସେତେବେଳେ କାହିଁକି କେଜାଣି ତାକୁ ମନେହୁଏ ସେ ଯେମିତି ପୂର୍ବ ଜନ୍ମରେ କୌଣସି ଗାଁରେ କୁଳବଧୂଟିଏ ହୋଇ ରହିଥିଲା। ଏମିତି ନିସ୍ତବ୍ଧ ପ୍ରହରରେ 'କା' 'କା' ଡାକ ଶୁଣି ସେ ଏକ ବିହ୍ୱଳ ଚଞ୍ଚଳତାରେ ଉଦ୍‌ଗ୍ରୀବ ହୋଇଉଠେ। ସେତେବେଳେ ଆଜିକା ପରି ତାକୁ ଏମିତି ଉଦାସ ଲାଗୁ ନଥିଲା। ନିଜ ଶୋଇଲା ଘର ଝରକା ଫାଙ୍କବାଟେ ସେ ଆକାଶକୁ ଦେଖେ। ରୂପ‌ଚାପ ବାଡ଼ିପଟକୁ ପଲେଇ

ଆସି କାଉକୁ ଖୋଜେ। 'କିଏ ଆସୁଛି କି'? ଚାଉଳ ଦେଇ ଦେଖିବ କି ? ଏକ
ଚମକ୍ରାର ସ୍ୱପ୍ନରେ ତା'ର ପାଦ ଦୁଇଟା ନିଥର ହୋଇଯାଏ। ଆଖି ଦୁଇଟା ଭାରି ଭାରି
ହୋଇଯାଏ। ତାକୁ ମନେହୁଏ ସତେ ଯେମିତି ସେ ସେଇ ନୁହାଁଣିଆ ଚାଲଘରେ
ବାଡ଼ିପଟ କବାଟ ଫାଙ୍କରେ ଅଧା ମୁହଁ ଲୁଚେଇ ଅଗଣାରେ ଚାଉଳ ଦେଇ ଆବେଗ
ପ୍ରକମ୍ପିତ ହୃଦୟରେ ପ୍ରିୟଜନର ଆସିବା ସନ୍ଦେଶକୁ ପ୍ରତୀକ୍ଷା କରି ରହିଛି ଗଭୀର
ଉତ୍କଣ୍ଠା ସହ !

 କାହାର ପାଦ ଶବ୍ଦରେ ସ୍ୱପ୍ନ ଭାଙ୍ଗିଯାଏ। ସେ ମନକୁମନ ଲାଜରା ହୁଏ। ପାଦ
ଟିପି ଟିପି ଫେରିଆସେ ନିଜ ଶୋଇଲା ଘରକୁ।

କିନ୍ତୁ ଆଜି ପର୍ଯ୍ୟନ୍ତ ତା'ର ବିସ୍ମୟ କଟି ନାହିଁ ଏହି କାକ ସନ୍ଦେଶକୁ ନେଇ।

ସୁରଜିତ୍ ପାଞ୍ଚଦିନ ହେଲା ଦିଲ୍ଲୀ ଗଲେଣି। କାଲି ଫେରିବା କଥା। ଆସି
ନାହାନ୍ତି। କହିଥିଲେ ଟେଲିଫୋନ୍ କରିବେ। କାହିଁ, କାଲି ସାରାଦିନ ପ୍ରତୀକ୍ଷାରେ
କଟେଇ ଦେଇଛି ଟେଲିଫୋନ୍ ପାଖରେ। କିଛି ଖବର ନାହିଁ। ଆଜି ବି ସେ ଦାଣ୍ଡଘରେ
ବସିଛି ଟେଲିଫୋନ୍ ପାଖରେ ପ୍ରତୀକ୍ଷା କରି। ପ୍ରତ୍ୟେକ ଫୋନ୍ ଆସିଲେ ମନେହୁଏ
ବୋଧହୁଏ ସୁରଜିତ୍‌ର। ଅଥଚ ରଙ୍ଗ ନମ୍ବର, ଅଥଚ ଅନ୍ୟ କାହାର। ସେ ଯନ୍ତ୍ରଚାଲିତ
ପରି କଥା କହେ। ଫୋନ୍ ରଖି ଦୀର୍ଘ ନିଶ୍ୱାସ ପକାଏ।

କାଉକୁ ଅନେଇ କଳ୍ପନା କରିହୁଏ। କିନ୍ତୁ ଏଇ ନିର୍ଜୀବ ଟେଲିଫୋନ୍‌କୁ ଅନେଇ
କ'ଣ କିଛି ସ୍ୱପ୍ନ ଦେଖିହୁଏ ? କାଉ କଳା। ସେଥିପାଇଁ ବୋଧହୁଏ ଟେଲିଫୋନ୍‌ର ରଙ୍ଗ
କଳା।

ସତରେ, କାଉ ଜାଣେ କେମିତି ? କେମିତି ବୁଝେ କୋଉ ଘରକୁ କୁଣିଆ
ଆସିବେ ? କେତେ ବିସ୍ମୟକର, କେତେ ଆଶ୍ଚର୍ଯ୍ୟ। ପୃଥିବୀର ଏମିତି କେତେ ଛୋଟ
ଘଟଣା – ଅଥଚ ଭାବିବସିଲେ ଅବାକ୍ ବିସ୍ମୟରେ ମଣିଷ ହତବାକ୍ ହୋଇଯାଏ।

ସୁରମା ବିଢ଼ିକରି ଦେଖିଛି। ଯେଉଁଦିନ ତାଙ୍କ ଘରକୁ କିଏ କୁଣିଆ ଆସିବେ
ନିଶ୍ଚୟ ସେହିଦିନ ଆଗଣାର ସଜନାଗଛ ଡାଲରେ ବସି କାଉଟିଏ ରାବିବ। ଶାଶୁ
ପୁରୁଣାକାଲିଆ ମଣିଷ। ସେ ବି ବିଶ୍ୱାସ କରନ୍ତି ଏଇ ଅଜଣା ଅଶୁଣା ପକ୍ଷୀଟିର ସନ୍ଦେଶକୁ।
ଗରଗର ହୋଇ କହନ୍ତି 'ଏ ଦିନେ ପୁଣି କିଏ ଅଇଲା ବା'। ହୁଏତ ସବୁଥର ସତ
ହୁଏ ନାହିଁ, କିନ୍ତୁ ଅନେକଥର ପ୍ରାୟ ଶତକଡ଼ା ଅଶୀଥର ସେ ପରଖି ଦେଖିଛି କାଉର
ରାବିବା ସହିତ କୁଣିଆ ଆସିବାର ସମ୍ପର୍କ ଠିକ୍ ହୋଇଛି।

ସୁରମା ଭାବେ ବୋଧହୁଏ ଏହାହିଁ ପୃଥିବୀର ଗୋଟାଏ ସବୁଠାରୁ ବଡ଼ ଆଶ୍ଚର୍ଯ୍ୟ।
ସାମାନ୍ୟ ପକ୍ଷୀଟିଏ। ସେ ବୁଝେନାହିଁ ମଣିଷର ଭାଷା। ଚିହ୍ନେ ନାହିଁ ମଣିଷମାନଙ୍କୁ –

ବିଭିନ୍ନ ପରିବାରକୁ। ଅଥଚ କି ଏକ ଐଶୀଶକ୍ତି ବଳରେ ସେ ସବୁ କିଛି ସଠିକ୍ ଜାଣିପାରେ।

ପୃଥ୍ୱୀର କୋଉ ମଣିଷ ଏମିତି ଲୋକଙ୍କୁ ଦେଖି କହିଦେଇ ପାରିବ ? ଏତେ କମ୍ପ୍ୟୁଟର ତିଆରି ହେଉଛି। ମଣିଷ ମହାକାଶରେ ଉଡ଼ିବୁଲୁଛି – ଅଥଚ ଏଇ ସାମାନ୍ୟ ତୁଚ୍ଛ ପକ୍ଷୀଟିର ପାଖରେ ହାର ମାନିଯିବାକୁ ବାଧ୍ୟ ହେଉଛି।

ଭଗବାନଙ୍କ ଲୀଳା ସତରେ ବିଚିତ୍ର। ମଣିଷର ସମସ୍ତ ଭୌତିକ ପ୍ରଗତି ସତ୍ତ୍ୱେ ସେ ଏବେ ବି ବୋଧହୁଏ ଏହି ପ୍ରକୃତିର ଏକ ସହସ୍ରାଂଶ ବି ଜାଣିବାରେ ସକ୍ଷମ ହୋଇପାରେ ନାହିଁ – କେବେ ମଧ୍ୟ ଜାଣିପାରିବ ନାହିଁ।

ସୁରମା ଶୁଣିଛି ଭୂମିକମ୍ପ ହେବାର ବହୁପୂର୍ବରୁ ପିମ୍ପୁଡ଼ିମାନେ, ଘୋଡ଼ାମାନେ, ମୂଷା, ସାପ ପ୍ରଭୃତି ଅନେକ ଆଗରୁ ଜାଣିପାରନ୍ତି ଭୂମିକମ୍ପ ହେବାର କଥା। ଅଥଚ ମଣିଷ ହିଁ ଏକମାତ୍ର ଜୀବ, ଯେ ସବୁଠାରୁ ବୁଦ୍ଧିମାନ ହୋଇ ମଧ୍ୟ ଘୁଣାକ୍ଷରେ ବି ତା'ର ସନ୍ଧାନ ପାଏ ନାହିଁ।

ନା କିଛି ଜାଣିପାରେନାହିଁ ମଣିଷ।

ଏତେ ପାଖରେ ଥାଇ, ସାଙ୍ଗରେ ଶୋଇ, ଏକା ଘରେ ରହି ସେ କ'ଣ ସୁରଜିତ୍‌କୁ ପୂରାପୂରି ଭାବରେ ଜାଣିପାରିଛି ? ଦୀର୍ଘ ବାରବର୍ଷ କାଳ ସେ ଘର କରି ଆସିଲାଣି। ଅଥଚ ସେ ତା'ର ସ୍ୱାମୀକୁ ଏ ପର୍ଯ୍ୟନ୍ତ ଠିକ୍ ବୁଝିପାରେ ନାହିଁ।

ସୁରଜିତ୍ ବି କ'ଣ ଠିକ୍ ଭାବରେ ସୁରମାକୁ ଜାଣିପାରିଛି ? ନା, ବରଂ ସୁରମା ହିଁ ସୁରଜିତ୍‌କୁ ଅନ୍ତରଙ୍ଗ ଭାବରେ ଜାଣିବାର ଦାବି ରଖିପାରେ, କିନ୍ତୁ ସୁରଜିତ୍ ନୁହେଁ। ସୁରଜିତ୍‌ର ସମୟ କାହିଁ ? ସକାଳ ଆଠଟା ବେଳକୁ ଉଠିବ ସେ। କପେ ଚା' ପିଇ ଦେଇ ନିତ୍ୟକର୍ମ କରିବାକୁ ବାହାରିଯିବ। ସେଇଠୁ ଫେରିଆସି ପୁଣି କପେ ଚା' ଓ ଦି'ଟା ବିସ୍କୁଟ ଧରି ବସିଯିବ ଖବର କାଗଜ ପଢ଼ିବାକୁ। ତାପରେ ଗାଧୋଇ ସାରି ଖାଇଦେଇ ବାହାରିଯିବ ଅଫିସ ସାଢ଼େ ନଅରୁ ଦଶ ଭିତରେ। ଅଫିସରୁ ଫେରୁ ଫେରୁ କେବେ ଛଅଟା ତ ଆଉ କୋଉଦିନ ରାତି ଆଠ। ଘରକୁ ଫେରି ପୁଣି ସେଇ କାମର ପୁନରାବୃତ୍ତି। ଚା'ପିଇ, ବାଥରୁମ୍ ଯାଇ ଟି.ଭି. ପାଖରେ ବସିଯିବ। ସାଢ଼େ ନ'ଟା ବେଳକୁ ଖାଇଦେଇ ପୁଣି ଗୋଟାଏ ବହି କି ଫାଇଲ ଧରି ବସିବ। ଟିକିଏ କିଛି କଥା କହିଲେ ବିରକ୍ତ ହୋଇଯିବ। ଦିନ ସାରାର କ୍ଲାନ୍ତି ପରେ ସୁରମାର ବି ବେଶୀ ଗପିବାକୁ ଇଚ୍ଛା ହୁଏ ନାହିଁ। କେବଳ କେତେକ ସ୍ପେସିଆଲ୍ ଦିନ ଛଡ଼ା, ଯେଉଁଦିନ ସୁରଜିତର ଜାନ୍ତବ ସୁଧା ବଳବତ୍ତର ହୁଏ, ସେହି ଦିନମାନଙ୍କ ଛଡ଼ା ସୁରମା ସହିତ ତା'ର ଗପସପ ବି ହେବାର ବେଳ ନଥାଏ। ସୁରଜିତ୍ ରାତିରେ କେତେବେଳେ ଶୁଏ ସେ ଜାଣି ପାରେନା।

ଦିନ ପରେ ଦିନ କେବଳ ଏଇ ବିରକ୍ତିକର ନିତ୍ୟନୈମିତ୍ତିକ କାମର ପୁନରାବୃତ୍ତି ।

ନା ସୁରଜିତକୁ ସେ ଦୋଷ ଦେଉନାହିଁ । ସେ ଯେତେବେଳେ ଯାହା ଚାହିଁଛି, ସୁରଜିତ୍ ସାଙ୍ଗେ ସାଙ୍ଗେ ତାକୁ ପୂରଣ କରି ଦେଇଛନ୍ତି । ତା ଆଲମାରୀରେ ବହୁ ସୁନ୍ଦର ସୁନ୍ଦର ଜର୍ଜେଟ୍, ବନାରସୀ, ସିଲ୍କ ଯେତେକ ନୂଆ ଫେ୍ସନର ଶାଢ଼ୀ ଥାକ ମରା ହୋଇ ରହିଛି । ସୁବିଧା ମୁତାବକ ସେ ତା'ର ମନ ମାଫିକ ଗହଣା ଗଢ଼େଇ ନେଇଛି । ପ୍ରତ୍ୟେକ ରବିବାର ପୁଅ ଝିଅକୁ ନେଇ କୌଣସି ନା କୌଣସି ବଡ଼ ହୋଟେଲରେ ରାତ୍ରି ଭୋଜନ କରିଛି । ପନ୍ଦର ଦିନକୁ ଥରେ ସିନେମା ଦେଖି ଆସିଛି । ପ୍ରତି ଶନିବାର ରାତିରେ କ୍ଲବ୍‌କୁ ଯାଏ ।

ନା, କୌଣସି କଥାରେ ସୁରଜିକୁ ବାରି ଦେବାର କିଛି ନାହିଁ ।

ସୁରଜିତ ଜଣେ ଆଇଡିୟଲ୍ ସ୍ୱାମୀ । ସେ ଯେମିତି ଚାହିଁଥିଲା, ଠିକ୍ ସେମିତି ସ୍ୱାମୀଟିଏ ସେ ପାଇଛି । ଅଥଚ ମନେହୁଏ ସେ ଯେମିତି ଆଉ କିଛି ଗୋଟାଏ ହଜେଇ ବସିଛି । ସେଇଟା ଯେ କ'ଣ ସେ ନିଜେ ବି ଜାଣେନା । ମନ ଭିତରେ ଗୋଲେଇ ପୋଲେଇ ହୁଏ, ଅଥଚ ସେଇଟାର ରୂପରେଖ ଯେ କ'ଣ ସେ ନିଜେ ବି ବୁଝିପାରେନା ।

ଅକାରଣରେ ମନଟା କାହିଁକି କେଜାଣି ଉଦାସ ହୋଇଯାଏ । ଅଥଚ ସୁରଜିତ୍ ହିଁ ସୁରମାର ଧ୍ୟାନ ଓ ଧାରଣା । ସେ କ'ଣ ଖାଇବାକୁ ଭଲପାଏ, କେମିତି ସାଜିଲେ ତାକୁ ଭଲ ଲାଗେ, କ'ଣ କହିଲେ ସେ ଖୁସି ହୁଏ, ତା'ର ଦେହରେ କୋଉ ଜାଗାରେ କୋଉ ସ୍ପର୍ଶ ଦେଲେ ସେ ଉଲ୍ଲସିତ ହୁଏ, ସେ ସବୁ ସୁରମାର ନଖଦର୍ପଣରେ । ସେ ଆଖିବୁଜି କହିଦେଇ ପାରେ ସୁରଜିତ୍ ଆସୁଛି । ନୀରବରେ, ସତର୍କରେ ସେ ତାକୁ ନିରଖି ଦେଖେ । କେମିତି ଶୋଉଛି, କେମିତି ଖାଉଛି, କେମିତି ପିନ୍ଧୁଛି । ସୁରଜିତ୍‌ର ଟିକିନିଖି ଆଚରଣ ତା'ର ମୁଖସ୍ଥ । ତା'ର ଆଖିର ଚାହାଣିରେ କୋଉ ଭାବ ଫୁଟି ଉଠେ, ତା'ର ହସଟିର କୋଉ ଭାବ, ତା'ର କଥାରେ କୋଉ ଭାବନା– ତା'ର ନୀରବତାରେ ବି କୋଉ ଭାଷ ସେସବୁ କିଛି ଜାଣିସାରିଛି ।

ଅଥଚ ତା'ର ମନେହୁଏ ଏତେସବୁ ଜାଣିବା ସତ୍ତ୍ୱେ ବି ସେ ଅସଲ ସୁରଜିତ୍‌କୁ ଆଜିଯାଏ ବି ଜାଣିପାରିଲା ନାହିଁ ।

କାହିଁକି କେଜାଣି ?

କୋଉଟା ସୁରଜିତ୍‌ର ଅସଲ ବ୍ୟକ୍ତିତ୍ୱ ? କୋଉଟା ଅନ୍ୟମାନଙ୍କଠୁ ଏକାବେଳକେ ସ୍ୱତନ୍ତ୍ର, ନିଆରା । କେବଳ ସୁରଜିତୀୟ ବ୍ୟକ୍ତି ସତ୍ତା ।

ଯୋଉ ସୁରଜିତ୍‌କୁ ସେ ଜାଣିଛି ବୋଲି ଭାବୁଛି ସେଇ ସୁରଜିତ୍‌ ତ ପୃଥିବୀର ସହସ୍ର କୋଟି ମଣିଷ ଭିତରୁ ଜଣେ ସାଧାରଣ ମଣିଷ ମାତ୍ର। ଅନ୍ୟସବୁ ମଣିଷ ପରି ତା'ର ହାତ, ଗୋଡ଼, କାନ, ନାକ, ଆଖି। ହୁଏତ ଟିକିଏ ଅଲଗା ବାଗରେ ତିଆରି। ଏଇ ଅଲଗା ଅଙ୍ଗ-ପ୍ରତ୍ୟଙ୍ଗ, ଉଚ୍ଚତା ଇତ୍ୟାଦି କ'ଣ ଅସଲ ସୁରଜିତ୍‌? ତା'ର ଆଚାର ବ୍ୟବହାର, ଚାଲିଚଳଣ,   କଥାବାର୍ତ୍ତା, ହସକାନ୍ଦ, ରାଗଦ୍ୱେଷ, ସ୍ନେହ, ପ୍ରେମ-ସବୁ ସାଧାରଣ ମଣିଷଙ୍କ ପରି। ହୁଏତ, ଟିକିଏ ଅଲଗା ପରିପ୍ରକାଶ। ସୂକ୍ଷ୍ମ ଭାବରେ। ଏଇ ଅଲଗା ପରିପ୍ରକାଶ କ'ଣ ତା'ର ବିଶେଷତ୍ୱ?

ଅଥଚ ଭାବି ବସିଲେ, ତୁଳନା କରି ବସିଲେ ମନେହୁଏ ନା, ସୁରଜିତ୍‌ ଜଣେ ସ୍ୱାଭାବିକ ମଣିଷଟିଏ ମାତ୍ର। ଅନନ୍ୟ କିଛି ନୁହେଁ।

ଧରୁ ଧରୁ ଖସିଯାଏ ଅସଲ ସୁରଜିତ୍‌। ସୁରମା ନିଜ ଉପରେ ନିଜେ ରବେଇ ଖବେଇ ହୁଏ। ଧରିପାରୁନି ଜାଣି ପାରୁନି, ଛୁଇଁ ପାରୁନି ବୋଲି ନିଜର ଅସାମର୍ଥ୍ୟତା ଉପରେ ରାଗ ହୁଏ।

ପୁଣି ପରକ୍ଷଣରେ ମନେହୁଏ ନା ଅସଲ ସୁରଜିତ୍‌ ବୋଲି କିଛି ନାହିଁ। ଏଇ ବାସ୍ତବ, ନିତ୍ୟନୈମିତ୍ତିକ ସୁରଜିତ ହିଁ ସତ୍ୟ।

ସେ ମନକୁ ମନ ଭାବେ ସେ ଏକା। ଏଇକଥା ଭାବୁଛି ନା ତାପରି ସବୁ ସ୍ତ୍ରୀ ସେମିତି ଭାବନ୍ତି? କାହିଁ, ପାଖ ପଡ଼ୋଶୀ, ବନ୍ଧୁବାନ୍ଧବ କେହିତ ଏକଥା କେବେ କହନ୍ତି ନାହିଁ? ତେବେ ସେ କ'ଣ ଏକୁଟିଆ ଏମିତି ଭାବୁଛି? ତା ମୁଣ୍ଡ ଖରାପ ହୋଇ ଯାଇନି ତ? କାହିଁକି ବା ସେ ଏକଥା ଭାବୁଛି କାହିଁକି ଏଇସବୁ ଭାବନା ତା ମୁଣ୍ଡରେ ପଶୁଛି?

ସାଧାରଣ ଭାବରେ ଦେଖିବାକୁ ଗଲେ ସେ ତ ସୁଖୀ। କିଛିରେ ଅଭାବ ନାହିଁ। ମନଲାଖି ସ୍ୱାମୀ, ପୁଅ, ଝିଅ। ଆଉ କଅଣ ଦରକାର ଯେ? ଆଉ କେତେ ପାଖରେ ସେ ସୁରଜିତ୍‌କୁ ପାଇଥାଆନ୍ତା ଯେ? କେମିତି ଓ କେତେ ଭାବରେ ସେ ସୁରଜିତ୍‌କୁ ପାଇଥିଲେ ପୂର୍ଣ୍ଣତା ଅନୁଭବ କରିଥାନ୍ତା?

କେଜାଣି? ମୁଣ୍ଡ ବୁଲେଇ ଦିଏ। ଆଉ କିଛି ଭାବିପାରେ ନା ସେ। ସେଇ ଦକ ଦକ ହେଉଥିବା କ୍ଷତଟିକୁ ଭୁଲିବା ପାଇଁ ଅନ୍ୟ କାମରେ ମନ ଦିଏ।

ସାମାଜିକ ଦୃଷ୍ଟିରୁ ବ୍ୟାବହାରିକ ଦୃଷ୍ଟିରୁ 'ପରଫେକ୍ଟ ସ୍ୱାମୀ'ର ଯାହା ସଂଜ୍ଞା ନିରୂପଣ କରାଯାଇଛି ସୁରଜିତ୍‌ ତା'ର ଅବିକଳ ନକଲ। ଅଥଚ... ଅଥଚ... ସୁରମା ତାକୁ ଠିକ୍‌ ଅନ୍ତର ସହିତ ଅନୁଭବ କରିପାରେ ନାହିଁ। ମନେହୁଏ କୋଉଁଠି ଗୋଟାଏ ଫାଙ୍କ ରହିଯାଇଛି- ଟିକିଏ ଶୂନ୍ୟତା।

କାହିଁକି କେଜାଣି ତାକୁ ମନେହୁଏ, ଯେଉଁ ସ୍ୱାମୀ ତା'ର ସ୍ତ୍ରୀକୁ ସବୁ ବାହ୍ୟିକ ଜିନିଷ ଯୋଗାଇ ଦେଇଥାଏ, ସେ ବୋଧହୁଏ ନିଜକୁ ହିଁ ଦିଏ ନାହିଁ। ସୁରଜିତ୍ ତାକୁ ଶାଢ଼ି ଦେଇଛି, ଗହଣା ଦେଇଛି, ଘର, ଗାଡ଼ି, ସେକ୍ସ, ସ୍ନେହ, ସାମାଜିକ ପ୍ରେମ- ସବୁକିଛି ଦେଇଛି- କେବଳ ନିଜକୁ ଛାଡ଼ି। ଦୀର୍ଘ ବାରବର୍ଷ ଏକା ସାଙ୍ଗରେ, ଏକା ଘରେ, ଏକା ବିଛଣାରେ ଶୋଇ ବି ସେମାନେ ଯେମିତି ପରସ୍ପରର ଅଚିହ୍ନା। ଦୀର୍ଘ ବାର ବର୍ଷର ବଧୂତ୍ୱ ସଙ୍ଗେ ବି ସେ ଯେମିତି ଆଜିଯାଏଁ କୁଆଁରୀ ହୋଇ ରହିଯାଇଛି।

ବୋଧହୁଏ ଏଇଥିପାଇଁ ସ୍ୱାମୀ, ପୁତ୍ର କନ୍ୟା ନେଇ ସୁଖରେ ଘର ସଂସାର କରୁଥିବା ଷୋଳ ସହସ୍ର ଗୋପୀ, ହୃଦୟର ଏଇ ଶୂନ୍ୟତା ଟିକକ ପୂରଣ କରିବା ଲୋକଲଜ୍ଜା, କୁଳମାନ ମହତ ସବୁ ତ୍ୟାଗକରି ଛୁଟି ଯାଉଥିଲେ ଯମୁନା କୂଳକୁ ସେଇ ଶୂନ୍ୟତାଟିକକୁ ପୂର୍ଣ୍ଣ କରିବା ପାଇଁ ଏକ ଅଲୌକିକ ଭାବ ସଭାରେ।

ସୁରମା ଏବେ ଯିବ କୁଆଡ଼େ ? ସାରା ଜୀବନ କୁମାରୀ ହୋଇ ରହିବା ପାଇଁ ସେ ଅଭିଶପ୍ତା।

"ମିସ୍ କାରୋଲିନା କୁଜୁର୍"

ବୀରମିତ୍ରପୁରଠାରୁ ପ୍ରାୟ ପନ୍ଦର କିଲୋମିଟର ଆସିଛୁ କି ନାହିଁ ହଠାତ୍ ଜିପ୍ ଖରାପ ହୋଇଗଲା। ଡ୍ରାଇଭର ବନେଟ୍ ଖୋଲି ଅଧଘଣ୍ଟେ ଖଣ୍ଡେ ଏପାଖ ସେପାଖ ପରୀକ୍ଷା କରିସାରି କହିଲା "ସାର୍, ଡିଷ୍ଟ୍ରିବ୍ୟୁଟର ପଏଣ୍ଡ ରୋଟର ଖରାପ ହୋଇଛି। ଗାଡ଼ି ଆଉ ଯିବନାହିଁ"।

ରାଉରକେଲାରେ ସନ୍ଧ୍ୟା ଛଅଟା ଆଗରୁ ପହଞ୍ଚିବା କଥା। ଆଉ ଉପାୟ ନାହିଁ। ମୁଁ ତାକୁ ଅସହାୟ ଦୃଷ୍ଟିରେ ଚାହିଁ ପଚାରିଲି "କ'ଣ କରିବା" ?

– କିଛି ଭାବନ୍ତୁ ନାହିଁ ସାର୍। ଟିକିଏ ଅପେକ୍ଷା କରନ୍ତୁ। ଟ୍ରକ୍‍ରେ ମୁଁ ବୀରମିତ୍ରପୁର ଚାଲିଯାଇ ରିପେୟାର କରି ନେଇ ଆସିବି। ନହେଲେ ଗୋଟାଏ ନୂଆ କିଣି ଆଣିବି। ଗେରେଜ୍ ମାଲିକ ମୋର ଚିହ୍ନା। ତା'ର ମଟରସାଇକେଲ ଅଛି। ଖାଲି ପହଞ୍ଚିବା ଯାହା ଡେରି ହେବ। ଥରେ ପହଞ୍ଚିଗଲେ ମେକାନିକ୍‍କୁ ଧରି ମଟରସାଇକେଲରେ ଚାଲିଆସିବି। ଘଣ୍ଟାଏ ଦେଢ଼ଘଣ୍ଟା ଡେରି ହେବ।

ତା ଛଡ଼ା ତ ଆଉ କିଛି ଉପାୟ ମଧ ନାହିଁ। ଅଗତ୍ୟା ଭଗବାନଙ୍କୁ ଡାକି ଟ୍ରକ୍ ଅପେକ୍ଷାରେ ରହିଲୁ। ପ୍ରାୟ ଅଧଘଣ୍ଟେ ପରେ ଗୋଟିଏ ଟ୍ରକ୍ ଦେଖାଗଲା। ତାକୁ ଅଟକେଇ ଡ୍ରାଇଭରକୁ ସେଥିରେ ପଠେଇଦେଇ ମୁଁ ଗାଡ଼ି ପାଖରେ ରହିଲି।

ଜାନୁଆରୀ ମାସ। ସୂର୍ଯ୍ୟ ପ୍ରାୟ ଦିଗ୍‍ବଳୟ ପାଖକୁ ଲାଗି ଆସିଲେଣି। ବିରାଟ ଶୂନ୍ୟ ପ୍ରାନ୍ତର ଉପରେ ଅନ୍ଧାର ମାଡ଼ି ମାଡ଼ି ଆସୁଛି। ପାଖରେ ଛୋଟ ଗୋଟିଏ ଗାଁ। ପନ୍ଦର କି କୋଡ଼ିଏ ଘର। ଖପରଲି ବେଶୀ–ଦି ଚାରିଟା ଛଣ ଛୁଆଣି। ଗାଁ ପାଖକୁ ଖଣ୍ଡେ ଦୂରକୁ ଛାଡ଼ି ଆଉ ଗୋଟିଏ ଏକଣିଆ ଖପରଲି ଘର। ପରିଷ୍କାର ଚୂନ ଧଉଲା। ସାମ୍ନାରେ ବାଡ଼ ଦିଆ ହୋଇ ସାମାନ୍ୟ ଖଣ୍ଡେ ଅଗଣା। ସେ ଭିତରେ ଦୁଇ ଚାରିଟା ହଲଦିଆ କନିଅର ଗଛ। ଠିକ୍ ଦୁଆର ମୁହଁକୁ ମାଡ଼ିଛି ଗୋଟାଏ ନାଲି ବୁଗେନ୍‍ଭଲିଆ।

ରାସ୍ତାଠାରୁ ଗାଁର ଦୂରତ୍ୱ ପ୍ରାୟ ଅଢ଼େଇଶହ ମିଟର ହେବ । ମୁଁ ଆଉ ଜିପ୍ ଭିତରେ ନ ବସି ରାସ୍ତା ଉପରେ ଚାଲବୁଲ ହୋଇ ଟିକିଏ ଆଗେଇ ଯାଇ ରାସ୍ତା କଳିଭର୍ଟ ଉପରେ ଥିବା ସିମେଣ୍ଟ କାନ୍ତ ଉପରେ ବସିଲି । ସିଗାରେଟ୍‌ଟାଏ ଲଗେଇ ପଶ୍ଚିମ ଆକାଶରେ ଅସ୍ତ ଯାଉଥିବା ସୂର୍ଯ୍ୟର ବର୍ଣ୍ଣାଢ୍ୟ ମହୋସ୍ବକୁ ନିରୀକ୍ଷଣ କରିବାକୁ ଲାଗିଲି ।

“ଏନ୍‌ଜଏଂ ଦି ସନ୍‌ସେଟ୍‌, ୟଂ ମେନ୍‌ ?” ଲଙ୍କାରେ ହରିଶଧ ପରି ଏ ଅପନ୍ତରା ଭୂଇଁରେ କନ୍‌ଭେଣୀୟ ଶୁଦ୍ଧ ଭଙ୍ଗୀରେ ଏ ଇଂରାଜୀ ଉଚ୍ଚାରଣ ଶୁଣି ମୁଁ ଚମକି ପଡ଼ିଲି । ପଛକୁ ଫେରି ଚାହିଁ ଯାହାକୁ ଦେଖିଲି ସେଥିରେ ପୁଣି ଦ୍ବିତୀୟ ଥର ପାଇଁ ଚମକି ଉଠିଲି । କୋଚଟ କାଳୀ ହୋଇ ଜଣେ ବୁଢ଼ୀ । ମୁଣ୍ଡବାଳ ଅଧିକ ଝୋଟ ପରି ଧଳା । ପରିଧାନରେ ହାଲୁକା ନୀଳ ରଙ୍ଗର ବେସ୍ ଉପରେ ଗୋଲ ଗୋଲ କଳା ରଙ୍ଗର ପୋଲକା ପ୍ରିଣ୍ଟର ଲମ୍ବା ଫ୍ରକ୍ । ଫ୍ରକ୍ ଉପରେ ଗୋଟିଏ ପୁରୁଣା ଅଥଚ ଦାମୀ ଉଲେନ୍‌ ଡ୍ରେସିଂ ଗାଉନ୍‌ । ପରିଷ୍କାର ସଫା । ଦି ପାଟି ଦାନ୍ତ ଦେଖାଇ ସେ ହସି ହସି କହିଲେ ‘ସାର୍‌ପ୍ରାଇଜଡ୍‌ ?’ ତା ପରେ ପରେ ଭଙ୍ଗା ଭଙ୍ଗା ସୁନ୍ଦରଗଡ଼ୀ ଓଡ଼ିଆରେ କହିଲେ “କ’ଣ, ଗାଡ଼ି ଖରାପ ହୋଇଗଲା ନା କ’ଣ ?” ମୁଁ ଏତେ ସମୟ ଧରି ତାକୁ ଏମିତି ଅବାକ୍ ବିସ୍ମୟରେ ଚାହିଁ ରହିଥିଲି ଯେ ମୋର ବିହ୍ୱଳ ଅବସ୍ଥା କଟିବାକୁ ବେଶ୍ କିଛି ସମୟ କଟିଗଲା । ପ୍ରକୃତିସ୍ଥ ହୋଇ କହିଲି “ହଁ, ହଠାତ୍ ଗାଡ଼ିଟା ଖରାପ ହୋଇଗଲା । ଡ୍ରାଇଭର ଯାଇଛି ବୀରମିତ୍ରପୁର । ସେଠାରୁ ସେ ମେକାନିକ୍ ନେଇ ଆସିବ । ମୁଁ ଅପେକ୍ଷା କରୁଛି ।” “ବାଟରେ ବସି କାହିଁକି ଅପେକ୍ଷା କରିବ ? ହେଇତ ମୋ ଘର । ଆସ, ସେଇଠି ବସିବ । ହେଭ୍ ଏ କପ୍ ଅଫ୍ ଟି ଉଇଥ୍ ମି ।” ମୁଁ କିଛି ସମୟ ପାଇଁ ଇତସ୍ତତଃ ହେଲି । କିଏ ଏ ଭଦ୍ର ମହିଳା ? କ’ଣ ପାଇଁ ଡାକୁଛନ୍ତି ? ପୁଣି ଗାଡ଼ିଟା ରାସ୍ତା ଉପରେ । କିଏ ଯଦି ଆଉ କିଛି ଚୋରାଇ ନେଇଗଲା ତ ପୁଣି– । ସେ ମୋର ମନର ଅବସ୍ଥା ବୁଝିପାରିଲେ କି କ’ଣ କହିଲେ “କିଛି ଭୟ ନାହିଁ । ଆମେ ତ ବାହାରେ ବସିବା । ସେଇଠୁ ଗାଡ଼ି ଉପରେ ନଜର ରଖି ହେବ । ତା ଛଡ଼ା ଏ ଅଞ୍ଚଳରେ ଚୋରି ଫୋରି ବେଶୀ ହୁଏନାହିଁ । ବିଶେଷତଃ ଗାଡ଼ିରେ । ଆଗରୁତ ଆମେ ‘ଚୋରି’ ଶବ୍ଦ ଶୁଣି ନଥିଲୁ, ଏବେ ଏବେ ଟିକିଏ ଆରମ୍ଭ ହେଲାଣି । ଆସ ।”

ମୁଁ ଆଉ ‘ନାହିଁ’ କରି ନ ପାରି ତାଙ୍କ ପଛେ ପଛେ ଚାଲିଲି । ଭାବିଲି ବୋଧହୁଏ ବୁଢ଼ୀ ନନ୍‌ କିଏ ହୋଇଥିବ । ଏପଟର ପ୍ରାୟ ସମସ୍ତେ ତ ଖ୍ରୀଷ୍ଟିଆନ୍‌ ।

ସେଇ ଏକଣିଆ ଘରଟି ହିଁ ତାଙ୍କର ଘର । ସେ ବାଉଁଶ ତାଟିର ଗେଟ୍ ଖୋଲି ଭିତରକୁ ପଶିଲେ । ତା’ପରେ କବାଟ ଖୋଲି ଡାକିଲେ ‘ଭିତରକୁ ଆସ ।’ ଗୋଟିଏ ବଡ଼ ବଖୁରିକିଆ ଘର । ଗୋଟିଏ ପାଖରେ ଗୋଟିଏ ପଲଙ୍କ । ସଫା । ବିଛଣା ଚାଦର

ପଡ଼ିଛି । ତଳେ ବୋଧହୁଏ ଗଦି । ଗୋଟିଏ ପାଖକୁ ଗୋଟାଏ ମଇଁମଇଁକିଆ ଟେବୁଲ୍ । ସେଥିରେ ଦୁଇଟା ପ୍ଲେଟ୍ ଗୋଟାଏ କପ୍ । ଚାମୁଚ ଇତ୍ୟାଦି ଉଗୁଡ଼ା ହୋଇ ରଖା ହୋଇଛି । ବୋଧହୁଏ ବୁଢ଼ୀର ଡାଇନିଂ ଟେବୁଲ୍ । ପଶ୍ଚିମ ପାଖ କାନ୍ଥରେ ଯୀଶୁଙ୍କ ଫଟୋ । ଫଟୋ ତଳେ ଗୋଟାଏ କାଠର ବ୍ରେକେଟ୍ । ସେଥିରେ ରହିଛି ଗୋଛାଏ ସବୁ ମହମବତୀ । ଅଗରବତୀର ପେକେଟ୍ ଓ ଗୋଟାଏ ଦିଆସିଲି । ଯୀଶୁଙ୍କ ଫଟୋ ଦୁଇ ପାଖରେ ଆଉ ଦୁଇଟି ବନ୍ଧେଇ ଫଟୋ । ଗୋଟାଏ ବୋଧହୁଏ ମେରୀଙ୍କର । ଅନ୍ୟଟିରେ ମେରୀଙ୍କ କୋଳରେ ଶିଶୁ ଯୀଶୁ । କାନ୍ଥ ଆଲମାରୀରେ କିଛି ବହିପତ୍ର । କେତୋଟି ବଡ଼ ଆଲବ୍ । ତଳ ଥାକରେ ସଜାହୋଇ ରହିଛି ଗୋଟାଏ ପୁରୁଣା ଗ୍ରଣ୍ଟିଗ୍ ଟ୍ରାଞ୍ଜିଷ୍ଟର । ରେକର୍ଡ ପ୍ଲେୟାର । ପଲଙ୍କର ମୁଣ୍ଡ ଆଡ଼କୁ ଗୋଟାଏ ଛୋଟ ବେଞ୍ଚ ଉପରେ ଗୋଟାଏ ବଡ଼ ଟ୍ରଙ୍କ୍ । ଟ୍ରଙ୍କ୍ ଉପରକୁ ଦୁଇଟି ବଡ଼ ଫାଇବାର ସୁଟ୍‌କେଶ୍ । ବୋଧହୁଏ ବିଦେଶୀ । ଝରକା, କବାଟ ସବୁଥିରେ ସୁନ୍ଦର ଇଂଲିଶ୍ ପ୍ରିଣ୍ଟର ପରଦା । ବୁଢ଼ୀର ରୁଚି ଦେଖି ଆଶ୍ଚର୍ଯ୍ୟ ହେଲି । ଏଇ ଅଜବ ପଡ଼ା ଗାଁରେ ଏପ୍ରକାର ରୁଚିଶୀଳତା ଯେମିତି ଅପ୍ରତ୍ୟାଶିତ ସେମିତି ଅପ୍ରାସଙ୍ଗିକ । ଅବଶ୍ୟ ପ୍ରାଣୀମାନଙ୍କ ସଂସ୍ପର୍ଶରେ ଆସି ଏହି ପ୍ରକାର ସଭ୍ୟ ହେବା କିଛି ବିଚିତ୍ର ନୁହେଁ । ଗୋଟାଏ ବେତଚେୟାର ଟାଣି ଦେଇ ସେ କହିଲେ– ଏଇ, ଦୁଆର ପାଖରେ ବସନ୍ତୁ । ଜିପ୍ ଆଡ଼କୁ ନଜର ଦେବାକୁ ସୁବିଧା ହେବ । ବସ, ମୁଁ ଚା କରେ । ପଛପାଖ ଦ୍ୱାର ଦେଇ ସେ ଭିତର ପାଖ ଗୋଟାଏ ଛୋଟ ଘରକୁ ଗଲେ ସେଇଟା ବୋଧହୁଏ ରୋଷେଇ ଘର ହେବ ।

ମୁଁ ଆଉ ତାଙ୍କ ଆଡ଼କୁ ନଜର ନ ଦେଇ ରାସ୍ତା ଆଡ଼କୁ ଚାହିଁଥାଏ । ପ୍ରାୟ ପନ୍ଦର ମିନିଟ୍ ଉପରେ ସେ ଗୋଟାଏ ଟ୍ରେ'ରେ କିଛି ବିସ୍କୁଟ୍ ଓ ଟିପଟ୍‌ରେ ଚା ଧରି ଆସିଲେ । କହିଲେ "କିଛି ମନେ କରିବେ ନାହିଁ । ସେ ଷ୍ଟୁଲଟା ଆପଣଙ୍କ ପାଖକୁ ଟାଣି ନିଅନ୍ତୁ ।" ମୁଁ ଟିପୟଟିକୁ ମୋ ପାଖକୁ ଟାଣି ଆଣିଲା ପରେ ସେ ଟ୍ରେ'ଟି ତା ଉପରେ ଥୋଇ ଟେବୁଲ ଉପରୁ ଦୁଇଟି କପ୍ ନେଇ ଆସି ଢାଲୁ ଢାଲୁ କହିଲେ "ଏକୁଟିଆ ଲୋକ, ସାହାଯ୍ୟ କରିବାକୁ କେହି ନାହିଁ । ତେଣୁ ତମକୁ ବି ଟିକିଏ ସାହାଯ୍ୟ କରିବାକୁ ପଡ଼ିବ । ତମେ ସେଇ ବିସ୍କୁଟ୍ ପ୍ଲେଟ୍ ଟିକିଏ ହାତରେ ଧର । ମୁଁ କପ୍ ଦୁଇଟା ରଖେ । ଛୋଟ ଟ୍ରେ' ତ ।" ମୁଁ କହିଲି "ଥାଉ, ଏ ବିସ୍କୁଟ୍ କାହିଁକି ? ଖାଲି ଚା–" –ଆହା, ମୋ ଘରେ ତମପରି ଜଣେ ଅତିଥି ଖାଲି ଚା ଖାଇ ଯିବେ ! ଏମିତି ହଠାତ୍ ଅତିଥି । ପୁଣି ଯିବାକୁ ତର ତର । ନହେଲେ ମୁଁ ତମକୁ ନ ଖୁଆଇ ଛାଡ଼ିନଥାନ୍ତି । ବିଶ୍ୱାସ କର ରାଉରକେଲାର ଜଣେ ବିଖ୍ୟାତ କୁକ୍ । ଅଧା ଜୀବନତ ଏମିତି ରନ୍ଧାରନ୍ଧି କରି, ଆୟା-ଗିରି କରି କଟିଗଲା– ଆଚ୍ଛା, ଏଥର ଆରମ୍ଭ କର ।

ଏମିତି ଏକ ନିର୍ଜନ ଅପନ୍ତରା ଅଞ୍ଚଳରେ ଜଣେ ଅପରିଚିତା ନାରୀର ଅଯାଚିତ ଆତିଥେୟତା ମୋତେ ଯେତିକି ବିସ୍ମିତ କରୁ ନ ଥିଲା, ତାଠାରୁ ବେଶୀ ଭୟଭୀତ କରି ଦେଇଥିଲା। କିଏ ଏ ମହିଳା ? କ'ଣ ପାଇଁ ଏଠି ରହିଛନ୍ତି ? କ'ଣ ପାଇଁ ବା ମୋତେ ଏମିତି ଡାକି ଚା ପିଆଉଛନ୍ତି ? ଏଥିରେ ବିଷ ଫିଷ କିଛି ନାହିଁ ତ ? ମୋତେ କେମିତି ଡର ମାଡ଼ିଗଲା। ଚାରିଆଡ଼ ଅନ୍ଧାର ଘୋଟିଆସିଲାଣି। ଶୀତର ଲହରୀ ମଧ ପ୍ରବଳରୁ ପ୍ରବଳତର ହେବାରେ ଲାଗିଛି।

ବହୁ କଷ୍ଟରେ ମୋର ଯେତେକ ଭୟଯୁକ୍ତ ଅସଂଯତ ଭାବନାକୁ ସଂଯତ କରି ମୁଁ ଚା କପ୍‌ଟି ଧରି ମୁହଁରେ ଲଗେଇଲି। ବୁଢ଼ୀ ଏକ ଅପରସୀମ ସ୍ନେହ ଓ କରୁଣାରେ ମୋ ଆଡ଼କୁ ସେମିତି ଅପଲକ ନୟନରେ ଚାହିଁ ରହିଥାଏ। ତାଙ୍କ ସହିତ ଆଖି ମିଳିଯିବା ପରେ ମୁଁ ତଳକୁ ମୁହଁ‍ପୋତି ଚା ପିଇବାରେ ଲାଗିଲି। କାଳେ ମୋ ଆଖିରୁ ସେ ମନୋଭାବ ଜାଣିଯିବେ ବୋଲି ମୁଁ ସତର୍କ ରହୁଥିଲି।

ସେ ପୁଣି କଥା ଆରମ୍ଭ କଲେ। ଅଧିକାଂଶ ଇଂରାଜୀରେ। ମଝିରେ ଝିରେ ସୁନ୍ଦରଗଡ଼ୀ ଓଡ଼ିଆରେ।

– ଆଶ୍ଚର୍ଯ୍ୟ ହେଉଥିବ ନା ! ସତରେ ଆଶ୍ଚର୍ଯ୍ୟ ହେବାର କଥା। ମୁଁ ମଧ ନିଜକୁ ନିଜେ ଦେଖି ଆଶ୍ଚର୍ଯ୍ୟ ହୁଏ। ଜୀବନର ଅର୍ଦ୍ଧାଧିକ ବୟସ ଅୟସରେ କଟାଇ ଦେଇ ଆସିଲାପରେ ଏବେ ଏଇ ଦୀର୍ଘ ଦଶବର୍ଷକାଳ ଏମିତି ଏକୁଟିଆ ନିଃସଙ୍ଗ ଭାବରେ ମୁଁ ବଞ୍ଚିପାରିଛି କେମିତି ? ବାୟ୍‌ ଦି ବାୟ୍‌ – ମୋ ନାମ କାରୋଲିନାକୁଜୁର।

– ମିସେସ୍‌

– ମିସ୍‌ କୁଜୁର।

– ସତରେ ମିସ୍‌ କୁଜୁର-ପ୍ରକୃତରେ ମୁଁ ଭାରି ଆଶ୍ଚର୍ଯ୍ୟ। ଆପଣ ଜଣେ ଉଚ୍ଚଶିକ୍ଷିତା ଭଦ୍ରମହିଳା ପରି ଜଣାପଡୁଛନ୍ତି ଅଥଚ – ଏମିତି ଏକ ପରିସ୍ଥିତିରେ କେମିତି ଗୋଟାଏ ବ୍ୟତିକ୍ରମ ପରି ଜଣାପଡୁଛନ୍ତି। କ୍ଷମା କରିବେ-କୌତୁହଲବଶତଃ ପଚାରୁଛ – ମାନେ ଆପଣଙ୍କର ଏଇ ରହସ୍ୟ –

ହୋ ହୋ ହୋଇ ହସିଲେ ମିସ୍‌ କୁଜୁର।

– ବହୁତ ଦିନପରେ ଏମିତି ପ୍ରାଣ ଖୋଲି ହସୁଛି। ଦୀର୍ଘ କୋଡ଼ିଏ ବର୍ଷପରେ ଜଣେ ସଭ୍ୟ ଶିକ୍ଷିତ ଲୋକ ସହିତ ବସି ଚା ପିଉଛି। ତମର ଏଇ ସାହଚର୍ଯ୍ୟ ପାଇଁ ଅଶେଷ ଧନ୍ୟବାଦ। କେତେଦିନ-କେତେଦିନ ଧରି ମୁଁ ଏମିତି ଗୋଟାଏ ଦିନକୁ ଅପେକ୍ଷା କରି ବସିଛି।

ରାଉରକେଲାରୁ କୋଡ଼ିଏ ବର୍ଷ ତଳେ ବିଦାୟନେଇ ଆସିଲାପରେ ମୁଁ ଭାବିଥିଲି

ବୋଧହୁଏ ପାଞ୍ଚଟା ବର୍ଷ ବି ପାରିବି ନାହିଁ । ଅଥଚ ଦେଖ ଦୀର୍ଘ କୋଡ଼ିଏ ବର୍ଷତ ବେଶ୍ କଟେଇଦେଲି । ସିଫିଲିସ୍‌ର ଜୀବାଣୁ ବି ମୋର କିଛି କରିପାରିଲା ନାହିଁ ।

ମୁଁ ଏଥର ଭୟାନକ ଭାବରେ ଚମକି ପଡ଼ିଲି । ହାତରୁ ଚା କପଟା ପଡ଼ୁ ପଡ଼ୁ ରହିଗଲା । ବୋଧହୁଏ ଏଥର ମୃତ୍ୟୁ ସୁନିଶ୍ଚିତ । ବୁଢ଼ୀ ମୋର ଅବସ୍ଥା ଦେଖି ମୁରୁମୁରୁ ହସିଲେ । କହିଲେ– ଭୟ ନାହିଁ । ମୁଁ ବହୁଦିନ ବିପଦ ମୁକ୍ତ । ତାଛଡ଼ା ସେଥିପାଇଁତ ମୁଁ ତମକୁ ନିମନ୍ତ୍ରଣ କରି ଆଣିନାହିଁ । ଏ ବୁଢ଼ୀ ବୟସରେ ଆଉ କ'ଣ କିଛିଥାଏ ?" ମୁଁ ଯେମିତି ଛାଟିପିଟି ପଳେଇ ଆସିବାକୁ ବ୍ୟଗ୍ର ହୋଇ ଉଠିଲି । କିନ୍ତୁ ଉଠିବା ବା କେମିତି ।

– ବାପା ମା' ଥିଲେ ଖ୍ରୀଷ୍ଟିଆନ୍ । ମୋର ପାଞ୍ଚବର୍ଷ ବୟସ ବେଲେ ମୋ ମା'ଙ୍କର ମୃତ୍ୟୁ ହୁଏ । ବାପା ଦ୍ୱିତୀୟବାର ପାଇଁ ବାହା ହୁଅନ୍ତି ଓ ମୋତେ ଟେକି ଦିଅନ୍ତି ଫାଦର ଭିନ୍‌ସେଣ୍ଟଙ୍କ ହାତରେ । ପ୍ରକୃତରେ ଫାଦର ଭିନ୍‌ସେଣ୍ଟ ହିଁ ମୋର ମା ଓ ବାପା । ତାଙ୍କରି ପାଖରେ ରହି ବଢ଼ିଲି । କନ୍‌ଭେଣ୍ଟରେ ପାଠ ପଢ଼ିଲି । ରନ୍ଧାବଢ଼ା ଶିଖିଲି । ସିଲେଇପତ୍ର ଶିଖିଲି । ସବୁ ଆଚାର ବ୍ୟବହାର, ଆଦବକାଇଦା ମଧ ମୁଁ ତାଙ୍କରି ଠାରୁ ଓ ଅନ୍ୟାନ୍ୟ ନନ୍ ମାନଙ୍କଠାରୁ ଶିଖିଲି । ଦଶମ ଶ୍ରେଣୀ ପରୀକ୍ଷା ବେଲକୁ ଫାଦରଙ୍କ ମୃତ୍ୟୁ ହୋଇଗଲା । ଆଉ ସେଇ ସାଙ୍ଗେ ସାଙ୍ଗେ ମୁଁ ଦ୍ୱିତୀୟଥର ପାଇଁ ଅନାଥ ହୋଇଗଲି । କ'ଣ କରିବି କିଛି ଭାବିପାରୁ ନଥାଏ । ବାପାଙ୍କ ପାଖକୁ ପଳେଇ ଆସିଲି । ସେଇ ସମୟରେ ନୂଆକରି ରାଉରକେଲା ଇସ୍ତାତ କାରଖାନା ଆରମ୍ଭ ହେଉଥାଏ । ଅଧିକାଂଶ ଜର୍ମାନ ଇଞ୍ଜିନିଅର୍, ଟେକ୍‌ନିସିଆନ୍ ଭର୍ତ୍ତି ହୋଇଥାନ୍ତି । ଆମର ଜଣେ ନନ୍ ଥିଲେ ଖ୍ରୀଷ୍ଟିଆନ୍ । ତାଙ୍କରି ସହଯୋଗରେ ମୁଁ ଗୋଟାଏ ଜର୍ମାନ ପରିବାରରେ ଆୟା ହୋଇ ନିଯୁକ୍ତିପାଇ ଚାଲିଗଲି ରାଉରକେଲା ।

ସେଇଠି କଟେଇଦେଲି ପ୍ରାୟ ମୋର ଜୀବନର ସବୁଠାରୁ ମୂଲ୍ୟବାନ ସମୟ ।

ଜର୍ମାନ ପରିବାରତ ମୋ ପରି ଜଣେ ଶିକ୍ଷିତା, ଇଉରୋପୀୟ ଆଚାର ବ୍ୟବହାର, ତଥା ରାନ୍ଧଣା ଜାଣିଥିବା ଆୟା ପାଇ ଏକଦମ୍ କୃତାର୍ଥ । ମୁଁ ମଧ ଆରାମରେ ଜୀବନ ବିତାଇବାର ଏକ ଅବଲମ୍ବନ ପାଇ ଖୁସି ହୋଇଯାଇଥିଲି । ସେମାନେ ସେତେବେଲକୁ ମୋତେ ଚାରିଶହ ଟଙ୍କା ଦରମା ଦେଉଥିଲେ । ଯେ କୌଣସି ଉଚ୍ଚପଦସ୍ଥ ସରକାରୀ କର୍ମଚାରୀଙ୍କ ବେତନ ସହିତ ସମାନ । ପ୍ରାୟ ସମସ୍ତ ଦରମା ସେତେବେଲେ ସଞ୍ଚୟକରି ରଖୁଥିଲି । ସ୍ୱାମୀ, ସ୍ତ୍ରୀ ଓ ଗୋଟିଏ ବର୍ଷକର ଶିଶୁପୁତ୍ର । ଝାମେଲା ନାହିଁ । କିନ୍ତୁ ଭାଗ୍ୟର ବିଡ଼ମ୍ବନା । ମିଃ ଫ୍ରାନ୍‌ଜ୍ ହଠାତ୍ ଆକୃଷ୍ଟ ହୋଇ ପଡ଼ିଲେ ମୋ ପ୍ରତି । ସେତେବେଲକୁ ମୋର ବୟସ ପ୍ରାୟ କୋଡ଼ିଏ କି ଏକୋଇଶ । ଦେହରେ ଭରା ଯୌବନ । ଜର୍ମାନ୍ ସାହେବମାନେ ସେତେବେଲେ ଏଇ ଅଞ୍ଚଲର ସବୁ ଯୁବତୀମାନଙ୍କୁ

ଡାକୁଥିଲେ 'ବ୍ଲେକ୍ ବିଉଟି' ବୋଲି। ଆମ ଆଦିବାସୀ ଯୁବତୀମାନଙ୍କର ଦେହର ଗଠନ ଦେଖିଛନ୍ତି ତ କେତେ ସୁଠାମ ଓ ସୁନ୍ଦର। ଲଳିତ, ଅଥଚ ମାଂସଳ ଦେହବଲ୍ଲବୀ। ହୁଏତ ଏଇ ବିଦେଶୀ 'କାଳୀ ନାରୀ'ର ଆକର୍ଷଣ ଗୋରା ସାହେବଙ୍କ ମନରେ ଜଗାଇଥିଲା ଏକ ତୀବ୍ର ଆକାଂକ୍ଷା।

ଦିନେ ଧରାପଡ଼ିଗଲେ ମିଃ ଫ୍ରାନ୍ଜ୍ ଅପ୍ରସ୍ତୁତ ଅବସ୍ଥାରେ। ସେଇଦିନଠାରୁ ମୋର ଚାକିରିର ଛୁଟି ହୋଇଗଲା ଓ ମୁଁ ଓହ୍ଲାଇ ପଡ଼ିଲି ରାସ୍ତାକୁ। ଯେତେକ ଅବିବାହିତ ଜର୍ମାନ୍ ଯୁବକମାନଙ୍କର ମୁଁ ହେଲି ଏକ ନିଷିଦ୍ଧ ଶୃଙ୍ଗାରର ପ୍ରମୋଦ ଉଦ୍ୟାନ। ଜର୍ମାନ ପରିବାରରେ ଦୁଇବର୍ଷ ରହଣି ଭିତରେ ମୁଁ ସାମାନ୍ୟ ଜର୍ମାନ୍ ବି ଶିଖି ଯାଇଥିଲି। ତେଣୁ ସେମାନଙ୍କୁ ଠିକ୍ ଭାବରେ ବୁଝି ପାରିବାର ଦକ୍ଷତା ଆସିଯାଇଥାଏ।

ଗୋଟାଏ ଛୋଟ ବଖରା ନେଇ ମୁଁ ଆରମ୍ଭ କରିଥିଲି ଜୀବନ। କ୍ରମେ ସେ ଗୋଟିଏ ବଖରା ପ୍ରାୟ ପାଞ୍ଚ ବଖରା ହୋଇଗଲା। ମୋ ସହିତ ଯୋଗଦେଲେ ଆହୁରି ପାଞ୍ଚଜଣ। ଯୋଗଦେଲେ କ'ଣ ମୁହିଁ ସଂଗ୍ରହ କରି ଆଣିଥିଲି ସେଇ ସମାଜ ପତିତା ଯୁବତୀମାନଙ୍କୁ।

କ'ଣ ଆଉ କରିଥାନ୍ତି କୁହ? ଜୀବନ ବଞ୍ଚାଇବା ପାଇଁ ମୁଁ ଏଇ ପନ୍ଥାକୁ ଆବୋରି ନେଲି। ସେତେବେଳକୁ ଟଙ୍କାର ଲୋଭରେ, ଖାଦ୍ୟର ଲୋଭରେ, ବା ଜବରଦସ୍ତ ହୋଇ ମୋ ପରି ଶହ ଶହ ଆଦିବାସୀ ଯୁବତୀ ଧର୍ଷିତା ହେଉଥିଲେ ଏଇ ରାଉରକେଲା ସହରରେ। ସେତେବେଳେ କ'ଣ ଆଜି ପରି ସହର ଥିଲା? ଜର୍ମାନ୍ କ୍ଲବ୍ର ପଛପଟେ, କ୍ୱାର୍ଟର ଭିତରେ ମୋ ଘରେ ସେମାନେ ସମସ୍ତେ ମେଣ୍ଟାଉଥିଲେ ତାଙ୍କର ଆଦିମ ତୃଷା।

ଆମ ପାଇଁ କେହି କହିବାକୁ ନଥିଲେ। ରକ୍ଷା କରିବାକୁ ନ ଥିଲେ। ସମାଜ ଭୟରେ ଭ୍ରୂଣହତ୍ୟା କରିବାକୁ ଯାଇ କେତେଜଣଙ୍କର ଅକାଳମୃତ୍ୟୁ ହୋଇଗଲା। କେତେଜଣ କାହା କାହା ସହିତ ପଲେଇଗଲେ, ଆସାମ କି ଅନ୍ୟ କେଉଁଆଡ଼େ। କେତେଜଣ ବିବାହିତ ବି ହୋଇଗଲେ। କିନ୍ତୁ ଆମେ କେତେଜଣ ନିରାଶ୍ରୟା ରହିଗଲୁ ସେହିପରି।

ବିଦେଶୀ ମଦ୍ୟ, ବିଦେଶୀ ବିଳାସ ସାମଗ୍ରୀରେ ଆମର ଘର ସବୁ ପୂର୍ଣ୍ଣ ହୋଇଗଲା। ତା ବଦଳରେ ଆମେ ଦେଲୁ ସେମାନଙ୍କୁ ଆମର ଦେହ। ଆମର ଅଶ୍ଲୀଳ ଭଙ୍ଗୀର ନଗ୍ନ ଫଟୋଗ୍ରାଫ ନଗ୍ନ ଚଳଚ୍ଚିତ୍ର। ବ୍ଲେକ୍ ବିଉଟିର ନଗ୍ନତାର, ଆଦିମତାର ଆକର୍ଷଣ କୁଆଡ଼େ ଦୁର୍ବାର। ଆମର ଫଟୋ ସବୁ ପ୍ରକାଶ ପାଇଲା ଜର୍ମାନର ବହୁ ପର୍ନୋଗ୍ରାଫିକ୍ ପତ୍ରିକାରେ ନଗ୍ନଚଳଚ୍ଚିତ୍ର ପ୍ରେକ୍ଷାଳୟରେ। ଆମେ ତାଙ୍କଠାରୁ ଯାହା ପାଇଲୁ ନାହିଁ – ତାଠାରୁ ଶହେଗୁଣ ସେମାନେ ଆମଠାରୁ ଆଦାୟ କରିନେଲେ।

କିଏ ଜାଣିଥିଲା ଏକଥା? ରାଉରକେଲାରେ କ'ଣ ଥିଲା ସେତେବେଳେ?

ଚାରିଆଡ଼ ବଣଜଙ୍ଗଲ ପରିପୂର୍ଣ୍ଣ ଏକ ଅସଭ୍ୟ, ଅମାର୍ଜିତ, ଆଦିବାସୀ ଅଞ୍ଚଳ। ପାନ୍‌ପୋଷ ଷ୍ଟେସନ୍‌ରେ ମିନିଟିକ ପାଇଁ ଅଟକୁଥିଲା ଏକ ପାସେଞ୍ଜର ଟ୍ରେନ୍‌ – କେବଳ ବଣାଇ ରାଜାଙ୍କ କୃପାରୁ। ଆଧୁନିକ ସଭ୍ୟତାଠାରୁ ବିଚ୍ଛିନ୍ନ, ସରଳ, ଅମାୟିକ, ସାବଲୀଳ, ଜୀବନଧାରାର ଏକ ବିଚ୍ଛିନ୍ନ ମହାଦ୍ୱୀପ। ଏଇ ପ୍ରକାର ଏକ ବିଚ୍ଛିନ୍ନ ଦ୍ୱୀପରେ ଆବିର୍ଭାବ ଘଟିଲା, ଆଧୁନିକ ସଭ୍ୟତାର ଚରମ ବିକାଶପ୍ରାପ୍ତ ଏକ ଦେଶର ସଭ୍ୟତାର। ଯାହାର ଆକ୍ରମଣରେ ଖଣ୍ଡ ଖଣ୍ଡ ହୋଇ ଭାଙ୍ଗିଗଲା ଶତାବ୍ଦୀ–ଶତାବ୍ଦୀର ନିର୍ଜନତା, ମନ୍ବନ୍ତରର ଶାନ୍ତିପ୍ରବାହ, ସହସ୍ର ପ୍ରଚଳିତ ଜୀବନଧାରା। ସବୁ କିଛି ଧ୍ୱସ୍ତବିଧ୍ୱସ୍ତ ହୋଇଗଲା ମାତ୍ର କେଇଟା ବର୍ଷରେ। ଆଧୁନିକ ସହର ମାଡ଼ି ଆସିଲା। ତା’ର ବିଶାଳ ବପୁରେ ସବୁ କିଛି ଉଦରସ୍ତ ହୋଇଗଲା ନିର୍ବିବାଦରେ। ଆଉ ଯେଉଁମାନେ ସେଇ ଆଧୁନିକତାକୁ ଆପଣେଇ ପାରିଲେ ନାହିଁ, ସେମାନେ ପଛଘୁଞ୍ଚା ଦେଇ ପଛକୁ ପଛକୁ ଘୁଞ୍ଚି ଆସିଲେ – ଆସୁଛନ୍ତି ଏବେ ବି। କିନ୍ତୁ ଆଧୁନିକ ସଭ୍ୟତାର ରାକ୍ଷସ କବଳରୁ ମୁକ୍ତି ନାହିଁ। ଆମେ ସମସ୍ତେ ତା’ର ଉଦରସ୍ତ ହେବାକୁ ବାଧ୍ୟ। ମଝିରେ କିଛି ସମୟର ଅପେକ୍ଷା ମାତ୍ର।

କ୍ରମେ କ୍ରମେ ସହର ଗଢ଼ି ଉଠିଲା। ଜର୍ମାନ ସାହେବମାନେ କ୍ରମଶଃ ଫେରିଯିବାକୁ ଆରମ୍ଭ କଲେ। ପାଶ୍ଚାତ୍ୟ ଓ ଭାରତୀୟ ମିଶ୍ରଣରେ ଗଢ଼ି ଉଠିଲା ଏକ ଖିଚୁଡ଼ି ସଭ୍ୟତା। ଜର୍ମାନ କ୍ଲବ୍‌ରେ ଭିଡ଼ ଜମିଲା ଭାରତୀୟମାନଙ୍କର। ବ୍ରାହ୍ମଣୀ କ୍ଲବ୍‌ରେ ଭିଡ଼ ହେଲା ଅର୍ଦ୍ଧ ଭାରତୀୟ–ଅର୍ଦ୍ଧ ପାଶ୍ଚାତ୍ୟ କର୍ମଚାରୀମାନଙ୍କର।

‘ବ୍ଲାକ୍ ବିଉଟି’ର ଆଦର କମି କମି ଗଲା। କଳା ଭାରତୀୟମାନେ ଚାହିଁଲେ ଗୋରା ଗୋରା ନାରୀ। ବଙ୍ଗଳା, ବିହାର, ନେପାଳ, ଉତ୍ତର ପ୍ରଦେଶରୁ ଆମଦାନୀ ହୋଇ ଆସିଲେ ଗୋରୀ ନାୟିକାମାନେ।

ମୋର ବ୍ୟବସାୟ କମିବାକୁ ଆରମ୍ଭ କଲା। ମୁଁ ପଛେଇବାକୁ ଆରମ୍ଭ କଲି। ଶେଷକୁ ପଛେଇ ପଛେଇ ଆସି ଏଇଠାରେ ପହଞ୍ଚିଯାଇଛି। ଆଉ ପଛକୁ ଯିବାର ସାହସ ନାହିଁ। ଆଗକୁ ଯାଇ ସାମ୍ନା କରିବାର ବଳ ନାହିଁ। ଆଉ ବା କେତେ ସମୟ ରହିଲା ମୋର। ସବୁ ମୁହୂର୍ତ୍ତରେ ଏବେ ମୃତ୍ୟୁର ପ୍ରତୀକ୍ଷା।

ତାଙ୍କର କଥା କହିବାର ଢଙ୍ଗରେ ମୁଁ ଏତେ ସମ୍ମୋହିତ ହୋଇଯାଇଥିଲି ଯେ ବାହାରେ କ’ଣ ଘଟୁଛି ମୁଁ ଜାଣିପାରି ନ ଥିଲି। ଘର ପାଖରେ କାହାର ଟର୍ଚ୍ଚ ଆଲୁଅ ଦେଖି ମୁଁ ସମ୍ୱିତ ଫେରି ପାଇଲି। ଡ୍ରାଇଭର ବୋଧେ ଡାକୁଛି ‘ସାର୍, ସାର୍’।

କଥା ଭିତରେ ଭଦ୍ରମହିଲା କେତେବେଳେ ଯେ ଗୋଟାଏ ସୁନ୍ଦର ସେଡ଼ ଦିଆ ଜର୍ମାନ ଲେମ୍ପ ଜାଳି ଦେଇଥାନ୍ତି, ମୋର ମନେ ନାହିଁ, ଘର ଭିତରେ ଏକ ଉଜ୍ଜ୍ୱଲ ଆଲୋକର ବନ୍ୟା। ବାହାରେ କିନ୍ତୁ କିଟିକିଟିଆ ଅନ୍ଧକାର।

ଡ୍ରାଇଭର ପାଖକୁ ଆସି କହିଲା "ସାର୍‌, ମୁଁ ସବୁ ପାର୍ଟସ୍‌ ନେଇ ଆସିଛି । ମେକାନିକ୍‌ ବି ଆସିଛି । ଆଉ ପ୍ରାୟ ଘଣ୍ଟାଏ ଖଣ୍ଡେ ଲାଗିବ ।"

ମୁଁ କହିଲି "ଚାଲ ତେବେ ।"

"ଥାଉ ସାର୍, ଥଣ୍ଡାରେ ବାହାରେ କାହିଁକି ଛିଡ଼ାହେବେ, ଏଠି ବସିଥାନ୍ତୁ । କାମ ସରିଲେ ମୁଁ ଡାକି ନେଇଯିବି ।" ଆମ ଦୁହିଁଙ୍କର କଥୋପକଥନ ବେଳକୁ ସେ ଚୁପ୍‌ଚାପ୍‌ ପଥରମୂର୍ତ୍ତି ପରି ବସି ରହିଥାନ୍ତି । ଡ୍ରାଇଭର ଚାଲିଗଲା ପରେ ସେ କହିଲେ "ଏମିତି ପଲେଇବି ପଲେଇବି ହେଉଛ କାହିଁକି ? ତମକୁ କରାପଟ୍‌ କରିବାର ବୟସ ଓ ମନ ମୋର ନାହିଁ ।"

ମୁଁ ଲଜ୍ଜିତ ହୋଇ କହିଲି "ନାଇଁ, ନାଇଁ ସେ କଥା ନୁହେଁ ଯେ – ତମକୁ (ଏଥର ତାଙ୍କୁ ଆପଣ କହିବା ପାଇଁ ମୋତେ ସଂକୋଚ ଲାଗିଲା) କଷ୍ଟ ଦେବାର ଉଦ୍ଦେଶ୍ୟ ମୋର ନାହିଁ ।"

– ବସ ଆଉ କିଛି ସମୟ । ସବୁ ତ ଶୁଣିଲ ଦେଖିବ ନାହିଁ କିଛି ?

– ମାନେ ?

ଏଇ ଟେବୁଲ୍‌ ପାଖକୁ ଆସ । ଏଇ ଆଲବମ୍‌ ଦୁଇଟା ଟିକେ ଦେଖୁଥାଅ । ମୁଁ ଟିକେ ଚୁଲିଟା ଜାଳିଦିଏ । ଭାରି ଥଣ୍ଡା କି ନା ? ଉଷ୍ଣେଇଟା ନ ରଖିଲେ ରାତିରେ ଶୋଇପାରେ ନାହିଁ ।

ସେ ମୋତେ ଏକୁଟିଆ ଛାଡ଼ି ଦେଇ ପୁଣି ଘର ପଛଆଡ଼କୁ ଥିବା ରୋଷେଇ ଘରକୁ ଚାଲିଗଲେ ।

ଆଲବମର ପ୍ରଥମ ଛବି ଦେଖି ମୁଁ ଚମକି ପଡ଼ିଲି । ମିସ୍‌ କୁଜୁରଙ୍କର ନଗ୍ନ ଦେହର ଫଟୋ । ତା ପରେ ଗୋଟିଏ କରି ଗୋଟିଏ ପତ୍ର ଓଲଟାଉଥାଏ । ମୋ କାନମୁଣ୍ଡ ଗରମ୍‌ ହୋଇ ଉଠୁଥାଏ । ପ୍ରଥମ ଆଲବମଟା ଦେଖି ସାରିଲା ବେଳକୁ ମୋ ଦିହରୁ ଏତେ ଶୀତରେ ବି ଗୋଟାସାରା ଝାଳ ବୋହି ଯାଉଥାଏ । ଦ୍ୱିତୀୟ ଆଲବମ୍‌ ଦେଖିବାକୁ ମୋର ସାହସ ହେଲା ନାହିଁ । ପର୍ଣ୍ଣୋଗ୍ରାଫିର ଚୂଡ଼ାନ୍ତ ଫଟୋ ସବୁ । ଜର୍ମାନ୍‌ ଯୁବକମାନଙ୍କ ସଙ୍ଗରେ ।

ମୁଁ ସେଇଠୁ କେମିତି ପଲେଇ ଆସିବି ବାଟ ପାଇଲି ନାହିଁ । ଧୀରେ ଧୀରେ ଚେୟାର ଛାଡ଼ି ଲୁଚି ଲୁଚି ପଲେଇ ଆସିବା ପାଇଁ ଦାଣ୍ଡ କବାଟ ପାଖକୁ ଆସିଛି କି ନାହିଁ ପଛରୁ ମିସ୍‌ କୁଜୁରଙ୍କ ସ୍ୱର ଶୁଣି ସ୍ତବ୍ଧ ହୋଇ ରହିଗଲି ।

– କ'ଣ ଲୁଚି ଲୁଚି ପଲେଇ ଯାଉଛ ଯେ ? କାୱାର୍ଡ । କାପୁରୁଷ । ଯୋଉ ଫଟୋଗୁଡ଼ିକ ଦେଖିବାକୁ ବି ତମର ଧୈର୍ଯ୍ୟ ରହୁନାହିଁ, ସେଇ ସବୁ ପ୍ରତ୍ୟକ୍ଷରେ ଅନୁଭବ

କରିଛୁ ଆମେ । ଖାଲି କେତୋଟା ନିର୍ଜୀବ ଫଟୋକୁ ଦେଖି ଯଦି ତମ ଭିତରେ ଘୃଣା ଓ ଲଜ୍ଜାର ଏତେ ଜ୍ୱାଳା–ତେବେ ଭାବି ଦେଖ ଆମର ପ୍ରତ୍ୟକ୍ଷ ଅନୁଭୂତିର ଜ୍ୱାଳା କେତେ ତୀବ୍ର–ତା’ର ଲଜ୍ଜା–ତା’ର ଘୃଣା କେତେ ଜ୍ୱାଳାମୟ ।

ଚଉକାଠକୁ ଧରି କିଛି ସମୟ ସେମିତି ଚୁପ୍ ହୋଇ ଠିଆ ହୋଇ ରହିଲି ମୁଁ ତାଙ୍କୁ ପଛକରି । ତା ପରେ ବହୁ କଷ୍ଟରେ ନିଜକୁ ସଂଯତ କରି କହିଲି– "ଏଇ ବୟସରେ ଏପରି ଫଟୋଗୁଡ଼ିକ ସାଇତି ରଖିବାକୁ ତମର ଲଜ୍ଜା ହୁଏନା ? ଏତେଟ ବଡ଼ ବଡ଼ କଥା ଶୁଣାଉଛ ଅଥଚ ତାକୁ ଦେଖି ଆନନ୍ଦ ପାଇବାକୁ ତ ତମର ଟିକେହେଲେ ବି ଅନୁଶୋଚନା ଆସୁନାହିଁ ।"

ଏତିକି କହି ମୁଁ ପାଦ ବଢ଼େଇଲି ବାହାରକୁ ।

– ରୁହ ! ସେ ଚିତ୍କାର କରି ଉଠିଲେ । ତାଙ୍କ ଚିତ୍କାରରେ ମୋର ଗୋଡ଼ ପୁଣି ଆପେ ଆପେ ଫେରି ଆସିଲା ।

– କାହିଁକି ସେ ଫଟୋଗୁଡ଼ିକ ରଖିଛି ଜାଣ ? ସେ ଫଟୋଗୁଡ଼ିକ ମୋର ପାପର ସନ୍ତକ । ପ୍ରତ୍ୟେକଟି ଫଟୋ ମୋର ଗୋଟିଏ ଗୋଟିଏ ପାପର ନିଦର୍ଶନ । ମୁଁ ସେଗୁଡ଼ିକ ଦେଖି ଆନନ୍ଦ ପାଏ ନାହିଁ – ଯନ୍ତ୍ରଣାରେ ଛଟପଟ ହୁଏ । ମୁଁ ପ୍ରତ୍ୟେକ ଦିନ ତାକୁ ଦେଖେ । ପ୍ରତ୍ୟେକଟି ଫଟୋ ଦେଖିଲା ମାତ୍ରେ ମୋର ହୃଦୟ ଭିତରେ ଏକ ଅଗ୍ନିଶଲାକା ପଶିଯିବାର ଅନନ୍ତ ବ୍ୟଥା ମୋତେ ଲହୁ ଲୁହାଣ କରିଦିଏ । ଫଟୋଗୁଡ଼ିକର ଯନ୍ତ୍ରଣାର ବିଷ ତୀରକୁ ମୁଁ ପ୍ରତିଦିନ ଅନୁଭବ କରେ ।

ଫାଦର କହିଥିଲେ "କାରୋଲିନ୍, ମଣିଷ ମଣିଷ । ସେ ଭଗବାନ୍ ନୁହେଁ । ସେ ପାପ କରେ । ପାପ କରିବା ହିଁ ତା’ର ସ୍ୱଭାବ । କିନ୍ତୁ ପାପକୁ ଅସ୍ୱୀକାର କରିବା ହେଉଛି ସବୁଠାରୁ ବଡ଼ ନିର୍ବୋଧତା ଓ ସବୁଠାରୁ ବଡ଼ ଅପରାଧ ।"

ପାପକୁ ପାପ ବୋଲି ସ୍ୱୀକାର କର । ସ୍ୱୀକାର କରି ତା’ର ପ୍ରାୟଶ୍ଚିତ କର । ଯୀଶୁ ନିଶ୍ଚୟ ଉଦ୍ଧାର କରିବେ । ପରମ ଦୟାଳୁ, ପରମ କାରୁଣିକ, ପାପୀଙ୍କ ଉଦ୍ଧାରକର୍ତ୍ତା ସେ । ସେଥିପାଇଁ ଆଜିକୁ କୋଡ଼ିଏ ବର୍ଷ ଧରି ପ୍ରତିନିୟତ ଯନ୍ତ୍ରଣାରେ ଜଳି ଜଳି ମୁଁ ସେ ପାପର ପ୍ରାୟଶ୍ଚିତ କରୁଛି । ହେ ଅପରିଚିତ ଯୁବକ, ବିଦାୟ । କିନ୍ତୁ ଯିବା ପୂର୍ବରୁ ମନେରଖ ଯୀଶୁଙ୍କର ଗୋଟିଏ କଥା– "ଯେ କେବେ ଜୀବନରେ ପାପ କରିନାହିଁ ସେ ଏଇ ପାପିନୀକୁ ପ୍ରଥମ କରି ପଥର ପ୍ରହାର କରୁ ।"

ବେତ୍ରାଘାତ ହେଲାପରି ମୁଁ ପ୍ରାୟ ଦଉଡ଼ି ଦଉଡ଼ି ପଳେଇ ଆସିଲି ସେଠାରୁ ।

ସୁନା ହରିଣ

"ବୁଝିଲୁ ମା, ଏ ସଂସାରଟା ହେଲା ଈଶ୍ୱରଙ୍କ ମାୟା ଭିଆଣ। ଆଉ ସେ ଇମିତି ମାୟା ବନ୍ଧନ ଯେ ସ୍ୱୟଂ ଈଶ୍ୱର ମଧ ମଣିଷ ରୂପରେ ଜନ୍ମ ନେଲେ ସେ ମାୟା ଭିତରେ ବାନ୍ଧି ହୋଇଯାଇ ମଝିରେ ମଝିରେ ବାଟ ହୁଡ଼ି ଯାଆନ୍ତି। ତୋ ମୋ କଥା ତ ଛାର। ନ ହେଲେ 'ସୁନା ହରିଣ' କ'ଣ କେବେ ପୃଥ୍ବୀରେ ଜନମ ହେବା ସମ୍ଭବ ନା କେହି କେବେ ଦେଖି? ନା ପ୍ରଭୁ ରାମଚନ୍ଦ୍ର ଯେ କି ପୂର୍ଣ୍ଣଚନ୍ଦ୍ର ନାରାୟଣ ସେ କଥା ଜାଣି ନ ଥିଲେ? ଆଉ ସୀତା, ଯେ କି ସ୍ୱୟଂ ଶକ୍ତିରୂପା ଜଗନ୍ନାତା ସେ କଥା ବୁଝିପାରି ନ ଥିଲେ? କିନ୍ତୁ ଦେଖ – ନିଜ ମାୟାରେ ନିଜେ ଛନ୍ଦି ହୋଇଗଲେ ମହାମାୟା।

ପ୍ରଭୁ ରାମଚନ୍ଦ୍ର ମନେ ମନେ ହସିଲେ ଆଉ ଭାବିଲେ "ମହାମାୟା! ଏବେ ନିଜେ ବୁଝ ମଣିଷ ରୂପରେ, ପୁଣି ସ୍ତ୍ରୀ ରୂପରେ ଜନ୍ମ ନେଲେ କେତେ ସହଜରେ ସେ ତମ ଫାନ୍ଦରେ ପଡ଼ିଯାଏ। ସାମାନ୍ୟ ସୁନା ହରିଣଟିଏ ଦେଖି ମହାନ୍ ଜନକ ରାଜାର ଦୁହିତା ପୁଣି ବିରାଟ କୋଶଳ ସାମ୍ରାଜ୍ୟର ରାଜବଧୂ ଯାହାଙ୍କ ଗଣ୍ଡାଘରେ କୁଢ଼ କୁଢ଼ ଶୁଦ୍ଧ ସୁବର୍ଣ୍ଣର ସ୍ତୂପ, ତା'ର ମନ ମଧ ଚଞ୍ଚଳ ହୋଇଯାଉଛି। ଏଇ 'ଲୋଭ' ପାଇଁ ମଣିଷ ପରି ତମକୁ ମଧ ପ୍ରାୟଶ୍ଚିତ କରିବାକୁ ପଡ଼ିବ। ତେଣୁ ଏଇ କେତୋଟି ମୁହୂର୍ତ ମଧରେ ତମେ ଏମିତି ଗୋଟିଏ ଜାଗାକୁ ଯିବ ଯେଉଁଠି ଯାହା ଦେଖିବ ସବୁ କେବଳ ଶୁଦ୍ଧ ସୁବର୍ଣ୍ଣ। ଆଉ ସେଇ ସ୍ୱର୍ଣ୍ଣପୁରୀରେ ରହି ତମେ ଅନୁଭବ କରିପାରିବ ତା'ର ଶୂନ୍ୟତା – ତା'ର ଅନ୍ତସାର ଶୂନ୍ୟତା। ସେତେବେଳେ ଯାଇ ଏ ପର୍ଣ୍ଣକୁଟୀରର ଶାନ୍ତି କଥା ଉପଲବ୍ଧ କରିପାରିବ। ସୁବର୍ଣ୍ଣର ତୃଷା ମେଣ୍ଟିଯିବ ସବୁଦିନ ପାଇଁ। କେବଳ ମୋରି ନାମକୁ ଜପି ଜପି ତମେ ସେଇ ପାପରୁ ମୁକ୍ତି ପାଇବ। ଯୋଉ ସ୍ୱର୍ଣ୍ଣ ପାଇଁ ମତେ ଏତେ ଦୂରକୁ ଯିବା ପାଇଁ ବାଧ୍ୟ କରୁଛ – ସେଇ ସ୍ୱର୍ଣ୍ଣ ହିଁ ଶେଷରେ ତମର କାଳ ହୋଇଯିବ।"

ଆଉ ହେଲା ବି ସେଇ କଥା । ନ ହେଲେ ରାବଣ କିଏ ? ଯୋଉଠି ଲୋଭ –
ସେଇଠି ତ ରାକ୍ଷସ ଜନ୍ମ ନିଏ ।

ବହୁଦିନ ତଳେ ଜେଜେମା ସାଙ୍ଗରେ ପ୍ରବଚନ ଶୁଣି ଯାଇଥିଲା ବେଳେ
ଜଣେ କିଏ ସ୍ୱାମୀଜୀଙ୍କର ଏଇ ବାଣୀ ତା'ର ପିଲା ମନରେ ସେଇଦିନଠାରୁ ଗୁଞ୍ଜି
ହୋଇ ଯାଇଥିଲା । କିନ୍ତୁ ତା'ର ଅର୍ଥ ସେ ସେତେବେଳେ ବୁଝିପାରି ନ ଥିଲା ।
ବୁଝିବାର ବିନିମୟରେ ଯେ ଏତେ କଷ୍ଟ ସ୍ୱୀକାର କରିବାକୁ ହୁଏ, ତାକୁ କ'ଣ
ଜଣାଥିଲା ?

ମାମୀର ଜନ୍ମ ହୋଇଥିଲା ଏକ ଅଶୁଭ ପରିସ୍ଥିତିରେ । କ୍ରମାଗତ ତିନୋଟି
କନ୍ୟା ସନ୍ତାନ ପରେ ତା'ର ଜନ୍ମ । ତା'ର ଉପର ଭଉଣୀଠାରୁ ସେ ପ୍ରାୟ ପାଞ୍ଚବର୍ଷ
ଛୋଟ ।

ବହୁଦିନ ପରେ ସନ୍ତାନ-ସମ୍ଭବା ପତ୍ନୀକୁ ଦେଖି ପରିତୋଷ ବାବୁ ଭାବିଥିଲେ–
ଏଇଥର ନିଶ୍ଚୟ ପୁଅଟିଏ ହେବ । ତା ବୋଉ ମଧ୍ୟ ପ୍ରାୟ ସେଥିପାଇଁ ଏକାବେଳକେ
ନିଶ୍ଚିତ ଥିଲା । ଏତେ ବାରବ୍ରତ, ପୂଜା, ଓପାସ, ମାନସିକ କ'ଣ ନିଷ୍ଫଳ ଯିବ ?
ଶେଷକୁ ଜେଜେମା ଯେ କି ପ୍ରତିଥର 'କନ୍ୟା' ଜନ୍ମବେଳେ ବୋଉକୁ ନାନା ଅକଥ୍ୟ
ଭାଷାରେ ଗାଳି ଦିଏ, ତା'ର ମଧ୍ୟ ବିଶ୍ୱାସ ଥିଲା ଯେ ଏଇଥର ଘରକୁ ପୁଅଟିଏ
ଆସିବ । ସାହିପଡ଼ିପଶାର ମାଇପେ 'ପେଟ' ଦେଖି କହିଥିଲେ 'ପୁଅ ପେଟ' ପରି
ଦିଶୁଛି । ଜ୍ୟୋତିଷ ମଧ୍ୟ କୁଣ୍ଡଳୀ ଦେଖି କହିଥିଲେ ଯେ ପୁତ୍ର ସନ୍ତାନ ଲାଭ ଯୋଗ
ରହିଛି ।

କିନ୍ତୁ ସମସ୍ତଙ୍କର ଆଶା, ବିଶ୍ୱାସ ଓ ଆକାଙ୍କ୍ଷାକୁ ଧୂଳିସାତ୍ କରିଦେଇ ଜନ୍ମ
ନେଲା ଏକ କନ୍ୟା ସନ୍ତାନ – ମାମୀ । ନର୍ସ ପଖରୁ ଖବର ଶୁଣି ତା ବୋଉ ଡାକ୍ତରଖାନା
ଖଟରେ ମୁଣ୍ଡପିଟି ଦେଇଥିଲା । ତା'ର ବାପା ତା ମୁହଁ ସୁଦ୍ଧା ନ ଚାହିଁ ଏକ ତୀବ୍ର
ବିଷାଦରେ ଅଭିଭୂତ ହୋଇ ଘରକୁ ଫେରି ଆସିଥିଲେ । ଜେଜେମା ବଡ଼ପାଟି କରି
କାନ୍ଦବୋବାଳି ଛାଡ଼ି ବାପାଙ୍କୁ ଉପଦେଶ ଦେଇଥିଲା ତାକୁ ଡାକ୍ତରଖାନାରେ ଛାଡ଼ିଦେଇ
ଆସିବାକୁ ନ ହେଲେ କାହାକୁ ଦେଇ ଦେବାକୁ । 'ଭାଇ'ର ଆଶାରେ ଚାହିଁ ବସିଥିବା
ଉପର ତିନି ଭଉଣୀ ଯାକ ମଧ୍ୟ ଜେଜେମା ସାଙ୍ଗରେ ରଡ଼ି ଧରି କାନ୍ଦି ବସିଥିଲେ ।

ଏକାବେଳକେ ଅଲୋଡ଼ା, ଅପାଂକ୍ତେୟ ଭାବରେ ଜନ୍ମ ନେଇଥିଲା ମାମୀ ।

କିନ୍ତୁ ତାକୁ ଡାକ୍ତରଖାନାରେ ଛାଡ଼ି ଦିଆଯାଇ ନ ଥିଲା କି କାହାକୁ ଦିଆଯାଇ
ନ ଥିଲା । ମୁହଁକୁ ନ ଚାହିଁ, ଡାକ୍ତରଖାନାରେ ମୁଣ୍ଡ ଫଟାଇ, ଏକାଦିକ୍ରମେ ଦି ଘଣ୍ଟା
କାଳ ଆଖିରୁ ଲୁହ ଝୋରାଇ ତା ବୋଉ ଯେତେବେଳେ ତା ଆଡ଼କୁ ପ୍ରଥମେ ଚହିଁଥିଲା

ଏକ ଅଭୁତ ମମତାରେ ତାକୁ କୋଳେଇ ନେଇ ଘରକୁ ଫେରି ଆସିଥିଲା। ଭଉଣୀମାନେ ଯଦିଓ ବିଶେଷ ଉତ୍ସୁକ ନ ଥିଲେ, ତଥାପି ସାନ ଭଉଣୀର ମୁହଁ ଦେଖିବାକୁ ତାଙ୍କ ମନରେ ଖୁବ୍ କୌତୁହଳ ହୋଇଥିଲା। ଧରାପଡ଼ା ହୋଇ ସମସ୍ତେ ଥରେ ଲେଖାଏଁ ତାକୁ କୋଳକୁ ନେଇଥିଲେ। ଏପରିକି ବୀତସ୍ପୃହ ବାପା ମଧ୍ୟ ନାଚାର ହୋଇ ପଡ଼ିଥିଲେ ଶେଷ ବେଳକୁ।

ବୋହୂକୁ, ବୋହୂ ଘରର ପିତୃ ପୁରୁଷକୁ ଦିନକୁ ତିରିଶ ଥର ଉଦ୍ଧାରୁଥିବା, ଅଭିସଂପାତ ଦେଉଥିବା ଏବଂ ଭଗବାନଙ୍କ ଏ ପକ୍ଷପାତ ନୀତି ପ୍ରତି ବିକ୍ଷୋଦ୍ଗାର କରୁଥିବା ଜେଜେମା ରୋଷେଇ ଘର ଭିତରୁ ଜମା ବାହାରି ନ ଥିଲା ବଡ଼ ଭଉଣୀର ଶତ ଅନୁରୋଧ ସତ୍ତ୍ୱେ। "ଉଠ୍‌, କେଉଁ ପୁଅ ହୋଇଛି ଯେ ଖୁସିରେ ଦଉଡ଼ି ଯିବି ମୁହଁ ଦେଖିବାକୁ। ଘରେ ତ ରହିବ – କେଉଁ ଚୂଲିକୁ ଯିବ କି ଆଉ! ତୋ ବାପା କପାଳକୁ ଏମିତି ଗୋଟାଏ ଅପଯଶୀ ଝିଅ ଶେଷକୁ ଥିଲା। ଆହୁରି ହନ୍ତସନ୍ତ ଯୋଗ ରହିଛି ବୋଲି କିଏ ଜାଣିଥିଲା।"

କିନ୍ତୁ ସେଇ ଜେଜେମା ଶେଷକୁ ଥରେ ଚାହିଁଦେଇ ଆନନ୍ଦରେ ଚିତ୍କାର କରି କହିଥିଲା "ଇରେ ଇଏ ମେମ୍ ସାହିବାଣୀ କୁଆଡ଼େ ଥିଲା ବା ? ଏତେ ତୋଫା ଗୋରା କି ସୁନ୍ଦର ଖଣ୍ଡା ନାକ। ଇଲୋ, ତା ମୁଣ୍ଡରେ ବାଳ ଦେଖୁଛୁ – ତିନିଦିନର ପିଲା ବୋଲି କିଏ କହିବ ? ଲକ୍ଷ୍ମୀ ପରିକା ରୂପ ପାଇଛି। ଆହା, ମୋ ଚନ୍ଦର ଉଦିଆ ରୂପ।"

ଏବଂ ସେଇ ପ୍ରଥମ ଦେଖାରୁ ହିଁ ତାକୁ ସେ କୋଳରୁ ଛାଡ଼ି ନ ଥିଲା ଏବଂ ତା ପରଠୁ ବୁଢ଼ୀର ମଲା ଯାଏ ସେ ଥିଲା ତା'ର ସଙ୍ଗୀ, ସହଚର। ଯୁଆଡ଼ିକି ଗଲେ ବୁଢ଼ୀ ତାକୁ ସାଙ୍ଗରେ ନ ନେଇ ବାହରେ ନାହିଁ। ଘରେ ଥିଲେ ତ ସବୁବେଳେ ପାଖେ ପାଖେ। ମନ୍ଦିର ଗଲେ ସିଏ। ପ୍ରବଚନକୁ ଗଲେ ସାଙ୍ଗରେ ସିଏ। ପଡ଼ିଶା ଘରକୁ ବୁଲିଗଲେ ବି ସାଙ୍ଗରେ ସେ ନ ହେଲେ ଚଳିବ ନାହିଁ।

ସେଇ ପ୍ରଥମରେ ତାକୁ ଡାକୁଥିଲା 'ମେଏମ୍' ବୋଲି। ସେଇ 'ମେଏମ୍'ରୁ ଧୀରେ ଧୀରେ 'ମାମୀ'କୁ ରୂପାନ୍ତରିତ ହୋଇଗଲା ତା'ର ଡାକ ନାମ। ତା'ର ସାତବର୍ଷ ବୟସ ବେଳକୁ ଜେଜେମା ଚାଲିଗଲା। ସେଇଦିନଠୁ ମାମୀ ହୋଇଗଲା ନିଃସଙ୍ଗ। ଯଦିଓ ତା'ର ଭଉଣୀମାନେ ତାକୁ ଖୁବ୍ ଭଲ ପାଉଥିଲେ, ବୋଉ ଓ ବାପା ମଧ୍ୟ ଆଦରରେ ଊଣା କରୁ ନ ଥିଲେ ତଥାପି ତା'ର ମନର କେଉଁ ଗହୀର କୋଣରେ ଜେଜେମା କୋଳର ଶୂନ୍ୟତା ତାକୁ ବେଳେ ବେଳେ ଅଧୀର କରି ପକାଉଥିଲା।

ତା'ର ହେତୁ ପାଇଲା ଦିନୁ ସେ ଜାଣେ ସେ ସୁନ୍ଦରୀ। ସାଇପଡ଼ିଶା ଗଲା ଆସିଲା ଲୋକେ ବି ସେଇ ପିଲା ବୟସରୁ ତାକୁ ଦେଖିଲାମାତ୍ରେ ଘଡ଼ିଏ ଅଟକିଯାଇ

ନିରେଖି ଦେଖନ୍ତି । "କେଡ଼େ ସୁନ୍ଦର ଝିଅଟେ । ବଡ଼ ହେଲେ କେତେ ଟୋକାର ମୁଣ୍ଡ ବିଗାଡ଼ିବ କେଜାଣି ?"

ଅଣହେଲା, ଅବହେଲା ଭିତରେ ଜନ୍ମ ନେଇ ମଧୁ ଧୀରେ ଧୀରେ ମାମୀ ପରିବାର ଭିତରେ ଆଦରିଣୀ ସାନ ଝିଅ ରୂପରେ ପ୍ରତିଷ୍ଠିତ ହୋଇଗଲା । ଭଉଣୀ, ବୋଉ ଓ ବାପା ଜେଜେମା ସମସ୍ତଙ୍କର ଗେହ୍ଲାଝିଅ । ତା'ର ହାବଭାବ ଚାଲିଚଳଣ ବି ସମସ୍ତଙ୍କ ଠାରୁ ଅଲଗା । ସତେ ଯେମିତି ସେ ଏ ପରିବାରର ଝିଅ ନୁହେଁ ।

ସେଇ ଆଠବର୍ଷ ବୟସରୁ ସେ ଜିଦ୍‌ ଧରିଲା ନାଚ ଶିଖିବ । କିରାଣୀ ବାପ ଝିଅର ଏ ସଉକ ହେବା ଭଲ ନୁହେଁ । ଘୁଙ୍ଗୁର, ତବଲା ନାଚମାଷ୍ଟର ଟ୍ୟୁସନ୍ ପଇସା ଯୋଗେଇବାକୁ କ୍ଷମତା ଥିଲେ ସିନା । ତା ଛଡ଼ା ମଧବିଉ ହେଲେ ମଧ ପରିବାରର ସୁନାମ ରହିଛି । ତାଙ୍କ ବଂଶରେ ଆଜିଯାଏ କେହି ନାଚ ତ ନାଚ ଗୀତର ନାମ ସୁଦ୍ଧା ଧରି ନ ଥିଲେ । ନାଚ ଗୀତ ସବୁ ଦୁର୍ନାମର ପାହାଚ । ତା ବୋଉ ଜିଦ୍‌ ଧରି ବସିଲେ ନା ସେ ନାଚ ଶିଖିପାରିବ ନାହିଁ ।

କିନ୍ତୁ ମାମୀ ତ ଅଲଗା ଧାତୁରେ ତିଆରି । ବାରଣ ଶୁଣିବାକୁ ତ ସେ ଅପେକ୍ଷା କରେ ନାହିଁ ।

ତାଙ୍କ ଘର ପାଖରେ ଥିବା ଡେପୁଟି ସେକ୍ରେଟାରୀଙ୍କ ଘରେ ତିନି ଚାରିଜଣ ଝିଅ ନାଚ ଶିଖନ୍ତି । ନାଚ ମାଷ୍ଟେ ପ୍ରତି ଶନିବାର ଓ ରବିବାର ଟ୍ୟୁସନ କରନ୍ତି । ତେଣୁ ପ୍ରତି ଶନିବାର ଓ ରବିବାର ଦିନ ମାମୀ ଚୁପ୍‌ଚାପ୍‌ ସେଇ ଘରର ବାଡ଼ କଡ଼ରେ ଛିଡ଼ା ହୋଇ ତାଲର ଶବ୍ଦ ସହିତ ନୂପୁରର ଶବ୍ଦକୁ ମନ୍ତ୍ରମୁଗ୍ଧବତ୍‌ ଶୁଣେ । ନୂପୁରର ପ୍ରତ୍ୟେକଟି ଛମ୍‌ଛମ୍‌ ଶବ୍ଦରେ ଯେମିତି ତା'ର ସାରା ଶରୀର ନାଚି ନାଚି ଉଠେ । ଅଜାଣତରେ ତା'ର ପାଦ ତାଲ ପକାଏ । ମାମୀ କେମିତି ପାଗଳ ହୋଇଯାଏ ନିଜର ଅସହାୟତାରେ ।

ଦିନେ ଆଉ କିନ୍ତୁ ପାରିଲା ନାହିଁ । ଦରବୁଢ଼ା ନାଚମାଷ୍ଟେ ଟ୍ୟୁସନ ସାରି ଫେରିଲା ବେଳକୁ ସେ ଆସି ତାଙ୍କ ସାମ୍ନାରେ ଛିଡ଼ା ହୋଇ ପଡ଼ିଲା । ନମସ୍କାର କରି କହିଲା "ସାର୍‌, ମୁଁ ନାଚ ଶିଖିବାକୁ ଚାହେଁ । ମୋତେ ଶିଖେଇବେ ।"

ନଅ ଦଶ ବର୍ଷର ମଧୁମାଳତୀ ଲତା ପରି ନହନହକା ଅପୂର୍ବ ସୁନ୍ଦରୀ ଝିଅଟିକୁ ଦେଖି ପ୍ରଥମେ ଥକ୍‌କା ମାରିଗଲେ ସେ । ତାପରେ କହିଲେ "ହଁ ଲୋ ମା' ଶିଖେଇବି । ହେଲେ ତୁ କିଏ ? ତୋ ବାପା–" ମାମୀ ତାଙ୍କୁ ଆଉ ପ୍ରଶ୍ନ କରିବାର ସୁଯୋଗ ନଦେଇ ଉପରେ ପଡ଼ି କହିଲା "ସାର୍‌, ମୁଁ ପଇସା ଦେଇପାରିବିନି । ବାପା ମନା କଲେ ଏତେ ପଇସା ଦେଇପାରିବେ ନାହିଁ । ମୋର କିନ୍ତୁ ଭାରି ଇଚ୍ଛା । ଯଦି ମାଗଣାରେ ଶିଖେଇବେ ତ କୁହନ୍ତୁ ।"

ଝିଅଟିର ସ୍ୱଚ୍ଛବାଦିତା ଓ ରୋକ୍‌ଠୋକ୍ କଥାରେ ମାଷ୍ଟ୍ର ଆହୁରି ଆଶ୍ଚର୍ଯ୍ୟ ହେଲେ। ଘଡ଼ିଏ ତା ଆଡ଼କୁ ଚାହିଁ ରହି ତାଲୁରୁ ତଳିପା ଯାଏଁ ଆଉଥରେ ଦେଖିଲେ। ନା ଝିଅଟି ସତରେ ନାଚିବା ପାଇଁ ହିଁ ଜନ୍ମ ହୋଇଛି। ଏମିତି ରୂପ ଓ ନାଚିବାର ପ୍ରବଳ ଆକାଙ୍କ୍ଷାର ଏଭଳି ଅପରୂପ ସମନ୍ୱୟ ସେ ତାଙ୍କ ଜୀବନରେ କେବେ ଦେଖି ନ ଥିଲେ। ସେ ମୁହୂର୍ତ୍ତକ ମଧ୍ୟରେ ଠିକ୍ କରି ନେଲେ ଏହି ଝିଅଟିକୁ ଯଦି ସେ ଗଢ଼ିପାରନ୍ତି, ସେ ହେବ ତାଙ୍କର ଭବିଷ୍ୟତର ସୁନାଖଣି। ମାଗଣାରେ ଶିଖାଇଲେ ବି କିଛି କ୍ଷତି ନାହିଁ। ତା ପାଦରେ ତାଲ ବାନ୍ଧି ହୋଇ ରହିଛି – ହାତରେ ଭଙ୍ଗୀ ଓ ମୁଦ୍ରା ସବୁ ତିଆରି ହୋଇ ରହିଛି। କୋଉ ଏକ ଦେବସଭାର ଶାପଭ୍ରଷ୍ଟା ରାଜନର୍ତ୍ତକୀ ପୁଣି ଆଉ ଥରେ ଜନ୍ମ ନେଇଛି ବୋଧହୁଏ।

ସେ ଝିଅ ସାଙ୍ଗରେ ଚାଲିଲେ ତାଙ୍କ ଘରକୁ। ମାମୀର ବାପା ମାଗଣାରେ ଶିଖେଇବା କଥା ଶୁଣି ତତ୍‌କ୍ଷଣାତ୍ ରାଜି ହୋଇଗଲେ। ଝିଅଟା ଯେତେବେଳେ ଏତେ ଚାହୁଁଛି, ଶିଖୁ। ମାମୀର ବୋଉ କିନ୍ତୁ ସହଜରେ ରାଜି ହଉ ନ ଥିଲେ। କିନ୍ତୁ ନାଚ ମାଷ୍ଟ୍ରଙ୍କଠାରୁ କେମିତି ବଡ଼ ଘର ଝିଅମାନଙ୍କଠାରୁ ଆରମ୍ଭ କରି ସାଧାରଣ ପିଠନ ଘର ଝିଅ ପର୍ଯ୍ୟନ୍ତ ସମେସ୍ତ ନାଚ ଶିଖୁଛନ୍ତି, ସବୁ ବିସ୍ତାରିତ ବର୍ଣ୍ଣନା ଶୁଣି ସାରିଲା ପରେ କୁନ୍ଥୁକୁନ୍ଥୁ ହୋଇ ହଁ ଭରିଲେ।

ଭଉଣୀମାନେ କହିଲେ "ଶିଖୁ ସେ। ଆମକୁ ତ ଗୀତ ଶିଖିବାକୁ ମନା କଲୁ। ଦେଖିବୁ ଆମ 'ମାମୀ' କେମିତି ନା କମେଇବ।"

ଅତଏବ ମାମୀ ନାଚ ଶିଖିଲା ଏବଂ ସତକୁ ସତ ମାତ୍ର ଦୁଇବର୍ଷ ଭିତରେ ତା'ର ସମସାମୟିକ ଅନ୍ୟାନ୍ୟ ଶିକ୍ଷାର୍ଥୀନୀଙ୍କ ଠାରୁ ପ୍ରାୟ ଦଶ ପାଦ ଆଗେଇଗଲା। ନାଚ ମାଷ୍ଟ୍ର ସ୍ୱୟଂ ବି ଆଶ୍ଚର୍ଯ୍ୟ ହୋଇଗଲେ ତା'ର ନିପୁଣତାରେ।

ନୃତ୍ୟରେ ଯେମିତି, ଭଙ୍ଗୀରେ ସେମିତି। ବସ୍ତୁ, ପଲ୍ଲବୀ, ଅଭିନୟ – ସବୁଥିରେ ଅଭୁତ ପଟୁ। ମଣିଷ ଝିଅଟେ ନାଚୁନି ନୁହେଁ ତ – ସତେ ଯେମିତି ନଈଟିଏ ଢେଉ ତୋଳି ନାଚୁଛି। ଶ୍ୟାମଳ ଧାନ କ୍ଷେତଟିଏ ପବନରେ ହିଲ୍ଲୋଲରେ ନାଚିନାଚି ଯାଉଛି।

ମାଟ୍ରିକ୍ ପାସ୍ କରି କଲେଜରେ ଯୋଗ ଦେବା ପୂର୍ବରୁ ମାମୀ ସାରା ସହରରେ ବିଖ୍ୟାତ ହୋଇ ସାରିଥିଲା। କେବଳ ସହର କାହିଁକି ସାରା ଓଡ଼ିଶା ଓ ଭାରତର ପ୍ରଧାନ ପ୍ରଧାନ ସହରମାନଙ୍କରେ ମଧ୍ୟ ବିଖ୍ୟାତ ହୋଇ ପଡ଼ିଥିଲା। ଖବରକାଗଜରେ ଭୂୟସୀ ପ୍ରଶଂସା, ବନ୍ଧୁପରିଜନ ସମସ୍ତଙ୍କଠାରୁ କୁଡ଼କୁଡ଼ ପ୍ରଶଂସାରେ ସେ ଯେତିକି ପୋଟି ହୋଇ ପଡ଼ୁଥାଏ ତା ପରିବାର ସେତିକି ସେତିକି ବିଖ୍ୟାତ ହୋଇପଡ଼ୁଥାନ୍ତି। ଦିନକର ନାଚ ଶେଷରେ ଖୋଦ୍ ସେକ୍ରେଟାରୀ ଓ ସାଂସ୍କୃତିକ ବିଭାଗ ମନ୍ତ୍ରୀ

ଯେତେବେଳେ ପରିତୋଷ ବାବୁଙ୍କୁ ଆସି ଝିଅ ପାଇଁ ଅଭିନନ୍ଦନ ଜଣାଇଗଲେ, ସେଇଦିନ ସେ କୃତ୍ୟକୃତ୍ୟ ହୋଇ ଯାଇଥିଲେ। ଏଇ ଝିଅର ନାଚ ପାଇଁ ତ – ନ ହେଲେ ସେ କିଏ, ସେକ୍ରେଟାରୀ କିଏ, ପୁଣି ମନ୍ତ୍ରୀ କିଏ ?

ଆଉ ପାଠ ପଢ଼ାପଢ଼ି ପାଇଁ ମାମୀର ଜମା ଆଗ୍ରହ ନ ଥିଲା। କିନ୍ତୁ ନାଚ ମାଷ୍ଟ ବୁଝାଇଲେ "ଦେଖ୍, ଏଥର ବାହାରକୁ ଯିବୁ। କେତେକେତେ ଦେଶ ବିଦେଶ ବୁଲିବୁ। ସେଇଠି କେତେ ଲୋକ ଆସି ତୋର ସାକ୍ଷାତ୍‌କାର ନେବେ। କେତେ ସବୁ ପ୍ରଶ୍ନ ପଚାରିବେ। ଭଲ କରି ଇଂରାଜୀ କହିବାକୁ ପଡ଼ିବ। ଆଜିକାଲି ଖାଲି ନାଚ ଜାଣିଲେ ଚଳିବ ନାହିଁ। ତା ସାଙ୍ଗକୁ ସ୍ମାର୍ଟ ହେବା ଦରକାର।"

ଅଗତ୍ୟା ବାଧ୍ୟ ହୋଇ ମାମୀ କଲେଜରେ ପଢ଼ିଲା। ଯୋଉ ମାମୀ ପ୍ରଥମେ ଷ୍ଟେସନରେ ନାଚିବାକୁ ଗଲାବେଳକୁ ଖଣ୍ଡୁଆ ଶାଢ଼ୀ ଖଣ୍ଡେ ପାଇ ନ ଥିଲା, ଏବେ ତା'ର ଆଠ ଦଶଖଣ୍ଡ ଖଣ୍ଡୁଆ, ସମ୍ବଲପୁରୀ ଶାଢ଼ୀ। ତା ସାଙ୍ଗକୁ ନିଜର ଡୁବିତାବଲ୍ଲା, ଘୁଙ୍ଗୁର, ଓଡ଼ିଶୀ ନାଚର ଯେତେସବୁ ଅଳଙ୍କାର, ସବୁ ତା ନାଚ ପଇସାରେ ସେ କିଣିଛି।

ନାଚ ମାଷ୍ଟେ ବି ତା ପାଇଁ କମ୍ ପଇସା ରୋଜଗାର କରିନାହାନ୍ତି। ପୁଣି ଭବିଷ୍ୟତକୁ ତ ଆହୁରି ଅଛି। ଥରେ ବିଦେଶ ଗଲେ ଟଙ୍କା କୋଡ଼ିଏ ତିରିଶ ହଜାର କିଛି ନୁହେଁ।

ମାମୀର ଦୟାରୁ ତା ବାପା ବି ଗାର୍ଡିଆନ୍ ଭାବରେ କେତେ ଜାଗା ବୁଲି ଦେଖି ଆସିଲେଣି। ତା ମନ ଭିତରେ ବି ବିଦେଶ ଯିବା କଥା ଥରେ ଉଙ୍କି ମାରୁଥାଏ।

କଲେଜରେ ପାଦ ଦେଉ ଦେଉ ସେ ବୁଝିପାରିଲା ତା'ର ପ୍ରେମିକ ସଂଖ୍ୟା କେତେ ବେଶୀ। ସାରା ସ୍କୁଲ ଜୀବନ ଗାର୍ଲସ୍କୁଲରେ ପାଠ ପଢ଼ି ଆସିଥିଲା ସେ – ସେତେବେଳେ ସାଙ୍ଗ ଝିଅମାନଙ୍କର ଈର୍ଷା ଦେଖିଛି। ନିନ୍ଦା ଶୁଣିଛି। ପ୍ରଶଂସା ମଧ୍ୟ କିଛି ପାଇଛି। କିନ୍ତୁ ଏମିତି ପ୍ରେମ ନିବେଦନ ଶୁଣି ନ ଥିଲା। ହଠାତ୍ କରି ବନ୍ଧ ଭାଙ୍ଗି ପ୍ରବଳ ଜଳସ୍ରୋତ ବହିଯିବା ପରି ପ୍ରେମର ବନ୍ୟା ତାକୁ ଯେମିତି ଭସେଇ ନେଇଯିବାର ଉପକ୍ରମ ହେଲା। ତରୁଣ ଅଧ୍ୟାପକ ଠାରୁ ଆରମ୍ଭ କରି ତା'ର ସହଧ୍ୟାୟୀ ଛାତ୍ର ପର୍ଯ୍ୟନ୍ତ ସମସ୍ତେ। ସେ ଥରେଥରେ ଏତେ ଅତିଷ୍ଠ ହୋଇଯାଏ ଯେ ମନେ କରେ ଆଉ କଲେଜ ଆସିବ ନାହିଁ।

ଏତେ ଲୋକ ଭିତରେ ସେ କାହାକୁ ଧରିବ କାହାକୁ ଛାଡ଼ିବ ସଠିକ୍ ଜାଣି ପାରେ ନାହିଁ। ତା'ର ମୁଣ୍ଡ ଗୋଲମାଲିଆ ଧରିଯାଏ। ତେଣୁ ସେ ଆଉ କାହାରିକି ନିର୍ଦ୍ଦିଷ୍ଟ କରି ଭଲ ପାଇବାର ସୁଯୋଗ ପାଇଲା ନାହିଁ କି ସାହସ ମଧ୍ୟ ହେଲା ନାହିଁ।

କାହା ସାଙ୍ଗରେ ଥରେ ହସି କରି ପଦେ କଥା କହିଲେ ତା ପରଦିନ କାନ୍ତୁ ବାଡ଼ରେ ଲେଖା ହୋଇଯାଏ। କିନ୍ତୁ ସେ ଭିତରେ ତା ସାଙ୍ଗ ପଢ଼ୁଥିବା ସେ ଲାଜକୁଲା ପିଲାଟି ପ୍ରତି ତା'ର ମାୟା ଆସିଯାଇଥିଲା। ଦୂରରୁ ସେ ତାକୁ ଏକ ମନ୍ତ୍ରମୋହିତ ସାପ ପରି ଏକ ଲୟରେ ଚାହିଁ ରହିଥାଏ। ପାଖକୁ ଗଲେ ତଳକୁ ମୁଣ୍ଡପୋତି ରହେ। କେତେଥର ସେ ମଜା ଦେଖିବାକୁ ନିଜେ ଯାଚି ଯାଚି କଥା ହେବାକୁ ଯାଇଛି – ସେତିକିରେ ପିଲାଟିର ପାଟି ଖନି ବାଜିଯାଏ। ମୁହଁ ତଳକୁ କରି କଥାର ଜବାବ୍ ଦେଉ ଦେଉ ଖାଲେଇ ଯାଏ। କେଡ଼େ ସରଳ, ନିରୀହ ସ୍ତାବକଟିଏ ଥିଲା ସେ। ଠିକ୍ ପ୍ରେମ ନୁହେଁ କେମିତି ଗୋଟାଏ ମାୟା – ବୋଧହୁଏ ଦୟା ଆସିଯାଇଥିଲା ତା ପ୍ରତି।

ବି.ଏ. ପରୀକ୍ଷା ବର୍ଷ ହିଁ ସେ ପ୍ରଥମେ ବିଦେଶ ଟୁର୍‌ରେ ଯାଇଥିଲା ଲଣ୍ଡନ୍। ସେଇଠୁ ଇଉରୋପରେ ବର୍ଲିନ୍, ଫ୍ରାନ୍ସ, ସୁଇଜରଲାଣ୍ଡ ପ୍ରଭୃତିରେ ପ୍ରୋଗ୍ରାମ କରି ଫେରି ଆସିଥିଲା ଭାରତ ବର୍ଷ। ତା ପରଠୁ ପ୍ରାୟ ପ୍ରତିବର୍ଷ ତିନିମାସଠାରୁ ଆରମ୍ଭ କରି ଚାରିମାସ ପର୍ଯ୍ୟନ୍ତ ସେ ବିଦେଶରେ କଟାଇଛି। ସେଥିପାଇଁ ସେ ଆଉ ଏମ୍.ଏ. ପଢ଼ିବାର ସମୟ ପାଇ ନ ଥିଲା।

ବାହାଘର ପାଇଁ ସେତେବେଳେ କେତେ ପ୍ରସ୍ତାବ ନ ଆସିଥିଲା! ଡାକ୍ତର, ଇଞ୍ଜିନିଅରଙ୍କ ଠାରୁ ଆରମ୍ଭ କରି ଅଭାବନୀୟ ଆଇ.ଏ.ଏସ୍. ପର୍ଯ୍ୟନ୍ତ। ସେ ପୁଣି ପ୍ରାୟ ବିନା ଯୌତୁକରେ କହିଲେ ଚଳେ। ବାପା ବୋଉ ମଧ ଚାହୁଁଥିଲେ ଶୀଘ୍ର ଉଠାଇ ଦେବାକୁ। ବୟସ ଗଡ଼ିଗଲେ, ପୁଣି ଥରେ ବଦ୍‌ନାମ୍ ହୋଇଗଲେ ଆଉ କ'ଣ ବର ମିଳିବ ? ଏ ଲାଇନ୍‌ରେ ତ କଳଙ୍କ ଲାଗିବାର ପଦେ ପଦେ ସମ୍ଭାବନା। ନାଚ ଗୀତ ସବୁ ତ କଜଳର ଘର। କିଏ କେତେ ଦିନ ପର୍ଯ୍ୟନ୍ତ ପଣତ ବଞ୍ଚେଇ ରହିପାରିବ ?

ନିଜ ଅଜାଣତରେ ବି କୋଉଠି ଦାଗ ଲାଗିଯାଇପାରେ। କିନ୍ତୁ ମାମୀ ସେତେବେଳକୁ ଅନ୍ୟ ଜଗତର ଥିଲା। ଡାକ୍ତର ଇଞ୍ଜିନିଅର ଏପରିକି ଆଇଏଏସ୍‌ମାନଙ୍କର ଦରମା କଥା ଜାଣେ। ବିନା ଉପୁରିରେ ମର୍ଯ୍ୟଦାବନ୍ତ ଭାବରେ ବଞ୍ଚି ରହିବା ସେ ଦରମାରେ ଚଳିବ ନାହିଁ। ଆଉ ସେପରି ଘୁଷ୍‌ଖୋର, କିଲାପୋତିଆ ପୁରୁଷଙ୍କ ପାଇଁ ଭାରତ ବିଖ୍ୟାତ ନର୍ତ୍ତକୀ ଅର୍ଚ୍ଚନା ନାୟକ, ନିଜ ଜୀବନକୁ ଅର୍ଘ୍ୟ ରୂପେ ବାଢ଼ିଦେବ କିପରି ? ସେ ବରଂ ଜଣେ ନିଃସ୍ୱ କଳାକାରକୁ ବିବାହ କରିପାରେ, ଜଣେ ଗରିବ ସୁପୁରୁଷ, ଲେଖକ, କବି ବା ବୈଜ୍ଞାନିକକୁ ବାହା ହୋଇପାରେ – କିନ୍ତୁ ସେମାନଙ୍କୁ ନୁହେଁ।

କିନ୍ତୁ ମାମୀର ଏସବୁ କଥା କେବଳ ମୁହଁର କଥା। ସୁଖ୍ୟାତିର ଔଜ୍ଜ୍ୱଲ୍ୟରେ ସେ ସେତେବେଳେ ଜଳଜଳ କରୁଥାଏ କେଉଁ ଏକ ଦୂର ଆକାଶର ଉଜ୍ଜ୍ୱଲ ନକ୍ଷତ୍ରଟିଏ

ପରି । ଅହଙ୍କାର ଓ ଗର୍ବ ଚୂଡ଼ାନ୍ତ ଶିଖର ଉପରେ ବସି ତଳକୁ ନିଘା କରି ଦେଖୁଥାଏ – ଅନ୍ୟମାନେ ସବୁ କେତେ କ୍ଷୁଦ୍ର, କେତେ ସାମାନ୍ୟ ।

ସେ ସେଇ ସମୟରୁ ହିଁ ପ୍ରାୟ ମନେ ମନେ ଠିକ୍ କରି ନେଇଥିଲା ଯଦି ବାହା ହେବ ତ ଜଣେ କୋଟିପତିର ପୁଅକୁ – ନ ହେଲେ ବିଦେଶରେ ବସବାସ କରି ରହିଥିବା ଯେକୌଣସି ଉଚ୍ଚଶିକ୍ଷିତ ଭାରତୀୟକୁ । ଜୀବନର ଅଧିକାଂଶ ସମୟ ଦାରିଦ୍ର୍ୟ ଭିତରେ କଟାଇଥିବାର ଦୁଃଖକୁ ଭୁଲିବା ପାଇଁ ଧନୀ ଭାବରେ ବାକୀ ଜୀବନ ବିତାଇବାର ସ୍ୱପ୍ନଟିକୁ ସେଥିପାଇଁ ସେ ଜାବୁଡ଼ି ଧରିଥିଲା ।

ପ୍ରଥମ ଥର ଆମେରିକା ଗସ୍ତରେ ଯାଇଥିଲାବେଲେ ସେ ଭେଟିଥିଲା ତା'ର ବହୁ ଆକାଙ୍କ୍ଷିତ ମନର ମଣିଷ – ହରିମୋହନ କପୁରକୁ । କପୁର ସାହେବ କେବଳ ଜଣେ ବିଖ୍ୟାତ କମ୍ପ୍ୟୁଟର ଇଞ୍ଜିନିୟର ନୁହନ୍ତି – ଜଣେ କୋଟିପତିର ପୁତ୍ର ମଧ୍ୟ । ତାଙ୍କ ବାପା ଆମେରିକାରେ ଜଣେ ଛୋଟ ବ୍ୟବସାୟୀ । 'ଛୋଟ' ଏଇ ଦୃଷ୍ଟିରୁ ଯେ ଦଶକୋଟି ଟଙ୍କାର ବାର୍ଷିକ ଆୟ ନ ଥିବା ଯେ କୌଣସି ବ୍ୟବସାୟୀ ଆମେରିକାରେ ଛୋଟ ବ୍ୟବସାୟୀ ଭାବରେ ହିଁ ଗଣ୍ୟ ହୋଇଥାନ୍ତି । ତାଙ୍କର ଭାରତରେ ମଧ୍ୟ ଗୋଟିଏ ଛୋଟ ଶାଖା ଅଫିସ ଅଛି । ସେ ଭାବନ୍ତି ଦେଶ ସହିତ ସମ୍ପର୍କ ରଖିଥିବା ବୁଦ୍ଧିମାନର ଲକ୍ଷଣ । ଯେତେହେଲେ ପରଦେଶ ତ! କେତେବେଲେ କ'ଣ ହେବ କହିହେବନି ।

ହରିମୋହନ କପୁର ସହିତ ପ୍ରଥମ ଦେଖା ୱାଶିଂଟନଠାରେ ତା'ର ପ୍ରଥମ ପ୍ରୋଗ୍ରାମ ବେଲେ । 'ପ୍ରଥମ ଦେଖାରେ ପ୍ରେମ'ର ସେଇ କ୍ଲାସିକାଲ ଘଟଣାର ପୁନରାବୃତ୍ତି । ଦ୍ୱିତୀୟଥର ଗସ୍ତ ବେଲକୁ ସେ ବନ୍ଧୁତ୍ୱ ଗଭୀରତର ହୁଏ ଏବଂ ତୃତୀୟଥର ବେଲକୁ ବିବାହ ମଧ୍ୟ ସ୍ଥିର ହୋଇଯାଏ । ସେମାନଙ୍କର ବାହାଘର ଭାରତବର୍ଷର ଦିଲ୍ଲୀ ସହରରେ ହିଁ ହୋଇଥିଲା । ପରିତୋଷବାବୁଙ୍କ ସାରା ପରିବାର ଦିଲ୍ଲୀ ଯାଇଥିଲେ । ଅସୁବିଧା ବା କ'ଣ ଥିଲା ଯେ । ବାହାଘରର ଅଧିକାଂଶ ଖର୍ଚ ତ ନିଜେ କପୁର ସାହେବ ଯୋଗେଇ ଦେଇଥିଲେ ।

ବାହାଘର ସରିବାର ଚାରିଦିନ ପରେ ହିଁ ମାମ୍ମୀ ଚାଲି ଯାଇଥିଲା ଆମେରିକା । ସାଙ୍ଗରେ ଓଡ଼ିଶୀ ବାଦ୍ୟ, ତାଳ ଓ ସଙ୍ଗୀତର କେତୋଟି କେସେଟ୍ ନେଇ ।

ଇଉରୋପୀୟ ବୁଦ୍ଧିଜୀବୀମାନେ କହନ୍ତି, କଳା, ସ୍ଥାପତ୍ୟ, ସଙ୍ଗୀତ, ନୃତ୍ୟ, ଦର୍ଶନ ପ୍ରଭୃତି ମାନବୀୟ ମହତ୍ତ୍ୱର ବିକାଶକୁ ବୁଝିବା ପାଇଁ ଆମେରିକାନ୍‌ମାନଙ୍କର ହୃଦୟ ନାହିଁ କିମ୍ବା ମସ୍ତିଷ୍କ ନାହିଁ । କେବଳ ସେହି ଅକ୍ଷମତାକୁ ଘୋଡ଼ାଇବାକୁ ଯାଇ ପୃଥିବୀର ସମସ୍ତ ଶ୍ରେଷ୍ଠ କଳା ସମ୍ପଦକୁ କଳେ ବଲେ କୌଶଳରେ ଟଙ୍କାର ଲୋଭ ଦେଖାଇ, ସେମାନେ ଆହରଣ କରିନେବାରେ ବ୍ୟସ୍ତ । ସେଥିପାଇଁ ସମଗ୍ର ପୃଥିବୀର

ଅଧିକାଂଶ ଶ୍ରେଷ୍ଠ କଳା ସମ୍ପଦ ଆଜି ଆମେରିକାରେ । ଏଥିରେ ହିଁ ସେମାନଙ୍କର ଅହମିକା ଓ ଗୌରବ ।

ବିବାହର ପାଞ୍ଚ ବର୍ଷ ପରେ ଆଜି ମାମୀ ବୁଝୁଛି ଏ କଥାର ସତ୍ୟତା । ଆମେରିକାନ୍ ବ୍ୟବସାୟୀ ହରିମୋହନ କପୁର ତାକୁ ଟଙ୍କା ଦେଇ କିଣି ଆଣିଛି । ଏକ ଦୁର୍ଲଭ ବସ୍ତୁ ଭାବରେ, ଏକ କଳାପ୍ରିୟା ନୃତ୍ୟପ୍ରାଣଗତା ଉସ୍ସର୍ଗୀକୃତ ନୃତ୍ୟଶିକ୍ଷୀକୁ ପ୍ରେମ କରି ନୁହେଁ ।

ରାମାୟଣର ସୀତାହରଣ ଉପାଖ୍ୟାନ କ'ଣ ଏହିପରି ଏକ ଘଟଣା ନୁହେଁ ? ସ୍ୱର୍ଗମର୍ଭ୍ୟ ପାତାଳ ବିଜୟୀ, ମୃତ୍ୟୁଞ୍ଜୟୀ, ରାବଣର ଅନ୍ତଃପୁରରେ କ'ଣ ସୁନ୍ଦରୀ ନାରୀର ଏକାନ୍ତ ଅଭାବ ଥିଲା ଯେ ଶେଷକୁ ସୀତାଙ୍କୁ ଅପହରଣ କରିବାକୁ ପଡ଼ିଲା ? ନା କଥାଟା ଠିକ୍ ସେଇଆ ନୁହେଁ । ସୀତାଙ୍କୁ ଅପହରଣ କରି ନେବାର ପଛରେ ରାବଣର ରହିଥିଲା ଏକ ପ୍ରକାର ଅହଙ୍କାର – ଏକ ଦୁର୍ଜୟ ଅହମିକା । ଏ ଦୁର୍ଲଭ ବସ୍ତୁ – ପୁଣି ପ୍ରତିଦ୍ୱନ୍ଦୀର ସ୍ତ୍ରୀ'କୁ ଅପହରଣ କରି ନେଇ ଆସିଲେ ତା'ର ସମ୍ମାନ ବଢ଼ିବ, ଗୌରବ ବଢ଼ିବ । ନ ହେଲେ ଯୋଉ ସୀତାଙ୍କୁ ସେ ନିଜେ ହାତରେ ଟେକି ନେଇ ରଥ ଉପରେ ବସାଇ ଲଙ୍କାପୁରୀକି ନେଇ ଆସି ପାରିଥିଲା, ସେ କ'ଣ ସେହିପରି ସୀତାଙ୍କୁ ଜୋର ଜବରଦସ୍ତି ନିଜର ଅନ୍ତଃପୁରରେ ଅଙ୍କଶାୟିନୀ କରି ପାରି ନ ଥାନ୍ତା ? କିନ୍ତୁ ତା ବଦଳରେ ସେ ତାଙ୍କୁ ଅଶୋକ ବନରେ ରଖି ପ୍ରେମ ଭିକ୍ଷା କରୁଥିଲା । ସେ ଚାହୁଁଥିଲା ସୀତା ନିଜେ ହିଁ ତାକୁ ସ୍ୱୀକାର କରନ୍ତୁ – ସ୍ୱଇଚ୍ଛାରେ ତା ପାଖକୁ ଆସନ୍ତୁ । ଜୋର କରି ନୁହେଁ । ଜଣେ ରାକ୍ଷସର ଏଇ ମହନୀୟତା ପଛରେ ରହିଛି ସେଇ ଏକ ପ୍ରକାର ଅହମିକା । ପ୍ରତିଦ୍ୱନ୍ଦୀର ସ୍ତ୍ରୀକୁ ବଳାତ୍କାରରେ ନୁହେଁ, ନିଜସ୍ୱ ପୌରୁଷ, ନିଜସ୍ୱ ଗୌରବ, ବୀରତ୍ୱ ଓ ସୌନ୍ଦର୍ଯ୍ୟ ବଳରେ ନିଜ ଆଡ଼କୁ ଆକର୍ଷିତ କରି ପ୍ରତିପକ୍ଷର ନୈତିକତା ଭାଙ୍ଗିଦେବାର ଔଦ୍ଧତ୍ୟ ।

ଆଉ ଏଇ ଅପହରଣ ହେବା ମୂଳରେ ସୀତାଙ୍କର ଇଚ୍ଛାକୃତ ଅପରାଧ ଥିଲା । 'ସୁନା ହରିଣ'ର ଲୋଭ ହିଁ ସେହି ଅପରାଧ ।

ୟୁନାଇଟେଡ୍ ଷ୍ଟେଟ୍ସ ଅଫ୍ ଆମେରିକାର ଏଇ ମେକ୍ଟିଲ ସହରର ବିରାଟ ବଙ୍ଗଳା ଅବଶ୍ୟ ସୁନାରେ ତିଆରି ନୁହେଁ । ତା ଘରର କାନ୍ଥ କବାଟ କେବଳ ଇଟା କଂକ୍ରିଟ୍ ଓ କାଠର ସମଷ୍ଟି ମାତ୍ର । ମାତ୍ର ଏଇ ବିରାଟ ଘର, ବାଡ଼ି ବଗିଚା, ଚାରିଚାରିଟା କାର୍, ଭିଡ଼ିଓ ଟେଲିଭିଜନ୍, ନାନା ପ୍ରକାର ବହୁମୂଲ୍ୟ ଆସବାବ, ଶାଡ଼ୀ, ଗହଣା, ଡ୍ରେସ୍, ଖାଦ୍ୟପୋନୀୟ ସବୁଥିରେ କ'ଣ ସୁନାପାଣି ବୋଳା ହେଇନାହିଁ ?

ହରିମୋହନ କାପୁର ତା'ର କଳାର ଠାକୁର ପାଖରୁ ନିଜ ଆଡ଼କୁ ଆକର୍ଷିତ

କରିନେବାକୁ କ'ଣ ପ୍ରତିଦିନ ତା'ର ବ୍ୟବସାୟୀ ବୀରତ୍ଵର ପୌରୁଷ କାହାଣୀ ଶୁଣାଉ ନାହିଁ ?

ବିଖ୍ୟାତ ନର୍ତ୍ତକୀ ଅର୍ଚ୍ଚନା ନାୟକ ଧୀରେ ଧୀରେ ଅପସରି ଆସୁଛି କଳାର ମନ୍ଦିର ପାଖରୁ । ଗର୍ଭଗୃହ ବନ୍ଦ ହୋଇ ଆସୁଛି । ଠାକୁର ମନେ ହେଉଛି କାହିଁ କେତେ ଦୂରରେ ।

ସୁନାର ଦୁର୍ଗ ଭିତରେ ବନ୍ଦିନୀ କଳାପ୍ରିୟା ସୀତାର ଭାଗ୍ୟରେ କିନ୍ତୁ ଆଉ ଅଯୋଧ୍ୟା ଫେରିଯିବାର କଥା ଲେଖା ନାହିଁ ।

ବ୍ୟଭିଚାରିଣୀ

ଡେରାଡୁନ୍‌ରୁ ମସୌରି ରାସ୍ତାରେ ଛୋଟ ଗୋଟାଏ ବଙ୍ଗଲା। ଆର୍ମିରୁ ଅବସର ଗ୍ରହଣ କରିସାରି ଅନେକ ଆର୍ମି ଅଫିସର ଏଠି ସ୍ଥାୟୀ ଭାବରେ ବସବାସ କରି ଯାଇଛନ୍ତି। ଅଧିକାଂଶ ନୂତନ ବଙ୍ଗଲା ଏଇମାନଙ୍କର। ସେହି ବଙ୍ଗଲା ଭିତରୁ ସେ ଛୋଟ ବଙ୍ଗଲାଟି ମେଜର ମିସେସ୍ ମାର୍ଗାରେଟ୍ କୁରିଏନ୍‌ଙ୍କର।

ତିନି ବଖୁରିକିଆ ଘର। ସାମ୍ନାରେ ଛୋଟ ଗୋଲାପ ବଗିଚାଟିଏ। ପଛ ପାଖରେ କିଚେନ୍ ଗାର୍ଡେନ। ଗୋଲାପ ବଗିଚାର ଅପର ପାଖରେ ଗୋଟାଏ ଛୋଟ ଲନ୍।

ମିସେସ୍ ମାର୍ଗାରେଟ୍ ସେଇ ଅଞ୍ଚଳର ଏକ ବିଖ୍ୟାତ ନାମ। ତାଙ୍କୁ କେହି 'ଗ୍ରାଣ୍ଡ ଓଲଡ୍ ଲେଡ଼ି', କିଏ ବା 'ଗ୍ରାଣ୍ଡ ମା', କିଏ 'ଗ୍ରାନି', କିଏ ବା 'ଦାଦି ମା' ଅବା 'ଦିଦିମା' ନା'ରେ ଡାକିଥାନ୍ତି। ମିସେସ୍ ମାର୍ଗାରେଟ୍ କୁର୍ଗ ଅଞ୍ଚଳର ଝିଅ। ଗୌରବର୍ଣ୍ଣା, ଦୀର୍ଘାଙ୍ଗୀ। ବର୍ତ୍ତମାନ ବୟସ ସତୁରି ପାଖାପାଖି ହେବ। ସେ ଆର୍ମିରେ ନର୍ସ ଭାବରେ ଯୋଗଦେଇ ଶେଷକୁ ମେଜର ଭାବରେ ଅବସର ଗ୍ରହଣ କରିଥିଲେ। ତାଙ୍କର ସ୍ୱାମୀ କର୍ଣ୍ଣେଲ ଜର୍ଜ କୁରିଏନ୍ ଉଣେଇଶହ ବାଷଠି ସାଲରେ ମୃତ୍ୟୁବରଣ କରନ୍ତି ଏକ ଦୁର୍ଘଟଣାରେ। ସେଇ ଦିନଠାରୁ ସେ ଏକାକୀ।

ଅବସର ଗ୍ରହଣ ପରେ ସେମାନେ ଆଉ କେରଳ ଫେରି ନ ଯାଇ ଏଠି ହିଁ ତାଙ୍କର ଘରଟିଏ ତୋଳିଥିଲେ ବାକୀ ଜୀବନ କଟାଇବା ପାଇଁ। ସାରା ଜୀବନ ସୈନ୍ୟଙ୍କ ମେଲରେ କଟେଇ ସାରି ଆଉ ସିଭିଲିଆନ୍ ମେଲକୁ ଫେରିଯିବା ପାଇଁ ଇଚ୍ଛା ନ ଥିଲା ବା ସୁବିଧା ନ ଥିଲା। ଭୟ ମଧ ଥିଲା କାଲେ ସେମାନଙ୍କ ସାଙ୍ଗରେ ସହଜରେ ମିଶିପାରିବେ କି ନାହିଁ।

ତାଙ୍କର ଦୁଇ ଝିଅ। ଜଣେ ଅଷ୍ଟେଲିଆରେ ସ୍ଥାୟୀ ନାଗରିକତ୍ୱ ନେଇ ସେଇଠି ସ୍ୱାମୀ ସାଙ୍ଗରେ। ପାଞ୍ଚବର୍ଷକୁ ଥରେ ଆସେ। ଅନ୍ୟଜଣକ ସ୍ୱାମୀ ଏୟାରଫୋର୍ସ

ପାଇଲଟ୍ । କେତେବେଳେ ବାଗ୍‌ଡୋଗ୍ରାରେ ତ କେତେବେଳେ ପୁନାରେ । ସେମାନେ ବର୍ଷକୁ ଥରେ ଆସିଥାନ୍ତି । ପ୍ରଥମ ଜଣଙ୍କର ସ୍ୱାମୀ ଜଣେ ପଞ୍ଜାବୀ ଓ ଦ୍ୱିତୀୟ ଜଣଙ୍କର ଜଣେ ମହାରାଷ୍ଟ୍ରିଆନ୍ ।

ମିସେସ୍ ମାର୍ଗାରେଟ୍ ଝିଅ ଘରକୁ ନ ଯାଇ ଏକୁଟିଆ ରହନ୍ତି ଏଠି । ଜଣେ ପୁରୁଣା ବୁଢ଼ୀ ଚାକରାଣୀ ଥାଏ ପାଖରେ । ତାଙ୍କ ଘର ସମସ୍ତ ଆର୍ମି ଅଫିସରଙ୍କ ପାଇଁ ସବୁବେଳେ ଖୋଲା । ଯାହାର ଯେତେବେଳେ ଖୁସି ସେ ମିସେସ୍ ମାର୍ଗାରେଟ୍‌ଙ୍କ ଘରେ ଯାଇ ପହଞ୍ଚ ଯାଇପାରେ । ଦିନେ ଦୁଇଦିନ ବି ରହିଯାଇପାରେ । ଆମପରି ଅବିବାହିତ ଅଫିସରଙ୍କ ପାଇଁ ତ ତାଙ୍କର ଘର ନିଜ ଘର ପରି । ସମସ୍ତେ ଯେମିତି ତାଙ୍କର ପୁଅ ଆଉ ନାତି । ବୁଢ଼ୀ ସାଙ୍ଗରେ ଠଟ୍ଟା ପରିହାସ, ଅଳି ଆବ୍‌ଦାର ସବୁକିଛି ନିର୍ବିଘ୍ନରେ କରାଯାଇପାରେ । ବୁଢ଼ୀର କୌଣସି କିଛିରେ ଆପତ୍ତି ନାହିଁ । ବରଂ ଯଦି କୌଣସି ଦିନ ତାଙ୍କ ଘରେ କେହି ଆମପରି ଅନାହୂତ ଅତିଥି ପହଞ୍ଚ ନାହିଁ, ସେଦିନ ବୁଢ଼ୀ ସାରାଦିନ ଗେଟ୍ ପାଖରେ ଛିଡ଼ା ହୋଇଥିବ । ସତେ ଯେମିତି ପୁଅ କି ନାତି ଫେରି ନାହିଁ– ସେ ଅପେକ୍ଷା କରି ବସିଛି ।

ଏମିତି ଗୋଟାଏ ମମତାମୟୀ ସ୍ନେହଶୀଳା ମହିଳା ମୁଁ ଜୀବନରେ ଦେଖି ନାହିଁ ।

ସେଦିନ କ୍ୟାପ୍‌ଟେନ୍ ଶର୍ମାର କଥା ଶୁଣି ଆମ ସମସ୍ତଙ୍କ ମନ ଭାରି ଖରାପ ଥାଏ । କ୍ୟାପ୍‌ଟେନ୍ ଶର୍ମା ଆମର ଜଣେ ବିଶିଷ୍ଟ ବନ୍ଧୁ । ଲେଫ୍‌ନାଣ୍ଟ ବର୍ମା କହିଲା, "ଚାଲ ଟିକିଏ 'ଗ୍ରାନି' ଘରୁ ବୁଲିଆସିବା । ବୁଢ଼ୀ ସାଙ୍ଗରେ କିଛି ସମୟ ରହିଲେ ମନଟା ଭୁଲିଯିବ ।

ଗେଟ୍ ଖୋଲି ପଶୁ ନ ପଶୁଣୁ ବୁଢ଼ୀର ସେଇ ଉନ୍ମୁକ୍ତ ଉଦାର ହସ ଓ 'ହାୟ ବଏଜ୍' ଡାକଶୁଣି ଯେମିତି ମନଟା ଅଧା ହାଲୁକା ହୋଇଗଲା । ବର୍ମା ଚାରିଟା ରମ୍ ବୋତଲ ଟେବୁଲ ଉପରେ ଥୋଇ ଦେଇ କହିଲା, "ଗ୍ରାନି, ଟିକିଏ ବରଫ ମିଳିବ ?" "ନିଶ୍ଚୟ । ପର୍କ ସସେଜ ବି ଅଛି । କହିବି 'ଟିମା'କୁ ଫ୍ରାଏ କରିଦେବ ।" ବର୍ମା ବୁଢ଼ୀକୁ କୁଣ୍ଢାଇ ଧରି ଚୁମା ଦେଇ କହିଲା, "ଗ୍ରାନି, ୟୁ ଆର୍ ଅଲୱେଜ୍ ଗ୍ରାଣ୍ଡ ।"

ତିନିଟା ଗ୍ଲାସ୍ ଧରି ବସିଲୁ ଆମେ ତିନିଜଣ । ତଥାପି ମନଟା ହାଲୁକା ଲାଗୁ ନ ଥାଏ ଦୁଇ ପେଗ୍ ସରିଲା ପରେ ବି । କଥାଟାକୁ ଆମେ ଜମା ଭୁଲିପାରୁ ନଥିଲୁ । ଚୁପ୍‌ଚାପ୍ ହୋଇ ବସିଥିଲୁ ଆମେ ।

ମିସେସ୍ ମାର୍ଗାରେଟ୍ ପଚାରିଲେ, "କଥା କ'ଣ ? କ'ଣ ହେଇଛି ଆଜି ? ତମେମାନେ ଏତେ ଚୁପ୍‌ଚାପ୍ ଯେ ? କ'ଣ କାହାର କୋର୍ଟ ମାର୍ଶାଲ ହୋଇଛି କି ?"

ଯଦିଓ ଆମେ ତାଙ୍କୁ କିଛି କହିବୁ ନାହିଁ ବୋଲି ଠିକ୍ କରିଥିଲୁ ବର୍ମା ହଠାତ୍ କହି ପକାଇଲା, "କ୍ୟାପଟେନ୍ ଶର୍ମା, ତା ସ୍ତ୍ରୀକୁ ଗୁଲିକରି ଦେଇଛି।"

ଜୀବନକାଲ ମଧରେ ଶହ ଶହ ମୃତ୍ୟୁ ଦେଖିଥିବା, ଗୁଲି କମାଣ, ବନ୍ଧୁକ ଭିତରେ ବଢ଼ି ଆସିଥିବା ମାର୍ଗାରେଟ୍ ଟିକିଏ ଭ୍ରୁକୁଞ୍ଚନ କରି କହିଲେ, "ଛଜ୍ ଇଟ୍? କାହିଁକି ?"

ବର୍ମା କଥାଟା କହିଦେଇ ପଣ୍ଟାଉାପ କରୁଥିଲା ବୋଧହୁଏ। ସେ କିଛି ନ କହି ଚୁପ୍ ରହିଲା। ମୁଁ ଉତ୍ତର ଦେଲି, "ଚରିତ୍ରଗତ ଦୋଷର ସନ୍ଦେହରେ।"

"ଇଜ ସି ଡେଡ୍? ମରିଯାଇଛି କି ?"

'ହୁଁ' କହି ଆମେ ଦୁହେଁ ତଳକୁ ମୁଣ୍ଡ ପୋତିଲୁ। ଗ୍ରାନି ଏକା ନିଃଶ୍ୱାସକେ ଗ୍ଲାସଟାକୁ ଶେଷ କରି ଧଡ଼କରି ଟେବୁଲ ଉପରେ କଟାଡ଼ିଲା ପରି ରଖିଦେଇ ଗର୍ଜନ କରି କହିଲେ, "ୟୁ ରାସକେଲ ମେନ। ତମେ ନାରୀକୁ କେତେଟା ବୁଝ ? କେତେଟା ଜାଣ ? ତମ ପାଇଁ ନାରୀ ଦେହର ଶୁଦ୍ଧତାଟା ହିଁ ବଡ଼ କଥା। ତା'ର ମାନସିକ ଶୁଦ୍ଧତା, ତା'ର ଆଚରଣ ପଛର ମାନସିକତା ତମ ପାଖରେ କିଛି ନୁହେଁ। ୟୁ ବ୍ରୁଟ୍ସ। ପଶୁ।"

ଗ୍ରାନିର ଏଇ ରୂପ ସହିତ ଆମର ପରିଚୟ ନ ଥିଲା। ଆମେ ହଠାତ୍ ଏକ ଭୟ ଓ ଆଶଙ୍କାରେ ଆତଙ୍କିତ ହୋଇ ଉଠିଲୁ। ଏଇ ମମତାମୟୀ, ଲୋଲିତଚର୍ମା ବୃଦ୍ଧା। କେବଳ ଏକ ସ୍ନେହମୟୀ ଜନନୀ ନୁହେଁ – ତା ଭିତରେ ଲୁଚି ରହିଛି ନାରୀତ୍ୱବୋଧର ଏକ ପ୍ରଚଣ୍ଡ, ଉଜ୍ଜ୍ଵଲ, ବହ୍ନିମାନ୍ ଶକ୍ତି। ଯାହା ଏହି ମୁହୂର୍ତ୍ତରେ ବିସ୍ଫୋରିତ ହୋଇ ଉଠିଛି ଏକ ପ୍ରଚଣ୍ଡ ବିସ୍ଫୋରଣରେ।

ବହୁତ ସମୟ ଚୁପ୍ ରହିଲାପରେ ସେ ଧୀରେ ଧୀରେ କହିଲେ, "ଆଇ ଏମ ସରି, ମାଇଁ ବୟ। ମୁଁ କେମିତି ହଠାତ୍ ଉଦ୍ୱେଜିତ ହୋଇ ଉଠିଥିଲି। ଫରଗେଟ୍ ଇଟ୍। ଭୁଲିଯାଅ। ଆସ ଗ୍ଲାସ୍ ଖାଲି କର।"

ତୃତୀୟ ପେଗ୍ ପରେ ଗ୍ରାନି କେମିତି ନରମ ହୋଇ ଆସିଲେ। ତା'ପରେ ହଠାତ୍ ଏକ ଉଦାର ଭଙ୍ଗୀରେ ହସି ଦେଇ କହିଲେ, "ଆଇ ସେଲ ଟେଲ ୟୁ ଏ ସିକ୍ରେଟ୍। ମୋ ଜୀବନର ଗୋଟାଏ ଗୁପ୍ତ କଥା ଆଜି ପର୍ଯ୍ୟନ୍ତ ଯାହା ମୁଁ କାହାରିକୁ କହିନି ତମ ପାଖରେ କହିବାକୁ ଚାହେଁ। ଶୁଣ।

'ଦ୍ଵିତୀୟ ମହାଯୁଦ୍ଧ ସମୟର କଥା। ଜର୍ଜ ସହିତ ମୋର ବାହାଘର ପ୍ରାୟ ପକ୍କା ହୋଇଯାଇଥାଏ। ଆମର ଏନ୍‌ଗେଜ୍‌ମେଣ୍ଟ ସରିଥାଏ। ଏତିକିବେଳକୁ ଆରମ୍ଭ ହେଲା ମହାଯୁଦ୍ଧ। ପଶ୍ଚିମ ସୀମାନ୍ତର କୌଣସି ଗୋଟାଏ ଆର୍ମିହସ୍ପିଟାଲରେ ମୁଁ ଥାଏ ନର୍ସ। ଜର୍ଜର କୌଣସି ଖବର ମୁଁ ପାଉନଥାଏ। ପ୍ରତିଦିନ ଶହଶହ ଆହତ ସୈନିକ

ଆସୁଥାନ୍ତି। ପ୍ରାୟ ଦିନରାତି ଚାଲିଥାଏ ଆମର ଡ୍ୟୁଟି। ଆଃ, କି ଭୀଷଣ ସେ ଦୃଶ୍ୟ। କାହାର ଅନ୍ତବୁଜୁଲା ବାହାରି ଯାଇଛି। କାହାର ଗୋଡ଼ ଦୁଇଟା ନାହିଁ। କାହାର ଆଖି କାନ ଉଡ଼ିଯାଇଛି। ମଣିଷର ମୃତ୍ୟୁ ଯେ ଏତେ ଭୟଙ୍କର ହୋଇପାରେ ମୁଁ ନ ଦେଖିଥିଲେ ବିଶ୍ୱାସ କରିପାରନ୍ତି ନାହିଁ। ପ୍ରଥମ ପ୍ରଥମ ଡର ଲାଗୁଥିଲା। ଭୟ ଲାଗୁଥିଲା। ଭୟରେ, ଘୃଣାରେ ଆଖି ବୁଜି ହୋଇ ଯାଉଥିଲା। ତା'ପରେ କ୍ରମଶଃ ସବୁ ଦେହସୁହା ହୋଇଗଲା। ଭୟ ଘୃଣା ପରିବର୍ତ୍ତେ ଜନ୍ମ ନେଲା ଏକ ଅଭୁତ କର୍ତ୍ତବ୍ୟବୋଧ। ମଣିଷଟା ବଞ୍ଚିବ କେମିତି – ସେ ହେଲା ଆମର ମୁଖ୍ୟ ଉଦ୍ଦେଶ୍ୟ। ଯେମିତି ଅବସ୍ଥାରେ ସେ ଥାଉ ନା କାହିଁକି – ତାକୁ ବଞ୍ଚେଇବା ହିଁ ଥିଲା ଆମର ଏକମାତ୍ର ଉଦ୍ଦେଶ୍ୟ।

'ଏଇ ସମୟରେ ହଠାତ୍ ଦିନେ ଆସି ପହଞ୍ଚିଲା ଜଣେ ଆହତ ପାଇଲଟ ବ୍ରିଟିଶ। ରୟେଲ ଏୟାର ଫୋର୍ସର ଗ୍ରୁପ୍ କ୍ୟାପଟେନ୍ ଅଲିଭିଆର। ଜେମସ୍ ଅଲିଭିଆର। ଡାହାଣ ଗୋଡ଼ଟା ଗୋଟାଏ ସୂତା ଖିଅରେ ଲଟକିଥାଏ। ସାରା ସ୍ଟ୍ରେଚର ରକ୍ତରେ ଜୁଡୁବୁଡୁ। ଛାତିରେ ଗୁଲି ବାଜିଛି। ବାଁ ପାଖ ଫୁସ୍‌ଫୁସ୍‌ଟା ସମ୍ପୂର୍ଣ୍ଣ ବାଦ୍ ଦେବାକୁ ପଡ଼ିଲା। ଅପରେସନ ପରେ ଚାରିଦିନ କୋମାରେ ରହିଥିଲା। କି ସୁନ୍ଦର କୋଡ଼ିଏ କି ଏକୋଇଶ ବର୍ଷର ଯୁବକଟିଏ। କହରା କହରା ଧଳାବାଲ। ଦୁଇଟି ନୀଳ ଡୋଲା। ତୀକ୍ଷ୍ଣ ନାକ। ସୁଦୀର୍ଘ ବଳିଷ୍ଟ ଚେହେରା। ପ୍ରାୟ ସାଢ଼େ ଛ'ଫୁଟ୍ ପାଖାପାଖି।

ଆମେ ଭାବିଲୁ ବଞ୍ଚିବ ନାହିଁ। କିନ୍ତୁ ସାତଦିନ ପରେ ତା'ର ଚେତା ଫେରିଲା। ସେତେବେଲକୁ ମୋର ଡ୍ୟୁଟି ଥାଏ ସେଇ ୱାର୍ଡ଼ରେ। ତାକୁ କେବଲ ଗୋଟାଏ ପାଟିସନ ଦେଇ ଅଲଗା କରି ରଖା ହୋଇଥାଏ ଅନ୍ୟମାନଙ୍କଠାରୁ। କେଜାଣି କାହିଁକି ଏଇ ଲୋକଟି ପ୍ରତି ମୋର କେମିତି ଗୋଟାଏ ମାୟା ଆସିଯାଇଥିଲା। ଦୟା ବି କହିପାର।

ମଝିରେ ମଝିରେ କେତେବେଲେ ସମୟ ପାଇଲେ ମୁଁ ତାକୁ ଦେଖି ଆସେ। ପ୍ରଥମେ ପ୍ରଥମେ ତ ସେ କିଛି କହିପାରୁ ନ ଥାଏ। କେବଲ ମୋତେ ଚାହିଁ ରହିଥାଏ ଏକ ନିଷ୍ପଲକ ଆଖିରେ। ତା'ର ସେଇ କରୁଣ ନିସ୍ତବ୍ଧ ଆଖି ଯୋଡ଼ିକ ଦେଖିଲେ କାହିଁକି କେଜାଣି ମୋର ଅନ୍ତର ଭିତରଟା ଏକ ଅଭୁତ ଯନ୍ତ୍ରଣାରେ ହାହାକାର କରିଉଠେ। ଅଜାଣତରେ ଆଖିକୁ ଲୁହ ଆସିଯାଏ। ଗୋଟାଏ ଏତେ ସୁନ୍ଦର ଯୁବାପୁରୁଷଟିକୁ ଏମିତି ଅକାରଣରେ, ଅସହାୟ ଭାବରେ ମୃତ୍ୟୁବରଣ କରୁଥିବାର ଦେଖି ବୋଧହୁଏ ମୋର ସ୍ୱାଭାବିକ ନାରୀତ୍ୱ ଏକ ଚେତନାବୋଧରେ ଜର୍ଜରିତ ହୋଇ ଯାଇଥିଲା।

ଚେତା ଆସିବାର ଚାରି ପାଞ୍ଚଦିନ ପରେ ସେ ଟିକିଏ ଟିକିଏ କଥା କହିଲା। କିଛି ବେଶୀ ନୁହେଁ। କହେ, "ସିଷ୍ଟର ମୋ ପାଖରେ ଟିକିଏ ବସ।" ମୋର ଥିବା

ବେଲ କାହିଁ ? ତଥାପି ମଝିରେ ମଝିରେ ତା ପାଖରେ ଆସି ଟିକିଏ ବସେ ପାଞ୍ଚ ମିନିଟ୍ ପାଇଁ ।

ସେ ତା'ର ଗୋଟିଏ ହାତରେ ମୋ ହାତ ପାପୁଲିକୁ ଧରେ । ଆଉ ସେ । ଆଖିରୁ ଧାର ଧାର ଲୁହ ବୋହିଯାଏ । ମୁଁ ମୋର ରୁମାଲରେ ତା'ର ଲୁହ ପୋଛିଦିଏ ।

ଦିନେ ଦିନେ କହେ, "ସିଷ୍ଟର କଥା କୁହ । ଜଷ୍ଟ ଟକ୍ ।" ମୁଁ ଭାରତବର୍ଷର କଥା କହେ । ମୋ ପ୍ରଦେଶ କେରଳର କଥା, ମୋ ଛୋଟ ଟାଉନର କଥା । ମୋ ବାପା, ମୋ ମା', ମୋ ଭାଇ ଭଉଣୀଙ୍କ କଥା କହେ । ମୋର ଭାବୀ ସ୍ୱାମୀଙ୍କ କଥା କୁହେ । ସେ ନୀରବରେ ସବୁ ଶୁଣେ । କେତେବେଲେ ମୁରୁକି ଟିକିଏ ହସେ । କେତେବେଲେ ଚୁପ୍ ହୋଇ ଖାଲି ନୀରବରେ ଚାହିଁରହେ ପୁଣି କେତେବେଲେ ତା ଆଖିରୁ ବହିଯାଏ ଦୁଇଧାର ଲୁହ ।

ଡାକ୍ତର କହନ୍ତି, "ତା ସ୍ୱାସ୍ଥ୍ୟର ଉନ୍ନତି ଘଟୁଛି ସତ କିନ୍ତୁ କେତେବେଲେ କ'ଣ ହେବ କିଛି କହିହେବ ନାହିଁ । ତା ହୃତ୍‍ପିଣ୍ଡରେ ଗୁଲିର ଗୋଟାଏ ଖଣ୍ଡିତ ଅଂଶ ରହିଯାଇଛି ବୋଲି ମନେ ହେଉଛି ।" ଚମକିବାର କିଛି ନ ଥିଲା ମୋ ପକ୍ଷରେ । କାରଣ ଏମିତି ଭଲ ହୋଇ ଆସୁଥିବା ରୋଗୀ ହଠାତ୍ କଲାପସ୍ କରିଯିବାର ମୁଁ ଦେଖିଛି ଅନେକ ଥର । ଭଗବାନଙ୍କୁ ପ୍ରାର୍ଥନା କରିବାଛଡ଼ା ଆମର ଉପାୟ ବା କ'ଣ ?

ସେ ହସ୍‍ପିଟାଲକୁ ଆସିବାର ପ୍ରାୟ ପଚିଶ ଦିନ ପରର କଥା । ସେଥର ମୋର ରାତି ଡ୍ୟୁଟି । ରାତି ପ୍ରାୟ ତିନିଟା ହେବ । ସେ ଡାକିଲା, 'ସିଷ୍ଟର' ମୁଁ ପାଖକୁ ଯାଇ କହିଲି, "କ'ଣ ଦରକାର ?" ସେ ହାତଠାରି ଦେଖାଇଲା ପାଣି ଗ୍ଲାସ ଆଡ଼କୁ । ମୁଁ ଧୀରେଧୀରେ ତା ମୁଣ୍ଡକୁ ମୋ କୋଲକୁ ଆଉଜାଇ ଆଣି ପାଣି ଗ୍ଲାସ୍‍ଟା ବଢ଼େଇ ଦେଲି ତା ମୁହଁ ପାଖକୁ । ପାଣି ପିଇସାରିଲା ପରେ ଟାଓ୍ୱେଲରେ ମୁହଁ ପୋଛି ଦେଇ ତାକୁ ଶୁଆଇ ଦେବାକୁ ଗଲାବେଲକୁ ସେ ହଠାତ୍ ଶକ୍ତଭାବରେ ମୋତେ ଜାକି ଧରିଲା । ଫିସ୍ ଫିସ୍ ଅଥଚ ସ୍ପଷ୍ଟ ଭାବରେ କହିଲା, "ମାର୍ଗାରେଟ୍, ମୁଁ ଜାଣେ ମୁଁ ତମକୁ ଗୋଟାଏ ଅନ୍ୟାୟ ଦାନ ମାଗୁଛି । ମୁଁ ଜାଣେ ତମେ ଏନଗେଜଡ଼ । ତଥାପି-ତଥାପି । ମାର୍ଗାରେଟ୍ ମୋର ସମୟ ହୋଇଗଲାଣି । ମୁଁ ନିଶ୍ଚିତ ଭାବରେ ମରିବି । ଏଇ ମୃତ୍ୟୁ ପଥର ଯାତ୍ରାକୁ ଗୋଟାଏ ଶେଷ ଦାନ ଦେବ ନାହିଁ ?" ଏତିକି କହି ସେ ମୋ ମୁହଁକୁ ଏକ ନିର୍ନିମେଷ ଚାହାଣିରେ ଚାହିଁ ରହିଲା । ହଠାତ୍ ଗୋଟାଏ ଝାଲ ବୋହିଗଲା ମୋ ଦେହରୁ । ଭୟରେ ନା ଆଶଙ୍କାରେ ନା ପ୍ରତ୍ୟାଶାରେ କେଜାଣି ?

ତା'ପରେ ସେ ଆହୁରି ଫିସ୍‍ଫିସ୍ କରି କହିଲା, "ମୋତେ ଗୋଟାଏ ଚୁମା ଦେଇ ପାରିବ ? ମରିବାକୁ ମୋର ଭୟ ନାହିଁ କିନ୍ତୁ ଜୀବନର ଗୋଟାଏ ଅପୂର୍ଣ୍ଣତାକୁ

ନେଇ ମରିଯିବାକୁ ମୋର ଇଚ୍ଛା ହେଉନାହିଁ। ଗୋଟାଏ ନାରୀର ଚୁମ୍ବନ ମୋ ପାଇଁ ଏକ ଅବସୋସ ହୋଇ ରହିଯିବ। ମାର୍ଗାରେଟ୍। ମୋର ପ୍ରିୟ ମାର୍ଗାରେଟ୍, ମୋତେ ଗୋଟାଏ ଚୁମା ଦିଅ। ଆଉ ମୋ ମୃତ୍ୟୁପରେ ମୋର ଏଇ ଅନ୍ୟାୟ ଅନୁରୋଧ ପାଇଁ କ୍ଷମା ଦେବ।"

ଏତିକି କହୁ କହୁ ତା ଦେହରେ ଏତେ ବଳ କୋଉଠୁ ଆସିଲା କେଜାଣି ମୋତେ ତା ଉପରକୁ ଭିଡ଼ି ନେଇ ମୋ ଓଠରେ ଓଠ ଲଗାଇ ଦେଲା। ମୁଁ କିଛି ପ୍ରତିବାଦ କରି ପାରିଲିନି। କରିବାକୁ ଇଚ୍ଛା ବି ହେଲା ନାହିଁ। କେତେ ସମୟ ଏମିତି ବିତିଛି କେଜାଣି ମୁଁ ଜାଣେନି। ଗୋଟାଏ ମୁହୂର୍ତ? ଗୋଟାଏ ମିନିଟ୍? ଗୋଟାଏ ଘଣ୍ଟା...? ଗୋଟାଏ ରାତ୍ରି? ଗୋଟାଏ ଯୁଗ? କେଜାଣି?

ମୋର ସମ୍ବିତ୍ ଫେରି ପାଇଲା ବେଳକୁ ଦେଖିଲି ତା'ର ହାତମୁଠା ଶୀତଳ ହୋଇଯାଇଛି। ଦେହଟା ପଥର ପରି ନିର୍ଜୀବ।

ସେତିକି ବେଳେ ସେଇ ଅବସ୍ଥାରେ ଯଦି ମୋତେ ଜର୍ଜ ଦେଖିଥାନ୍ତା ତେବେ କ୍ୟାପଟେନ୍ ଶର୍ମାଙ୍କ ପରି ସେ ନିଶ୍ଚୟ ମୋତେ ଗୁଲିକରି ଦେଇଥାନ୍ତା।

ଆଉ ତମେମାନେ ଠିକ୍ ଆଜିକାପରି ମୋ ଆଡ଼କୁ ଅଙ୍ଗୁଲି ନିର୍ଦ୍ଦେଶ କରି କହିଥାନ୍ତ ବ୍ୟଭିଚାରିଣୀକୁ ଠିକ୍ ଶାସ୍ତି ହୋଇଛି।

ଅଥଚ ମୁଁ କେବଳ ଜାଣେ ସେଇ ଚୁମ୍ବନ ଥିଲା କେତେ ନିଷ୍ପାପ, କେତେ ପବିତ୍ର।

ଅନ୍ଧ ଅଧିକାରବୋଧର ସୁଦୃଢ଼ ଶୃଙ୍ଖଳ ଭିତରେ ବନ୍ଦୀ ପ୍ରମତ୍ତ ପୁରୁଷଠାରୁ ଏହା ଛଡ଼ା ଆଉ କ'ଣବା ଆଶା କରାଯାଇପାରେ?

ନିର୍ବାସିତ ରାଜପୁତ୍ର

ଖାଇସାରି ସାମାନ୍ୟ ଗପସପ ପରେ ମୁଁ ବିଶ୍ରାମ ନେବାକୁ କୋଠରି ଭିତରକୁ ଆସିଲାପରେ ଦେଖିଲି ବଙ୍ଗଳା ଚୌକିଦାର ଆସି କାନ କୁଣ୍ଡେଇ କୁଣ୍ଡେଇ ଛିଡ଼ାହୋଇଛି। ପଚାରିଲି "କିରେ କଥା କ'ଣ?"

"ନାଇଁ ଆଜ୍ଞା। ଏଠିକା ଡାକ୍ତରଖାନାର ଜଣେ ନର୍ସ ଆପଣଙ୍କ ସାଙ୍ଗେ ଦେଖାକରିବାକୁ ଆସିଥିଲା। ଆପଣ ସେତେବେଳେ କଥାବାର୍ତ୍ତା ହେଉଥିଲେ। ଅପେକ୍ଷା କରି କରି ଫେରିଗଲା। ପୁଣି ଚାରିଟା ବେଳକୁ ଆସିବାକୁ କହିଯାଇଛି।"

'ନର୍ସ'? ମୋର ଭ୍ରୁକୁଞ୍ଚିତ ହେଲା।

ଆଦିବାସୀ ଗ୍ରାମ ମଙ୍ଗଳ ବିଭାଗ ସହିତ ନର୍ସର ସମ୍ପର୍କ ତ କିଛି ନାହିଁ।

'ଆଜ୍ଞା, ସେ କହିଲେ ଆପଣଙ୍କର କ'ଣ ବନ୍ଧୁବାନ୍ଧବ ହେବେ।'

'ହଉ ଯା।'

ମନଟା କେମିତି ଅଶ୍ୱସ୍ତିରେ ଭରିଗଲା। କିଏ ନର୍ସ? କୋଉ ଆଲିଆ ଲେଖାରେ ବାଲିଆ ବନ୍ଧୁ। ସେ ପୁଣି କାହିଁକି ମୋତେ ଏଠି? ଛି ଛି, ବଡ଼ ବିରକ୍ତିକର। ଚୌକିଦାରକୁ ମନା କରିଥିଲେ ହୋଇଥାନ୍ତା। ଏଠି ସବୁ ତଳ ଅଫିସରମାନେ ଅଛନ୍ତି। ତାଙ୍କ ଆଗରେ। ଏଇ ନର୍ସମାନଙ୍କ ପ୍ରତି ମୋର ଗୋଟାଏ ଘୃଣା ରହିଆସିଛି କାହିଁକି କେଜାଣି? ମୋର ମନେହୁଏ ସବୁଗୁଡ଼ା ଯେମିତି ଚରିତ୍ରହୀନା, ଟଙ୍କା ଲୋଭୀ, ସହଜଲଭ୍ୟ ନାରୀ। ତାଛଡ଼ା ବି ଗୋଟାଏ ଅବ୍ୟକ୍ତ କ୍ରୋଧ ମୋର ତାଙ୍କ ଉପରେ। ତଥାପି କିଏ ସେଇ ନର୍ସ? କିଏ? କିଏ? ତାପରେ ହଠାତ୍ ମନେପଡ଼ିଲା।

xxx

ବେଶୀ ଦିନର କଥା ନୁହେଁ। କାରଣ ଚବିଶ ବର୍ଷ ତଳର କଥା।

ମୁଁ ସେତେବେଳେ ଦଶମ ଶ୍ରେଣୀରେ ପଢୁଥାଏ। ସକାଳ ସାତଟା କି ଆଠଟା ହେବ। ହଠାତ୍ ବିନ ଦାଦାଙ୍କ ଘରୁ ଜୋର କାନ୍ଦଣା ସହିତ ପାଟି ଶୁଣାଗଲା।

ବିନ ଦାଦା ମୋର ନିଜ ଦାଦା ନୁହନ୍ତି। ଶହେ ବର୍ଷତଳେ କି ତା ଆଗରୁ ମୋ ଗୋସେଇଁ ବାପା କି ତାଙ୍କ ବାପା କଟକ ଜିଲ୍ଲାରୁ ଚାକିରି କରିବାପାଇଁ ଏଠିକୁ ଆସିଥିଲେ ଯେ ଆଉ ଫେରି ନଥିଲେ। ତାଙ୍କରିଠାରୁ କାଳକ୍ରମେ ବଢ଼ିବଢ଼ି ଏ ସାହିଗୁଡ଼ିକ ସୃଷ୍ଟି ହୋଇଯାଇଛି। ସମସ୍ତେ କେତେ ଯୁଗରୁ ଭିନ୍ନ ହୋଇ ନୂଆନୂଆ ଘରକରି ସାହିର ଆୟତନକୁ ଆହୁରି ବଢ଼େଇ ଦେଲେଣି। ପାରିବାରିକ ସମ୍ପର୍କ ବି ସେମିତି କିଛି ଘନିଷ୍ଟ ନୁହେଁ। ତଥାପି ସାହି ଭିତରେ ଏକାଠି ରହି ପୁରୁଣା ସମ୍ପର୍କର ବୁଢ଼ିଆଣୀ କାଳଟାକୁ କେହି ଛିଡ଼େଇବାକୁ ସାହସ କରିନାହାନ୍ତି ଏଯାଏଁ।

କାନ୍ଦଣା ଶୁଣି ହଠାତ ଆମେ ସବୁ ଦଉଡ଼ିଗଲୁ ବିନ ଦାଦାଙ୍କ ଅଗଣାକୁ। ଗଜି ବଡ଼'ପା ଆମକୁ ଦେଖି ପାଟିକଲେ 'ପଳାଅ ପଳାଅ ଏଠୁ, କାହିଁକି ଆସିଛ ? ଯା, ଯା, ଘରକୁ ଯାଅ।' ତଥାପି କୌତୁହଳର ଉଲ୍ଲାସ ତାଙ୍କର ଏ କଥାକୁ ଭ୍ରୁକ୍ଷେପ କରି ନ ଥିଲା। ଯଦିଓ ଡରରେ ଆମେ ସବୁ ଅଗଣା ଭିତରୁ ବାହାରି ଆସିଲୁ, ତଥାପି ଦାଣ୍ଡପାଖରେ ଏକାଠି ଜମାହୋଇ ରହିଲୁ ଘରକୁ ନଯାଇ।

ଏତିକି ବେଳକୁ କ'ଣ ପାଇଁ କେଜାଣି ବାହାରି ଆସିଲା କୁନି। ବିନ ଦାଦାଙ୍କ ବଡ଼ଝିଅ। କୁନି ମୋ ବୟସର। ୭ମ ଶ୍ରେଣୀ ପାଶ୍କରି ଘରେ ରହିଲା। ଟିମ୍ଭାଇ ତାକୁ ପଚାରିଲା "କ'ଣ ହେଲା କିଲୋ କୁନି ?" ଆଖିରୁ ଲୁହପୋଛି କହିଲା "ମୋର ଆଉଗୋଟେ ଭଉଣୀ ହେଲା"।

ସେଥିରେ କାନ୍ଦିବାର କାରଣ କ'ଣ ଥାଇପାରେ। ସେ ସମ୍ବନ୍ଧରେ ଆମେ କିଛି ବୁଝି ନ ପାରି ତାକୁ ପଚାରିବାକୁ ଯାଉଛୁ, ଏତିକିବେଳେ ଗର୍ଜନ ଛାଡ଼ି ଛାଡ଼ି ବାହାରକୁ ଆସିଲା ବିନାବୋଉ ଜେଜେମା।

ସାହି ଭିତରେ ଅନେକ ମାଉସୀ, ଖୁଡ଼ି, ବଡ଼ମା ଜେଜେମା ଥିବାରୁ ତାଙ୍କୁ ଚିହ୍ନିତ କରିବାପାଇଁ ତାଙ୍କରି ପୁଅ ଝିଅ ନା ସହିତ ତାଙ୍କୁ ଯୋଡ଼ିଦେଇ ଆମେ ଡାକୁ। କେହି ସେମିତି କିଛି ମନେ ବି କରନ୍ତି ନାହିଁ। ସତେଯେମିତି ସ୍ୱାଭାବିକ ନାଁ ସେଇଟା।

ସାହିର ସବୁ ଜେଜେମା ଭତରୁ ବିନବୋଉ ଜେଜେମାକୁ ଆମେ ସମସ୍ତେ ଭାରି ଡରୁଥିଲୁ। ଭାରି କଳିହୁଡ଼ୀ ବୁଢ଼ୀ ସେ। ପାଟିକରି ଦିନରାତି କମ୍ପଉଥିବ। ତାକୁ ଏକଲା ଦେଖିଲେ ଡରରେ ଆମେ ଛାନିଆ ହୋଇ ଯାଉଥିଲୁ। ତାକୁ ବାହାରିବାର ଦେଖି ଆମେ ଯିଏ ଯେଉଁଆଡ଼େ ଛୁ।

ବୁଢ଼ୀ ପାଟି କରି କରି କମ୍ପୁଥାଏ "ନିଆଁ ଲାଗି ମରୁନି ଏଇଥରୁ ଗୋଟା ଗୋଟା ଜନମ କରୁଛି। ଛି, ଛି, ଛି ଆଲୋ ହେ ଶୁକୁଟା ବୋଉ, ଦେ ମ ତା ତଣ୍ଟିଟା ଚିପି ଖଟଗଦାକୁ ପକେଇ ଦେ। ନ ହେଲେ ମୋତେ ଦେ, ତା ବେକଟାକୁ ମୋଡ଼ିଦିଏ।

ବିପଭି ଯାଉ। ଛି ଛି ଛି ଗୋଟାଏ ନୁହେଁ ଦି'ଟା ନୁହେଁ ଚାରି ଚାରିଟା। କାହିଁକି ଯେ ଭଗବାନ ଏହି ଚୁଲିପଶୀ, ନିଆଁଲାଗିଗୁଡ଼ାକ ୟା ପେଟରେ ଦେଉଛନ୍ତି କେଜାଣି? ମରୁ ନାହାନ୍ତି ଏଗୁଡ଼ାକ କାହିଁକି କେଜାଣି? ତାଙ୍କୁ ବାଡ଼ି ଖାଉନି କାହିଁକି? ମୁଁ ଜାଣିଛି ପରା, ବୋହୂ କଲା ଦିନଠୁ ଜାଣିଛି। ତା ଦିହ ଦେଖି ମୁଁ ସେଦିନୁ କହୁଛି, ଅଲପେଇସି କପାଲରେ ପୁଅ ନାହିଁ। ମରୁ ବି ନାହିଁ ସେଇଟା। ଅଲକ୍ଷଣୀ, ପୋଡ଼ାମୁହିଁ।" ସିଏ ଆହୁରି କେତେବେଳ ଚାଲିଥାନ୍ତା। ଗଜି ବଡ଼ପା, ଆସି ପାଟି କଲେ "କାହିଁକି, ସେମିତି ପାଟି କରୁଛୁ ମିଛତାରେ? ସିଏ କ'ଣ ଗଢ଼ିଥାନ୍ତା ନା କ'ଣ? ଯାହା ତା କପାଲରେ ଅଛି ନା–ତୁ ଏଇ ଦାଣ୍ଡ ମଝିଟାରେ ଏମିତି ପାଟିକଲେ, ସଁପିଲେ କ'ଣ ଝିଅଟା ପୁଅ ହେଇଯିବ?"

ବିନ ଦାଦାଙ୍କ ଲାଗ ଲାଗ ତିନିଟା ଝିଅ ପରେ ଏଥର ବହୁତ ଆଶା କରିଥିଲେ ପୁଅଟିଏ ହେବ ବୋଲି। କେତେ ନାହାକ ଜ୍ୟୋତିଷକୁ ଡାକି ବୁଢ଼ୀ କୋଷ୍ଠି ବିଚାର କରେଇଥିଲା। ଆମ ଗାଁର ଯେତେକ ଦେବଦେବୀ ଛାଡ଼ି ପୁଣି ଆଖଣ୍ଡଳମଣୀଠୁ ଆରମ୍ଭ କରି ଜଗନ୍ନାଥଙ୍କ ପାଖରେ ଭୋଗ ଯାଚିଥିଲା। ବଡ଼ ଆଶା କରିଥିଲା ଯେ ଏଥର ନିଣ୍ଚେ ନାତିଟିଏ ଦେଖିବ ବୋଲି। କ'ଣ ଆଉ କରାଯାଏ, ଭାଗ୍ୟ?

ପଛରେ ବୋଉ ଆସି କହୁଥିଲା ଯେ ପ୍ରସବ ପରେ ବିନଖୁଡ଼ି ଯେତେବେଳେ ଶୁଣିଲେ ଯେ ଝିଅଟିଏ ବୋଲି, ଢୋ କିନା କାନ୍ଥ ସନ୍ଧିରେ ମୁଣ୍ଡ କୋଡ଼ି ଦେଇଥିଲେ। ସେଇ ମୁଣ୍ଡଫୁଲା ତାଙ୍କର ବହୁଦିନ ଥିବାର ମୁଁ ନିଜେ ଦେଖିଛି।

ସେହି କଥା ନେଇ ସାହି ପଡ଼ିଶାରେ କେତେ ଆଲୋଚନା ସମାଲୋଚନା ହେଉଥିଲା। ଆହା ବିନଟା କ'ଣ କରିବ, ଚାରି ଚାରିଟା ଝିଅ, କ'ଣ ଅଛି ତା'ର? କେମିତି ସେ ପାର କରିବ ଏ ଗଲ ଗ୍ରହ ଗୁଡ଼ାକୁ? ବିଚରାର ଭାଗ୍ୟ।

ବିନଦାଦା ଥିଲେ ଫରେଷ୍ଟ ଗାର୍ଡ। ଦରମା ଟ ୧୫.୦୦ ହେଲେ ବି ମନ୍ଦ ଚଳୁ ନ ଥିଲା। ଶସ୍ତା ଯୁଗ ଥିଲା ସେତେବେଳେ। ତା ଛଡ଼ା ଚାଉଳ, ଡାଲି, ବିକି ଉପୁରି ପଇସା ମଝିରେ ମଝିରେ ବି ଆସୁଥିଲା। ବିନଦାଦା ଗାଁରେ ବେଶୀଦିନ ରହୁ ନଥିଲେ, ଗାଁଠୁ କୋଡ଼ିଏ ମାଇଲ ଦୂରରେ ଫରେଷ୍ଟ ଅଫିସରେ କାମ କରୁଥିଲେ ସେ। ପନ୍ଦରଦିନ କିୟା ସପ୍ତାହରେ ଥରେ ସାଇକେଲ ପଛରେ ଚାଉଳ ବସ୍ତା, ଆମ୍ୟ ଦିନରେ ଆମ୍ୟଟା, ପଣସ ଦିନରେ ପଣସଟା କିୟା ମାଛଟା ଧରି ଆସୁଥିଲେ। ଦିନେ ଦି'ଦିନ ରହି ଫେରିଯାଉଥିଲେ, ଫେର ତାଙ୍କ କାମ ଜାଗାକୁ।

ସେଇଠି ରହିରହି ସେ ଫରେଷ୍ଟର ସାଙ୍ଗରେ ପଡ଼ି ନିଶା ଧରିଲେ। ଲୋକେ କହନ୍ତି ବିନଦାଦା ପୁରା ସେ ଫରେଷ୍ଟରକୁ ମଦପିଆ ଶିଖାଇଲେ। କିନ୍ତୁ ବାପା ହେରିକା

କହନ୍ତି ସେଇ ଫରେଷ୍ଟରର ଦୋଷ । ସେ ଯାହାହେଉ ବିନଦାଦା ଆମ ସାହି ଭିତରେ ସେମିତି କିଛି ମାତଲାମି କରୁ ନଥିଲେ । ତେଣୁ ସମସ୍ତେ ଜାଣିଥିଲେ ବି ଉପରକୁ କେହି କିଛି କହୁ ନଥିଲେ । ଭିତରେ ଭିତରେ ତାଙ୍କ ଦିହ ଯେ ଖରାପ ହୋଇଯାଉଛି, ଏକଥା ଭାବି ସମସ୍ତେ ମନ ଦୁଃଖ କରୁଥିଲେ ।

ତାପରେ ଚତୁର୍ଥଝିଅ ଜନ୍ମ ହେବା ଦୁଇବର୍ଷ ପରେ ଯକ୍ଷ୍ମା ରୋଗରେ ତାଙ୍କର ମୃତ୍ୟୁ ହୋଇଗଲା ।

ଇଏ ୧୯୫୦–୫୧ ସାଲର ଘଟଣା । ନୂଆହୋଇ ଇଲେକସନ ହୋଇଥାଏ । ପ୍ରଥମକରି ରାସ୍ତାଘାଟ, ସ୍କୁଲ, ଡାକ୍ତରଖାନା ସବୁ ଆରମ୍ଭ ହେଉଥାଏ । ଆମ ଗଜି ବଡ଼ପା ଥିଲେ ମାମଲତକାର । ସେଥିପାଇଁ ତାଙ୍କର ଘରେ ସବୁ ମନ୍ତ୍ରଣା ଚାଲିଥାଏ । କଟକରୁ ବି ବଡ଼ ବଡ଼ ଲୋକମାନେ ତାଙ୍କ ଘରକୁ ଆସୁଥାନ୍ତି ଜିପ୍ ଗାଡ଼ିରେ । ଆମ ଜିଲ୍ଲା, ପୁଣି ଆମ ଗାଁରେ ସେତେବେଲେ ଖୁବ୍ କମ୍ ଲୋକେ କଂଗ୍ରେସ ଲୋକ ଦେଖିଥିଲେ । ଜିପ୍‌ଗାଡ଼ି ତ କେହି ଦେଖିନଥିଲେ ।

ଏଥର ମନ୍ତ୍ରୀଙ୍କୁ କହିବାକୁ ହେବ ଆମ ଗାଁରେ ଡାକ୍ତରଖାନା ବସେଇବାକୁ । ଆମ ଗାଁଟା ଥିଲା ସବୁଠୁ ବଡ଼, କହିବାକୁ ଗଲେ ଛୋଟ ଟାଉନ । ତେଣୁ ବେଶୀ ଲୋକର ନଜର ଥାଏ ଆମ ଗାଁ ଉପରେ ।

ପ୍ରାୟ ମଝିରେ ମଝିରେ ସଭା ହେଉଥାଏ । କଟକରୁ ଆସି ଲୋକମାନେ ଭାଷଣ ଦିଅନ୍ତି । ତାପରେ ଦିନେ ଜଣେ ମନ୍ତ୍ରୀ ବି ଆସିଲେ । ଓଃ ସେତେବେଲେ କି ଉତ୍ତେଜନା ! ମାସେ ଆଗରୁ ଗାଁ ସଫେଇ ହେଲା । ରାସ୍ତା ବି ତିଆରି ହୋଇଗଲା । ନାଲି ଖଦଡ଼ିଆ ସଡ଼କରେ ପୁଣି ଗୋଡ଼ି ମାଟି ବିଛାହୋଇ ପକ୍କା ରାସ୍ତା କରାହେଲା । ଗାଁର ପିଲାମାନେ ଥ୍ୟେଟର ବି କରିଥିଲେ ସେତେବେଲେ । ଗୋଟିଏ ଅଭୁତ ଉନ୍ମାଦନା ସେତେବେଲେ ପ୍ରତ୍ୟେକଙ୍କ ମନରେ । ଆମ ଗାଁ ଲୋକେ କେବେ ସ୍ୱାଧୀନତା ପାଇଁ ଲଡ଼େଇ କରି ନଥିଲେ, କଂଗ୍ରେସ କ'ଣ ଜାଣିନଥିଲେ, କିନ୍ତୁ ହଠାତ ସମସ୍ତେ କଂଗ୍ରେସୀ ହୋଇଯାଇଥିଲେ ଥରକର ମନ୍ତ୍ରୀଙ୍କ ପରିଦର୍ଶନରେ ।

ସେ ଯାହାହେଉ, ଠିକ୍ ସେତିକିବେଲେ ଗଜି ବଡ଼ପା କହିଲେ ବିନବୋଉ ଖୁଡ଼ିକୁ, "କୁନିକୁ ନର୍ସିଂ ପଢ଼ାଅ । ମୁଁ ମନ୍ତ୍ରୀଙ୍କୁ କହି ସବୁ ବ୍ୟବସ୍ତା କରିଦେବି । ଘରେ ବସି କ'ଣ କରିବ ? ବାହାଘରତ ଏଇନେ କରିପାରିବିନି । ପୁଣି ସଂସାର ଚଲିବ କେମିତି ?"

ମନ୍ତ୍ରୀଙ୍କ ପରିଦର୍ଶନର ଉତ୍ତେଜନାଠୁଁ ଗଜି ବଡ଼ପାଙ୍କର ଏଇକଥା କେଇପଦ ଆମସାହି ଭିତରେ ସବୁଠୁ ବେଶୀ ଉତ୍ତେଜନା ସୃଷ୍ଟି କରିଥିଲା । ବିନବୋଉ ଜେଜେମାର

ଯେତେ ଗାଳି, ଯେତେ ପାଟି, ଅନ୍ୟ ଜେଜେମାମାନଙ୍କର ତୀବ୍ର ପ୍ରତିବାଦ, ପ୍ରତି ଖୁଡ଼ୀ ମାଉସୀ ବୋଉମାନଙ୍କର ଅକୁଣ୍ଠ ସମର୍ଥନ ଆମ ସାହିକୁ ଦିନକେତେ ବେଶ୍ ସରଗରମ କରି ରଖିଥିଲା। "କରଣ ଘରର ଝିଅ, କ'ଣ ଖୀରସ୍ତାନ୍ ହୋଇଛି କି ନର୍ସହେବ ? ଛି ଛି, ବଢ଼ିଲା ଝିଅଟା। ସେଇଠି ଏକୁଟିଆ କେମିତି ରହିବ। ଗରିବ ହେଲାବୋଲି କ'ଣ ମାନ ସମ୍ମାନ କିଛି ନାହିଁ ? ଏ ଗରିବଟା ମୁଣ୍ଡରେ ଏମିତି ଭୂତ ଚଢ଼ିଲା କାହିଁକି ? ସେ ମାମଲତ୍‌କାର ହୋଇଛି ବୋଲି କ'ଣ କୁଳକୁଟୁମ୍ବଙ୍କ ମାନ ମହତ ସାରିଦେବ ?" ଇତ୍ୟାଦି ଇତ୍ୟାଦି। ବିନବୋଉ ଜେଜେମା କଥାତ ଛାଡ଼। ଦିନରାତି ଖାଲି ଗଜି ବଡ଼ପାଙ୍କୁ ଗାଳିଦେବାକୁ ଲାଗିଲା। ଗଜି ବଡ଼ପା ଶେଷକୁ ବ୍ୟସ୍ତହୋଇ ସବୁ ସାଇପଡ଼ିଶା ମୁରବୀମାନଙ୍କୁ ଡାକି ବିନଦାଦା ଘରକୁ ଡାକିନେଇ ବସେଇଲେ। କହିଲେ "ଦେଖ ବିନର ତ ଏଇ ଡିହଖଣ୍ଡକ ଛାଡ଼ି ଆଉ କିଛି ନାହିଁ। ତା ପିଲା ମାଆଙ୍କୁ ସମସ୍ତେ ଯଦି ମାସକୁ ମାସ କିଛିଦେଇ ପୋଷିପାରିବ କୁହ ? ପୁଣି ଚାରିଟା ଝିଅଙ୍କ ବାହାଘର କରିବ କିଏ ? ଏକଥା ସବୁ ଏକାଥରେ ଏଇଠି ନିଷ୍ପତ୍ତି କରିଦିଅ।"

କହିବାକୁ ସମସ୍ତେ ଆଗଭର। କିନ୍ତୁ ଦେବାକୁ ନେବାକୁ କିଏ ଭଲପାଏ। ସମସ୍ତଙ୍କର ତ ପୁଞ୍ଜେ ପୁଞ୍ଜେ ପିଲା। କାହାର ସମ୍ପତ୍ତି ବଳେଇ ଯାଉଛି ଯେ ସେ ଦେବ। ବାହାଘର ବେଳକୁ ଅବା ପାଞ୍ଚ ଦଶ ଟଙ୍କା ସାହାଯ୍ୟ କରିହେବ, କିନ୍ତୁ ଏତେ ଗୁଡ଼ାଏ ଟଙ୍କା ଖର୍ଚ୍ଚ କରିବ କିଏ ?

ସବା ଶେଷକୁ ଗଜି ବଡ଼ପା କହିଲେ, "ତା ଝିଅଟା ବସିଛି। ନର୍ସିଂ ପଢ଼ିଲେ ସେ ତା ପେଟ ପୋଷନ୍ତା। ପରିବାର ବି ପ୍ରତିପୋଷଣ କରନ୍ତା।

"ମୁଁ ତ କଟକରେ ଦେଖିଆସିଛି କେତେକେତେ ଝିଅ ପାଠ ପଢ଼ୁଛନ୍ତି। ଭଲ ଘର ଝିଅ। ଝିଅମାନଙ୍କ ପୁଣି ଅଲଗା ହଷ୍ଟେଲ ଅଛି। ତା'ର କିଛି ଅସୁବିଧା ହେବନାହିଁ। ଯିବା ଆସିବାପାଇଁ ତ ମୁଁ ଅଛି। ଯେବେ ଆସିବା କଥା ମୁଁ ନେଇ ଆସିବି ନାହିଁ ?"

ଯଦିଓ ସମସ୍ତଙ୍କ ମନରେ ତଥାପି କେମିତି ଗୋଟାଏ କୁହୁକୁହିଆ ଭାବ ରହିଗଲା କିନ୍ତୁ ଟଙ୍କା ପଇସା ଦେବାକୁ ନ ପଡ଼ିବବୋଲି ଓ ଗଜିବଡ଼ପାଙ୍କ ମୁହଁରେ କିଛି ନକହି ପାରିବା ଯୋଗୁ ବାଧ୍ୟ ହୋଇ ସମସ୍ତେ ତାଙ୍କ କଥାରେ ହଁ ଭରିଲେ।

ବିନ ବୋଉ ଜେଜେମାର ସମସ୍ତ ପ୍ରତିବାଦ ସତ୍ତ୍ୱେ ସାହି ଭାଇ ମିଶି, ବାପା ଛେଉଣ୍ଡ ଝିଅଟାକୁ ଭସେଇ ଦେଲେ ବୋଲି ତା'ର ଗୁରୁତର ଅଭିଯୋଗ ସତ୍ତ୍ୱେ, ବିନ ବୋଉ ଖୁଡ଼ୀ ରାଜି ହୋଇଗଲେ। ତା'ର ମାସେ କି ଦି'ମାସ ପରେ କୁନି ଟିଣ ସୁଟ୍‌କେସ୍ ସତରଞ୍ଜି ଗୁଡ଼ା ବେଢ଼ିଁଧରି ଗଜି ବଡ଼ପାଙ୍କ ସାଙ୍ଗରେ କଟକ ଚାଲିଗଲା।

XXX

ଦୁଶ୍ଚିନ୍ତାରେ ନିଦ ବି ହେଲାନାହିଁ। ଘଡ଼ିକୁ ଦେଖିଲି ସାଢ଼େ ତିନିଟା। ଆହୁରି ଅଧଘଣ୍ଟାଏ ଅଛି। କୁଆଡ଼େ ଚାଲିଯିବ କି ? ଚାରିଟା ବେଳକୁ ଅନ୍ୟାନ୍ୟ ଅଫିସରମାନେ ଆସିଯିବେ। ସେମାନଙ୍କ ଆଗରେ – ସେ ତ ପରିଚୟ ନିଶ୍ଚୟ ଦେବ। ସମ୍ପର୍କୀୟା ହେଉନା କାହିଁକି ଏଇ ମଫସଲ ଟାଉନରେ ନର୍ସ ହୋଇ ରହିଚି। ଏଇ ପରିଚୟ ଦେବାକୁ ଯେମିତି ମୋର ମନ ତୀବ୍ର ବିରୋଧ କରୁଥିଲା। ତାକୁ ଉପେକ୍ଷା କରିବାକୁ ଇଚ୍ଛା ହେଉନି। ଅଥଚ ଦେଖା କରିବାକୁ ମଧ ଘୋର ଅନିଚ୍ଛା। ହୁଏତ ରୂପଚାନ୍ଦ ଘରେ ଆସି ଦେଖା କରିଥିଲେ ଭିନ୍ନ କଥା। କିନ୍ତୁ ଏଠି ମୁଁ ଡାଇରେକ୍ଟର। ଏତେ ତଳିଆ ଅଫିସରଙ୍କ ସାମ୍ନାରେ ଏ ସମ୍ମାନ ରହିବତ ? ଅଥଚ ସମ୍ମାନ ଚାଲିଯିବାର କୌଣସି ସଂଗତ କାରଣ ମୁଁ ଦେଖିପାରୁ ନଥିଲି। ଅଭୁତ ଅସ୍ୱସ୍ତିକର ଅବସ୍ଥା। ମୁଁ ଚାହୁଁଥିଲି ସେ ନ ଆସନ୍ତା କି ?

ହଠାତ୍ କବାଟରେ ଠକ ଠକ ଶଢ ଶୁଭିଲା। ମୁଁ ଚମକି ପଡ଼ିଲି। ପରେ କଣ୍ଠସ୍ୱରକୁ ଯଥା ସମ୍ଭବ ସଂଯତ କରି କହିଲି। 'କିଏ ?'

'ସାର୍ ମୁଁ ଚୌକିଦାର, ଚା ଆଣିଛି।'

ମୋ ଛାତିରୁ ଦୀର୍ଘନିଶ୍ୱାସଟିଏ ଖସିଗଲା। ଚୌକିଦାର ଚା ଆଣି ବିଛଣା ପାଖ ଟେବୁଲ ଉପରେ ଦେଇଗଲା।

'ସାର, ସେଇ ନର୍ସ ଆସିଛନ୍ତି।'

ହାତରୁ କପ୍‌ଟା ଖସି ଯାଉ ଯାଉ ରହିଗଲା। 'ହୁଁ, ଡାକି ଦେ।'

ମୁଁ ନିଜକୁ ଖୁବ୍ ଗମ୍ଭୀର ରଖିବାକୁ ଚେଷ୍ଟା କଲି। ହଠାତ୍ ପରଦା ଆଡ଼େଇ ପଶିଆସିଲା ୨୦–୨୧ ବର୍ଷର ଝିଅଟିଏ। ଖାଲି ସାଦାକରି ବେଣୀ ପଛକୁ ପକେଇ ଦେଇଛି। ସେମିତି ସାଧା ପ୍ରିଣ୍ଟିଂ ଶାଢ଼ୀ। ବେଶ୍ ହୃଷ୍ଟପୃଷ୍ଟ ଶ୍ୟାମଲ ରଙ୍ଗର ଝିଅଟା। ଚେହେରା ସୁନ୍ଦର ନ ହେଲେ ବି ଲାବଣ୍ୟ ରହିଛି। ସେ ଆସ୍ତେ ଅସ୍ତେ ମୋ ଖଟ ପାଖରେ ଆସ୍ତୁମାଡ଼ି ବସି ମୁଣ୍ଡିଆ ମାରିଲା। ମୁଁ ତାକୁ ଜମା ଚିହ୍ନିପାରିଲି ନାହିଁ। ସେମିତି ଚାହିଁ ରହିଲି କେବଳ।

ସେ ଉଠିପଡ଼ି କହିଲା। 'ମୋତେ ଆପଣ ଚିହ୍ନ ପାରୁଛନ୍ତି ?'

ମୁଁ ମୁଣ୍ଡ ହଲେଇ ନାଇଁ କଲି।

'ମୁଁ ଜାଣେ ଚିହ୍ନିପାରିବେ ନାହିଁ। କେବେ ଯାଇ ଦେଖିଥିଲେ। ମୋ ନାଁ ସ୍ନେହ-ନା ନା-ଡାହାଣୀ। ହଠାତ୍ ପୁଣି ସ୍ମୃତିର ଫରୁଆ ଫାଟିଗଲା।

ବିନିଦାଦାଙ୍କ ଚତୁର୍ଥ କନ୍ୟା। ବିନିବୋଉ ଜେଜେମା ତାକୁ ନାଁ ଦେଇଥିଲା 'ଡାଆଣୀ' ବୋଲି। ହଠାତ୍ ସବୁ ଅସ୍ୱସ୍ତି ବିରକ୍ତି ଯେମିତି ମିଳେଇଗଲା ଝିଅଟିର ଏଇ କଥାରେ।

'ଆରେ ଆରେ ତୁ ବସ୍ ବସ୍। ତୁ କେମିତି ଜାଣିଲୁ ମୁଁ —'

'ଆପଣ ଆଗରୁ ଥରେ ଆସିଥିଲେ। ସେତେବେଳେ ଦେଖିଥିଲି। ଭଲକରି ଜାଣି ନଥିଲି। ମଝିରେ ବୋଉ ଥରେ ଆସିଥିଲା ଯେ ସେ କହୁଥିଲା ଆପଣ ଭୁବନେଶ୍ୱରକୁ ଆସିଲେଣି ଡାଇରେକ୍ଟର ହୋଇ।' 'ଆଚ୍ଛା ଖୁଡ଼ୀ ଏଇନା କୋଉଠି ?'

'ସେ ପରା କୁନିଅ୍ୟା ପାଖରେ କଟକରେ ଅଛି। କୁନିଅ୍ୟା ଏଇନା ବଡ଼ ଡାକ୍ତରଖାନାରେ ଅଛି ଯେ। ପ୍ରମୋସନ୍ ପାଇଲାଣି।'

'ଓଃ। ଆଉ ବୁନି, ଟୁନି ?'

ଡାଆଣୀ ହସିଲା।

'ବୁଝିଲେ ନା ଭାଇ, କୁନିଅ୍ୟା ଆଚ୍ଛା ଆରମ୍ଭ କଲାଯେ, ଆମେ ବଂଶସାରା ଡାକ୍ତରଖାନାରେ ପଶିଗଲୁ। ବୁନିଅ୍ୟା, ଟୁନିଅ୍ୟା ସବୁ ନର୍ସ। ବୁନିଅ୍ୟା ବାରିପଦାରେ, ଟୁନିଅ୍ୟା ବାଲେଶ୍ୱରରେ। ସେମାନେ ବାହା ହେଲେଣି। ମୁଁ ଏଠି ହେଲଥ୍ ଭିଜିଟର ଅଛି।'

'କୁନି ତ ବାହା ହୋଇନି।'

'ନା, ବୁଢ଼ି ହେଲାଣି ଆଉ କ'ଣ ବାହାହେବ ?' ଝିଅଟିର ସଙ୍କୋଚ ନାହିଁ। ଠୋସ୍ ଠୋସ୍ କଥା। ଜୀବନ ସଂଗ୍ରାମର ନିଷ୍ଠୁର ବାସ୍ତବତା ଭିତରେ ସମବେଦନା ପାଇଁ ବି ମମତା ନାହିଁ। ମୁଁ ଚୁପ୍ ରହିଲି।

'ଜେଜେମା କହିଲେ, ଆପଣ ଆଜି ରାତିରେ ଆମଘରେ ଖାଇବେ।'

ମୁଁ ବିସ୍ମିତ ହେଲି। 'ଜେଜେମା ବଞ୍ଚିଛି ?'

'ବଞ୍ଚିଛି ମାନେ, ବେଶ୍ ସୁସ୍ଥ ଅଛି। ବର୍ଷ ଶହେ ପୁରେଇ ଯିବ। ଆପଣ ତାକୁ ଯେମିତି ଦେଖିଥିଲେ ବରଂ ତା' ଠୁ।' ଖାଇବା କଥାଟା ଶୁଣି ପୁଣି ଆଉଥରେ ମନଟା ସଂକୁଚିତ ହୋଇ ଉଠିଲା।

'ଦେଖ, ଖାଇବାକୁ ତ ଯାଇପାରିବିନି। ଏଠି ବହୁତ କାମ ଅଛି। ପରେ କେବେ ଆସିଲେ—'

'ଜେଜେମା କହିଛି ଆପଣଙ୍କୁ ଟିକେ ଦେଖିବ ବୋଲି। ସେଇଥିପାଇଁ ସେ ନିଜେ ଆଜି ରାନ୍ଧିଛି ପରା। ମୁଁ ଆସିବାକୁ ଡରୁଥିଲି। କାଲେ ଚିହ୍ନିବେ କି ନାହିଁ। କ'ଣ କହିବେ। ଜେଜେମା ବାଧ୍ୟ କଲାରୁ।'

"ନା–ନା ମୁଁ ଯାଇ ଦେଖାକରି ଆସିବି ନିଶ୍ଚେ। ଜେଜେମା'କୁ କହିବୁ।"

"କେତେବେଳେ ଆସିବେ ?"

ପୁଣି ସେଇ ଅଶ୍ୱସ୍ତିକର ଅବସ୍ଥା।

କିଛି ଗୋଟାଏ ଠିକ୍ କଲା ପୂର୍ବରୁ କହିଲି– 'ଚାଲ, ଏଠୁ ଯିବା। ତୋ ବସାଟା କେତେ ବାଟ ଏଠୁ?'

ବେଶୀ ନୁହେଁ, ଦି ଫର୍ଲଙ୍ଗ ହେବ।

ମୁଁ ଚୌକିଦାରକୁ ଡାକି କହିଲି, ଡ୍ରାଇଭରକୁ କହି ଗାଡ଼ି ବାହାର କରିବ।

'ପାଖଟା ତ – ଚାଲିଗଲେ ଚଲିବ।'

'ନାଇଁ, ଶୀଘ୍ର ଯିବା, ଶୀଘ୍ର ଆସିବାକୁ ହେବ ମୋତେ। ଗାଡ଼ିତ ଅଛି?'

ଡାଆଣୀ କ'ଣ ବୁଝିପାରିବ ଯେ ମୁଁ ତା ସାଙ୍ଗରେ ଏକୁଟିଆ ଚାଲିକରି ଯିବାକୁ ଭୟ କରୁଛି ବୋଲି। ଏମିତି ଭଙ୍ଗୁର ସମ୍ମାନର କାଚଘରକୁ ମୁଣ୍ଡେଇ ନେଇ ବୁଲିବାର କଷ୍ଟତ ତା ଭାଗ୍ୟରେ ଘଟିନି।

ତା ବସା ପାଖକୁ ପହଞ୍ଚିଲା ବେଳକୁ ପ୍ରାୟ ସାଢ଼େ ଚାରିଟା। ଦି ବଖୁରିଆ କ୍ୱାର୍ଟର ସବୁ ଧାଡ଼ିକି ଧାଡ଼ି ଲମ୍ବିଛି। ଡାକ୍ତରଖାନା ପଛ ପାଖରେ। ସେଇ କ୍ୱାର୍ଟର ପାଖରେ ଏମିତି କାର୍ ରହିବା ପ୍ରଥମ ନ ହେଲେ ବି କ୍ୱଚିତ୍। ତେଣୁ କୌତୁହଳୀ ପିଲାମାନେ ସାଙ୍ଗେ ସାଙ୍ଗେ ଘେରିଗଲେ ଚାରିପଟ। ସେ ପଟରୁ ବେହେରା ବେହେରାଣୀ ଓ ଡାକ୍ତରଖାନା ପିଣ୍ଡାରେ ସ୍ୱୟଂ ଡାକ୍ତର ବାବୁ ବି ଆସି ଦେଖି ଗଲେଣି କିଏ ଆସିଛି ବୋଲି।

ମୁଁ ଏକମୁହାଁ ଭିତରକୁ ପଶିଗଲି। ଡାଆଣୀ ସତ କହୁଥିଲା ବିନ ବୋଉ ଜେଜେମା ଠିକ୍ ସେମିତି ଅଛି। ବରଂ ଆହୁରି ଭଲଅଛି। ତାକୁ ଦେଖିଥିଲି ପ୍ରାୟ ପନ୍ଦର ବର୍ଷ ତଳେ। ବିନ ବୋଉ ଖୁଡ଼ୀ, ସପରିବାରେ କୁନି ପାଖକୁ ଉଠିଗଲା ଆଗରୁ। ସେଦିନ ଓ ଆଜି ଭିତରେ ବୁଢ଼ୀଟା ଦିହରେ ପନ୍ଦର ବର୍ଷ ଯେମିତି ପନ୍ଦର ଦିନ ପରି କଟିଯାଇଛି। ବୁଢ଼ୀ ସାଙ୍ଗରେ ଗପ କରି କରି ତା ହାତର ଛୁଇଁ ପତ୍ର ପିଠା, ସନ୍ତୁଲା ଓ ମାଂସ ତରକାରୀ ମିଠା ଖାଇ ଫେରୁ ଫେରୁ ସାଢ଼େ ଛ'ଟା ବାଜିଗଲା।

କେତେ ପୁରୁଣା ଦିନର କଥା। ହଜିଲା, ଦରହଜିଲା, ଭୁଲିଲା ମୁହଁର ସ୍ମୃତି। ସମୟ ଜଣାପଡ଼ିଲା ନାହିଁ।

ବୁଢ଼ୀର ବଂଶବାଟା ମୋତେ ଯେତେ ଆଶ୍ଚର୍ଯ୍ୟାନ୍ୱିତ କରି ନ ଥିଲା ତା ଠାରୁ ଆଶ୍ଚର୍ଯ୍ୟ ହୋଇଥିଲି ବୁଢ଼ୀର ବ୍ୟବହାରରେ। କାଇଁ ମୋର ସେଇ ବାଲ୍ୟଜୀବନର ଭୟ ଉଦ୍ରେକକାରୀ ରାହାବାଲୀ ରାକ୍ଷସୀ ବିନ ବୋଉ ଜେଜେମା? ଏ ଯେମିତି ଅଲଗା ମଣିଷଟିଏ। ତା'ର ଭାଷା ଅଲଗା ବ୍ୟବହାର ଅଲଗା। ଯୋଉ ବୁଢ଼ୀ କୁନି ଗଲା ଦିନ କୂଅକୁ ଡେଇଁ ପଡ଼ିଥିଲା ମହାନ୍ତି ବଂଶର ମାନ ମହତ ବୁଡ଼ିଗଲା ବୋଲି, ଯୋଉ ବୁଢ଼ୀ ମୋ ବଡ଼ଅପାର ପ୍ରଥମ ପ୍ରସବବେଳେ ଜାତି ଚାଲିଯିବ ବୋଲି

ଡାକ୍ତରଖାନା ନ ପଠେଇବାକୁ ଜିଦ୍‌ଧରି ବସିଥିଲା ବାପା ବୋଉକୁ ଗାଳିଦେଇ, ସେଇ ବୁଢ଼ୀ ପୁଣି ଏଇଠି ଡାକ୍ତରଖାନା ଭିତରେ ରହୁଛି କେମିତି ? ଯୋଉ ଝିଅ ପାଇଁ ସେ ଦିନ ରାତି ସଂପୁଥିଲା, ମରିଯିବାକୁ ଅଭିଶାପ ଦେଉଥିଲା, ସେଇ ଝିଅର ରୋଜଗାରରେ ଖାଇ ପିଇ ବେଶ୍‌ ସୁଖରେ ରହିପାରୁଛି କେମିତି ?

ଏସବୁ ପରିବର୍ତ୍ତନକୁ ସହଜ ଭାବରେ ଗ୍ରହଣ କରି ନେବାର ମନୋବୃତ୍ତି କେଉଁଠୁ ଆସିଲା ତା'ର ?

ସବୁ କ'ଣ ଅଭାବ ପ୍ରତିକ୍ରିୟା ? କ୍ଷୁଧାର ଜ୍ୱାଳା। ନା ବୁଢ଼ୀ ରୂପାନ୍ତରିତ ହୋଇଯାଇଛି କୋଡ଼ିଏ ବର୍ଷ ଭିତରର ଦ୍ରୁତ ପରିବର୍ତ୍ତନ ଭିତରେ ?

ବୁଢ଼ୀର କଥା ଚିନ୍ତା କଲା ବେଳକୁ ମୋତେ ଭୀଷଣ ଲଜ୍ଜା ଲାଗିଲା। ମୁଁ ତ କାହିଁକି ବୁଢ଼ୀପରି ଏ ପରିବର୍ତ୍ତନକୁ ଏମିତି ଗ୍ରହଣ କରି ନେଇ ପାରିନାହିଁ। ମୁଁ ତା ଠାରୁ ଶିକ୍ଷିତ। ବୁଦ୍ଧିମାନ। ଜ୍ଞାନୀ। ଅଥଚ କାହିଁକି ? ଅଶୀବର୍ଷର ନିରକ୍ଷରା, ରକ୍ଷଣଶୀଳା, ଅନ୍ଧବିଶ୍ୱାସୀ ନାରୀଟିଏ ସ୍ୱାଭାବିକ ଭାବେ ଯାହାକୁ ଗ୍ରହଣ କରିନେଇଛି, ମୋ ଭଳି ସଭ୍ୟ, ଶିକ୍ଷିତ, ଆଧୁନିକ ବ୍ୟକ୍ତି ମନରେ ତାକୁ ସହଜ ଭାବେ ଉଦାର ଚିତ୍ତରେ ଗ୍ରହଣ କରିନେବାକୁ ଏତେ କୁଣ୍ଠା କାହିଁକି ?

ତା'ର ସ୍ୱାଭାବିକ ନାରୀତ୍ୱ, କ'ଣ ଏଇ ମୁକ୍ତ ନାରୀତ୍ୱ ଭିତରେ ବହୁ ଯୁଗରୁ ସଞ୍ଚିତ ହୋଇଥିବା ମୁକ୍ତି ପିପାସାର ତୀବ୍ର ଜ୍ୱାଳାର ଉପଶମ ଖୋଜି ପାଇଛି ଅଜ୍ଞାତରେ ? ଆଉ ମୁଁ ଅର୍ଥନୈତିକ ବନ୍ଧନରୁ ମୁକ୍ତି ପାଇ ସ୍ୱାଧୀନ ଭାବେ ବିବରଣ କରୁଥିବା ଏଇ ନାରୀ ସତ୍ତା ପ୍ରତି ବିଦ୍ରୋହ କରି ଉଠୁଥିବା ସୃଷ୍ଟିର ଆଦି ପୁରୁଷର ଜ୍ୱାଳାମୟ ପ୍ରତିକ୍ରିୟା ?

କଥାଟା ମନେପଡ଼ିବା ପରେ ମୁଁ ହଠାତ୍‌ ସ୍ତବ୍ଧ ହୋଇରହିଗଲି। କଥାଟା ବୋଧହୁଏ ସତ। ମୁଁ ନିଜକୁ ଗଡ଼ଜାତ ମିଶ୍ରଣ ପରେ ସଦ୍ୟ ରାଜ୍ୟ ହରେଇଥିବା ଗଡ଼ଜାତ ରାଜାଭଳି ଅନୁଭବ କରିବାକୁ ଲାଗିଲି।

ପ୍ରେମିକର ଆଖି

ବୁଝିଲେ ରମୁଭାଇ, ଭାରତୀୟ ନାରୀ ମାତ୍ରେ ହିଁ ନିର୍ବୋଧ - ବିଶେଷତଃ ଓଡ଼ିଶାର ନାରୀ। ସେମାନେ ସ୍ନେହଶୀଳା, ଅତିଥିବତ୍ସଲା, ବାତ୍ସଲ୍ୟମୟୀ, ଜାୟା ଓ ଜନନୀ ହୋଇ ପାରନ୍ତି, କିନ୍ତୁ ପ୍ରେମିକା ହେବାର ଯୋଗ୍ୟତା ତାଙ୍କର ତିଳେମାତ୍ର ନାହିଁ।

ଏତିକି କହି ଘଡ଼ି ଦେଖିଲେ ହରିବନ୍ଧୁ ଗଡ଼ନାୟକ ଓ ଆଉ କିଛି କଥା ନ କହି ଧୀରେଧୀରେ ଉଠିଗଲେ ତାଙ୍କର ବେଡ଼୍‌ରୁମ୍ ଝରକା ପାଖକୁ ମୋତେ ଡ୍ରଇଂ ରୁମ୍‌ରେ ତାଙ୍କରି ଏ ମନ୍ତ୍ରୋଚ୍ଚାରଣକୁ ଏକାକୀ ରୋମନ୍ଥନ କରିବାର ସୁଯୋଗ ଦେଇ।

ସକାଳ ଛଅଟା ବାଜି ପଇଁଚାଳିଶ ମିନିଟ୍।

ହରିବନ୍ଧୁ ଗଡ଼ନାୟକ ମୋ'ଠାରୁ ବୟସରେ ଦଶ କି ପନ୍ଦର ବର୍ଷ ସାନ ହେବେ। ତାଙ୍କର ସହିତ ମୋର ସମ୍ପର୍କ ମାତ୍ର ଆଠବର୍ଷ ତଳେ, ସେ ଯେତେବେଳେ ବୋକାରୋ କାରଖାନାରୁ ବଦଳି ହୋଇ ଆସନ୍ତି ରାଉରକେଲା ଇସ୍ପାତ କାରଖାନାକୁ ମୋର ଜଣେ କନିଷ୍ଠ ସହକର୍ମୀ ଭାବରେ।

କାରଖାନାର ଏକାପରି ଛାପ ମରା ହୋଇଥିବା ଅସଂଖ୍ୟ ଲୌହପିଣ୍ଡ ପରି ମୋର ଚିହ୍ନା ପରିଚୟର ପରିଧି ଭିତରେ ସେଇ ଏକା ମୁହଁ, ଏକ ଛାଞ୍ଚର ମଣିଷ ଭିତରୁ ହରିବନ୍ଧୁ ଗଡ଼ନାୟକ ଏକ ଆଶ୍ଚର୍ଯ୍ୟଜନକ ବ୍ୟତିକ୍ରମ। ଅଥବା ଅନ୍ୟ ଭାବରେ କୁହାଯାଇ ପାରେ ଅଗଣିତ ଚେହେରାହୀନ, ଫେସ୍‌ଲେସ୍ ହ୍ୟୁମାନିଟି ମଧ୍ୟରୁ ହରିବନ୍ଧୁ ଗଡ଼ନାୟକର 'ମୁହଁ' ହିଁ କେବଳ ସ୍ପଷ୍ଟ, ନିର୍ଦ୍ଦିଷ୍ଟ।

ତା'ର ଏହି 'ବ୍ୟତିକ୍ରମତା' ହିଁ ମୋତେ ତା' ପ୍ରତି ପ୍ରଥମେ ଆକର୍ଷଣ କରିଥିଲା ଏବଂ ପ୍ରାୟ ଏଇ ଆଠ ବର୍ଷ ମଧ୍ୟରେ ଆମେ ପରସ୍ପର ପ୍ରତି ଖୁବ୍ ଘନିଷ୍ଠ ହୋଇପଡ଼ିଥିଲୁ। ହରିବନ୍ଧୁର ସ୍ତ୍ରୀ ଯେ କି ରାଉରକେଲାର ଜଣେ ଘରୋଇ କଲେଜର ଅଧ୍ୟାପିକା ସେ ମୋର ସ୍ତ୍ରୀର ପିଲାଦିନର ଚିହ୍ନା ଓ ମୋ ସ୍ତ୍ରୀକୁ ଅପା ବୋଲି ଡାକେ। ହରିବନ୍ଧୁ ସେଇ ସୂତ୍ରରେ 'ସାର୍'ଠାରୁ ଏବେ 'ଭାଇ' ସ୍ତରକୁ ଓହ୍ଲେଇ ଆସିଛି।

ହରିବନ୍ଧୁର ଚାଲିଚଳଣ, ଆଚାର ବ୍ୟବହାର, କଥାବାର୍ତ୍ତା ସବୁ ଅନ୍ୟରକମ। କେମିତି ବେଖାପ। ବିଶେଷତଃ ତା'ର କଥାବାର୍ତ୍ତା ଏତେ ତିକ୍ତ, ତୀକ୍ଷ୍ଣ ଓ ଶାଣିତ ଯେ ମୁଁ ଏମିତି ଏକ ତିକ୍ତ ଜିଭ ଜୀବନରେ କାହାଠାରେ ଦେଖିନାହିଁ।

ସେଥିପାଇଁ ସେ ଏଠାରେ ପହଞ୍ଚିବାର ପ୍ରାୟ ଛଅ ମାସ ମଧ୍ୟରେ ହିଁ କୁଖ୍ୟାତ ହୋଇ ପଡ଼ିଥିଲା। କାରଖାନା ଭିତରେ ସେ ହୋଇଗଲା ସବୁଠାରୁ ନିନ୍ଦିତ ବ୍ୟକ୍ତି। ଲୋକେ କ୍ରମଶଃ ପ୍ରତ୍ୟକ୍ଷରେ ତାକୁ ଉପେକ୍ଷା କରିବାକୁ ଲାଗିଲେ। କିନ୍ତୁ କ୍ଲବ୍ ହାଉସରେ ହରିବନ୍ଧୁ ଗଡ଼ନାୟକ ବ୍ୟତୀତ ଯେମିତି କିଛି ଜମେ ନାହିଁ। ଆଶ୍ଚର୍ଯ୍ୟ, ତାକୁ ପ୍ରତ୍ୟକ୍ଷରେ ସମସ୍ତେ ଆଭଏଡ୍ କରନ୍ତି କିନ୍ତୁ ପରୋକ୍ଷରେ ସମସ୍ତେ ଚାହାନ୍ତି ତା'ର ଉପସ୍ଥିତି। କିନ୍ତୁ କଥାଟା ଚରମ ସୀମାରେ ଉଠିଲା ନବବର୍ଷ ପାଳନ ଉପଲକ୍ଷେ କ୍ଲବ୍ ହାଉସରେ ଆୟୋଜିତ ଅଫିସର ଓ ଫେମିଲିମାନଙ୍କର ବନ୍ଧୁମିଳନ ଉସ୍ତବ ଦିନ। ହରିବନ୍ଧୁ ଗଡ଼ନାୟକ ପ୍ରାୟ ସାତ ପେଗ୍ ରମ୍ ପିଇଦେଇ ଜେନେରାଲ ମେନେଜର ଅନୁପମ୍ ବାର୍ଚୀଙ୍କ ଆସାମାନ୍ୟ ରୂପସୀ, ଅପରୂପା ସ୍ତ୍ରୀଙ୍କ ପାଖକୁ ଯାଇ ଯେତେବେଳେ କହିଲେ, "ମିସେସ୍ ବାର୍ଚୀ, ଆପଣ ଯେ ଅପରୂପ ସୁନ୍ଦରୀ ଏଥିରେ ସନ୍ଦେହ ନାହିଁ। କିନ୍ତୁ ଏ ସୌନ୍ଦର୍ଯ୍ୟ କେବଳ କାଗଜୀୟ, ନିର୍ଜୀବ ଶୈଳ୍ପିକ ସୌନ୍ଦର୍ଯ୍ୟ ମାତ୍ର, ଏଥିରେ ଉତ୍ତାପ ନାହିଁ। ଯୋଉ ସୌନ୍ଦର୍ଯ୍ୟରେ ପୁରୁଷ ପାଗଳ ହୋଇପାରେ ଏବଂ ସମସ୍ତଙ୍କ ଉପସ୍ଥିତିରେ ମଧ୍ୟ ଦିଶାହୀନ ହୋଇ ତାକୁ ନିଜସ୍ୱ କରିବାକୁ ଛାଟିପିଟି ହୁଏନାହିଁ, ତାକୁ ଦଳି ଚକଟି ପିଷ୍ଟ କରି ତା ମଧ୍ୟରେ ନିଜକୁ ଲୀନ କରିଦେବାକୁ ବ୍ୟାକୁଳ, ବ୍ୟଗ୍ର ଓ ପ୍ରମତ୍ତ ହୁଏନାହିଁ– ସେ ସୌନ୍ଦର୍ଯ୍ୟର ମୂଲ୍ୟ କ'ଣ ? You are simply a paper beauty."

କ୍ଷଣକ ମଧ୍ୟରେ ହଚଗୋଳ ସୃଷ୍ଟି ହୋଇଗଲା ଚାରିଆଡ଼େ। ମୁଁ ତାକୁ ଜୋର ଜବରଦସ୍ତି ଟାଣି ନ ଆଣିଥିଲେ ବୋଧହୁଏ ଦୁଇ ଚାରିଟା ମୁଥ ତା' ଉପରେ ନିଶ୍ଚୟ ପଡ଼ି ଯାଇଥାନ୍ତା। ହରିବନ୍ଧୁ କିନ୍ତୁ ସେମିତି ନିର୍ବିକାର। ମୋତେ ଚୁପଚୁପ କହିଲା, "ମୁଁ ମଦ ନିଶାରେ ଏକଥା କହୁନାହିଁ, ରମୁଭାଇ, ଆଇ ମିନ୍ ଇଟ୍। ସେ ଗୋଟାଏ ବରଫର କଣ୍ଢେଇ।"

ସେଇ ଦିନଠାରୁ ହରିବନ୍ଧୁ ଗଡ଼ନାୟକ ଅନ୍ୟ ସମସ୍ତଙ୍କ ପରିବାରରେ ପାର୍ସିନା ନନ୍ ଗ୍ରାଟା। ସେ କାହାଘରକୁ ପରିବାର ନେଇ ବୁଲି ଯାଏନା କି ତା ଘରକୁ କେହି ଆସନ୍ତି ନାହିଁ। କେବଳ ଦି' ଚାରିଜଣ ଓଡ଼ିଆ ଅଫିସର ଘର ଛଡ଼ା।

ଶେଷକୁ ତା' ବି ବନ୍ଦ ହୋଇଗଲା ଅନ୍ୟ ଗୋଟିଏ ଘଟଣାରେ। ଏଇ ବର୍ଷକ ତଳର ଘଟଣା। ମୋର ବର୍ଷକ ପାଇଁ ବାହାରକୁ ଯିବାର ଥାଏ ଟ୍ରେନିଂରେ।

ହରିବନ୍ଧୁର କ୍ୱାର୍ଟର୍ସ ଓ ମୋ କ୍ୱାର୍ଟର୍ସ ମଝିରେ ମାତ୍ର ଗୋଟିଏ ଘରର ବ୍ୟବଧାନ।

ମୋ ଯିବାର ପୂର୍ବଦିନ ସନ୍ଧ୍ୟାବେଳେ, ପ୍ରାୟ ଆଲୁରୀ ବାଲୁରୀ ହୋଇ ଦଉଡ଼ି ଦଉଡ଼ି ପହଞ୍ଚିଲା ପାରମିତା – ହରିବନ୍ଧୁର ସ୍ତ୍ରୀ ।

ଭାଇ, ମୋତେ ବର୍ତ୍ତମାନ ଟିକଟ କାଟି ଦିଅନ୍ତୁ । ମୁଁ ଏଇଣା ବାପଘରକୁ ଚାଲିଯିବି । ମୁଁ ଏଇ ଲୋକ ସାଙ୍ଗରେ ଆଉ ମୁହୂର୍ତ୍ତେ ସୁଦ୍ଧା ରହିବାକୁ ଚାହେଁ ନାହିଁ ।

ମୋ ସ୍ତ୍ରୀକୁ କୁଣ୍ଢେଇ ଧରି ପ୍ରାୟ ଭେଁ ଭେଁ କାନ୍ଦିବାକୁ ଆରମ୍ଭ କଲା ପାରମିତା ।

କଥା କ'ଣ ? କ'ଣ ହୋଇଛି ? କ'ଣ କରିଛି ହରିବନ୍ଧୁ ?

ପାରମିତା କିଛି ନ କହି କେବଳ ଭୋ ଭୋ ହୋଇ କାନ୍ଦୁଥାଏ । ତା' ଦେଖାଦେଖି ତା' କୋଳର ତିନିବର୍ଷର ପୁଅଟି ମଧ୍ୟ କାନ୍ଦିବାକୁ ଆରମ୍ଭ କରିଦେଲା ଏକ ରାହାରେ ।

ହରିବନ୍ଧୁ ଯେ ତା' ସ୍ତ୍ରୀକୁ ଅତିମାତ୍ରାରେ ଭଲପାଏ ସେ କଥା ଆମେ ଜାଣୁ । ତେବେ ତା'ର ଭଲପାଇବାର ଧରଣଟା ଅନ୍ୟମାନଙ୍କଠାରୁ ଅଲଗା । ତେଣୁ ସେ ଯେ ପାରମିତାକୁ ବାଡ଼େଇଥିବ ବି କିଛି କରିଥିବ ଏକଥା ନିଶ୍ଚୟ ନୁହେଁ କିନ୍ତୁ କଥାଟା ନିଶ୍ଚୟ କିଛି ଗୁରୁତର ହୋଇଥିବ । ନ ହେଲେ ପାରମିତା ପରି ଉଚ୍ଚଶିକ୍ଷିତା, ବୁଦ୍ଧିମତୀ, ସହନଶୀଲତା ଝିଅଟିଏ ଏମିତି ପାଗଳ ପରି ପଳାଇ ଆସନ୍ତା ନାହିଁ ।

ମୋ ସ୍ତ୍ରୀର ବହୁ ସମୟ ସାନ୍ତ୍ୱନା ପରେ ଓ ତା'ର ପ୍ରଥମ କୋହ କଟିଗଲା ପରେ ପାରମିତା ଯାହା କହିଲା ତା'ର ସାର ମର୍ମ ଏଇପରି ।

ସନ୍ଧ୍ୟା ଛଅଟା ହେବ । ଡିସେମ୍ବର ମାସରେ ରାଉରକେଲାରେ ପ୍ରଚଣ୍ଡ ଶୀତ । ପୁଣି ଛଅଟା ବେଳକୁ ଚାରିଆଡ଼େ ଜମାଟ ଅନ୍ଧକାର ମାଡ଼ିଆସେ । ଏତିକିବେଳେ କଲିଂ ବେଲର ଶବ୍ଦ ଶୁଣି ପାରମିତା କବାଟ ଫିଟାଇ ଦେଖେ ତ ମିଶ୍ର ସୁଦ୍ ପ୍ରାୟ ନିଶାରେ ଟଳଟଳ ହୋଇ ଗର୍ଜନ କରି କହୁଛନ୍ତି, "ମିସେସ୍ ଗଡ଼ନାୟକ, ମୁଁ ତମକୁ ଏଇ ମୁହୂର୍ତ୍ତରେ 'ରେପ୍' କରି ପ୍ରତିଶୋଧ ନେବି । ତମର ସ୍ୱାମୀ ଶଳା...(ଅକଥ୍ୟ ଅଲେଖ୍ୟ) ଗଡ଼ନାୟକ ମୋ ସ୍ତ୍ରୀକୁ ପଟ୍କେଇ ନେଇ କୁଆଡ଼େ ଚାଲିଯାଇଛି । ମୋ ସ୍ତ୍ରୀକୁ ହରଣଚାଲ କରି ନେଇଛି । ମୋ ସ୍ତ୍ରୀକୁ ମୋଠାରୁ ଛଡ଼େଇ ନେଇଛି । ମୁଁ ପ୍ରତିଶୋଧ ନେବି । ଆଇ ଶାଲ୍ ରେପ୍ ୟୁ, ହିଅର ଏଣ୍ଡ ନାଓ ।" ପାଟି ଶୁଣି ପଡ଼ୋଶିନୀ ମହିଳା କେତେଜଣ ମଧ୍ୟ ଉଙ୍କି ମାରିଲେ । କିନ୍ତୁ କେହି ବାହାରିଲେ ନାହିଁ ପଦାକୁ । ଛୁଆଟାକୁ କୌଣସିମତେ କୋଳରେ ଜାକି ଧରି, ସୁଦକୁ ଗୋଟାଏ ଝଟ୍କାରେ ତଳେ ପକେଇଦେଇ ପାରମିତା ଏକା ନିଶ୍ୱାସକେ ଦୌଡ଼ି ଦୌଡ଼ି ପଳେଇ ଆସିଛି ମୋ ଘରକୁ ।

ହରିବନ୍ଧୁର ଏଇ ରୂପ ମୋତେ ଜଣା ନ ଥିଲା । ଆମ କାହାରିକୁ ନୁହେଁ । ଏମିତି କି ପାରମିତାର ମଧ୍ୟ ନୁହେଁ ।

କିନ୍ତୁ ତଥାପି ମୁଁ ବିଶ୍ୱାସ ଗଲି ନାହିଁ କଥାଟା। ନିଶ୍ଚୟ କିଛି ରହିଛି ୟା ମଧ୍ୟରେ। ୟା ପରେ କ'ଣ କରାୟିବ ଏ ବିଷୟରେ ଆମେ ସମସ୍ତେ ବସି ଆଲୋଚନା କରୁଛୁ ପ୍ରାୟ ପଇଁଚାଳିଶ ମିନିଟ୍ ପରେ ହରିବନ୍ଧୁ ହାଜର। ସେମିତି ନିର୍ବିକାର ଭଙ୍ଗୀରେ ସେ ପାରମିତାକୁ ଲକ୍ଷ୍ୟ କରି କହିଲା, "ସଞ୍ଜବେଳଟାରେ କବାଟ ଫଟାଟ ମେଲା କରି ପଳେଇ ଆସିଛ ୟେ ଅପା ପାଖକୁ। କ'ଣ କଥା ହେବାକୁ ଆଉ ବେଳ ନ ଥିଲା ନା ଏମିତି କ'ଣ ଇମ୍ପୋର୍ଟେଣ୍ଟ କଥା ୟେ ଦୁଆର କବାଟ ବନ୍ଦ କରିବାକୁ ସମୟ ନ ପାଇ ଅସମ୍ଭାଳ ହୋଇ ପଳେଇ ଆସିଲ? ଏଇଥିପାଇଁ ତ କହେ-"

ପାରମିତା ଏଥର ୟେପରି ସିଂହୀ ପରି ଲଙ୍ଫ ଦେଇ ଉଠିଲା।

"ଲଜ୍ଜା ଲାଗୁନି ତମକୁ? ଏମିତି ଲୋକର ସ୍ତ୍ରୀ ହୋଇ ସାରା ଜୀବନ ବିତେଇବା ଅପେକ୍ଷା ମରିୟିବା ହିଁ ଭଲ। ମୁଁ ତମକୁ ଆଜି, ଏଇନେ ଛାଡ଼ପତ୍ର ଦେଉଛି। ତମେ ପଳାଅ ଏଠୁ। ଗେଟ୍ ଆଉଟ୍। ନ ହେଲେ ମୁଁ ତମକୁ ମାରିପିଟି ପକାଇବି। ପଳାଅ। ଗେଟ୍ ଆଉଟ୍।"

ହରିବନ୍ଧୁ ତଥାପି ନିର୍ବିକାର। ବରଂ ମୁରୁ ମୁରୁ ହସି ମୋ ଆଡ଼କୁ ଆଖି ମାରିଦେଇ କହିଲା, "କ'ଣ ରମୁଭାଇ, ଦୁର୍ଗାଙ୍କର ହଠାତ୍ ଏ ଚାମୁଣ୍ଡା ଅବତାର କାହିଁକି?"

ତା'ର ଏଇ ଅହଂକାରିତାରେ ମୁଁ ମଧ୍ୟ ସ୍ତମ୍ଭିତ ହୋଇଗଲି। ଏତେବଡ଼ ଘଟଣା ଘଟିୟାଉଛି, ଅଥଚ ତା'ର ସାମାନ୍ୟତମ ପ୍ରଭାବ ଏ ଲୋକ ଉପରେ ନାହିଁ। କି ପ୍ରକାରର ଧୂର୍ତ, ଶଠ, ନିଷ୍ଠୁର ଓ ଚାଲାକ୍ ଏ ଲୋକଟା!

ତଥାପି ମୁଁ ଧୈର୍ଯ୍ୟ ଧରି କହିଲି, "ବସ।"

ମୋ ସ୍ତ୍ରୀ ପାରମିତାକୁ ଟାଣିଟାଣି ଘର ଭିତରକୁ ନେଇଗଲା। ମୋଠାରୁ ସବୁକିଛି ଶୁଣି ସାରିଲା ପରେ ସେ ସେମିତି ହସିହସି କହିଲା, "ଓଃ, ଏଇକଥା। ଏଇକଥା ପାଇଁ ତମେ ସବୁ ଏତେ ସିରିଅସ୍।"

"ଆଉ କ'ଣ କଥା ହୋଇଥିଲେ ସିରିଅସ ହୁଅନ୍ତୁ ନାହିଁ, କୁହ?"

ମୁଁ ବ୍ୟଙ୍ଗାତ୍ମକ ସ୍ୱରରେ କହିଲି।

"ଆଃ, ରମୁଭାଇ, ତମେ ବି ଅୟଥାୟାରେ ଉତ୍ତେଜିତ ହୋଇପଡ଼ୁଛି। କଥାଟା ଶୁଣ। ମୁଁ ସେଇ ପଞ୍ଜାବୀ ଟୋକାକି କହେ 'ବିଟ୍'। ତା ସାମ୍ନାରେ କହେ। ଅଥଚ ଆଶ୍ଚର୍ଯ୍ୟ ଦେଖ ସେଇଟା ନଢ୍ଢୋଡ଼ବନ୍ଧା। ମୋ ଉପରେ ଜୋର ଜବରଦସ୍ତି ଢଳି ପଡ଼ିବ। ଏତେ କ୍ରୂଡ଼ ଓ ଭଲାଗାର! ତମେ କେମିତି ବିଶ୍ୱାସ କରୁଛ ୟେ"

"ଆଉ କ'ଣ ସୁଦ୍ଧ ମିଛ କହିଲା?"

"ଠିକ୍ ମିଛ ନୁହେଁ। ତା' ଆଡୁ ସତ। କିନ୍ତୁ ମୋର ତ ଫେର ଗୋଟାଏ ଚୟସ

ଅଛି । ପସନ୍ଦ ନାପସନ୍ଦ ଅଛି । ସେଇ 'ବ୍ଲକି' ବିଚ୍ଚା ପ୍ରତି ମୋର ଯେ ଆକର୍ଷଣ ରହିଛି – ଏକଥା କହି ବରଂ ତମେମାନେ ସମସ୍ତେ ମୋତେ ଇନ୍‌ସଲ୍‌ଟ୍ କରୁଛ । ମୋର ବ୍ୟକ୍ତିତ୍ୱ ଓ ମୋର ବ୍ୟକ୍ତିଗତ ଉନ୍ନତ ଅଭିରୁଚିକୁ ଅପମାନିତ କରୁଛ । ତମମାନଙ୍କର ମୋ ପ୍ରତି ବିଶ୍ୱାସର ମୂଳଭିତ୍ତି ଏତେ ଭଙ୍ଗୁର ବୋଲି ମୁଁ ତ ଜାଣି ନ ଥିଲି ।"

"ମୁଁ ରୋକ୍‌ଠୋକ୍ କଥା କହେ । ଆଇ କଲ୍ ସ୍ପେଡ୍ ଏ ସ୍ପେଡ୍ । ସେଥିପାଇଁ କ'ଣ ମୋ ରୁଚିଟା ବି ଗର୍ହିତ ।"

ତା'ପରେ କିଛି ସମୟ ଚୁପ୍ ରହି ଉଚ୍ଚ ସ୍ୱରରେ ଡାକିଲା, "ପାରମିତା, ଶୁଣ । ଅପା ଶୁଣିଯାଅ ।"

ମୋ ସ୍ତ୍ରୀ ଓ ପାରମିତା ଦି'ଜଣ ଭିତର ଘର କବାଟ ପାଖରେ ଛିଡ଼ାହୋଇ ରହିଲେ ।

"ମୁଁ ଖାଲିଟାରେ କହେ ଓଡ଼ିଆଣୀମାନେ ଯେତେ ପାଠ ପଢ଼ନ୍ତୁ ପଛେ ନିହାତି ନିର୍ବୋଧ ବୋଲି । ସ୍ୱାମୀକୁ ପ୍ରତି ପଦେ ପଦେ ସନ୍ଦେହ କରିବା ଓ ତା' ବିରୁଦ୍ଧରେ ଅନ୍ୟ ଯେ କାହାର କଥାକୁ ହଠାତ୍ ବିଶ୍ୱାସ କରିବା କେବଳ ମୂର୍ଖ ସ୍ତ୍ରୀଲୋକଙ୍କ ନିକଟରେ ଦେଖାଯାଏ ନ ହେଲେ ଆତ୍ମପ୍ରତ୍ୟୟହୀନ ସ୍ତ୍ରୀଲୋକ ପାଖରେ ଦେଖାଯାଏ । ମୁଁ ତ ତମ ଦି'ଜଣଙ୍କୁ ମୂର୍ଖ କହିପାରିବି ନାହିଁ; କାରଣ ତମର ଏମ୍.ଏ. ଡିଗ୍ରୀର ସାର୍ଟିଫିକେଟ୍ ଅଛି ।"

"ତମେ କ'ଣ କେବଳ ଗୋଟାପଣେ ତୁଳସୀ ? ତମର କିଛି ଦୋଷ ନାହିଁ ଖାଲି ସେଇ ସ୍ତ୍ରୀ ଲୋକଟି ଦୋଷୀ ? ସଫେଇ ଦେବାକୁ ଜାଗା ପାଇଲ ନାହିଁ । ମୁଁ କହୁ ନ ଥିଲି ଅପା ସାଙ୍ଗେ ସାଙ୍ଗେ କଥାଟାକୁ ଏମିତି ବୁଲେଇ ଦେବେ ବୋଲି । ଚୋରଙ୍କ ମୁହଁ ଟାଣ ପରା ।"

ପାରମିତା ଉତ୍ତଗଳାରେ ଏକଥା କହିଗଲା । କିନ୍ତୁ ତା ଗଳାରେ ପୂର୍ବର ସେଇ ପ୍ରଚଣ୍ଡ ଉତ୍ତାପ ଆଉ ନାହିଁ ।

"ମୁଁ ତ କହୁନାହିଁ ତୁଳସୀ ବୋଲି ? ଯଦି ଜଣେ ସ୍ତ୍ରୀ ଉପଯାଚିକା ହୋଇ ଜଣେ ପୁରୁଷ ପାଖକୁ ଆସେ ଏବଂ ସେହି ପୁରୁଷଟି ଯଦି 'ମୋତେ ଛୁଅଁ ନା' ଲାଜକୁଲି ଲତାଟି ପରି ଝାଉଁଳି ଯାଏ – ତେବେ ଆଇଦର ସେଇଟା ଗୋଟାଏ ପରମହଂସ ନ ହେଲେ ନପୁଂସକ । ଆଉ ତମେ ଜାଣ ସେ ଦୁଇଟା ଭିତରୁ ମୁଁ ଜଣେ ନୁହେଁ ।"

"ଦେଖିଲ, ଦେଖିଲ ଅପା । କେମିତି ଅଲାଉକ – ଲମ୍ପଟ ଲୋକଟା । ତମେ ଅପା ଭାଇଙ୍କ ସାମ୍ନାରେ ବି ଏକଥା କହିପାରୁଛ ତମର ଲଜ୍ଜା ଲାଗୁନି । ଯେତେ ଚରିତ୍ରହୀନ ଲୋକଟେ ହୋଇଥିଲେ ବି ସେ ସଂକୋଚ କରିଥାନ୍ତା ।"

“ସେତିକିତ ମୋର ସ୍ୱତନ୍ତ୍ରତା, ମୋର ବୈଶିଷ୍ଟ୍ୟ। ଅନ୍ୟ ସମସ୍ତିଙ୍କ ପରି ମୁଁ ହିପୋକ୍ରିଟ୍ ନୁହେଁ।”

“ହଉ, ହଉ, ତମର ପୌରୁଷ ଓ ବୀରତ୍ୱ ତମ ପାଖରେ ଥାଉ। ଆଜି ଯଦି ସୁଦ୍ ସତକୁ ସତ ପାର ଉପରେ ‘ଆକ୍ରମଣ’ କରିଥାନ୍ତା,” ମୋ ସ୍ତ୍ରୀ କହିଲେ।

“ଆଃ, ଅପା, ଆକ୍ରମଣ କ’ଣ କରିଥାନ୍ତା ମ? ସେମାନେ କ’ଣ ପରସ୍ପରର ପ୍ରତିଦ୍ୱନ୍ଦ୍ୱୀ – ନା ଯୁଦ୍ଧରତ ସୈନିକ–। କୁହ, ଜବରଦସ୍ତି ତାକୁ ଧର୍ଷଣ କରିଥାନ୍ତା।”

“ଛି– ତମ ପାଟିରେ ବାଡ଼ବତା ନାହିଁ।”

“ନା ସେ ଧର୍ଷଣ କରିପାରି ନ ଥାନ୍ତା। ଛୁଇଁବାର ବି ସାହସ କରିପାରି ନ ଥାନ୍ତା। ଭାରତୀୟମାନେ ଏକେ ତ ଭୀରୁ– ପୁଣି ତାଙ୍କ ଭିତରେ ଧର୍ଷଣକାରୀମାନେ ତାଙ୍କଠାରୁ ଆହୁରି ଭୀରୁ। ସ୍ୱଚ୍ଛ ଦିବାଲୋକରେ କୌଣସି ଧର୍ଷଣକାରୀର କେବେହେଲେ ସେକାମ କରିବାର ସାହସ ନାହିଁ। ଆମ ସବୁ ଧର୍ଷଣଜନିତ ଘଟଣା ଘଟେ ରାତ୍ରିର ଅନ୍ଧକାର ଭିତରେ, ନିର୍ଜନ ନିକାଞ୍ଚନରେ, ଏକୁଟିଆ ସ୍ତ୍ରୀଲୋକ ଉପରେ।”

ହରିବନ୍ଧୁର ଏଇ ସ୍ମୃତିକୁ ରୋମନ୍ଥନ କରୁକରୁ କେତେ ସମୟ ବିତିଯାଇଛି କେଜାଣି, ପାରମିତା ଚା’ ନେଇ ପଶି ଆସିଲା ଘର ଭିତରକୁ। ପାଖକୁ ଆସି ଫିସ୍ ଫିସ୍ କରି କହିଲା, “ରମୁ ଭାଇ, ଆସନ୍ତୁ ଦେଖିବେ ଗୋଟେ ମଜାର କଥା।”

ସେ ପାଟିରେ ଆଙ୍ଗୁଳି ଦେଇ ଧୀର ପାଦରେ ଆଗେଇ ଗଲା। ମୁଁ ଅତି ସନ୍ତର୍ପଣରେ ତା’ ପଛେପଛେ ଯାଇ ଡ୍ରଇଙ୍ଗ୍‌ରୁମ୍ ସଂଲଗ୍ନ ବେଡ଼ରୁମ୍‌ର ପର୍ଦ୍ଦା ଆଡ଼େଇ ଚାହିଁଲି। ହରିବନ୍ଧୁ ତନ୍ମୟ ହୋଇ ଚାହିଁଛନ୍ତି, ସାମ୍ନା ଘରର ଝରକା ଆଡ଼କୁ ସମ୍ପୂର୍ଣ୍ଣରୂପେ ପରିବେଶ ପ୍ରତି ଅନ୍ୟମନସ୍କ ରହି। ନିଜ ଭିତରେ ନିଜେ ନିମଗ୍ନ।

ମୁଁ ଇସାରାରେ ପାରମିତାକୁ ପଚାରିଲି, “କଥା କ’ଣ?”

ସେ ମୋତେ ଚୁପ୍ ରହିବାକୁ ନିର୍ଦ୍ଦେଶ ଦେଇ ସେପଟକୁ ଚାହିଁ ରହିଲା। ସାତଟା ଦଶ ବେଳକୁ ଝରକା ଖୋଲିଲା। ସେପଟେ ଦେଖାଗଲା ଗୋଟାଏ ନାରୀର ମୁହଁ। ସେ ମୁହଁଟି ହରିବନ୍ଧୁକୁ ନିମିଷେ ମାତ୍ର ଚାହିଁ, ଫିକ୍ କରି ହସିଦେଇ ଭିତରକୁ ଚାଲିଗଲା। ହରିବନ୍ଧୁର ମୁହଁ ଏକ ଅପ୍ରାକୃତ ଆଲୋକରେ ଉଜ୍ଜ୍ୱଳ ହୋଇ ଉଠିଲା ଯେମିତି।

ପୁଣି ପାରମିତାର ନିର୍ଦ୍ଦେଶମତେ ପାଦ ଟିପିଟିପି ଫେରି ଆସିଲି ଡ୍ରଇଂ ରୁମ୍‌କୁ। ଏଥର ଅନୁଚ୍ଚ ଗଳାରେ ପାରମିତା ମୁରୁମୁରୁ ହସି କହିଲା, “ଆପଣଙ୍କ ସାର୍ ହରିବନ୍ଧୁ ପ୍ରେମରେ ପଡ଼ିଯାଇଛନ୍ତି।”

ହରିବନ୍ଧୁର ବ୍ୟତିକ୍ରମ ଦେଖି ପ୍ରଥମରୁ ହିଁ ମୁଁ ତାକୁ ‘ସାର୍’ ଉପାଧ୍ୟ ପ୍ରଦାନ କରିଥିଲି।

ପଟ୍ରୁ ତିନିଟା କପ୍‌ରେ ଚା' ଢାଳୁଢାଳୁ ପୁଣି ପଶି ଆସିଲେ ହରିବନ୍ଧୁ। ଆଉ କହିଲେ, "ସରି, ରମୁଭାଇ, ମୁଁ ଆପଣଙ୍କୁ ଅନେକ ସମୟ ଅଯଥାଟାରେ ବସେଇ ରଖିଲି। କିଛି ମନେ କରିବେ ନାହିଁ।"

ହରିବନ୍ଧୁ ଠାରୁ ଏହି ପ୍ରକାର ବ୍ୟବହାର ସ୍ୱାଭାବିକ ଓ ମୁଁ କେବେ ତାକୁ ଅନ୍ୟଥା ଗ୍ରହଣ କରିନାହିଁ। ସେ କେବେ ତା'ର ଏ ବ୍ୟବହାର ପାଇଁ କ୍ଷମା ମାଗିବାର ମଧ ମୁଁ ଜାଣେ ନାହିଁ। ତା'ର ଏ 'କିଛି ମନେ କରିବେ ନାହିଁ'ଟା ମୋତେ କେମିତି ଖଟ୍‌କା ଲାଗିଲା। ଏ ତ ସ୍ୱାଭାବିକ ହରିବନ୍ଧୁ ନୁହେଁ।

ତା'ପରେ ଚା'ପିଉ ପିଉ କହିଲା, "ମୁଁ ଯୋଉକଥା ଆପଣଙ୍କୁ କହୁଥିଲି ଓଡ଼ିଆଣୀମାନେ ନିରାଟ ନିର୍ବୋଧ ଏବଂ ସେମାନଙ୍କର ପ୍ରେମିକା ହେବାର ଯୋଗ୍ୟତା ନାହିଁ।"

ମୁଁ ଭାବିଲି ବୋଧହୁଏ ପାରମିତାକୁ ଚିଡ଼େଇବା ପାଇଁ ସେ ଏକଥା କହୁଛି। ପାରମିତା ଉତ୍ତର ଦେଲା, "ତମର ଜୀବନରେ ଆଉ କ'ଣ ଉଦ୍ଦେଶ୍ୟ ଅଛିକି କେବଳ ମୋତେ ଜାଣିଶୁଣି ହିଟ୍ କରିବା ଛଡ଼ା ?"

"ଦେଖ, ପାରମିତା, ବି ଏ ବ୍ରେଭ ଗାର୍ଲ। କେହି କାହାରିକୁ ଆଘାତ ଦେଇ ପାରିବ ନାହିଁ ଯଦି ଆଘାତ ପାଉଥିବା ଲୋକଟି ନିଜେ ଜାଣିଶୁଣି ସେ ଆଘାତକୁ ସ୍ୱୀକୃତି ଦିଏ ନାହିଁ। ତମେ ଆଘାତ ପାଇଁ ପୂର୍ବ ପ୍ରତ୍ୟାଶୀ – ତେଣୁ ମୋ କଥାଟା ତମକୁ ଆଘାତ ଦେଲା। ତମେ ଯଦି ଏ କଥାଟାକୁ ସତ ବୋଲି ଜାଣୁ ନ ଥାନ୍ତ।"

"ଆଉ ସେଇ ପେଟ୍ନୀମୁହିଁ ଦକ୍ଷିଣୀ ମାଇକିନା – ସେଇ ଏକା ପ୍ରେମିକା ହେବାକୁ ଯୋଗ୍ୟ ? ନୁହେଁ ? ମୋତେ ଆଉ ସକାଳୁଟାରୁ ରଗାନା କହି ଦେଉଛି।"

"ଆଃ ମାଇଁ ଡିଅର ପାରମିତା। ତମେ ଅଯଥାଟାରେ ରାଗିଯାଇ ମୁହଁ ଖରାପ କରୁଛ। ସେ ପେଟ୍ନୀ ନୁହେଁ, ରିଅଲ୍ ବିଉଟି। ତା'ଛଡ଼ା ସେ ଠିକ୍ ଦକ୍ଷିଣୀ ନୁହେଁ। କୁର୍ଗୀ।"

"କାହା କଥା ହେଉଛ, ମୁଁ ଆଗ ଟିକିଏ ଶୁଣେ।"

"କ'ଣ ଶୁଣିବେ ମ ଭାଇ ଯ୍ୟାଙ୍କ ନିଆଁ ପାଉଁଶ କଥାରୁ। ମୋତେ ଜାଲିପୋଡ଼ି ମାରିବାକୁ ଏଇ ସାମ୍ନା କ୍ୱାର୍ଟରରେ ଗୋଟିଏ ଦକ୍ଷିଣୀ ମାଇକିନା ଜୁଟିଛି। ତା'ର ଫେର ଯୋଡ଼ିଏ ଛୁଆ। ଯୋଉ ତ ରୂପ। ତାକୁ ଦେଖିବା ପାଇଁ ଏ ପାଗଳ। ଘଣ୍ଟାଘଣ୍ଟା ଧରି ସେ ଝରକା ପାଖରେ ଛିଡ଼ା ହୋଇଥିବେ।"

"ତମର ଫେକ୍‌ଗୁଡ଼ାକ ଠିକ୍ ନୁହେଁ ପାରମିତା।"

"ହଉ ତମର ନିଆଁଚୂଲି ଫେକ୍ ଥାଉ। ମୁଁ ଯାଉଛି। କେତେ କାମ। ପିଲାଦୁଇଟାଙ୍କୁ ଉଠାଇ ସ୍କୁଲ ପାଇଁ ରେଡ଼ି କରିବାକୁ ହେବ। ମୁଁ ଯାଉଛି, ଭାଇ।"

ଏତକ କହି ପାରମିତା ତମ ତମ ହୋଇ ଚାଲିଗଲା। କିନ୍ତୁ ମୁଁ ଏ କଥାର ବିନ୍ଦୁ ବିସର୍ଗ କିଛି ବୁଝିପାରୁ ନ ଥାଏ। ତେବେ ଗୋଟାଏ କଥା ଠିକ୍ ଯେ ଦୁଇଜଣଙ୍କ ମଧ୍ୟରେ 'ସେ'ଟିର ଆବିର୍ଭାବ ଘଟିଛି।

"ବୁଝିଲେ, ରମୁ ଭାଇ। ମିତା ରାଗରେ ଠିକ୍ କଥା କହିନି। ଅସଲରେ ଝିଅଟା କୁର୍ଗର। କୁର୍ଗ ଜାଣିଛନ୍ତି ତ ଭାରତର ଶେଷ ସୀମା କେରଳ ରାଜ୍ୟରେ। କହିବାକୁ ଦକ୍ଷିଣ ଭାରତୀୟ। କିନ୍ତୁ ଦକ୍ଷିଣ ଭାରତୀୟ ଚେହେରା ବା ସଂସ୍କୃତି ତାଙ୍କର ନାହିଁ। ସେମାନେ ଯେମିତି ସବୁ ଭାରତୀୟଙ୍କ ଠାରୁ ଅଲଗା ଏକ ଜାତି। ପାଞ୍ଚଫୁଟ ପାଞ୍ଚଇଞ୍ଚ ଲମ୍ବା। ହ୍ୱାଟ୍ ଏ ଫିଗର୍। ଗହମ ରଙ୍ଗ। ଆଖି ଦୁଇଟି ଏକେବାରେ କଜ୍ଜଳ କଳା। ବାଲ-ଆହା, ଆଣ୍ଠୁ ଛୁଏଁ କି ନ ଛୁଏଁ। ଠିକ୍ ଗଜା ରବି ବର୍ମାଙ୍କ ପେଣ୍ଟିଂ ପରି। ମହୀଶୂର ରାଜପ୍ରସାଦରେ ରବି ବର୍ମା ପେଣ୍ଟିଂ ଦେଖିଛନ୍ତି 'ଶକୁନ୍ତଳା'? ତ୍ରିଭେନ୍ଦ୍ରମ୍ ଆର୍ଟ ଗେଲେରୀରେ ତାଙ୍କର ନ୍ୟୁଡ୍ ଛବି ଦେଖିଛନ୍ତି? ଠିକ୍ ସେମିତି। ଅବିକଲ–ଆଉ ତା'ର ଚାଲିରେ – ଏକ ରାଜକୀୟ ଠାଣି। ମରାଲଗମନା ନୁହେଁ କି ଗଜଗମନୀ ନୁହେଁ। ଯେମିତି ଗୋଟାଏ ସିଂହୀ ଚାଲିଛି କି ରୟେଲ ବେଙ୍ଗାଲ ଟାଇଗ୍ରେସ ଚାଲିଛି। ଆଃ, ଶଲା, ନହେଲେ କି ଭାରତର ପ୍ରଥମ ତିନିଟାୟାକ ଚିଫ୍ ଆର୍ମି ସ୍ଟାଫ ସେଇ ରାଜ୍ୟର।"

"ବାଃ, ବାଃ, ନାୟିକାର ବର୍ଣ୍ଣନା ତ ବେଶ୍ ଦେଇ ପାରୁଛ ଆଜିକାଲି? ଆମର ତ ଅଷ୍ଟନାୟିକାର ଲକ୍ଷଣ ସବୁ ବର୍ଣ୍ଣନା ରହିଛି ପୁରାତନ କବିମାନଙ୍କ କାବ୍ୟରେ। ତମର ଏଇ ନାୟିକା ସେ ଭିତରୁ କୋଉଟା?"

"ଆଃ, ରମୁଭାଇ। ତମେ ସେଇ ପୁରୁଣା କାଲରେ ହିଁ ରହିଗଲ। ଅଷ୍ଟନାୟିକା ଥିଲା ସେ କାଲର, ସେ ସମାଜର। ସେ ନାୟିକାର ଲକ୍ଷଣ ଏବେକାର ସମାଜରେ ଅଚଲ। ଏ ସମାଜ ଚାହେଁ ନାୟିକାମାନଙ୍କର ନୂତନ ଲକ୍ଷଣ। ଏ ହେଉଛି ସେଇ ନବତମ ନାୟିକା ମଧ୍ୟରୁ ଜଣେ।"

"ହଉ, ହେଲା ହେଲା। ମିତା କହୁଛି ପେତ୍ନୀ – ତମେ କହୁଛ ସ୍ୱର୍ଗର ଅପ୍ସରା। ମୁଁ ଆଗ ଟିକେ ଦେଖିସାରେ। ତା'ପରେ ମୋର ମତାମତ ଦେବି।"

"ଆପଣଙ୍କର ମୌଲିକ ଭିତ୍ତିଭୂମିମାନେ ବେସିକ୍ ପ୍ରେମିସେସ୍‌ଟା ଭୁଲ। ସ୍ୱର୍ଗର ଅପ୍ସରା କଳ୍ପନା ନେଇ ଏଇ ନାୟିକାକୁ ଆପଣ ଦେଖିବାକୁ ଗଲେ ବା ତୁଲନା କରିବାକୁ ଗଲେ ଭୁଲ୍ କରିବେ। ଆପଣଙ୍କ ଖୋଲା ମନ ନେଇ, ପୂର୍ବରୁ ପରିକଳ୍ପିତ କିଛି ଗୋଟାଏ ରୂପକୁ ନ ନେଇ ତାକୁ ବିଚାର କରିବାକୁ ପଡ଼ିବ।

"ଆଚ୍ଛା, ବାପା ହେଲା। କେତେବେଲକୁ ଆସିବି, ସଞ୍ଜରେ ନା–"

"ଅପେକ୍ଷା କରନ୍ତୁ ଆଉ ଅଧଘଣ୍ଟେ। ସେ ଠିକ୍ ସାଢ଼େ ଆଠଟା ବେଳକୁ ଛାତ ଉପରକୁ ଆସିବ।"

ମୁଁ ପ୍ରତୀକ୍ଷା କରି ରହିଲି ସେଇ ମୁହୂର୍ତ୍ତ ପର୍ଯ୍ୟନ୍ତ ଏକ ଅଧୀର ଆଗ୍ରହରେ। ସାଢ଼େ ଆଠଟା ବେଳକୁ ସେ ମହୀୟସୀ ନାରୀ ଛାତ ଉପରକୁ ଆସିଲେ ବାଳ ଶୁଖେଇବା ପାଇଁ। ତାଙ୍କୁ ଦେଖି ସାରିଲା ପରେ ମୋତେ କିନ୍ତୁ ସେମିତି କିଛି ଅପୂର୍ବ ଲାଗିଲା ନାହିଁ। ମୋଟାମୋଟି ଭାବରେ ହରିବନ୍ଧୁ ଯାହା କହିଥିଲା ଠିକ୍ ସେହି ପ୍ରକାର ରୂପ। ତେବେ ଚାଲିରେ ନିଶ୍ଚିତ ଭାବରେ ଗୋଟାଏ ରାଜକୀୟ ଠାଣି ରହିଛି। କିନ୍ତୁ ତଥାପି ମୋତେ ସେତେ ବେଶୀ ଇମ୍ପ୍ରେସ୍ କଲା ନାହିଁ। ମୁଁ କହିଲି, "ଓ, ଏଇ। ଏଇଆକୁ ନେଇ ଏତେ କଥା।"

"କ'ଣ, ଭଲ ଲାଗିଲା ନାହିଁ?"

"ହଁ, ମୋଟାମୋଟି ଭାବରେ ସୁନ୍ଦରୀ ଯେ ତଥାପି ମୋତେ ତ ପାରମିତା ଠାରୁ ସୁନ୍ଦରୀ ଲାଗିଲା ନାହିଁ।"

"ଏଇଆ ତ ଆପଣମାନଙ୍କର ଭୁଲ। ନାୟିକାକୁ ବୁଝିବାକୁ ହେଲେ ଦୁଇଟି ଦୃଷ୍ଟିରୁ ଦେଖିବାକୁ ପଡ଼େ – ବହିଃରଙ୍ଗ ଦୃଷ୍ଟି ଓ ଅନ୍ତରଙ୍ଗ ଦୃଷ୍ଟି। ଆପଣମାନେ ନାୟିକାର ବାହ୍ୟିକ ରୂପବର୍ଣ୍ଣନାରେ ଅଟକି ଯାଆନ୍ତି। ତା'ର ଚାରୁଚିକୁର, ଘନଜଘନ, ପୀନୋନ୍ନତ ସ୍ତନ, ଚନ୍ଦ୍ରପରି ମୁଖମଣ୍ଡଳ ଇତ୍ୟାଦି ଇତ୍ୟାଦିରେ ଦୃଷ୍ଟି ସୀମାବଦ୍ଧ ରହିଯାଏ। ଯା ଭିତରକୁ ତା'ର ଅନ୍ତରକୁ ଆପଣମାନେ କେହି ଦେଖନ୍ତି ନାହିଁ। ଅବଶ୍ୟ ଅଧିକାଂଶଙ୍କ କ୍ଷେତ୍ରରେ ଭିତରେ ଦେଖିବାର ମଧ କିଛି ନ ଥାଏ। କିନ୍ତୁ ଗୋଟାଏ ଗୋଟାଏ ନାରୀ ଅଛନ୍ତି ଯାହାର ବାହାରଟା ଯେତିକି ସୁନ୍ଦର ନୁହେଁ ଭିତରଟା ଆହୁରି ସୁନ୍ଦର। ଏଇ ଭିତରଟା ହେଉଛି ତା'ର ମାନସିକତା। 'ପ୍ରେମିକାର୍'ର ଏଇ ବିଶେଷ ଓ ବିଶିଷ୍ଟ ମାନସିକତା ଯାହା ଯୋଗୁ 'ନାୟିକା' ପାଲଟିଯାଏ 'ପ୍ରେମିକା'ରେ। ପୃଥିବୀର ଆପଣଙ୍କ କହିଲା ଭଳି ଅନେକ ନାୟିକା କିନ୍ତୁ ପ୍ରେମିକା କୋଟିକରେ ଗୋଟିଏ। ଏକ୍ସଟ୍ରା ସେନ୍ସିଟିଭ୍ ଟୁ ମେନ୍। ଏଇ ପ୍ରେମିକାଟି ଏକ ଅନନ୍ୟ ବ୍ୟତିକ୍ରମ। ନାୟିକାମାନେ କ୍ରୁଡ୍ ଓ ଭଲଗାର। ସେମାନଙ୍କୁ ଦେଖିଲେ ପ୍ରେମିକ ପୁରୁଷଟି ବିତୃଷ୍ଣାରେ ମୁହଁ ଆଡ଼େଇ ଚାଲିଯାଏ। କିନ୍ତୁ ଏଇ ବିଶେଷ ନାରୀଟି ଭଦ୍ର, ସଂଯତ, ରୁଚିଶୀଳା। ସ୍ୱାଭାବିକ ଲଜ୍ଜାଶୀଳତା ଯେତେବେଳେ ସବୁ ନାରୀଙ୍କୁ ନୀରବ କରିଦିଏ, ଏଇ ନାରୀଟି ସେତିକିବେଳେ ମୁଖରା ହୋଇଉଠେ। ଦେହର ସମସ୍ତ ଆବରଣ ସତ୍ତ୍ୱେ, ତା'ର ସମ୍ଭ୍ରମତା, ଶାଳୀନତା ଭିତରୁ ଫୁଟି ଉଠେ ଏକ ଅନନ୍ୟ, ଅସାଧାରଣ ପ୍ରଚ୍ଛନ୍ନ ଆହ୍ୱାନ। ଠିକ୍ ଚତୁର୍ଦ୍ଦଶୀ ତିଥିରେ ସମୁଦ୍ର ପରି ଶିହରିତ, ପୂର୍ଣ୍ଣିମାର ସମୁଦ୍ର ପରି ଉଦ୍‌ବେଳ

ନୁହେଁ । ଏଇ ମାନସିକତାକୁ ଆପଣ "ସେକେଣ୍ଡ ସେକ୍‌ସ" ବା ପ୍ରଚ୍ଛନ୍ନ ଯୌନ ଚେତନା କହି ପାରନ୍ତି, ବା "ଇର୍ଲା ଭାଇଟେଲ୍" କହିପାରନ୍ତି ବା 'ନୈସର୍ଗିକ ପ୍ରେମ ଚେତନା' କହି ପାରନ୍ତି । ଏହି ଗଭୀର, କୋମଳ, ସ୍ନିଗ୍ଧ କିନ୍ତୁ ପ୍ରଚ୍ଛନ୍ନ ସେକ୍‌ସ ଏପିଲ ହିଁ ପ୍ରେମିକାମାନଙ୍କର ଅସଲ ବିଶେଷତ୍ୱ ।"

"ହେ, ଆଧୁନିକା ନାୟିକାର ନବତମ ଭାଷ୍ୟକାର, ଦୟାକରି ଭାଷଣ ବନ୍ଦ କର ।"

"ନା ଠଙ୍କା ନୁହେଁ । ମୁଁ ସିରିଅସ୍‌ଲି କହୁଛି । ମିଥ୍‌କାଳ ଶ୍ରୀରାଧାଠାରୁ 'ବିଏଟ୍ରିସ' ପର୍ଯ୍ୟନ୍ତ, ଲୟଲାଠାରୁ ଜୁଲିଏଟ୍ ପର୍ଯ୍ୟନ୍ତ, ଏମିତିକି 'ଲୋଲିତା'ଠାରେ ମଧ୍ୟ ଦେଖିବାକୁ ପାଇବେ ଏଇ ପ୍ରଚ୍ଛନ୍ନ, ଗୂଢ଼ ରହସ୍ୟମୟ, ଆବେଦନ ।"

"ମୁଁ ତ ଓଡ଼ିଶାର ଅନେକ ବିଭିନ୍ନ ବୟସର ଝିଅଙ୍କୁ ଚିହ୍ନେ । ଅନେକଙ୍କ ସହିତ ମୋର ବ୍ୟକ୍ତିଗତ ପରିଚୟ ମଧ୍ୟ ରହିଛି । ମୁଁ ସତ କହୁଛି ରାମୁଭାଇ, ଆଜି ପର୍ଯ୍ୟନ୍ତ ଓଡ଼ିଶାରେ ଏମିତି ଏକ ପ୍ରେମିକାର ସନ୍ଧାନ ପାଇ ପାରିଲା ନାହିଁ । ବୋଧହୁଏ ଏମିତି ନାରୀଟିଏ ଓଡ଼ିଶାରେ କସ୍ମିନ୍‌କାଳେ ଜନ୍ମଲାଭ କରିନାହିଁ ।"

"ସେଇଥିପାଇଁ ବୋଧହୁଏ ଓଡ଼ିଆ ସାହିତ୍ୟ, ଚିତ୍ରକଳା, ଭାସ୍କର୍ଯ୍ୟ ବା ସଙ୍ଗୀତରେ ଏକ କାଳଜୟୀ, ଶାଶ୍ୱତ ପ୍ରେମ କାହାଣୀର ରୂପାୟନ ଆଜିଯାଏଁ ସମ୍ଭବପର ହୋଇପାରିନାହିଁ । ମନ୍ଦିର ଗାତ୍ରେ କେବଳ ଶାଳଭଞ୍ଜିକା, କାମାତୁରା ନାୟିକାମାନଙ୍କର ଭିଡ଼ – ଏକ ଚିରନ୍ତନ ପ୍ରେମିକାର ମୂର୍ତ୍ତି ନାହିଁ ।"

"ପାରମିତା ଯାହା କହୁପଛେ ଓଡ଼ିଆ ଜାତିର ଭାଗ୍ୟରେ ଯେ ସଚ୍ଚା ପ୍ରେମିକାଟିଏ ନାହିଁ ଏକଥା ସତ୍ୟ ।"

"କିନ୍ତୁ ଯାହା କୁହ, ମୁଁ ତମର ସେଇ ପ୍ରେମିକାଟିର କ୍ଷେତ୍ରରେ ଏଇ ଲକ୍ଷଣରୁ କିଛି ତ ଦେଖି ପାରିଲି ନାହିଁ ।"

"ରାମୁଭାଇ, 'ଲୟଲା ମଜ୍‌ନୁ' ଗପ ତ ନିଶ୍ଚୟ ଜାଣିଥିବେ । ଥରେ ଲୋକେ ମଜ୍‌ନୁକୁ ପଚାରିଲେ, 'ଆରେ ମଜ୍‌ନୁ, ଲୟଲା ତ ଫେର ଅନ୍ୟାନ୍ୟ ଝିଅଠାରୁ ବେଶୀ ସୁନ୍ଦରୀ ବି ନୁହେଁ । ତୁ ତା' ପାଇଁ ଏତେ ପାଗଳ କାହିଁକି ?' ମଜ୍‌ନୁ କହିଲା, 'ଭାଇ, ତମେ ତାକୁ 'ମଜ୍‌ନୁ'ର ଆଖିରେ ଦେଖି ନାହିଁ ।"

"ଅସଲ କଥା ରାମୁଭାଇ, ଅସଂଖ୍ୟ ନାରୀର ଭିଡ଼ ଭିତରୁ ଏଇ 'ପ୍ରେମିକା'ଟିକୁ ଖୋଜି ବାହାର କରିବା ପାଇଁ ଦରକାର ପଡ଼େ ପ୍ରେମିକର 'ତୃତୀୟ ନୟନ' ।"

ଓଡ଼ିଶାରେ ଏମିତି ପ୍ରେମିକଟିଏ ବି ଜନ୍ମଲାଭ କରିଥିବାର କଥା ଇତିହାସରେ ନାହିଁ, କିମ୍ବଦନ୍ତୀରେ ବି ନାହିଁ ।

ମଧୁମିତା ସାସମଲ

ତା ସହିତ ଅପ୍ରତ୍ୟାଶିତ ଭାବରେ ଦେଖା ରାଉରକେଲାରେ। ଇସ୍ପାତ ସହରର ନିଦାରୁଣ ନିଦାଘରେ ଅଚାନକ ବସନ୍ତର ସ୍ପର୍ଶ ପରି।

ମୋର ଶିଷ୍ୟଯିତ୍ରୀ - ସାନ ଭଉଣୀର ଡ୍ରଇଂ ରୁମ୍‌ରେ ମୁଁ ବସିଛି। ସେମାନେ ଦୁଇଜଣ ପଶି ଆସିଲେ ଘର ଭତରକୁ ସ୍କୁଲ ଛୁଟିପରେ। ମୁଁ ତା'ର ମୁହଁକୁ ଚାହିଁ ହଠାତ୍ ସ୍ତମ୍ଭୀଭୂତ ହୋଇ ରହିଗଲି।

ଅତୀତର ଶ୍ୟାମାଙ୍ଗୀ, କ୍ଷୀଣକଟୀ, ତନୁପାତଲୀ ଯେ ଏବେ ମେଦବହୁଲା, ସ୍ଫୀତ କଟୀ, କାଳୀ ଭଦ୍ରମହିଲାରେ ରୂପାନ୍ତରିତ ହୋଇ ଯାଇପାରେ, ଏକଥା ବିଶ୍ୱାସ କରିବାକୁ ମୋତେ ବେଶ୍ କିଛି ସମୟ ଲାଗିଯାଇଥିଲା। ଆଖିର ଚଷମା ମଧ ଏ ଚିହ୍ନିବାର ପ୍ରକ୍ରିୟାଟିକୁ କିଛି ସମୟ ବିଳମ୍ବିତ କରି ଦେଇଥିଲା। ତଥାପି ତା'ର ଆୟତ ଚକ୍ଷୁ, ଦୀର୍ଘ ଭ୍ରୁଲତା, କଜ୍ଜଳ କଳାଡୋଲାରେ ତାରା ପରି ମିଟ୍ ମିଟ୍ କରୁଥିବା ଦୁଷ୍ଟାମିର ଛଟା, ଦୁଇ ପାତଲ ଓଠର କୋଣରେ ସରୁ ବିଜୁଳି ପରି କ୍ଷଣେ କ୍ଷଣେ ଝଲକି ଝଲକି ଉଠୁଥିବା ହସର ଉଜ୍ଜଳ ରେଖାକୁ କେବେ ଭୁଲିଯିବାର ନୁହେଁ।

ସାନ ଭଉଣୀର ପରିଚୟ ପୂର୍ବକୁ ଅପେକ୍ଷା ନ ରଖି ସେ ସେମିତି ବିସ୍ମିତ କଣ୍ଠରେ କହିଲା- ମନିଦା ନା ? ମୁଁ କହିଲି- ମଧୁମିତା।

ତାପରେ ଦୁଇଜଣ ଏକା ସାଙ୍ଗରେ ହସି ଉଠିଲୁ। ଅଥଚ ପଚିଶ ବର୍ଷ ତଳେ ମଧୁମିତାକୁ ଏକୁଟିଆ ପାଇଥିଲେ ଖୁନ୍ କରିଦେବା ମୋ ପକ୍ଷରେ କିଛି ଅସମ୍ଭବ ନ ଥିଲା। ମୁଁ ଭାବିଥିଲି ଆଉ ଜୀବନରେ ମଧୁମିତା ସହିତ ସମ୍ପର୍କିତ ସ୍ମୃତି ଟିକକ ବି ରଖିବି ନାହିଁ। ସେ ମୋ ଜୀବନର ଗୋଟାଏ ଧୂମକେତୁ, ଗୋଟାଏ ଉଲ୍‌କା। ହଠାତ୍ କରି ଉଦୟ ହୋଇ ତା'ର ଔଜ୍ଜ୍ୟରେ ମୋତେ ବିମୋହିତ କରି ଶେଷକୁ ଗୋଟାଏ ଧ୍ୱଂସ ସ୍ତୁପରେ ପରିଣତ କରି ପୁଣିଥରେ ଉଭେଇ ଯାଇଛି। ମଧୁମିତାକୁ ମୁଁ ଭୀଷଣ ଭାବରେ

ଘୃଣା କରି ଆସିଛି ଆଜିଯାଏଁ। ତା'ର ସ୍ମୃତି କେବେ ମନକୁ ଆସେ ନାହିଁ। ଯେତେବେଳେ ଆସେ ଏକ ଅପରିସୀମ ଘୃଣା ଓ କ୍ରୋଧରେ ମୋ ସାରା ଦେହରେ ବିଷ ଚହଟିଯାଏ। ଭାବିଥିଲି, ଆଉ ଯଦି କେବେ ଜୀବନରେ ତା ସହିତ ଦେଖାହୁଏ, ତେବେ ମୁଁ ଘୃଣାରେ ମୁହଁ ଫେରେଇନେବି। ପଦେ କଥା ସୁଦ୍ଧା କହିବି ନାହିଁ। ତା ସହିତ ଯେ ମୋର କେବେ ପରିଚୟ ଥିଲା ସେ କଥାକୁ ଏକାବେଳକେ ଅସ୍ୱୀକାର କରିଯିବି।

ଅଥଚ ଏଇ ମୁହୂର୍ତ୍ତରେ ମୋର ସମସ୍ତ ପ୍ରତିଜ୍ଞା ପାଣି ଫାଟିଗଲା। ସବୁ କିଛି ଭୁଲ ହୋଇଗଲା ମୁହୂର୍ତ୍ତକ ମଧରେ। ପୁଣିଥରେ ସେଇ ପୁରୁଣା ଦିନ ପରି ଗପଯୋଡ଼ି ବସିଲି।

ମଧୁମିତା ସାସମଲ।

ବାଲେଶ୍ୱର ଜିଲ୍ଲାର ଓଡ଼ିଶା ବଙ୍ଗଳାର ସୀମାରେଖା ଚିହ୍ନିତ କରୁଥିବା ଲକ୍ଷ୍ମଣନାଥ ଷ୍ଟେସନ ପରେ ବଙ୍ଗଳାର ସୀମା ଭିତରେ ରହିଥିବା ଦାଁତନରେ (ଓଡ଼ିଆରେ ଦାନ୍ତଣ) ତା'ର ଘର। ଦାନ୍ତଣ ଗୋଟାଏ ଛୋଟ ମଫସଲ ସହର। ଓଡ଼ିଆ ଜାତି ପକ୍ଷରେ କିନ୍ତୁ ଏଇ ଦାନ୍ତଣ ସହର ପରାଜୟର ଗ୍ଲାନି ବହନ କରୁଥିବା ଏକ ଖାଟରଲୁ। ଏହିଠାରେ ହିଁ ଓଡ଼ିଆ ଭାଷା ଆନ୍ଦୋଳନର ମୃତ୍ୟୁ ଘଟିଥିଲା ୧୯୩୫ ସାଲରେ, ଯେତେବେଳେ ଯଦୁମଣି ମଙ୍ଗରାଜଙ୍କ ମୁଣ୍ଡଫଟା ଅଚେତ ଦେହକୁ ବିଟ୍ ବଜାର ଉପରେ ଛାଡ଼ିଦେଇ ଓଡ଼ିଆ ଲୋକେ ମାଡ଼ ଭୟରେ ପଳାଇ ଯାଇଥିଲେ। ବିଖ୍ୟାତ ବାରିଷ୍ଟର ସାର ବୀରେନ୍ ସାସମଲ ସେତେବେଳେ ବଙ୍ଗଳା ପକ୍ଷରୁ ନେତୃତ୍ୱ ନେଇଥିଲେ। ଦାନ୍ତଣ ବଜାର ଉପରେ ଓଡ଼ିଶା ସହିତ ମିଶ୍ରଣ ପାଇଁ ଯଦୁମଣି ମଙ୍ଗରାଜଙ୍କ ବଜ୍ରକଣ୍ଠର ଉଦାତ୍ତ ଭାଷଣ ସମବେତ ଓଡ଼ିଆ ମନରେ ଭାଷାପ୍ରୀତିର ଯେତେବେଳେ ଏକ ନିର୍ଝର ଫୁଟାଇବାକୁ ଆରମ୍ଭ କରିଥିଲା, ଠିକ୍ ସେତିକିବେଳେ ସାର ବୀରେନ୍ଙ୍କ ପ୍ରରୋଚନାରେ ସଭା ଉପରେ ପ୍ରବଳ ଆକ୍ରମଣ ହୋଇଥିଲା।

ରକ୍ତାକ୍ତ, କ୍ଷତ ବିକ୍ଷତ, ଯଦୁମଣି ପରାଜୟର ଗ୍ଲାନିରେ ଫେରି ଆସିଥିଲେ କଟକ ଓଡ଼ିଆ ଭାଷାର ସମାଧ କ୍ଷେତ୍ରରେ ତାଙ୍କର ରକ୍ତ ବିନ୍ଦୁଟିକ ଅର୍ଘ୍ୟ ରୂପରେ ପ୍ରତିଦାନ ଦେଇ।

ମେଦିନାପୁର ଓଡ଼ିଶାରେ ମିଶିଲା ନାହିଁ। ଦାନ୍ତଣ ସହର ଦାଁତନ ହୋଇ ବଙ୍ଗଳା ହୋଇଗଲା।

ମଧୁମିତା ସାମଲ, ସାସମଲ ହୋଇ ବଙ୍ଗାଳୀ ହୋଇଗଲା।

ଦାନ୍ତଣ ସହରରେ ହିଁ ମୋର ଭିଣୋଇଙ୍କ ଘର। ଗୋପବନ୍ଧୁ ଦାଶଙ୍କ ପ୍ରେରଣାରେ ଉଦ୍‌ବୁଦ୍ଧ ହୋଇ ମୋର ସ୍ୱର୍ଗତ ପିତା ବିଚ୍ଛିନ୍ନାଞ୍ଚଳରେ ହିଁ ବନ୍ଧୁ ବାନ୍ଧିବାର ଇଚ୍ଛାରେ ମୋର ବଡ଼ ଭଉଣୀକି ଏଇଠାରେ ବିବାହ ଦେଇଥିଲେ। ପରସ୍ପର ଭିତରେ ବିବାହ

ସୂତ୍ରରେ ବନ୍ଧନ ହେଲେ ଯାଇ ସିନା ଭାଷା ଓ ଦେଶପ୍ରୀତିର ଆତ୍ମିକ ବନ୍ଧନ ଆସିବ – ଏହାହିଁ ଥିଲା ଉକ୍ରଳମଣିଙ୍କର ଉପଦେଶ ।

ଆଜିକୁ ପ୍ରାୟ ପଇଁତ୍ରିଶ ବର୍ଷତଳେ ମୁଁ ଯାଇଥିଲି ଦାନ୍ତନ କୁଣିଆ ହୋଇ । ମୋ ଭିଣୋଇ ଘରେ ମଧ୍ୟ ସେତେବେଳେ ସମସ୍ତେ ପରସ୍ପର ଭିତରେ ମେଦିନୀପୁରର ଅଧିକାଂଶ ଶିକ୍ଷିତ ଓଡ଼ିଆଙ୍କ ପରି କେବଳ ବଙ୍ଗଳାରେ ହିଁ କଥାବାର୍ତ୍ତା କରୁଥିଲେ । ଯଦିଓ ତାଙ୍କର ପୂଜାପାର୍ବଣ, ରୀତିନୀତି ସବୁ ଓଡ଼ିଆ ଥିଲା, କିନ୍ତୁ ତାଙ୍କର ଆଚାର ବ୍ୟବହାର ଚାଲିଚଲଣ ସବୁ ପ୍ରାୟ ବଙ୍ଗାଳୀଙ୍କ ପରି । ସେତେବେଳେ ମୁଁ ଆଦୌ ବଙ୍ଗଳା ଜାଣି ନଥିଲି । ତେଣୁ ଅପା ସହିତ କଥାବାର୍ତ୍ତା ଛଡ଼ା ମୁଁ କାହା ସହିତ କିଛି କଥାବାର୍ତ୍ତା କରୁ ନ ଥିଲି । ସେମାନଙ୍କର ଏକ ବିରାଟ ଯୌଥ ପରିବାର । ସେମାନେ ସମସ୍ତେ ଯେମିତି ମୋତେ ଏକ କୌତୁହଳର ଜିନିଷ ବୋଲି ଲକ୍ଷ୍ୟ କରୁଥିଲେ । ତା ଛଡ଼ା ଗୁରୁଜନମାନଙ୍କ ନିର୍ଦ୍ଦେଶ ଥିଲା ଯେ ମୁଁ ଯେମିତି ବଜାରକୁ ଆଦୌ ନ ଯାଏ ବା ତାଙ୍କ ଘରକୁ ଆସୁଥିବା କୌଣସି ଅତିଥି ଅଭ୍ୟାଗତ ସାମ୍ନାକୁ ନ ବାହାରେ । ନା, ତାଙ୍କର ଆଦର ଆତିଥ୍ୟରେ ଊଣା ନ ଥିଲା, ବରଂ ଖୁବ୍ ବେଶୀ ପରିମାଣରେ ଥିଲା କିନ୍ତୁ ବାହାରେ ଯେମିତି ମୋ ଓଡ଼ିଆ କଥା ନ ବାହାରେ । ସେ କଥାକୁ ସେମାନେ ସର୍ବଦା ଲକ୍ଷ୍ୟ ରଖିଥିଲେ ।

ଅପାର ସାନ ନଣନ୍ଦ ରୂପାଲିର ସାଙ୍ଗ ମଧୁମିତା ସାସମଲ । ସେତେବେଳକୁ କେତେ ବୟସ ତା'ର ? ଆଠ କି ନଅ । ପ୍ରଥମେ ପ୍ରଥମେ ସେ ମୋତେ ଦେଖି ପଚାରିଥିଲା । ଏଛଟା କିଏରେ ? ରୂପାଲି ପରିଚୟ କରିଦେବା ପରେ ସେ ମୋତେ ଆସି ମୋ ନାମ, ମୁଁ କୋଉ କ୍ଲାସରେ ପଢୁଛି ଇତ୍ୟାଦି ପଚାରିଥିଲା । ଉପରେ ପଡ଼ି ଜଣେ ଅପରିଚିତ ଝିଅ ଏମିତି ପ୍ରଶ୍ନ ପଚାରିପାରେ ଏ ଅଭିଜ୍ଞତା ମୋ ପକ୍ଷରେ ସମ୍ପୂର୍ଣ୍ଣ ନୂତନ । ଗଡ଼ଜାତର ମଫସଲି ଛାତ୍ର – ଏସବୁ ପ୍ରଶ୍ନରେ ଲାଜରେ ନିଜେ ଝାଉଁଳି ଯାଉଥିଲି । ସେଥିପାଇଁ ତାକୁ ଆହୁରି ମଜା ଲାଗୁଥାଏ କି କ'ଣ ଯେତେବେଳେ ଆସିବ ମୋ ପଛରେ ହିଁ ଲାଗିଥିବ । ମୋର ଓଡ଼ିଆ କଥା ଶୁଣି ସେ ଆହୁରି ହସୁଥାଏ ।

ଶେଷକୁ ମୋତେ ଚିଡ଼ାଇବା ପାଇଁ ସେ ସମୟରେ ପ୍ରଚଳିତ ଗୋଟାଏ ଢଗ ବୋଲୁଥାଏ ।

ବାଂଗାଲ୍ ମାନୁଷ ନୟ
ଉଡ଼େ ଏକ ଜନ୍ତୁ ।
ଲାଫ୍ ମେରେ ଗାଛେ ଓଠେ
ଲେକ୍ ନେଇ କିନ୍ତୁ ।

ମୁଁ ପ୍ରଥମେ ପ୍ରଥମେ କଥାଟା ବୁଝିପାରି ନ ଥିଲି। ପରେ ମୋତେ ଅପା ବୁଝେଇ ଦେଲାରୁ ମୁଁ ଭୀଷଣ ଭାବରେ ଅପମାନିତ ବୋଧ କରିଥିଲି। ମନେ ମନେ ଭୀଷଣ ରାଗିଯାଇଥିଲି। କିନ୍ତୁ ମୁଁ ନିରୂପାୟ। ତାଙ୍କ ଘରେ ମଧ୍ୟ ତାକୁ କିଛି କହୁ ନାହାନ୍ତି। ଅପାତ ସହଜେ ସାନ ବୋହୂ। ସାର ବୀରେନ୍‌ଙ୍କର ଦୂର ସମ୍ପର୍କୀୟ ପରିବାରର ସଦସ୍ୟା ବୋଲି ମଧୁମିତାକୁ ସମସ୍ତେ ସମ୍ମାନ ମଧ୍ୟ କରୁଥାନ୍ତି ବୋଧହୁଏ।

ତା ପରେ କିଏ ବୋଧହୁଏ ରୂପାଲିକୁ କିଛି କହିଲା କି କ'ଣ ସେ ଆଉ ସମସ୍ତଙ୍କ ସାମ୍ନାରେ ମୋତେ କିଛି କହେ ନାହିଁ। କିନ୍ତୁ ଯେତେବେଳେ ଏକୁଟିଆ ଦେଖେ ଅଭିନୟ କରି ମୁହଁକୁ ଖଟେଇ, ଏଇ ଢଗଟା ବୋଲେ।

ମୁଁ ରହିବାର କିଛିଦିନ ପରେ। ଦିନେ ଖରାବେଳେ ଖାଇ ସାରି ସମସ୍ତେ ଶୋଇଛନ୍ତି। ମୁଁ ବୋଧହୁଏ ତାଙ୍କ ଦାଣ୍ଡଘର ବାରଣ୍ଡାରେ ବସିଥାଏ। ଏତିକିବେଳକୁ ସେ କୁଆଡ଼େ ଥିଲା, ମୋ ସାମ୍ନାକୁ ଆସି ପୁଣି ସେମିତି ଖଟେଇ ହୋଇ ନାଚି ନାଚି ସେ ଢଗକୁ ନେଇ ଗୀତ ଗାଇଲା ମଝିରେ ମଝିରେ ମୋତେ କହୁଥାଏ 'ବାଦର କୋଠାକାର'। ଆଉ ମାଙ୍କଡ଼ର ଭଙ୍ଗୀ ଦେଖାଉଥାଏ।

ମୋ ମୁଣ୍ଡକୁ ହଠାତ୍ ପିତ୍ତ ଚଢ଼ିଗଲା।

ମୁଁ ତା'ର ମୂଷାନାଙ୍ଗୁଡ଼ ପରି ବେଣୀ ଦୁଇଟାକୁ ଟାଣି ଧରି ତା ପିଠିରେ ଦୁଇ ଚାରିଟା ଗୁମ୍ ଗାମ୍ ବିଧା ବସେଇ ଦେଲି। ମୋ ବୟସ ବି ସେତେବେଳକୁ ବାରବର୍ଷ ହେଲାଣି। ମୁଁ ଏ ମେଣ୍ଡ଼ ଟୋକିର ଅପମାନ ସହ୍ୟ କରିଥାନ୍ତି କେମିତି? ତା ପରଦିନ କିନ୍ତୁ ମୋତେ ଗାଁକୁ ଫେରେଇ ଦିଆଗଲା ଅପାର ଶତ ଅନୁରୋଧ ସତ୍ତ୍ୱେ। ରହିଲେ କେଲେଙ୍କାରୀ ହେବାର ସମ୍ଭାବନା କୁଆଡ଼େ ଖୁବ୍ ବେଣୀ ଥିଲା।

ତା'ର ପ୍ରାୟ ବାରବର୍ଷ ପରେ ମଧୁମିତା ସାସମଲ ସଙ୍ଗରେ ଦେଖା କଲିକତାରେ। ସେତେବେଳକୁ ସେ ପ୍ରେସିଡ଼େନ୍‌ସି କଲେଜର ଏମ୍.ଏ. କ୍ଲାସର ଛାତ୍ରୀ। ରୂପାଲି ସେତେବେଳକୁ ତା ବଡ଼ଭାଇଙ୍କ ଘରେ ରହି ପଢ଼ୁଥାଏ। ସେଇଠି ତା ସହିତ ପୁଣିଥରେ ଦେଖା ସାକ୍ଷାତ।

ପରିଚୟ ପରେ ସେ ଖିଲ୍‌ଖିଲ୍ ହସି ଉଠି ବଙ୍ଗଳାରେ କହିଲା, "ସେଦିନ ତ ମୋତେ ବାଡ଼େଇ ସାରି ଲୁଟି କରି ପଳେଇଗଲ। ଆଜି ଯଦି ମୁଁ ତମକୁ ବାଡ଼ାଏ।"

କଲିକତାରେ ଚାକିରି କରିବାର ଗୋଟାଏ ବର୍ଷ ରହଣି ଭିତରେ ମୁଁ ମୋଟାମୋଟି ଭାବରେ ବଙ୍ଗଳା ଭାଷାରେ କଥାବାର୍ତ୍ତା କରିବାକୁ ଶିଖିଯାଇଥାଏ। ମୁଁ ବଙ୍ଗଳାରେ ଉତ୍ତର ଦେଲି – ଏ ଭିତରେ କ'ଣ ତମର ଏତେ ବଳ ହୋଇଗଲାଣି? ସାହସ–ମୋ ପାଟିରୁ କଥା ଛଡ଼େଇ ନେଇ କହିଲା;

"ବାଃ, ବେଶ୍ ତ ବଙ୍ଗଳା କହିପାରୁଛ। ଆଉ ସାହସ ତ ମୋର ପିଲାଦିନରୁ ଦେଖିଛି। ଏବେ ବଳ ବି ହୋଇଗଲାଣି।"

ତା ପରଠାରୁ ଆମର ଘନିଷ୍ଟତା ଧୀରେ ଧୀରେ ବଢ଼ିବାକୁ ଆରମ୍ଭ କଲା। କେତେବେଳେ କଫି ହାଉସ୍‌ରେ, କେତେବେଳେ ରୂପାଲି ଘରେ, କେତେବେଳେ ବା ମୋ ବସାରେ। ସେମାନେ ପ୍ରାୟ ଦିଜଣ ମିଶି ପ୍ରତି ରବିବାର ଦିନ ଖରାବେଳେ ପହଞ୍ଚିଯାଆନ୍ତି। 'ଚାଲ, ସିନେମା ଦେଖିଯିବା।' ପ୍ରଥମେ ପ୍ରଥମେ ସେ ରୂପାଲି ସାଙ୍ଗରେ ମିଶି ଆସୁଥିଲା। ପରେ ପରେ ଏକୁଟିଆ ଚାଲି ଆସେ। କେତେବେଳେ ଖିଦିରପୁର ଡକ୍, କେତେବେଳେ ଭିକ୍ଟୋରିଆ ମେମୋରିଆଲ୍। କେତେବେଳେ ବଟାନିକାଲ୍ ଗାର୍ଡେନ୍‌ସ, କଫି ହାଉସ୍, ଚୌରଙ୍ଗୀର ଆଭିଜାତ ରେଷ୍ଟୋରାଁ-ସବୁ ଜାଗାରେ ଏକାସାଙ୍ଗରେ ଯାଉ। ଅସରନ୍ତି ଗପ ମଧ୍ୟରେ ଆମେ ଯେମିତି ନିଜକୁ ନିଜେ ଭୁଲିଯାଇଥାଉଁ।

ସେ ଦୁଇଟି ବର୍ଷ ମୋର ପାଗଳ ହେବାର ବର୍ଷ। ମୁଗ୍ଧ, ଆତ୍ମବିଭୋର, ହେବାର ବର୍ଷ। ଆତ୍ମବିସ୍ମୃତିର ବର୍ଷ। ସ୍ୱପ୍ନର ବଉଦରେ ଭାସି ଭାସି ଯିବାର ମୁହୂର୍ତ।

ମଧୁମିତା ସାସମଲ କେଉଁ ଏକ ପରୀ ରାଜ୍ୟର କନ୍ୟା ପରି ମୋ ଆଖିରେ ମାୟାଞ୍ଜନ ଲଗେଇ ଦେଇ ମୋତେ ଯେପରି ଏକ ଆତ୍ମବିସ୍ମୃତ ମେଷାରେ ପରିଣତ କରି ଦେଇଥାଏ।

ମୋର ସ୍ୱପ୍ନ ଜାଗରଣ ଓ ସୁଷୁପ୍ତି – ସବୁଥିରେ ମଧୁମିତାର ହିଁ ଉପସ୍ଥିତି। ତାକୁ ଛାଡ଼ି ଯେପରି ମୋର ସ୍ଥିତି ନାହିଁ। ତା ଛଡ଼ା ମୁଁ ଯେମିତି ଏକ ଶୂନ୍ୟବସ୍ତୁ ମାତ୍ର। ଆଉଟରାମ୍ ଘାଟରେ ଉଦୀର୍ଣ ସନ୍ଧ୍ୟାରେ ହୁଗୁଲିର ବକ୍ଷରେ ଦୋଳାୟିତ ଜାହାଜମାନଙ୍କର ସିଲ୍‌ହୋଏଟ୍ ଛାୟାର ଭୌତିକ ନାଚକୁ ମନମୁଗ୍ଧ ହୋଇ ଆମେ ହାତରେ ହାତ ରଖି ଚାହିଁ ରହିଥିଲାବେଳେ ସେ ପ୍ରଶ୍ନ କରେ 'ମୋ ହାତକୁ ଏତେ ଜୋର୍‌ରେ ଚାପି ଧରୁଛ କାହିଁକି?' ମୁଁ ମନ୍ତ୍ରମୋହିତ ପରି ଫିସ୍ ଫିସ୍ ସ୍ୱରେ କୁହେ 'ମୋତେ ଡରମାଡୁଛି ମଧୁମିତା, ତମେ ହଜିଯିବନି ତ? ସେଇଥିପାଇଁ ଅଜଣା ଭୟରେ ତମକୁ ଆହୁରି ଜୋରରେ ଚାପି ଧରିବାପାଇଁ ଇଚ୍ଛା ହେଉଛି ତମେ ଯେମିତି ମୋଠାରୁ ଆଉ କେତେବେଳେ ବି ଖସି ଯାଇପାରିବ ନାହିଁ।'

ବଟାନିକାଲ୍ ଗାର୍ଡେନ୍‌ସର ସେଇ ବିଖ୍ୟାତ ବରଗଛ ମୂଳର ଛାୟାରେ ବସି ତା ଆଖିକୁ ମନ୍ତ୍ରମୁଗ୍ଧ ସାପ ପରି ଏକାଲୟରେ ଚାହିଁ ରହିଥିଲାବେଳେ ସେ ଯେତେବେଳେ ପ୍ରଶ୍ନ କରେ "ମୋ ଆଖିକୁ ଏମିତି ଏକା ଲୟରେ ଚାହିଁ କ'ଣ ଦେଖୁଛ?"

ମୁଁ ଅଜଣା ଦେଶରେ ବାଟବଣା ବାଟୋଇଟିଏ ପରି ଅଧୀର ଆଗ୍ରହରେ ଉତ୍ତର ଦିଏ "ମୁଁ ତୁମକୁ ଠିକ୍ ଚିହ୍ନି ପାରୁନି ମଧୁମିତା। କେଉଁ ଏକ ଗହୀର ଗଣ୍ଠର କଳା ଘୁମର ପାଣି ଉପରେ ନିଜର ପ୍ରତିବିମ୍ବ ଦେଖିଲା ପରି ମୁଁ ତମର କଜ୍ଜ୍ୱଳ କଳା ଟୋଳାରେ କେବଳ ମୋର ପ୍ରତିବିମ୍ବ ହିଁ ଦେଖୁଛି। ସେହି ଅତଲାନ୍ତ ଗଭୀରତା ଭିତରେ ମୁଁ ତମକୁ ଖୋଜି ପାଉନାହିଁ।"

ମୋର କଥା ଶୁଣି ସେ ଯେତେବେଳେ ଖିଲ୍ ଖିଲ୍ ହୋଇ ହସିଉଠି ପଚାରେ, "ଏଥର କ'ଣ ଦେଖୁଛ ?"

ମୁଁ କହେ, "ତମର କଜ୍ଜ୍ୱଳ କଳାଟୋଳା ଏବେ ଏକ ମସୃଣ ଚକ୍‌ମକି ପଥର ପରି ଦିଶୁଛି। ସେଥିରେ ଆଲୋକ ବିଛୁରିତ ହୋଇ ପଡ଼ୁଛି ସିନା – ଭିତରେ କ'ଣ ଅଛି ଜଣାପଡ଼ୁନି। ତମେ ମୋ ଆଖିରେ ଏମିତି ଚିର ରହସ୍ୟମୟୀ ହୋଇ ରହିଯାଉଛ ମଧୁମିତା।"

ମୁଁ ଥରେ ଥରେ ଆଶ୍ଚର୍ଯ୍ୟ ହୋଇ ଭାବେ ମଣିଷ ଜୀବନର ଷାଠିଏ କି ସତୁରି ବର୍ଷ ବୟସର ସୀମା ଭିତରେ ଏଇ ଅନୁଭୂତିର ସମୟ କେତେ ସୀମିତ, କେତେ ସ୍ୱଳ୍ପ କିନ୍ତୁ ପ୍ରେମର ସଂଜ୍ଞା ଯାହା ହେଉନା କାହିଁକି, ତାକୁ ଯେଉଁ ଭାଷାରେ, ଯେଉଁ ଶବ୍ଦରେ ପ୍ରକାଶ କରାଯାଉନା କାହିଁକି ସେ ଅନୁଭୂତି ହିଁ ସତ୍ୟ – ମଣିଷଠାରୁ ମଧ ସତ୍ୟ। ମଣିଷ ନଶ୍ୱର କିନ୍ତୁ ସେ ଅନୁଭୂତି ଶାଶ୍ୱତ। ମଣିଷ ମରିଯାଏ, କିନ୍ତୁ ସେଇ ଅନୁଭୂତି ଆକାଶରେ, ପବନରେ, ଆଲୋକରେ ଏକ ସ୍ନିଗ୍ଧ ସୌରଭରେ ଚିରନ୍ତନ ହୋଇ ରହିଥାଏ। ପରବର୍ତ୍ତୀ ସହସ୍ର ବର୍ଷ ଧରି ସେ ସୌରଭ ସେହିପରି ରହିଥାଏ ଅମଳିନ – ସ୍ୱର୍ଗର ପାରିଜାତ ପରି। ବୋଧହୁଏ ପ୍ରେମ ହିଁ ସେଇ କଳ୍ପିତ ପାରିଜାତ ପୁଷ୍ପ।

ଏବଂ ସେହି ଚିର ଅମ୍ଲାନ, ସୁଗନ୍ଧ ମଣିଷ ଜୀବନର ବହୁ ଅନାକାଂକ୍ଷିତ ମୁହୂର୍ତ୍ତରେ ଆପେ ଆପେ ଆବିର୍ଭୂତ ହୋଇ ତାକୁ ଆଚମ୍ବିତ କରିଦିଏ... ପୁଣି ଥରେ ମନ୍ତ୍ରମୁଗ୍ଧ କରିଦିଏ। ଦିନକର ଘଟଣା। ସେଦିନ ମୋର ଟୁର୍‌ରେ ଯିବାର କଥା। ତେଣୁ ମୁଁ ତା ପୂର୍ବଦିନ ମଧୁମିତାଠାରୁ ବିଦାୟ ନେଇ ଚାଲି ଆସିଥାଏ। କିନ୍ତୁ ସେଦିନ କୌଣସି ଗୋଟାଏ କାରଣରୁ ଯିବାର ବନ୍ଦ ହେଲା। ପରଦିନ ସକାଳେ ଯିବାର ଠିକ୍ ହୋଇଥାଏ। ଭାବିଲି, ଯାହାହେଉ ଆଉ ଗୋଟାଏ ସନ୍ଧ୍ୟା ଏକତ୍ର କଟାଇବାର ସୁଯୋଗ ମିଳିଗଲା। ମୁଁ ଜାଣେ ସେ ସନ୍ଧ୍ୟା ଆଠଟା ଆଗରୁ ଘରକୁ ଫେରେ ନାହିଁ। କଫି ହାଉସ୍‌ରେ ସାଙ୍ଗମାନଙ୍କ ସହିତ ଗପ କରି କଟାଏ। ପୁଣି ଆଜିକାର କଥା ସ୍ୱତନ୍ତ୍ର। ସେ ନିଶ୍ଚିତ ଭାବରେ ମୋ ପରି ବିଷଣ୍ଣ ହୋଇ ପଡ଼ିଥିବ। ତେଣୁ ବନ୍ଧୁମାନଙ୍କ ସହିତ ଖୁସିଗପରେ ନିଶ୍ଚୟ ମୋ ବିରହର ଦୁଃଖକୁ ଭୁଲିଯିବାର ଚେଷ୍ଟା କରୁଥିବ।

ମୁଁ ତାକୁ ଚମକାଇ ଦେବାକୁ ଯାଇ ଆଗରୁ କିଛି ଖବର ଦେଇ ନଥିଲି। ସନ୍ଧ୍ୟା

ଛଅଟା ବେଳକୁ ଚୁପ୍‌ଚାପ୍‌ ଯାଇ ପହଞ୍ଚିଗଲି କଫି ହାଉସ୍‌ରେ । ଶୀତଦିନର ସନ୍ଧ୍ୟା ସୂର୍ଯ୍ୟ କେତେବେଳୁ ଅସ୍ତମିତ ହୋଇଯାଇଥାଏ । କଲେଜ ଷ୍ଟ୍ରିଟ୍‌ର ରାସ୍ତାରେ ରାସ୍ତାରେ ବିଜୁଳିବତୀର ଉଜ୍ଜ୍ୱଳ ଆଲୋକ ଜଳି ସାରିଥାଏ । କଫି ହାଉସ୍‌ ଦ୍ୱାର ପାଖରେ ଠିଆହୋଇ ଥରେ ଚାରିଆଡ଼େ ଆଖି ବୁଲେଇ ନେଲି । ଦେଖିଲି ଦୁଇ ତିନିଜଣ ବାନ୍ଧବୀଙ୍କ ସହିତ ମଧୁମିତା ଗୋଟାଏ କଣରେ ବସିଛି । କଫି ହାଉସ୍‌ରେ ପ୍ରଚଣ୍ଡ ଭିଡ଼ । ବସିବାକୁ ଜାଗା ନାହିଁ । ମୁଁ ଧୀର ପଦକ୍ଷେପରେ ଯାଇ ମଧୁମିତାର ପାଖ ଟେବୁଲର ଗୋଟାଏ ଅନ୍ଧାରିଆ କଣକୁ ଜମିଥିବା ଭିଡ଼ ଭିତରେ ସାମିଲ ହୋଇଗଲି । ଏତେ ଭିଡ଼ ଭିତରେ କିଏ ବା କାହାକୁ ଲକ୍ଷ୍ୟ ରଖୁଛି । ଏକେ ତ ମିଞ୍ଜି ମିଞ୍ଜି ଆଲୁଅ ।

ମୁଁ ଚୁପ୍‌ଚାପ୍‌ ସୋମାନଙ୍କର କଥାବାର୍ତ୍ତା ଶୁଣିବାକୁ ଲାଗିଲି । ହଠାତ୍‌ ଶୁଣିଲି ତା’ର ଜଣେ କିଏ ବାନ୍ଧବୀ ଟିକିଏ ବିଦ୍ରୂପ ସ୍ୱରରେ ପଚାରୁଛି “କିରେ, ତୋର ବାହାଘର କେବେ ? ସେଇ ଉଡ଼େ ଟୋକାକୁ ବାହା ହେଉଛୁ ତ ?”

ହଠାତ୍‌ ହୋ ହୋ ହୋଇ ହସିଉଠିଲା ମଧୁମିତା । ତା ପରେ ସେ ଯାହା କହିଲା ସେଇଟା ମୋ ହୃଦୟ ଭିତରେ ଖୋଦିତ ହୋଇ ରହିଗଲା ଚିରଦିନ ପାଇଁ । କିଏ ଯେମିତି ଗୋଟାଏ ଆଗ୍ନେୟ ଶଲାକାରେ ସେଇ କଥାଗୁଡ଼ିକ ମୋ ଛାତିରେ ଚିତାକୁଟି ଦେଇଗଲା ।

“ଦୂର୍‌ ବୋକା । ସେଇ ‘ଉଡ଼େ’ ଟାକେ କେ ବିୟେ କୋରବେ ? ଆମର ପିଚାନେ ଘୁର ଘୁର କରୁଛେ । ନାଚିୟେ ନିଚ୍ଛି କିଛୁ ଦିନ୍‌ । ପୟ୍‌ସା ଖାରଚ କରଛେ ତ ଅନେକ ।”

ତା ପରେ ପ୍ରବଳ ହାସ୍ୟରୋଲ । ଏକ ତୀବ୍ର ଯନ୍ତ୍ରଣା ଓ ଅପମାନରେ ମୋର ସାରା ଦେହ କ୍ଷଣିକ ପାଇଁ ସ୍ତବ୍ଧ ହୋଇ ରହିଗଲା । ତାପରେ ବହୁକଷ୍ଟରେ ନିଜକୁ ସମ୍ଭାଳି ନେଇ ମୁଁ ଏକ ପ୍ରକାର ଅଣନିଃଶ୍ୱାସୀ ହୋଇ ଦୌଡ଼ି ଦୌଡ଼ି ପଳାଇ ଆସିଲି ରାସ୍ତା ଉପରକୁ । ଏତେ ଆଲୁଅ ସତ୍ତ୍ୱେ ମୋତେ ଜଣାପଡୁଥାଏ ସତେଯେମିତି କଲିକତାର ସମସ୍ତ ଆଲୁଅ ଲିଭିଯାଇ ଅମାବାସ୍ୟାର କଳା ଅନ୍ଧାର ଘୋଟିଯାଇଛି । ସେଇ ଯେ ଏକାମୁହାଁ ହୋଇ ଫେରି ଆସିଥିଲି, ତାପରେ ମୁଁ ଆଉ ପଛକୁ ଫେରି ଚାହିଁ ନାହିଁ । ମଧୁମିତା ସେଇ ମୁହୂର୍ତ୍ତରୁ ହିଁ ମୋ ପାଇଁ ମୃତ ହୋଇଗଲା । କିନ୍ତୁ ଏଇ ଦୀର୍ଘ ପଚିଶ ବର୍ଷରେ ମଧ୍ୟ ସେଇ ଅପମାନର ଜ୍ୱାଳା, ମୋତେ ବାରମ୍ବାର କ୍ଷତବିକ୍ଷତ କରି ଆସିଛି । ଲଜ୍ଜା, ଅନୁଶୋଚନା, ନିଜସ୍ୱ ପ୍ରେମର ଅପମାନ, ଜାତିର ଅପମାନର ସମ୍ମିଳିତ ଯନ୍ତ୍ରଣାବୋଧ ମୋତେ ଏକ ନିଷ୍ଫଳ କ୍ରୋଧର ଗୋପନ ବହ୍ନିମାନ ଶିଖାରେ ତିଲ ତିଲ କରି ଦଗ୍ଧ କରିଛି । ଏଇ ଦେଖାହେବାର ପୂର୍ବ ମୁହୂର୍ତ୍ତ ପର୍ଯ୍ୟନ୍ତ ମଧ୍ୟ ତାହା ସେହିପରି ରହିଥିଲା । ଅଥଚ କି ଆଶ୍ଚର୍ଯ୍ୟଜନକ କଥା ଯେ ତାକୁ ଦେଖିବା ମୁହୂର୍ତ୍ତରେ

ହିଁ ମୁଁ ଭୁଲିଗଲି ଦୀର୍ଘ ପଚିଶବର୍ଷ ଧରି ପୋଷି ଆସିଥିବା ସେଇ ଜ୍ୱାଲା, ସେଇ ଯନ୍ତ୍ରଣା– । ମୁଁ କ'ଣ ସତରେ ଗୋଟାଏ ନିର୍ବୋଧ ପ୍ରେମିକ ? ଏକ ମେରୁଦଣ୍ଡହୀନ ସରୀସୃପ ? ଏକ ନିର୍ଲଜ । ପତିଆରାହୀନ, କାପୁରୁଷ ?

ତା'ର ସିନ୍ଦୂରହୀନ ସୀମନ୍ତ, ଆଖିତଳର କଳାଦାଗ, ସାରାମୁହଁରେ ବିଷର୍ଣ୍ଣତାର କଳାଛାଇ, ସତେ ଯେମିତି ଏକ ନୂତନ ବୁଢ଼ାମଣ୍ଠାର ବିଦ୍ୟୁତ୍ ଆଲୋକରେ ଦେଖିଗଲା ମଧୁମିତାର ଦୀର୍ଘ ଦିନ ତଳର ସେଇ କଥାଗୁଡ଼ିକ ମୁହଁର କଥା ମାତ୍ର । ହୃଦୟର ଭାଷା ନୁହେଁ । ବାନ୍ଧବୀମାନଙ୍କ ଠଙ୍ଗା ପରିହାସରୁ ଅବ୍ୟାହତି ପାଇବାପାଇଁ ଏକ ଆତ୍ମରକ୍ଷାର ବର୍ଗମାତ୍ର ।

ମୁଁ ପୁଣି ଅତୀତର ପୂର୍ବପରି ମନ୍ତ୍ରମୁଗ୍ଧ ଅବସ୍ଥାରେ ଶୁଣିବାକୁ ଲାଗିଲି ତା'ର କଥା । ସାନ ଭଉଣୀ ଚା କରିବାପାଇଁ ଭିତରକୁ ଉଠିଗଲା ।

"ମଧୁମିତା । ତମେ ଏଠି ?" ମୁଁ ବଙ୍ଗାଳାରେ ପ୍ରଶ୍ନ କଲି । ସେ ମୋତେ ଆଶ୍ଚର୍ଯ୍ୟ କରିଦେଇ ଶୁଦ୍ଧ ଓଡ଼ିଆରେ କହିଲା–

"ମୁଁ ଏଠିକା ଇଂରାଜୀ କନ୍‌ଭେଣ୍ଟ ସ୍କୁଲର ପ୍ରଧାନ ଶିକ୍ଷୟିତ୍ରୀ । ଗତ ବାଇଶ ବର୍ଷ ଧରି ଏଠି ଅଛି ।"

"ବାଃ, ପରିଷ୍କାର ଓଡ଼ିଆ କହୁଛ ତ ?"

"ଏତେଦିନ ଓଡ଼ିଶାରେ ରହିଲି, ଭାଷାଟା ଶିଖିପାରିବି ନାହିଁ ? ଓଡ଼ିଆ ବଙ୍ଗଳା ଭିତରେ କେତେ ପ୍ରଭେଦ ଯେ ?"

ପୁଣି ଆମେ ଦୁଇଜଣ ଚୁପ୍ ରହିଲୁ । ସେ ଅକସ୍ମାତ୍ ପ୍ରଶ୍ନ କଲା– "କେତୋଟି ପିଲା ? କ'ଣ କରୁଛନ୍ତି ସବୁ ?"

"ଦୁଇପୁଅ, ଗୋଟିଏ ଝିଅ । ଝିଅର ବାହାଘର ସରିଛି । ଜଣେ ପୁଅ ଇଞ୍ଜିନିୟରିଂ ପଢ଼ୁଛି – ଏଠି ରାଉରକେଲାରେ । ଆଉ ଜଣେ ଏବର୍ଷ ପ୍ଲସଟୁ ପରୀକ୍ଷା ଦେଉଛି । ଆଉ ତମର ?" କହୁ କହୁ ଅଟକି ଗଲି ମୁଁ । ଅଜାଣତରେ କଥାଟା ଫସକି ଗଲା ମୁହଁରୁ ।

ସେ ମ୍ଲାନ ହସିଲା । ଏତିକିବେଳେ ଚା ଜଳଖିଆ ଧରି ସାନ ଭଉଣୀ ପଶି ଆସିଲା ।

ଚା ଖାଇସାରି ଘରକୁ ଫେରିଲା ପୂର୍ବରୁ କହିଲା "କାଲି ରବିବାର । ତମେ କାଲି ରାତିରେ ଆମଘରେ ଖାଇବ । ନିମନ୍ତ୍ରଣ ରହିଲା । ଆସିବ ତ ?"

ନାହିଁ କରିବାପାଇଁ ମୋ ଜିଭର ଶକ୍ତି କିଏ ଅପହରଣ କରି ନେଇଗଲା । ଘରେ ଅଠସ୍ତରି ବର୍ଷର ବୁଢ଼ାବାପା । ଆଉ ଚାକରାଣୀଟିଏ । ବୁଢ଼ାଙ୍କ ସହିତ ଔପଚାରିକତା ଭାବରେ ନମସ୍କାର ଓ ସାମାନ୍ୟ ବାର୍ତ୍ତାଳାପ ପରେ ଆମେ ଡ୍ରଇଂ ରୁମ୍‌କୁ ଫେରି ଆସିଲୁ । ସେ ସେତେବେଳକୁ ସହଜ ହୋଇ ଉଠିଥାଏ । ମୁଁ ମଧ୍ୟ ପ୍ରଥମ ଦେଖାର

ସେଇ ପୁଲକର ଧକ୍କାକୁ ସମ୍ଭାଳି ନେଇ ଏକ ସାଧାରଣ ଭଦ୍ର ପୁରୁଷରେ ରୂପାନ୍ତରିତ ହୋଇ ଯାଇଥାଏ । ତା ପିଉ ପିଉ କହିଲା ମଧୁମିତା ।

"ମା କୋଉଦିନୁ ମଲେଣି । ମୋର ସାନଭଉଣୀ ସୋନାଲି ଏବେ କଣ୍ଢାଇ ରୋଡ୍ ଗାର୍ଲସ୍କୁଲରେ ଶିକ୍ଷୟିତ୍ରୀ । ସବା ସାନଭଉଣୀ ଦାନ୍ତଣ ହାଇସ୍କୁଲର ଏକ ରିଫ୍ୟୁଜି ଗୀତ ମାଷ୍ଟ୍ରୁ ଗୀତ ଶିଖୁଶିଖୁ ପ୍ରେମ ବିବାହ କରି ସେଇଠି ଅଛି । ବାପା ପ୍ରଥମେ ବିରୋଧ କରିଥିଲେ । ପ୍ରତିବାଦ କରି ଘରକୁ ପଶିବାକୁ ଦେଇ ନ ଥିଲେ । କିନ୍ତୁ ଆମେ ସବୁ ମିଲାମିଶା କରିଦେଲୁ । ଲାଭ କ'ଣ ? ତା ଛଡ଼ା ସେଇ ଏତେବଡ଼ ଘରେ ବାପା ଏକୁଟିଆ ରହିଥାନ୍ତେ କେମିତି ? ନକ୍ସାଲାଇଟ୍ ଆନ୍ଦୋଲନରେ ଶହେ ଏକର ଜମି ଜବରଦସ୍ତି ଲୋକେ ଦଖଲ କରିନେଲେ । ବୁଢ଼ା ବୟସରେ ବାପା ବା କ'ଣ କରିପାରିଥାନ୍ତେ । ସେଇ ଦିନଠାରୁ ସେ ପଳେଇ ଆସି ମୋ ପାଖରେ ରହୁଛନ୍ତି । ମୋର ବା ଆଉ ଅଛି କିଏ ଯେ ?"

ଗୋଟାଏ ଦୀର୍ଘନିଶ୍ୱାସ ଛାଡ଼ି ଚୁପ୍ ରହିଲା ମଧୁମିତା ।

"କିନ୍ତୁ ତମେ ବା ଅବିବାହିତ ରହିଲା କାହିଁକି ?"

"ତମ ଅପେକ୍ଷାରେ ନୁହେଁ, ନିଶ୍ଚୟ । କିନ୍ତୁ ତମେ ଗୋଟାଏ କାରଣ ହୋଇପାର । କାରଣ ସେତେବେଳେ ତମ ସହିତ ମୋର ମିଲାମିଶା ଦେଖି ବାପା ମା' ନିଶ୍ଚିତ ଥିଲେ ଯେ ମୁଁ ତମକୁ ହିଁ ବିବାହ କରିବି । କିନ୍ତୁ ତମର ଆକସ୍ମିକ ଅନ୍ତର୍ଧାନ ଫଳରେ ସେମାନେ ଯେତିକି ଆଶ୍ଚର୍ଯ୍ୟ ହୋଇଥିଲେ ତାଠାରୁ ବେଶୀ ଆଶ୍ଚର୍ଯ୍ୟାନ୍ୱିତ ହୋଇଥିଲି ମୁଁ । କିନ୍ତୁ ଛାଡ଼ ସେ କଥା । ତା ପରେ ପରେ ବାପା ମୋର ବିବାହ ପାଇଁ ହଠାତ୍ ସଜାଗ ହୋଇ ଉଠିଥିଲେ । ଭଲ ଭଲ ପ୍ରସ୍ତାବ ବି ଆସିଥିଲା । ପାତ୍ରୀ ହିସାବରେ ମନୋନୀତା ମଧ୍ୟ ହୋଇଥିଲି ମୁଁ । ସେତେବେଳେ ବାପାଙ୍କର ଯୌତୁକ ଦେବାର କ୍ଷମତା ବି ଯଥେଷ୍ଟ ଥିଲା । କିନ୍ତୁ ହୋଇ ପାରିଲା ନାହିଁ । ସମସ୍ତଙ୍କ ଗୁରୁଜନମାନଙ୍କର ଏକ କଥା । ପାତ୍ରୀ ଭଲ । ସୁନ୍ଦରୀ ଶିକ୍ଷିତା । କିନ୍ତୁ 'ମେଦିନୀପୁରର ଉଡ଼େ' ଘର ସହିତ ସମ୍ବନ୍ଧ କଲେ ଲୋକେ କହିବେ କ'ଣ ? ସମାଜରେ ଜାତିରେ, ସେମାନେ ମୁହଁ ଦେଖେଇବେ କିମିତି ? ପ୍ରେମ ବିବାହ ହେଲେ ଅନ୍ୟ କଥା । ଆଉ ସେଇ ବୟସରେ ଆଉ ଥରେ ପ୍ରେମ କରି ବିବାହ କରିବା ମୋ ପକ୍ଷରେ ଅସମ୍ଭବ ଥିଲା । ତାପରେ ବଙ୍ଗାଳୀ ପରିବାର କଥା ଛାଡ଼ିଦେଇ ବାପା ମୁହଁ ଫେରେଇଲେ ଆମରି ମେଦିନୀପୁର ଜିଲ୍ଲାକୁ । କିନ୍ତୁ ସେତେବେଳେ ଅବା ଏମିତି ଉଚ୍ଚ ଶିକ୍ଷିତ ଯୁବକ ସେ ଜିଲ୍ଲାରେ କେତେଜଣ ବା ଥିଲେ ? ତିନି ଚାରିବର୍ଷର ଧାଁ ଧଉଡ଼ ପରେ ବାପା କ୍ଲାନ୍ତ ହୋଇ ପଡ଼ିଲେ । ମୁଁ ସେହି ସମୟରେ ଏମ୍.ଏ. ପାଶ୍ କରି ଏମ୍.ଏଡ୍. ବି ପାଶ୍ କରି ଯାଇଥାଏ ।

ତାପରେ ବାପା ରିଟାୟାର କରି ଫେରିଆସିଲେ ଗାଁକୁ ଓ ମୁଁ ଚାକିରି ପାଇ ଆସିଲି ରାଉରକେଲା ।"

ତାପରେ ଟିକିଏ ଦୁଷ୍ଟାମିର ହସ ହସି କହିଲା "ରାଉରକେଲାରେ ଦୀର୍ଘ ବାଇଶବର୍ଷ କଟାଇଲା ପରେ ବି 'ଓଡ଼ିଆ' ବରଟିଏ ଜୁଟିଲା ନାହିଁ । ଭାଗ୍ୟ, ନା କ'ଣ କହୁଛ ?"

ମୁଁ କହିଲି, "ତମ କଥା ବିଶ୍ୱାସ କରିପାରୁନି । ତମେମାନେ ତ ବଙ୍ଗାଳୀ । ଚାଲିଚଳନ, କଥାବାର୍ତ୍ତା, ରୀତିନୀତି-କୋଉଠିରେ ବି ତମର ଓଡ଼ିଆତ୍ୱ ନାହିଁ ଅଥଚ-"

"ସେଇତ ଦୁଃଖ । ଆମେ ଯେ ମେଦିନୀପୁର ଜିଲ୍ଲାର ଲୋକ । ଯେତେ ଯାହା କଲେ ବି ଆମେମାନେ ବଙ୍ଗାଳାରେ ରହିଗଲୁ 'ମେଦିନୀପୁରର ଉଢ଼େ' ଭାବରେ ଏବଂ ତମ ଓଡ଼ିଶା ଲୋକଙ୍କ ପାଖରେ 'ମେଦିନୀପୁରିଆ ବଙ୍ଗାଳୀ' ଭାବରେ । ନା ଆମେ ବଙ୍ଗାଳାର ହୋଇପାରିଲୁ, ନା ଓଡ଼ିଶାର । ମେଦିନୀପୁର ବଙ୍ଗାଳାରେ ରହିବାର ଦୀର୍ଘ ଶହେବର୍ଷ ପରେ ବି ଆମର ଓଡ଼ିଆତ୍ୱର ଗନ୍ଧକୁ ସେମାନେ ସହ୍ୟ କରିପାରୁନାହାନ୍ତି – ଆଉ ତମେ ବି ଆମକୁ ଗ୍ରହଣ କରି ନେଇ ପାରୁନ । ଆଜିସୁଦ୍ଧା ବି ଆମ ବିବାହ ସମ୍ବନ୍ଧ ଆମରି ଜିଲ୍ଲା ଏବଂ ଓଡ଼ିଶାର ସୀମାର କେତୋଟି ଗାଁ ଭିତରେ ହିଁ ସୀମାବଦ୍ଧ ରହିଯାଇଛି । ଏଇ ଛୋଟ ଜିଲ୍ଲାରେ କେତେ ବା ଏମିତି ଶିକ୍ଷିତ ପୁଅ ରହିଛନ୍ତି ଯେ ସବୁ ଝିଅ ବାହା ହୋଇଯାଇ ପାରିବେ ?"

"ଏ ଅବସ୍ଥା ପାଇଁ ତ ତମର ପୂର୍ବପୁରୁଷମାନେ ହିଁ ଦାୟୀ । ନିଜତ୍ୱ ଭୁଲିଯାଇ ଯାହା ନୁହେଁ ସେଇଭଳି ଦେଖାଇ ହେବାର ଭୁଲ ଯୋଗୁଁ ତ ଆଜିକାର ଏଇ ଅବସ୍ଥା ।"

ହଠାତ୍ ଉତ୍ତେଜିତ ହୋଇ ପଡ଼ିଲା ମଧୁମିତା ସାସମଲ ।

"କାହିଁକି ସେମାନେ ଦାୟୀ ? ତମେ ଓଡ଼ିଶାର ତତ୍କାଳୀନ ଐତିହାସିକ ପରିସ୍ଥିତି ନ ଜାଣି ଏମିତି ଶସ୍ତା ମନ୍ତବ୍ୟ ଦେଇ ପାରୁଛ । ଊନବିଂଶ ଶତାବ୍ଦୀର ବଙ୍ଗାଳାର ଔଜ୍ଜ୍ୱଲ୍ୟରେ ଯେତେବେଳେ ସାରା ଭାରତ ଆଲୋକିତ, ସେମାନଙ୍କର ସାଂସ୍କୃତିକ ସାମ୍ରାଜ୍ୟବାଦ ଯେତେବେଳେ ବ୍ରହ୍ମପୁତ୍ର ପ୍ରବଳ ବନ୍ୟା ପରି ଭାରତବର୍ଷର ଚତୁର୍ଦିଗରେ ବ୍ୟାପୀ ଯାଉଥିଲା, ସାମାନ୍ୟ ମେଦିନୀପୁର ଜିଲ୍ଲାର ତତ୍କାଳୀନ ଅଶିକ୍ଷିତ, ଅର୍ଦ୍ଧଶିକ୍ଷିତ ଓଡ଼ିଆମାନେ ତାକୁ ପ୍ରତିରୋଧ କରି ପାରି ଥାଆନ୍ତେ କିପରି ? ତମରି ଓଡ଼ିଶାର କେନ୍ଦ୍ରସ୍ଥଳ କଟକରେ ଭାଷା ସଂସ୍କୃତି ରକ୍ଷା କରିବାକୁ ଯେତେବେଳେ ତମର ନେତାମାନେ ପ୍ରାଣାନ୍ତକ ପ୍ରୟାସ କରୁଥାନ୍ତି- ସେତେବେଳେ ମେଦିନୀପୁର ପ୍ରତି ଦୃଷ୍ଟି ଦେଉଥିଲା କିଏ ? ଆମେ ଯଦି ବଙ୍ଗାଳୀ ସଂସ୍କୃତିକୁ ରାଜାନୁଗତ ଧର୍ମ ଭାବରେ ଆପଣେଇ ନେଇଗଲୁ ସେତେବେଳେ ତମେ ଆମକୁ ଦୋଷ ଦେବ କେମିତି ? ଯଦି ସମଗ୍ର

ଭାରତବର୍ଷରେ ପାଶ୍ଚାତ୍ୟ ସଂସ୍କୃତିର ପ୍ରଭାବକୁ ଅଢ଼େଇ ଶହ ବର୍ଷ ଧରି ଆମେ ପ୍ରତିରୋଧ କରିପାରିନାହୁଁ, ଯୋଉ ସଂସ୍କୃତି ଭାରତର ସ୍ୱାଧୀନତା ଲାଭର ଦୀର୍ଘ ଚାଳିଶ ବର୍ଷ ପରେ ବି ସେହିପରି ଉଦ୍ଦାମ ଗତିରେ ଆଗେଇ ଚାଲିଛି, ତେବେ ପଡ଼ୋଶୀ ସମଦେଶୀ ସଂସ୍କୃତିରେ ଆମେ ପ୍ରଭାବିତ ହୋଇଯିବାରେ ବିଚିତ୍ରତା ବା କ'ଣ? ଦୋଷର ବା କାରଣ କ'ଣ?

"ଆଜି ଯୋଉ ସ୍କୁଲରେ ମୁଁ ପ୍ରଧାନ ଶିକ୍ଷୟିତ୍ରୀ, ସେଇ ସ୍କୁଲରେ କେତେଜଣ ଇଂରେଜ ଅଛନ୍ତି? ଜଣେ ବି ନାହିଁ। ସମସ୍ତଙ୍କର ମାତୃଭାଷା ଏହି ଦେଶର ବିଭିନ୍ନ ପ୍ରଦେଶରେ। ଅଥଚ ସମସ୍ତେ ଆଜି ନିଜ ନିଜ ପିଲାକୁ ଇଂରାଜୀ ଭାଷାରେ ଶିକ୍ଷିତ କରି, ପାଶ୍ଚାତ୍ୟ ସଭ୍ୟତାର ଅନୁକରଣରେ ସେମାନଙ୍କୁ ମଣିଷ କରିବାକୁ ଉଦ୍‌ଗ୍ରୀବ। ଡୁନ୍ ସ୍କୁଲ, ଦାର୍ଜିଲିଂ, କାସିଅଙ୍ଗ, ମସୌରୀ, ସିମ୍ଲା ପ୍ରଭୃତିର ଛାତ୍ରମାନେ ମନ, ପ୍ରାଣ, ବ୍ୟବହାର, ଚାଲିଚଳନରେ କେତେଦୂର ଭାରତୀୟ?"

"ନିପୁଣ ଉଚ୍ଚାରଣ ଭଙ୍ଗୀ, ପାଶ୍ଚାତ୍ୟର ସମସ୍ତ ଚାଲିଚଳନ, ରୀତିନୀତି, ଖାଦ୍ୟପେୟର ଆକ୍ଷରିକ ପ୍ରତିରୂପ ସ‌ତ୍ତ୍ୱେ ବି ସେମାନେ ଯେମିତି ତାଙ୍କ ଦେଶରେ କେବଳ 'ନେଟିଭ୍' ବା 'ବ୍ରାଉନ୍ ବାସ୍ତାର୍ଡ୍'। ଆମେ ସେମିତି ଦୁଇ ପ୍ରଦେଶ ମଧ୍ୟରେ ଏକ ଜାରଜ – ଉଭୟଙ୍କ ଚକ୍ଷୁରେ ଘୃଣାର ପାତ୍ର। କିନ୍ତୁ ଆମର ଏଇ ଅପରିସୀମ ଦୁଃଖକୁ ବୁଝେ କିଏ? କିଏ ଜଣାଏ ସମବେଦନା?"

ଉତ୍ତେଜନାରେ କମ୍ପୁଥାଏ ମଧୁମିତା। ଦୀର୍ଘଦିନର ଅପମାନ, ଯନ୍ତ୍ରଣା, ନିରାଶାର ରୁଦ୍ଧ ଆବେଗ ହଠାତ୍ ବାଟପାଇ ସ୍ୱତଃ ନିଃସାରଣୀ ଝରଣା ପରି ଆପେ ଆପେ ସ୍ଫୁରିତ ହୋଇ ଉଠିଛି ଏକ ଅନ୍ଧ ଆକ୍ରୋଶରେ।

ଅନେକ ସମୟ ଧରି ଆମେ ଚୁପ୍ ରହିଲୁ।

ତା'ପରେ କାନ୍ଥଘଡ଼ିକୁ ଦେଖି ଚମକି ଉଠିପଡ଼ିଲା ମଧୁମିତା। "ଆରେ କଥାରେ କଥାରେ କେତେ ଡେରି କରିଦେଲି ତମକୁ। ଗପୁ ଗପୁ କେତେବେଳେ ହୋଇଗଲାଣି ଖିଆଲ ନାହିଁ। ସାଢ଼େ ନଅଟା ହେଲାଣି। ଆସ ଖାଇବ। ମୁଁ ଯାଏଁ ବଢ଼ାବଢ଼ି କରେ।"

ଖିଆପିଆ ସାରି ବାଟେଇ ଦେବାକୁ ଆସି ମଧୁମିତା ପଚାରିଲେ "ଆଉ କେତେଦିନ ରହିବ?" "କାଲି ସକାଳେ ମୁଁ ଭୁବନେଶ୍ୱର ଫେରିଯିବି।" ମୁଁ କହିଲି। ଛୋଟ ଗୋଟାଏ 'ଓ' କରି ସେ ନୀରବ ରହିଲା। ତା ପରେ ବହୁ ସମୟ ନୀରବ ରହି ନମସ୍କାର ଜଣାଇ ବିଦାୟ ନେବାର ଠିକ୍ ପୂର୍ବ ମୁହୂର୍ତ୍ତରେ ହିଁ ସେ ଅଚାନକ ପ୍ରଶ୍ନ କଲା– "ମନିଦା? ଗୋଟାଏ ପ୍ରଶ୍ନ ପଚାରିବି, ସତ କହିବ?"

"କ'ଣ ପଚାର।" ହଠାତ୍ କରି ମୋ ଛାତିଟା କାହିଁକି ଧଡ୍ କରି ଉଠିଲା।

ସେ ପୁଣି କେଇଟା ମୁହୂର୍ତ୍ତ ନୀରବ ରହି ଢୋକ ଗିଳି ପଚାରିଲା– "ତମର ସେଦିନ ଏମିତି ହଠାତ୍ କରି ଅନ୍ତର୍ଦ୍ଧାନ ହୋଇଯିବାର ପଛରେ କାରଣଟା କ'ଣ?"

ହଠାତ୍ ଯେମିତି ପ୍ରବଳ ଜୁଆର ପରି ପଚିଶବର୍ଷ ତଳର କଫି ହାଉସର ସେଇ ସ୍ମୃତିର ଯନ୍ତ୍ରଣା ମୋତେ ଆଉଥରେ ନୂତନ କରି ଠିକ୍ ଅବିକଳ ଭାବରେ ଯନ୍ତ୍ରଣାବିଦ୍ଧ କରିଦେଲା। ରାଗ ରୋଷ ଯନ୍ତ୍ରଣା ଓ ଅପମାନରେ ଜର୍ଜରିତ ବେଦନାବୋଧ କ୍ରୋଧର ଉନ୍ମତ୍ତ ଢେଉରେ ମୋତେ ଆଉଥରେ ଉଚ୍ଛାଳ କରି ଦେଇଗଲା। ତା'ର ପ୍ରଶ୍ନର ଉତ୍ତରରେ ମୁଁ ଏକ ତୀକ୍ଷ୍ଣ ମର୍ମଭେଦୀ ଜବାବ ପ୍ରସ୍ତୁତ କରି ତା ଉପରକୁ ନିକ୍ଷେପ କରିବା ପାଇଁ ଉଦ୍ୟତ ହେଲାବେଳେ ତା'ର ସେଇ କରୁଣାମୟୀ ବିଷାଦ ମୂର୍ତ୍ତିକୁ ଦେଖି ମୁଁ ସ୍ତବ୍ଧ ହୋଇ ରହିଗଲି।

ମୋତେ, ମୋର ପ୍ରେମକୁ ଓ ମୋର ଜାତିକୁ ଅପମାନ କରିଥିବା ମଧୁମିତା ତ ଏ ନୁହେଁ। ଏ ମଧୁମିତା ଯେମିତି ମେଦିନୀପୁରର ସମସ୍ତ ଓଡ଼ିଆ ଝିଅଙ୍କର ଦୁଃଖର ବୋଝ ନେଇ ମୋ ପାଖରେ ମୁଣ୍ଡପାତି ଛିଡ଼ା ହୋଇ ତା'ର ପ୍ରଶ୍ନର ଉତ୍ତର ଚାହୁଁଛି।

ତା'ର ଦୁଃଖଟ ସମଗ୍ର ବିଚ୍ଛିନ୍ନାଞ୍ଚଳ ଓଡ଼ିଆର ଦୁଃଖ। ହଠାତ୍ କରି ମୋର ଆଖି ସଜଳ ହୋଇ ଉଠିଲା। କଫି ହାଉସ୍‌ର ସ୍ମୃତିକଥା ମୁଁ ଭୁଲିଗଲି।

ମୁଁ ତା'ର ଦୁଇହାତ ପାପୁଲି ଚାପି ଧରି କହିଲି,

"ମଧୁମିତା! ମଣିଷର ତ ଭୁଲ୍ ହୋଇଥାଏ। କିନ୍ତୁ ଏଇସବୁ ଭୁଲ୍ ପଛରେ ବୋଧହୁଏ କିଛି କାରଣ ନଥାଏ। ମୁହୂର୍ତ୍ତକ ମଧରେ କେଉଁଠି କ'ଣ କିଛି ଗୋଟାଏ ଘଟିଯାଏ ଯାହା ତା'ର ଆୟତ୍ତରେ ନ ଥାଏ। ଏଇଟାକୁ ମଣିଷର ଦୁର୍ବଳତା କହିପାର, ଭାଗ୍ୟ ବି କହିପାର।"

"ମୁଁ ତୁମକୁ ଭୁଲ୍ ବୁଝିଥିଲି, ମଧୁମିତା– କିନ୍ତୁ ଏଥର ଦେଖାହେବାର ମୁହୂର୍ତ୍ତରୁ ମୁଁ ସେ ଭୁଲ୍ ବୁଝିପାରିଥିଲି। ସେଇ ମୁହୂର୍ତ୍ତରୁ ମୁଁ ତୁମକୁ କ୍ଷମା କରି ସାରିଛି। ତମେ ଯଦି ପାରିବ, ମୋତେ କ୍ଷମା କରିଦେବ।"

ହାତ ପାପୁଲିରେ କେଇବୁଦା ଗରମ ଲୁହର ସ୍ପର୍ଶରେ ମୁଁ ଚମକି ପଡ଼ି ତା ମୁହଁକୁ ଚାହିଁଲି।

ମଧୁମିତା ସାସମଲ ହସୁଥିଲା।

ସେ କୋହମିଶା ଆନନ୍ଦରେ ଫିସ୍ ଫିସ୍ କରି କହିଲା "ମୋର ଆଉ କିଛି ଦୁଃଖ ନାହିଁ, ମନିଦା। ଜୀବନର ଆଉ କେତେଟା ବର୍ଷ ମୁଁ ଆନନ୍ଦରେ କଟେଇ ଦେଇ ଯାଇ ପାରିବି।"

କୋକିଳା ମାହାରୀ

କାହିଁକି ଟେଲିଗ୍ରାଫ ତା'ର ଉପରେ କଜଳପାତି ବେଶୀ ବସନ୍ତି? କାହିଁକି କୁଣିଆ ଆସିଲେ କାଉ ବୋବାଏ?

କାହିଁକି କୋଇଲିମାନେ ଲୁଚି ଲୁଚି ରାବନ୍ତି? କାହିଁକି କୋକିଲ ମାହାରୀର ଜୀବନ ଏମିତି ଛାର ଖାର ହୋଇଗଲା?

ସବୁଥିର ନିଶ୍ଚୟ କିଛି କାରଣ ଅଛି। ଉତ୍ତର ଅଛି। କିନ୍ତୁ କୋକିଲା ମାହାରୀ ଏ ସବୁ ପ୍ରଶ୍ନର ଉତ୍ତର ନିଜେ ଏ ପର୍ଯ୍ୟନ୍ତ ଖୋଜି ପାଇନାହିଁ। ପିଲାବେଳେ ଭାବିବ ବୋଲି କଞ୍ଚନାରେ ନ ଥିଲା – ଯୌବନ କାଳରେ ଭାବିବା ପାଇଁ ସମୟ ନ ଥିଲା – ଏବେ ଏଇ ବୃଦ୍ଧା ବୟସରେ ସେ ସବୁଥିର ଉତ୍ତର ଖୋଜି ବୁଲୁଛି। ବୟସର ବୋଝ ଦିନକୁ ଦିନ ଭାରି ହୋଇ ଉଠୁଛି। ସେ ବୋଝ ଯେତିକି ତାକୁ ଚାପି ଚାପି ଦେଉଛି ସେ ସେତିକି ପ୍ରାଣ ବିକଳରେ ଆଉଟି ପାଉଟି ହୋଇ ଉତ୍ତର ଖୋଜୁଛି। ସତେ ଯେମିତି ଉତ୍ତରଟାଏ ପାଇଗଲେ ସେ ବର୍ତ୍ତି ଯାଆନ୍ତା– ବୋଝଟା ହାଲୁକା ହୋଇ ଯାଆନ୍ତା। ସେ ଶାନ୍ତିରେ ଶୋଇ ପଡ଼ନ୍ତା ଗହମ ନିଦରେ।

କାହା ଝିଅ କୋକିଲା ମାହାରୀ?

ବଡ଼ ପଣ୍ଡାଙ୍କ ଝିଅ?

ତଳିଛୁ ମହାପାତ୍ରଙ୍କ ଝିଅ?

ଦେଉଳ କରଣଙ୍କ ଝିଅ?

ମହାସୁଆରଙ୍କ ଝିଅ?

ନା ସାଇ ମାଳ ଭିକାରୀ ଖୁଣ୍ଠିଆ ଝିଅ?

କାହା ଝିଅ ସେ? ନା ସେ ଜଗନ୍ନାଥଙ୍କ ଝିଅ। ଚଞ୍ଚଳା ମାହାରୀର ଝିଅ। ଯୋଉ ଝିଅର ବାପର ଠିକଣା ହଜିଯାଇଛି ତା'ର ସ୍ୱାମୀ ଘରକୁ ଯିବାର ବାଟ କିଏ

ଅବା ବତେଇ ଦେବ। କୋକିଲା ମାହାରୀର ଘରକୁ ଯିବାର ବାଟ ବହୁ ପୁରୁଷଙ୍କୁ ଜଣା ଅଛି ଏକା ତା'ର ସ୍ୱାମୀର ପୁରୁଷଟି ସେଇ ବାଟ ଖୋଜି ପାଇ ନାହିଁ।

କୋକିଲା ସେଥିପାଇଁ ଆଉ ବୋହୂ ସାଜି ପାରିଲା ନାହିଁ। ବୋହୂ ସାଜିବ ବୋଲି ସେ ବହୁ ପୁରୁଷଙ୍କ ଭିତରେ ସ୍ୱାମୀଟିଏ ଖୋଜୁ ଖୋଜୁ ବେଳ ଗଡ଼ିଯାଇଛି ବୋଲି ସେ ନିଜେ ବି ଜାଣିପାରି ନାହିଁ।

ସତୁରି ବର୍ଷ ବୟସରେ ଆଉ କି ଖୋଜିବା ଦରକାର ?

ଦାଣ୍ଡ ବାରଣ୍ଡା ଉପରେ ଠୁକିଠାକି କୁଜି ହୋଇ ବସି କୋକିଲା ମାହାରୀ ଶୂନ୍ୟ ଦୃଷ୍ଟିରେ ଅନେଇ ରହିଛି ରାସ୍ତା ଉପରକୁ।

କାଳିଆ କୁଆଡ଼େ ତା'ର ସ୍ୱାମୀ ?

ପ୍ରାୟ ଚାଳିଶ ବରଷ କାଳ ଭିତରେ ଗାଏଣୀ ହୋଇ କାଳିଆ ଆଗରେ ନାଚି ନାଚି ଥକି ଯାଇଛି। କାଳିଆ ତ କାହିଁ ଦିନେ ଉଭା ହେଲା ନାହିଁ। କହିଲା ନାହିଁ "କୋକିଲା ଲୋ ତୁ ମୋର ସ୍ତ୍ରୀ ବୋଲି।"

କୋକିଲା ମାହାରୀ ଏତେ ପୁରୁଷର ଅଙ୍କଶାୟିନୀ ହୋଇ ବି ବାଢ଼ୁଅ ରହିଗଲା। ତା ଆଖିରେ ପରଳ ପଡ଼ିଲାଣି। ମୁଣ୍ଡବାଳ ଝୋଟ ପରି ଧଳା। ଦାନ୍ତ ସବୁ ଝଡ଼ି ଗଲାଣି। ପାକୁଆ ପାଟି। ଚମ ଧୁଡୁଧୁଡୁ। କାନକୁ ଭଲ ଶୁଭୁନାହିଁ।

କିଏ ଜଣେ ତା କାନ ପାଖରେ ରଡ଼ି ଛାଡ଼ିଲା "କୋକିଲା ମାଉସୀ, କିଏ ଜଣେ ତମ ପାଖକୁ ଆସିଛନ୍ତି।"

ପରଳ ଲଗା ଆଖି ଟେକି ମିଞ୍ଜି ମିଞ୍ଜି ଚାହିଁ କୋକିଲା କହିଲା "କିଏ ବା ? ଥଟ୍ଟା ନାଗିଚି ? ଏ ବୟସରେ ଆଉ କିଏ ଆସିବ ?"

କୋକିଲା ମାହାରୀ ଗୋଟିଏ ହଜିଲା ଗୋଷ୍ଠୀର ଏକମାତ୍ର ଜୀବନ୍ତ ପ୍ରତିନିଧି। ତା'ରି ସାକ୍ଷାତକାର ବିବରଣୀ ନେବାକୁ ଆସିଛନ୍ତି ଶ୍ରୀମନ୍ଦିରର ଗବେଷକ ରମେଶ ପ୍ରତିହାରୀ। ରମେଶ ଓଡ଼ିଆ ସାହିତ୍ୟରେ ଏମ୍.ଏ.। ପି.ଏଚ୍.ଡି.ର ଗବେଷଣା କରୁଛନ୍ତି ଶ୍ରୀମନ୍ଦିର ଉପରେ।

ରମେଶ କହିଲା "ଥଟ୍ଟା ନୁହେଁ ମାଉସୀ, ମୁଁ ଆସିଛି। ତମ କଥା ଶୁଣିବାକୁ। କେତେଟା କଥା ପଚାରିବାକୁ।"

ବୁଢ଼ୀ ଅବିଶ୍ୱାସ ଭଙ୍ଗିରେ ଚାହିଁ ଗୁଣ୍ଡୁ ଗୁଣ୍ଡୁ ହୋଇ କହିଲା, "ଏତେ ବରଷ ହେଲା ତ ଦିନେ କେହି ପଚାରି ନାହିଁ। ଏବେ ତମେ ଆସିଛ। ଜଗନ୍ନାଥଙ୍କ ଖଇ ଭୋଗ ମୁଠେ ନ ପାଇଲେ ଜୀବ କୌଢ଼ିନୁ ଛାଡ଼ି ସାରନ୍ତାନି ?"

ରମେଶ ପୁରୀର ବାସିନ୍ଦା। ଚବିଶ ବର୍ଷ କଟିଗଲାଣି ଏଇ ପୁରୀ ସହରରେ।

ଅଥଚ କୋକିଲା ମାହାରୀ ଘର ସେ ଏଇ ପ୍ରଥମ ଦେଖିଛି। ଗବେଷଣା ନ କରିଥିଲେ କେବେ ଦେଖି ନଥାନ୍ତା ବୋଧେ। ସେ ସାହିର ସାଙ୍ଗ ସଦେଇ ପଣ୍ଠା କହିଲା, "ଭାଇନା, ବୁଢ଼ୀ ପାଟିରୁ ଏମିତିରେ କିଛି କଥା ବାହାରିବ ନାହିଁ ମ। ଭାଙ୍ଗ ପୁଡ଼ା ପାଇଁ କିଛି ପଇସା ବାହାର କରୁନା। ନଇଲେ ଅଫିମ ଟେଲାଏ ଦିଅ। ତା କାନକୁ କିଛି ଶୁଭୁଛି ନା ଆଖିକୁ ଦିଶୁଛି। ମାଲ୍ ପଡ଼ିଲେ ଯାଇ କଥା ବାହାରିବ।"

ରମେଶ ସେଦିନ ଫେରି ଆସିଥିଲା। ପୁଣି ଯାଇ ଥିଲା ତା ପରଦିନକୁ।

"ମାଉସୀ, ତମ ଘର କ'ଣ ଏଇ ପୁରୀରେ?"

"ପୁରୀରେ ନୁହଁତ ଆଉ କୋଉଠି ବା? ଏଇଠି ଜନମ, ଏଇଠି ମରଣ।"

"ତମ ପିଲାଦିନ କଥା ଟିକିଏ କହ?"

"ଆଉ କୋଉକଥା ମନେ ପଡ଼ୁଛି କି? ନିଆଁଲଗା ମନ ସବୁ ପୋଡ଼ି ଖାଇ ସାରିଲାଣି। କିଛି ମନେ ନାହିଁ। କିଛି ନାହିଁ। ଚମ୍ପା ମାହାରୀ ଝିଅ ମୁଁ। ମା ନାଁ ଚମ୍ପା। ବୁଝିଲୁ ପୁଅ। ଚମ୍ପା ମାହାରୀ ନା ଶୁଣିଲେ ବଡ଼ ପଣ୍ଠା ବି ବାଟ ଛାଡ଼ି ଦେଉଥିଲା। ଖୋଦ୍ ମାହାରାଜା ତା ଗୀତ ଶୁଣି ପାଗଳ ହୋଇ ଯାଉଥିଲେ। ମୋ ମା' ସିଏ। ଚମ୍ପା ମାହାରୀ।"

ବୁଢ଼ୀର ସ୍ମୃତି ବିଭ୍ରମ ଘଟିଲାଣି। କଥାରେ ଠିକ୍ ଠିକଣା ନାହିଁ। ଜିଭ ଭଲକରି ଲେଉଟୁ ନାହିଁ। କଥାଗୁଡ଼ିକ ସ୍ପଷ୍ଟ ନୁହେଁ। ଅଧେ କଥା ବୁଝି ହେଉ ନାହିଁ। ରମେଶ ଟେପ୍ ରେକର୍ଡର ଚଲେଇ ଦେଇଥାଏ। ପରେ ଧୀରେ ଧୀରେ ଯଦି ଶୁଣି ବୁଝିହେବ।

ସେଇ ଚମ୍ପା ମାହାରୀ ଝିଅ ମୁଁ। ମୋ ଅସଲ ନାଁ କ'ଣ କୋକିଲା – ଖୋଦ୍ ମାହାର୍ଜା ଦେଇଥିଲେ ପରା ମୋ ନା। ଯୋଉଦିନ ପ୍ରଥମ କରି 'ରସକଲ୍ଲୋଲ' ବୋଲିଲି ମାହାର୍ଜାଙ୍କ ଆଗରେ – ବୁଝିଲ ପୁଅ-ମୋତେ ସେତେବେଲକୁ କେତେ ବୟସ କେଜାଣି-ଆଖି ଫିଟି ନ ଥାଏ ମ-ପଢ଼ିଆରୀ, ପଣ୍ଡିତ ସଭାରେ ଭର୍ତି-କେତେ ଲୋକ ଯେ-ଗୀତ ସରିବା ପରେ ବୁଝିଲି ପୁଅ-ସବୁ ଛିଡ଼ା ହୋଇ ପଡ଼ିଲେ ତ। ମାହାର୍ଜା ରତ୍ନମାଲ ଫିଙ୍ଗି ଦେଇଥିଲେ ମୋ ଉପରକୁ – କହିଲେ କ'ଣ ନା 'କୋକିଲ'– ସେଇଦିନଠୁ ମୋ ନାଁ ହେଲା କୋକିଲ-କୋକିଲା ମାହାରୀ। ମୋ ମା' ଶରଧାରେ ମୋ ନାଁ ଦେଇଥିଲା କଲାବତୀ-କଲାବତୀ ହଁ ହଁ ହଁ ହଁ – କୁଆଡ଼େ ପୋଡ଼ିଗଲା ସେଇ ନାଁ। ସେ ମଲା ପରେ ମୋତେ ଆଉ କେହି ସେଇ ନାଁରେ ଡାକି ନାହାନ୍ତି ଆଜକୁ ପଚାଶ ବରଷ ହେଲାଣି।

ନାଚ ଶିଖିଥିଲି ଗୋଟିପୁଅ ମାସ୍ଟ୍ର ରଘୁ ଓସ୍ତାଦଙ୍କଠୁ। ଗୀତ ବି ଶିଖିଥିଲି ତାଙ୍କ ପାଖରୁ। ହେଲେ ମୋ ମା ହେଲା ମୋର ଅସଲ ଗୁରୁ। କହିଥିଲା "ଛାମୁଙ୍କ ସାମ୍ନାରେ

ନାଚିଲାବେଳେ ଆଖି ଦିଟାକୁ ଜମା ଚାହିଁବୁ ନାହିଁ। ଗିଳିଯିବ ସେ କାଳିଆ। ଗୀତ ଗୋବିନ୍ଦ ବୋଲିଲା ବେଳେ ଲଜ୍ଜା ଛାଡ଼ି ଦେବୁ। ଆଖି ତଳକୁ କରି ବୋଲିବୁ ମଞ୍ଜିଆଇ ବୋଲିବୁ। ସବୁ କିଛି ଭୁଲି ଯାଇ ମଗ୍ନ ହୋଇଯିବୁ। ତାଳ କଥା ମନେ ରଖିବୁ ନାହିଁ – ଲୟ କରିଥିବୁ ଭାବକୁ। ମନେ ମନେ ଭାବ ରଖିବୁ ସେ ଲମ୍ପଟିଆ ଯେମିତି ତୋର ଅଙ୍ଗବାସ ଟାଣି ପକାଉଛି – ମିଶେଇ ଦେଉଛି ତା ଦିହରେ ତୋତେ। ଲମ୍ପଟିଆ ନାଗର ପରା-ସୁଆମୀ ନୁହେଁ ଲୋ ନାଗର, ନଟ ନାଗର।" ବାପ ନାଁ ଜାଣିନାଇଁ। ବାପା ଆଉ କିଏ? ଜଗନ୍ନାଥେ ପରା। ବାପ ବି ଜଗନ୍ନାଥ। ନାଗର ବି ଜଗନ୍ନାଥେ, ସୁଆମୀ ବି ଜଗନ୍ନାଥେ। କେତେବେଳେ ବଡ଼ପଣ୍ଡ ବେଶରେ, କେତେବେଳେ ମହାସୁଆର ବେଶରେ, କେତେବେଳେ ଦେଉଳ କରଣ ବେଶରେ ସେ ଉଭାହୁଅନ୍ତି। ରାତି ଅଧରେ ମଣିମାଙ୍କ ପହଡ଼ ପଡ଼େ। କବାଟରେ ମୁଦ ପଡ଼େ। ତା ଭିତରୁ ବି କେମିତି ସେ ବାହାରି ଆସନ୍ତି ସେଇ ବେଶରେ କେଜାଣି। ରାତି ଅଧରେ ମୋ ଘରେ ପଶି ମୋ ସାଙ୍ଗରେ ରଙ୍ଗରସ ହୁଅନ୍ତି। ସକାଳ ପାହୁ ନ ପାହୁଣୁ ପୁଣି ଉଭାନ।

ଗଛରେ ଫଳ ଧରେ ନାହିଁ। ଫଳ ଧରିଲେ ପୁଣି ସେଇ ବେଶରେ ଆସି ଉଭାନ୍ କରିଦିଅନ୍ତି ଫଳକୁ। ଥରେ ଥରେ ଫଳକୁ ଫୋପାଡ଼ି ଦେଇ ଆସେ କେଉଁ କାଉ ବସାରେ।

ମଲା ଆଗରୁ ମା' ଦିନେ କହିଥିଲା ବୁଝିଲୁ ଲୋ କଳା ଆମ ମାହାରୀ ଜୀବନ କୋଇଲି ଜୀବନ। ସାରସ-ସାରସୀ, କାପ୍ତା କାପ୍ତୀ ହଂସ ହଂସୀ ଶୁଆ ସାରୀ ସବୁ ସ୍ୱାମୀ ସ୍ତ୍ରୀ ହୋଇ ବସା ଗଢ଼ନ୍ତି। ମାଈ ପକ୍ଷୀ ଅଣ୍ଡା ଦିଅନ୍ତି। ଦିଜଣ ମିଶି ଅଣ୍ଡା ଉଷ୍ମାନ୍ତି। ଦିଜଣ ମିଶି ଛୁଆ ପାଳନ୍ତି। ଏକା କୋଇଲି ଭାଗ୍ୟରେ ବର ନାହିଁ କି ଘର ନାହିଁ। ମାଈ କୋଇଲିକୁ ଦଳକୁ ଦଳ ପୁରୁଷ କୋଇଲି ଏକାଥରେ ମାଡ଼ିବସନ୍ତି। ତା ପରେ ଛାଡ଼ି ଦେଇ ପୁଣି କୁଆଡ଼େ ଉଡ଼ିଯାଆନ୍ତି। ମାଈ କୋଇଲି ବିଚରା ଏକୁଟିଆ ପଡ଼ି ରହିଥାଏ ସେମିତି। ସେ ବି ଅଣ୍ଡା ଦିଏ। କିନ୍ତୁ ବସା କାହିଁ ଯେ ଅଣ୍ଡା ଉଷ୍ମାଇବ। ସେଇଥିପାଇଁ ଅଣ୍ଡାକୁ ଅଣ୍ଡରେ ଧରି ବାରଦୁଆର ଶୁଣ୍ଢିପିଣ୍ଢା ହୋଇ ଶେଷକୁ କାଉ ବସାରେ ଟୁପ୍ କିନା ଛାଡ଼ି ଦେଇ ଆସେ। ମା' ହୋଇ ବି ଛୁଆକୁ ପାଖରେ ରଖି ପାରେ ନାହିଁ। କାହାକୁ କହିବ ତା'ର ବାପା କିଏ? ଅଣ୍ଡା ଉଷ୍ମାଇଲାବେଳେ କିଏ ଆଣି ତା ମୁହଁରେ ଆହାର ଦେବ? କୋଇଲି ଜାତିରେ ସ୍ୱାମୀ ନାହିଁ ଲୋ କଳା, ସବୁ ଦୟାମାୟାହୀନ ଲମ୍ପଟ ନାଗର। ସେଇ ଦୁଃଖରେ ତ କୋଇଲି ଗଛଗହଳରେ ମୁହଁ ଲୁଚାଇ ରହିଥାଏ। ସେ ପୋଡ଼ାମୁହଁ କାହାକୁ ଦେଖେଇବ ସେ? ପତ୍ରଗହଳିର ଅନ୍ଧାର ଭିତରେ ତା ଜୀବନର ଦୁଃଖ କାହାଣୀକୁ ଗାଇ ଗାଇ ବୁଲୁଥାଏ। ସମସ୍ତେ କହନ୍ତି

କୋଇଲିର ଗଳା କି ମିଠା । କି ସୁନ୍ଦର । ଭରା ବସନ୍ତରେ ସେ ଯେ ଗୋଟାଏ ପରିତ୍ୟକ୍ତା, ଅଲୋଡ଼ା, ଚିର ବିରହିଣୀ ମାହାରୀଟିଏ – କିଏ ଜାଣେ ଏ କଥା ?

କୋଇଲି ଛୁଆ ତା ମା'କୁ ଜାଣେ ନା ବାପକୁ ଚିହ୍ନେନା । ଚିର ଅବହେଳିତ ଜାରଜ ସନ୍ତାନ । ସେ ପୁଣି କୋଉ ସାହସରେ ମୁହଁ ଦେଖେଇବ । ଜ୍ଞାନ ପାଇଲେ, ବୁଢ଼ି ହେଲେ ନିଜ ଲାଜରେ ନିଜ ସରମରେ ନିଜେ ମରିଯାଏ ସେ । ପୁଣି ସେଇଥିପାଇଁ ପଳେଇଯାଏ ଘନ ଅରଣ୍ୟକୁ । ପକ୍ଷୀମାନଙ୍କ ଭିତରୁ ଅଲଗା ହୋଇ ରହେ । ସମାଜ ଛଡ଼ା, ପରିତ୍ୟକ୍ତ, ଅବହେଳିତ ଜାରଜଟିଏ । କୋଉ ଜନ୍ମରେ କି ପାପ କରିଥିଲା କେଜାଣି – ଏତେ ଯୁଗ ପରେ ବି ସେ ପାପ ଆଉ କ୍ଷାଳନ ହେଲା ନାହିଁ । ଯୁଗ ଯୁଗ ଧରି, ପୁରୁଷ ପୁରୁଷ ଧରି କୋଇଲି ଜାତି ସେଇ ପାପକୁ ଛାତିରେ ଧରି ଆଜି ପର୍ଯ୍ୟନ୍ତ ସେମିତି ପ୍ରାୟଶ୍ଚିତ କରି ଚାଲିଛି । କିଏ କହିବ ଏ ପାପରୁ ମୁକ୍ତି କେବେ ? କାହାର ଶାପ୍ୟ ଇଏ ? କିଏ ଏମିତି ଚିରନ୍ତନ ଅଭିଶାପ ଲେଖି ଦେଇ ଯାଇଛି ଏଇ ପକ୍ଷୀ ଜାତିଟା ଭାଗ୍ୟରେ ?

ସେମିତି ଲୋ କଳା, ଆମ ମାହାରୀ ଜାତିର ଭାଗ୍ୟରେ ଏଇ ଅଭିଶାପ ଲେଖା ହୋଇଛି । ତାକୁ ଲଙ୍ଘନ କରିବ କିଏ ? ଏତେ କାଳ ଧରି, ଶହ ଶହ ବରଷ ଧରି କାଳିଆ ଆଗରେ ଦୁଃଖର କାହାଣୀର ଗୀତ ବୋଲି ବୋଲି ତ ଶାପ କଟିଲା କାହିଁ – ଆଉ କିଏ ଯେ ଏଇ ଦୁଃଖରୁ ତାରିବ । ମନ ଉଣା କରିବୁ ନାହିଁ – ସୁଆମୀ, ଘର ସଂସାର କରିବା କଥା ମନକୁ ଆଣିବୁ ନାହିଁ । ନହେଲା କଥା ମନକୁ ଆଣିଲେ, ଭାଲିହେଲେ, ଘାରି ହୋଇ ହୋଇ ଜୀବନ ମଉଳି ଯିବ ଲୋ । ଦୁଃଖରେ ଦୁଃଖରେ ସଢ଼ିଯିବୁ ଯୁବା ବୟସରେ । ତାଉ ଭାଗ୍ୟକୁ ଆଦରି, କର୍ମକୁ ଆଦରି ଯେତିକି ସୁଖ ଯୋଉଠୁ ପାଉଛୁ ପାଇଯା । ହସି ଖେଲି ଜୀବନ କଟେଇ ଦେ – ଯେତେଦିନ ପାରିବୁ କାଳିଆ ଆଗରେ ନାଚି ଯା-ଗାଇ ଯା-କେଜାଣି ଅବା ତୋ କାଲକୁ ନ ହେଲେ ନାଇଁ–ତୋ ପରେ ଯୋଉ ମାହାରୀ ଆସିବ ତା ପାଇଁ କାଳିଆ ମୁକ୍ତି ଦେଇଦେବ ।"

ମା' କଥାକୁ ହେଜି ରଖି ସତୁରି ବରଷ କଟେଇ ଦେଲି । କିଛି ଖୁସିରେ କିଛି ଦୁଃଖରେ । ଏବେ ଦୁଃଖନାହିଁ କି ସୁଖ ନାହିଁ ।

ରମେଶ ପ୍ରତିହାରୀ ଜୋରରେ କହିଲା "ବୁଝିଲ ମାଉସୀ, ଏବେ ଆଉ ଦେଉଳରେ ମାହାରୀ ନାହାନ୍ତି । ସେ ବ୍ୟବସ୍ଥା ଉଠିଗଲାଣି କେତେଦିନରୁ । ତମ ଗୁହାରି ଠାକୁର ଶୁଣିଛନ୍ତି ।"

କୋକିଲା ମାହାରୀ କିନ୍ତୁ କିଛି ଶୁଣି ପାରି ନ ଥିଲା । ଏକେତ ଭଲ ଶୁଭୁନାହିଁ ପୁଣି ସେତେବେଳକୁ ତା'ର ଅଫିମିଆ ନିଦଟା ମାଡ଼ି ଆସିଲା ଖୁବ୍ ଜୋର୍‌ରେ । ସେ ପିଣ୍ଡା ଉପରେ ଠୁକ୍‌ କରି ଗଡ଼ି ପଡ଼ି ଶୋଇ ପଡ଼ିଲା ନିଦରେ ।

ନାବିନି ଅପା, ଇନ୍ଦୁରେଖା ଓ ଗୁରୁବାରୀ

ଘଟଣାଟି ଘଟିଥିଲା ଆଜିକୁ ଏକାଅଶୀ ବର୍ଷ ତଳେ। ପଣ୍ଡିତ ଜନାର୍ଦ୍ଦନ ତର୍କାଳଙ୍କାର କାବ୍ୟତୀର୍ଥ ମହାଶୟ ସିଦ୍ଧାନ୍ତ ଦେଇଥିଲେ। "ବୁଝିଲେ ପଇନାୟକ ସାମନ୍ତ ମହାଶୟ। ସ୍ତ୍ରୀ ଜାତି ହେଲା ମାଟିହାଣ୍ଡି ସଙ୍ଗେ ସମାନ। ମାଟିହାଣ୍ଡି ଯେତେବେଳଯାଏ ନୂଆ ହୋଇଥାଏ – ସେ ପବିତ୍ର। ସେ କୁମ୍ଭାର ଘରେ ଥାଉ, ହାଡ଼ି ପାଣ ଘରେ ଥାଉ। କିନ୍ତୁ ଥରେ ସେ ହାଣ୍ଡି ଆସି ଆପଣଙ୍କ ରୋଷେଇ ଶାଳରେ ପଶିଗଲା ତ ସେ ହୋଇଗଲା ଜାତିଆ ହାଣ୍ଡି। ଅନ୍ୟ କେହି ଛୁଇଁଦେଲେ ତ ମାରା ହୋଇଗଲା ସେ। କିଛି କାମକୁ ନୁହେଁ। ସେ ହାଣ୍ଡି ଫୋପଡ଼ା ହୁଏ। ସେମିତି ସ୍ତ୍ରୀ ଯେତେଦିନ କନ୍ୟା ରୂପରେ ଆପଣଙ୍କ ଘରେ ରହେ, ସେ ପବିତ୍ର। ଯୋଉଦିନ ତା ହାତକୁ ଅନ୍ୟ ହାତରେ ଛଦିଦେଲେ ସେ ହେଲା ତା'ର। ଆଉ ସେଇ ସ୍ତ୍ରୀ କୌଣସି କୁଳକୁ ଯୋଗାଏ ନାହିଁ।"

ସେତେବେଳକୁ ମହାରାଜା ଶ୍ରୀ ରାମଚନ୍ଦ୍ର ଭଞ୍ଜଦେଓ ବଙ୍ଗଳାର ବିଖ୍ୟାତ ବ୍ରାହ୍ମନେତା କେଶବଚନ୍ଦ୍ର ସେନଙ୍କ କନ୍ୟାକୁ ବିବାହ କରି ବାରିପଦାକୁ ନେଇ ଆସିଥାନ୍ତି। କନ୍ୟା ସାଙ୍ଗରେ ଯୌତୁକ ପରି ଅନେକ ବ୍ରାହ୍ମଧର୍ମୀ। ମୟୂରଭଞ୍ଜ କ୍ଷେତ୍ରରେ ଚାକିରି ଗ୍ରହଣ କରି ପରିବାର ସହ ବାରିପଦାକୁ ଚାଲି ଆସିଥାନ୍ତି। ବାରିପଦାରେ ବ୍ରାହ୍ମ ମନ୍ଦିର ତିଆରି ସରିଥାଏ। ବ୍ରହ୍ମୋପାସନା ମଧ୍ୟ ରୀତିମତ ଚାଲିଥାଏ ଖୋଦ୍ ସାନରାଣୀ 'ସେନରାଣୀ'ଙ୍କ ପ୍ରତ୍ୟକ୍ଷ ତତ୍ତ୍ୱାବଧାନରେ।

୧୯୦୬ ସାଲର ତତ୍କାଳୀନ ଓଡ଼ିଶାର ଗୋଟାଏ ଗଡ଼ଜାତରେ ମରହଟ୍ଟୀ ସାମାଜିକ ବ୍ୟବସ୍ଥା ତଥାପି ସୁଦୃଢ଼ ଭାବରେ କାଏମ୍ ରହିଥାଏ। ବ୍ରାହ୍ମଧର୍ମୀ ବଙ୍ଗାଳୀମାନେ ଜନସାଧାରଣଙ୍କ ଆଖିରେ ଇଂରେଜମାନଙ୍କ ପରି ପ୍ରାୟ ବିଦେଶୀ ବୋଲି ପ୍ରତୀକ ହେଉଥିଲେ। ସେମାନଙ୍କର ମଧ୍ୟ ସାଧାରଣ ଜନତାଙ୍କ ସହିତ ତଥା ଓଡ଼ିଆ ଅଧିବାସୀମାନଙ୍କ ସହିତ ସେପରି କିଛି ପ୍ରତ୍ୟକ୍ଷ ସମ୍ବନ୍ଧ ନ ଥିଲା।

ଏକାଅଶୀ ବର୍ଷ ତଳର ସେହି ସମୟରେ ମୋର ଜେଜେବାପାଙ୍କର ଅଳିଅଳୀ କନ୍ୟା ଲାବଣ୍ୟମଞ୍ଜରୀ ଚଉଦ ବର୍ଷ ବୟସରେ ବିଧବା ହୋଇଯାଇଥିଲେ। ଜେଜେବାପା ଥିଲେ ମୟୂରଭଞ୍ଜ ଷ୍ଟେଟ୍‌ର ଜଣେ ପେସ୍କାର। ବ୍ରାହ୍ମଧର୍ମୀ ନବାଗତ ବଙ୍ଗାଳୀ ସମ୍ପ୍ରଦାୟ ସହିତ ତାଙ୍କର ପରିଚୟ ଥିଲା। ଚାକିରି ସୂତ୍ରରେ ପ୍ରାୟ ପ୍ରତିଦିନ ତାଙ୍କ ସଙ୍ଗରେ ଦେଖା ସାକ୍ଷାତ୍‌ ମଧ୍ୟ ହେଉଥିଲା। ବଙ୍ଗାଳାରେ ସେତେବେଳକୁ ବିଧବା ବିବାହ ଏକ ସାଧାରଣ ଘଟଣାରେ ପରିଣତ ହୋଇ ଯାଇଥିଲା। ତେଣୁ ସେମାନଙ୍କ ମଧ୍ୟରୁ କେହି କେହି ଆମର 'ନାବିନି ଅପା' ଅର୍ଥାତ୍‌ ଲାବଣ୍ୟମଞ୍ଜରୀକୁ ପୁନର୍ବାର ବିବାହ ଦେବାକୁ ଜେଜେବାପାଙ୍କୁ ପରାମର୍ଶ ଦେଇଥିଲେ। ଜେଜେବାପା ମଧ୍ୟ ଏ କଥାରେ ରାଜି ହୋଇଥିଲେ। କିନ୍ତୁ ସେ ତ ଆଉ ବ୍ରାହ୍ମ ନୁହନ୍ତି। ଖାଣ୍ଟି ହିନ୍ଦୁ। ତେଣୁ ଏ ବିଷୟରେ ଯଥାଯଥ ପରାମର୍ଶ ନେବାକୁ ସେ କୁଳ ପୁରୋହିତଙ୍କୁ ଡକାଇ ତାଙ୍କର ମତାମତ ନେବାକୁ ଉଚିତ ମଣିଥିଲେ। କାବ୍ୟତୀର୍ଥ ମହାଶୟ ସବୁକଥା ଶୁଣିସାରି ଉପରୋକ୍ତ ମନ୍ତବ୍ୟ ଦେଇଥିଲେ।

"ବୁଝିଲ ସାମନ୍ତ ମହାଶୟ। ମୁଁ ବୁଝିପାରୁଛି ଏହି ବଙ୍ଗାଳୀ ସମ୍ପ୍ରଦାୟକୁ ଦେଖି ଓ ତାଙ୍କଠାରୁ ଉପଦେଶ ଶୁଣି ଆପଣଙ୍କର ଏହି ପ୍ରକାର ମତିଭ୍ରମ ହୋଇଅଛି। ଆପଣ ସେମାନଙ୍କୁ ଦେଖୁନାହାନ୍ତି – ମ୍ଲେଚ୍ଛ ଇଂରେଜ ସହିତ ତାଙ୍କର ପ୍ରଭେଦ କଅଣ? ମେମ୍‌ ବେଶ ପୋଷାକ ବଦଳରେ ଖାଲି ଶାଢ଼ୀ ପିନ୍ଧୁଛନ୍ତି ଓ ଗୀର୍ଜା ଘରକୁ ନ ଯାଇ ମୂର୍ତ୍ତିବିହୀନ ମନ୍ଦିରକୁ ଯାଉଛନ୍ତି। ବେଦ ପାଠ କରୁଛନ୍ତି ନା ଛେନା ଗୁଡ଼? ବେଦକୁ ଅପବିତ୍ର କରୁଛନ୍ତି ସେମାନେ। ମୁଁ ଆପଣଙ୍କୁ ସତର୍କ କରି ଦେଉଛି – ଆପଣ ତାଙ୍କ କଥାରେ ପଡ଼ନ୍ତୁ ନାହିଁ। ସେମାନେ ହେଲେ ଦେଶୀ ଇଂରେଜ। ହିନ୍ଦୁଧର୍ମ ବଦଳରେ ବ୍ରାହ୍ମଧର୍ମରେ ଦୀକ୍ଷିତ ହୋଇଛନ୍ତି। ସେମାନଙ୍କ ସ୍ତ୍ରୀମାନଙ୍କର ବେଶଭୂଷା, ଚାଲିଚଳଣ ଦେଖୁନାହାନ୍ତି କିପରି ଉଦ୍ଧତ। ଉଦ୍‌ଣ୍ଡୀ ଭାବରେ ସେମାନେ ସ୍ୱେଚ୍ଛାଚାରିଣୀ ହୋଇ ବିଚରଣ କରୁଛନ୍ତି। ସେମାନେ ହିନ୍ଦୁଧର୍ମର କଳଙ୍କ ସଦୃଶ। ବିଦ୍ୟାସାଗର ତାଙ୍କର ବଙ୍ଗାଳାରେ ଧର୍ମସଂସ୍କାର କରନ୍ତୁ। ଏହା ଏଠାରେ କୁତ୍ରାପି ହେବାକୁ ଦିଆଯିବ ନାହିଁ।"

ଅତଏବ 'ନାବିନି ଅପା' ମୃତ୍ୟୁ ପର୍ଯ୍ୟନ୍ତ ବିଧବା ହିଁ ରହିଗଲା। ମୋର ହେତୁ ହେଲା ବେଳକୁ 'ନାବିନି ଅପା'ର ସବୁ ବାଳ ପ୍ରାୟ ପାଚି ସାରିଲାଣି। ଆମକୁ ଆକଟ କରୁଥିବା, ଗାଳି ଦେଉଥିବା, ଆଦରରେ କୋଳରେ ପୁରେଇ ରାତିରେ କାହାଣୀ କହି ଶୁଆଇ ପକାଉଥିବା ଭୟ, ସ୍ନେହ ଓ ବିସ୍ମୟ ମିଶ୍ରିତ, ବୋଉ, ବଡ଼ମାଠାରୁ ପରାକ୍ରମୀ ଜଣେ ଅଭୂତ ଆଶ୍ରୟସ୍ଥଳ ଛଡ଼ା ମୁଁ ତାଙ୍କୁ ଆଉ କୌଣସି ଆଖିରେ ଦେଖିପାରି ନ

ଥିଲି। ତାଙ୍କର ବିଡ଼ମ୍ବିତ ଜୀବନ, ବୈଧବ୍ୟର ନିଦାଘରେ ତିଲତିଲ ହୋଇ ଦଗ୍ଧୀଭୂତ ଶରୀର ଓ ବିଧ୍ୱସ୍ତ ମନକୁ ବୁଝିବାର ମୋର ବୟସ ହେବା ଆଗରୁ ସେ ଇହଲୀଳା ସମ୍ବରଣ କରି ସାରିଥିଲେ।

ତାଙ୍କର ମୃତ୍ୟୁର ପଚିଶ ବର୍ଷ ପରେ ଆଜି କାହିଁକି କେଜାଣି ମନେ ପଡୁଛି ତାଙ୍କର କଥା। ଚଉଦ ବର୍ଷଠାରୁ ଚଉଷଠି ବର୍ଷ ପର୍ଯ୍ୟନ୍ତ ଦୀର୍ଘ ପଚାଶ ବର୍ଷର ସେ ଯୋଉ କୁଚ୍ଛ ସାଧନା, ଆଶାହୀନ ଜୀବନର ମର୍ମାନ୍ତିକ ଶୂନ୍ୟତା ଭିତରେ ହସି ଖେଲି ଜୀବନ ବିତାଇ ଦେବାର ସେ ଯୋଉ ସ୍ଥିତପ୍ରଜ୍ଞତା–ତାକୁ ଭାବିବସିଲେ ଆଜି ମନେ ହେଉଛି 'ନାବିନି' ଅପା ବୋଧହୁଏ ଥିଲା ଜଣେ ମହାଯୋଗିନୀ। ଏକ ଯୋଗସିଦ୍ଧା ନାରୀ।

ଏପରି ସହଜ ଭାବରେ ଜୀବନ ବିତେଇବାର କ୍ଷମତା ସତରେ କାହାର ହୋଇପାରେ ?

ଇନ୍ଦୁରେଖା ସାମନ୍ତରାୟ କ'ଣ 'ନାବିନି ଅପା' ହୋଇପାରିବ ?

(ଦୁଇ)

ପ୍ରାୟ ପାଞ୍ଚବର୍ଷ ପୂର୍ବେ ମୋର ଇନ୍ଦୁରେଖା ସହିତ ପରିଚୟ। ମୁଁ କଲେଜରେ ନିଜ କୋଠରିରେ ପରୀକ୍ଷା ସଂକ୍ରାନ୍ତୀୟ କେତେଗୁଡ଼ାଏ କାଗଜପତ୍ର ଦେଖୁଛି– ହଠାତ୍‌ କୋଠରି ଭିତରକୁ ପଶି ଆସିଲେ ଜଣେ ଯୁବତୀ। ବୟସ ପଚିଶରୁ ତିରିଶ ଭିତରେ। ଉଜ୍ଜ୍ୱଲ ଶ୍ୟାମବର୍ଣ୍ଣ। ପରିଧାନରେ ସୁନ୍ଦରଗଢ଼ୀ ଧଡ଼ି ଥିବା ଧଳା ଶାଢ଼ୀ। ଧଳା ବ୍ଲାଉଜ୍‌। ଦୁଇ ହାତରେ ପଟେ ପଟେ ସୁନା ଚୁଡ଼ି। ବାଁ ହାତରେ ରିଷ୍ଟୱାର୍‌ 'ନମସ୍କାର' ସାର୍‌।

– 'ନମସ୍କାର' କହି ମୁଁ ପ୍ରଶ୍ନୀନ ଦୃଷ୍ଟିରେ ତାଙ୍କ ଆଡ଼କୁ ଚାହିଁଲି।

– ସାର୍‌, ମୋ ନାମ ଇନ୍ଦୁରେଖା ସାମନ୍ତରାୟ। ମୁଁ ବଦଲି ହୋଇ ଆସିଛି। ଆପଣ ତ ମୋର ବଦଲି ଅର୍ଡର ପାଇଥିବେ ସାର୍‌।

– ଆରେ, ହାଁ। ବସନ୍ତୁ। ଆଜି ଜଏନ୍‌ କରିବେ।

– ସାର୍‌।

– ହଉ, ଜଏନିଂ ରିପୋର୍ଟଟା ଦେଇ ଯାଆନ୍ତୁ। ଆଉ ସାଙ୍ଗରେ କିଏ ଆସିଛନ୍ତି ? ରହୁଛନ୍ତି କୋଉଠି ?

ସେ କିଛି ନ କହି ଭେନିଟି ବ୍ୟାଗ୍‌ରୁ ଗୋଟାଏ ଲଫାପା କାଢ଼ି ମୋ ଆଡ଼କୁ ବଢ଼େଇ ଦେଇ କହିଲେ 'ବାପା ଦେଇଛନ୍ତି'। 'ବାପା ?' ମୁଁ ଲଫାପାଟି ଚିରି ଚିଠି ପଢ଼ି ବସିଲି।

"ପ୍ରିୟ, ଗୌରୀ,

ତୁ ହଠାତ୍ ଏ ଚିଠି ପାଇ ଆଶ୍ଚର୍ଯ୍ୟ ହୋଇ ଯାଇଥିବୁ। କୋଡ଼ିଏ ବର୍ଷ ପରେ ତୋତେ ଚିଠି ଲେଖୁଛି। ଇନ୍ଦୁ ମୋ ଝିଅ। ସେ ଏଠାରୁ ବଦଲି ହୋଇ ତୋ କଲେଜକୁ ଯାଇଛି। ମୁଁ ତାକୁ ତୋରି ଭରସାରେ ସେଠାକୁ ପଠାଉଛି। ଆଶା କରେ, ତୋ ଝିଅ ଭାବି ତାକୁ ଦେଖିବୁ। ତା'ର ଭଲମନ୍ଦ ବୁଝିବୁ। ତା'ର ରହିବାର ବ୍ୟବସ୍ଥା କରିବୁ।

ବିଚରା ବଡ଼ ଅଭାଗୀଟିଏ। ହଠାତ୍ ଗତବର୍ଷ ତା'ର ସ୍ୱାମୀ ଦୁର୍ଘଟଣାରେ ମୃତ୍ୟୁବରଣ କଲେ। ଦୁଇଟି ଛୋଟ ଛୋଟ ପିଲା। ବାହାଘର ପ୍ରାୟ ପାଞ୍ଚବର୍ଷ ତଳେ ହୋଇଥିଲା। ଜୋଇଁଟି ବି ଅଧ୍ୟାପକ ଥିଲେ। ଖୁବ୍ ଚମକ୍ତାର ମେଧାବୀ, ସଚ୍ଚରିତ୍ର ପିଲା। ଦିଜଣଯାକ ଖୁବ୍ ଭଲରେ ଚଳୁଥିଲେ। କିନ୍ତୁ ଭାଗ୍ୟ ସହିଲା ନାହିଁ। ଅଚାନକ ଏ ବିପଦ ଘୋଟିଗଲା। ଛୁଟିନେଇ କିଛିଦିନ ମୋ ପାଖରେ ଥିଲା। ଦିନ ଚାରିମାସ ତଳେ ଚାକିରିରେ ପୁଣିଥରେ ଜଏନ୍ କରିଥିଲା। ଭାବିଥିଲି ତା ପିଲାମାନେ ଟିକିଏ ମଣିଷ ହେବା ପର୍ଯ୍ୟନ୍ତ ମୋ ପାଖରେ ରହିଯିବ। କିନ୍ତୁ ହଠାତ୍ କ'ଣ ମନେହେଲା କେଜାଣି ସେ ଏଠାରୁ ବଦଲି ହୋଇ ଯିବାକୁ ଜିଦ୍ ଧରିଲା। ମୁଁ ବୁଝିପାରୁଛି। ପିଲାଟାଏ ତ। ତା'ର ସବୁ ସୁଖର ସ୍ମୃତି ଏଇ ସହର ସହିତ, କଲେଜ ସହିତ ଜଡ଼ିତ ହୋଇ ରହିଛି। ସ୍ମୃତିର ଯନ୍ତ୍ରଣା ତାକୁ ପ୍ରତି ମୁହୂର୍ତ୍ତରେ ଆଘାତ କରୁଥିବ। ତେଣୁ ଡି.ପି.ଆଇ.ଙ୍କୁ କହି ଶେଷକୁ ବାରିପଦା କଲେଜକୁ ବଦଲି କରାଇଛି ଜାଣିଶୁଣି। ମୁଁ ଜାଣେ ତୁ ଏବେ ସେଠାରେ ଅଧ୍ୟକ୍ଷ ଭାବରେ ଯୋଗ ଦେଇଛୁ। ଯେତେଦିନ ଅଛୁ, ତୁ ଟିକିଏ ତା'ର ଭଲମନ୍ଦ ବୁଝାବୁଝି କରୁଥିବୁ। ତୋ ପିଲାମାନଙ୍କ ସହିତ ପରିଚୟ କରାଇଦେବୁ – ସେମାନେ ଯେମିତି ମଝିରେ ମଝିରେ ଯାଇ ତା ସହିତ ଟିକିଏ ହସଖୁସି କରି ଆସୁଥିବେ।

ବଡ଼ଟିକୁ ମୋ ପାଖରେ ଛାଡ଼ିଯାଇଛି। ସାନଟିକୁ ନେଇ ଯାଇଛି। ଆମ ଘର ଚାକରାଣୀଟିଏ ତା ସାଙ୍ଗରେ ଯାଇଛି। କିନ୍ତୁ ମାସକ ପାଇଁ। ତା'ର ତ ଫେର ଏଠି ଘରଦ୍ୱାର ଅଛି। ମୋର ବିଶେଷ ଅନୁରୋଧ ତା ପାଇଁ ଘରଟିଏ ଓ ବିଶ୍ୱସ୍ତ ଚାକରାଣୀଟିଏ ଯେମିତି ବନ୍ଦୋବସ୍ତ କରିଦେବୁ।

ବିଶେଷ ଆଉ କ'ଣ ଲେଖିବି? ତୋ ଉପରେ ଭରସା ରଖିଲି। ତୁ ସବୁ ବ୍ୟବସ୍ଥା କରି ମୋ ପାଖକୁ ଚିଠି ଦେବୁ। ଯଦି ସୁବିଧା ହୁଏ ତ ମୁଁ ପନ୍ଦରଦିନ ପରେ ଯିବି।

ଇତି

ତୋର–ଶ୍ୟାମ

– ଶ୍ୟାମର ଝିଅ ତମେ ?

– ହଁ ।

– ତମେ କ'ଣ ସବୁଠୁ ବଡ଼ ?

– ନା, ମୋ ଉପରେ ଦୁଇଜଣୟାକ ଭାଇ । ମୋ ତଳେ ଆଉ ଦୁଇ ଭଉଣୀ ।

– ଭଉଣୀମାନେ ସବୁ ବାହା ହୋଇଗଲେଣି ?

– ଜଣେ ବାହା ହୋଇଛି । ଆଉଜଣେ ବାହାହେବାକୁ ଅଛି ।

– ଏଇଠି ଓହ୍ଲାଇଛ କୋଉଠି ?

– ମୋର ଜଣେ ସମ୍ପର୍କୀୟା ମାଉସୀଙ୍କ ଘରେ ।

– ପିଲାଟିଏ କେତେ ବଡ଼ ।

– ଦୁଇବର୍ଷ ହେବ ।

– ଏକୁଟିଆ ସେ ଚାକରାଣୀ ପାଖରେ ରହିପାରିବ ?

– ହଁ, ରହିଯିବ ଯେ – । ମୁଁ ସେଇଥିପାଇଁ କଲେଜ ପାଖରେ ଗୋଟାଏ ଘର ଚାହୁଁଛି । ମଝିରେ ମଝିରେ ଯାଇ ଯେମିତି ତାକୁ ଦେଖି ଆସି ପାରୁଥିବି ।

ବନ୍ଧୁର ଝିଅ ବୋଲି ନୁହେଁ । କିନ୍ତୁ ତା ପ୍ରତି ମୋର ଅଜାଣତରେ ଏକ ଗଭୀର ମମତ୍ୱବୋଧ ଆସିଯାଇଥିଲା । ହତଭାଗିନୀ ଝିଅଟି ପ୍ରତି ସହାନୁଭୂତି ଓ କରୁଣାରେ ମୋର ମନ ଆର୍ଦ୍ର ହୋଇ ଉଠିଥିଲା । ତା ଛଡ଼ା ତା ପ୍ରତି ମୋର ଏକ ସଂଭ୍ରମବୋଧ ଜାଗରିତ ହୋଇଥିଲା । ଖୁବ୍ ଦୃଢ଼ ସଂକଳ୍ପ ତ ଝିଅଟିର । ତା ନହେଲେ ଏକାକିନୀ, ଶିଶୁ ପୁତ୍ରଟିଏ ଧରି ଏଇ ଅଜଣା ସହରରେ ଜୀବନ ବିତେଇବାର ତା'ର ସାହସକୁ ଦେଖି ମୁଁ ମନେମନେ ଆଶ୍ଚର୍ଯ୍ୟ ହୋଇଥିଲି । ଭାବିଥିଲି ଝିଅଟି ଗୋଟାଏ ଆବେଗରେ, ଭାବପ୍ରବଣତାରେ ଭାସିଯାଇ ଚାଲିଆସିଛି । ହୁଏତ ମନ ଠିକ୍ ହୋଇଗଲେ, ପୁରୁଣା ସ୍ମୃତି ମଳିନ ପଡ଼ି ଆସିଲେ ସେ ହୁଏତ ବର୍ଷକ ପରେ ପୁଣି ଫେରିଯିବ । ଏକୁଟିଆ ହୋଇ କେତେଦିନ ଆଉ ରହିପାରିବ ? ସଂସାରର ଜଞ୍ଜାଳ ତ ରହିଛି ।

କିନ୍ତୁ ମୋର ଭାବନାକୁ ମିଥ୍ୟା ପ୍ରମାଣିତ କରି ଇନ୍ଦୁରେଖା ରହିଗଲା । ବର୍ଷକ ପରେ ମଧ ତା'ର ଯିବାର ସାମାନ୍ୟତମ ଲକ୍ଷଣ ଦେଖାଗଲା ନାହିଁ । ବରଂ ମୁଁ କେତେଥର ଯାଚିହୋଇ ପଚାରିଛି 'ତୋର ଅସୁବିଧା ହେଉଥିବ ମା, ବରଂ ଫେରି ଯା ବାପା ବୋଉ ପାଖକୁ ।' ସେ ହସିଦେଇ କହେ 'ନାଇଁ, ମାଉସା, ମୋର କିଛି ଅସୁବିଧା ନାହିଁ । ମୁଁ ଭଲରେ ଅଛି ମୋତେ ଖୁବ୍ ଭଲ ଲାଗୁଛି ଜାଗାଟା, ତା ଛଡ଼ା ଟିଟୁ ତ ଗୁରୁବାରୀକି ଆରେଇ ଗଲାଣି । ମୋତେ ବି ଖୋଜୁନି ଆଉ । ତା'ର ପିଲା ସାଙ୍ଗରେ ଖେଳୁଛି ।'

ବହୁ ଖୋଜାଖୋଜି ପରେ ଇନ୍ଦୁ ପାଇଁ ଚାକରାଣୀଟିଏ ଯୋଗାଡ଼ କରିଥିଲି ଗୁରୁବାରୀ। ଗଉଡ଼ ଘରର ଝିଅ। ସେ ବି ଇନ୍ଦୁପରି ବିଚାରୀ ନିରୀମାଖୀଟିଏ। ଦିଇଟା ପିଲା ପରେ ସ୍ୱାମୀ ମରିଗଲା। ବାପା କୁଳରେ କେହି ନାହାଁ। ବଡ଼ ଯା ଦେଢ଼ଶୁର ମାରି ଗୋଡ଼େଇଲେ। ସାନ ପୁଅଟିକୁ ତା'ର କୋଉ ଭାଇକୁ ଦଉପୁତ୍ର କରିଦେଇ ବଡ଼ଟିକୁ ଧରି ଏ ଘର ସେ ଘର ବୁଲୁଥାଏ।

ଯା ହେଉ ମିଲିଗଲା। ସେଇ ଗୁରୁବାରୀ ଏବେ ଇନ୍ଦୁରେଖାର ସବୁ କାମଦାମ କରେ। ରୋଷେଇ କରେ, ବଜାରହାଟ କରେ, ପିଲାକୁ ରଖେ।

ଦୁଇଜଣ ଦୁଇଜଣକୁ ଆରେଇଗଲେ। ଉଭୟଙ୍କ ଅବସ୍ଥା ତ ସମାନ। ବୋଧହୁଏ ସ୍ୱାଭାବିକ ନାରୀତ୍ୱ ହିଁ ବଡ଼ ସାନର ବିଭେଦକୁ ପୋଛି ଦେଇଥିଲା ଏକ ସମୁଦୁଃଖୀ ସହାନୁଭୂତିର ସ୍ରୋତରେ।

ମୋର କେମିତି ତଥାପି ସନ୍ଦେହ ହେଉଥିଲା। ଇନ୍ଦୁରେଖା ବୋଧହୁଏ ଶେଷ ପର୍ଯ୍ୟନ୍ତ ପାରିବ ନାହାଁ-ହାରିଯିବ। ତା ଛଡ଼ା ଜଣେ ଦିଜଣ ଅଧ୍ୟାପକ ତା ଘରକୁ ପ୍ରୟୋଜନରୁ ବେଶୀ ମାତ୍ରାରେ ଯିବା ଆସିବା କରୁଥିବା କଥା ମୋ କାନକୁ ଆସେ।

ମୁଁ ଥରେ ଦି'ଥର ମୋ ସ୍ତ୍ରୀଙ୍କୁ ଏକଥା ପଚାରିଛି ବି। ମୋ ସ୍ତ୍ରୀ କହନ୍ତି 'ମାଇକିନିଆ ଜାତି ପାରିବ ନାହାଁ କାହିଁକି। ନିଶ୍ଚୟ ପାରିବ। ସହିଷ୍ଣୁ ଜାତି ସିଏ। ଛାତିସିନା ଫାଟିଯିବ ମୁହାଁରୁ 'ଟୁଁ' ଶଦଟି ବାହାରିବ ନାହାଁ। ତା ଦିହରେ କ'ଣ ତା ମା', ଜେଜେମା' ପଣ ଜେଜେମା'ର ରକ୍ତ ବହୁନାହାଁ? ପାଠ ଦି ଅକ୍ଷର ସିନା ବେଶୀ ପଢ଼ିଛି, ହେଲେ ରକ୍ତର ଧାରା ତ ସମାନ। ସେମିତି ସେ ସବୁ ସହିଯିବ – କିଛି ହେବନାହାଁ। ଯେ କ'ଣ ତମ ପୁରୁଷ ଜାତି ହୋଇଛି କି? ସ୍ତ୍ରୀ ମଲା ବାସି ଆଉ ଗୋଟାଏ ମାଇପ ଘିନି ଆଣିବ। ନହେଲେ ଯା ତା ଘରେ ପଶିବ।'

ତାଙ୍କର ଏଇ ଦୃଢ଼ ପ୍ରତିଶ୍ରୁତି ସତ୍ତ୍ୱେ ବି ମୁଁ କାହିଁକି ଆଶ୍ୱସ୍ତ ହୋଇପାରେ ନାହାଁ। ୧୯୦୦ ଓ ୧୯୮୦ ମଧ୍ୟରେ ସମୟର ଯେତିକି ଦୂରତ୍ୱ ନାହାଁ-ମାନସିକତାର ଦୂରତ୍ୱ ତାଠାରୁ ବହୁଗୁଣରେ ବେଶୀ। ଉଣେଇଶଶହଅଶୀ ଦଶକର କନ୍ୟା ଗୋଟାଏ ଅଳୀକ ସ୍ୱପ୍ନ, ଗୋଟାଏ ମଲା ଅତୀତର ମୃତଦେହକୁ ନେଇ ସାରା ଜୀବନ କଟେଇ ଦେବାର ଯୁକ୍ତି ଖୋଜି ପାଇବ ନାହାଁ। ତା'ର ନିଜସ୍ୱ ଯୁକ୍ତି, ନିଜସ୍ୱ ବିଚାର ବୁଦ୍ଧି ତାକୁ ଏପରି ଏକ ପଚାଶଢ଼ା ଆଦର୍ଶକୁ ଗ୍ରହଣ କରି ନେବାକୁ ବାଧକରି ତା'ର ଜୀବନକୁ ବ୍ୟର୍ଥ କରିଦେବ ନାହାଁ।

ପରିବାର ଚବିଶଘଣ୍ଟା ପହରାଦାରୀ ଭିତରେ ରହି, ଅର୍ଦ୍ଧାହାରରେ ରହି ମାସକ ଭିତରେ ଏକୋଇଶଟି ଉପବାସ କରି, ନିଜ ଦେହକୁ କ୍ଷୀଣ କରି ମନକୁ ହୁଏତ ଶହେ

ବର୍ଷ ତଳେ ସଞ୍ଚିତ କରି ରଖୀ ହେଉଥିଲା। କିନ୍ତୁ ଅଶୀ ଦଶକର ଏଇ ମୁକ୍ତ ବାଧାବନ୍ଧନହୀନ, ଜୀବନ ଭିତରେ, ଯେଉଁ ଝିଅ ଏକାକୀ ରହିବାର ସାହସ ରଖିପାରେ, ସେ କେବେହେଲେ ଏଇ ଅନ୍ଧବିଶ୍ୱାସକୁ ଗ୍ରହଣ କରିନେଇ ପାରେନା।

ଇନ୍ଦୁରେଖା ସୁଯୋଗ ଖୋଜୁଛି। ସୁଯୋଗ ପାଇଲେ ତାକୁ ହାତଛଡ଼ା କରିବାର ବୋକାମି ଏ ଯୁଗର ଝିଅ କରି ପାରେନା। ଇନ୍ଦୁରେଖା ଜୀବନକୁ ବ୍ୟର୍ଥ ହେବାକୁ ଦେବନାହିଁ।

ପ୍ରୌଢ଼ ଅବିବାହିତ ଅଧାପକ ଶ୍ରୀକାନ୍ତଙ୍କର ଆହ୍ୱାନକୁ ସେ ଏଡ଼ିଦେଇ ପାରିବ କି ? ପାରିବାର କ୍ଷମତା ଥିଲେ ବି ସେ ଆଶ୍ରୟଟିକୁ ଅସ୍ୱୀକାର କରିବ କାହିଁକି ଯେ ?

କିନ୍ତୁ ମୋର ଦୁର୍ଭାବନା ସବୁ ଅସତ୍ୟ ହୋଇ ଆସୁଥିଲା ବେଲେ ହଠାତ୍ ବଦଲି ପାଇଁ ଦେଇଥିବା ଦର୍ଖାସ୍ତଟା ପଢ଼ି ମୁଁ ଆଶ୍ଚର୍ଯ୍ୟ ହୋଇଗଲି।

ପାଞ୍ଚବର୍ଷ କାଳ ନିର୍ଦ୍ୱନ୍ଦ୍ୱରେ ଜୀବନ ବିତାଇ ଦେଇଥିବା ଏ ଝିଅଟିର ପୁଣି ହେଲା କ'ଣ ? ସେ କ'ଣ ସତରେ ହାରିଗଲା ?

– ଇନ୍ଦୁ। ଏ କ'ଣ ?

– ହଁ, ମଉସା। ବାପାଙ୍କୁ ବି ଲେଖିଛି। ସେ ଚେଷ୍ଟା କରିବେ ଏ ମାସକ ଭିତରେ ଯେମିତି ବଦଲିଟା ହୋଇଯାଏ।

– କିନ୍ତୁ ହଠାତ୍ କାହିଁକି ?

ମନେହେଲା ସତେ ଯେମିତି ସେ ଲଢ଼ି ଲଢ଼ି କ୍ଲାନ୍ତ ହୋଇଯାଉଛି। ଏଥର ସେ ବିଶ୍ରାମ ଚାହେଁ। ବିଷଣ୍ଣ ମୁହଁରେ, ଏକ ଅବସାଦଗ୍ରସ୍ତ କଣ୍ଠରେ ସେ କହିଲା 'ଗୁରୁବାରୀ ଚାଲିଯାଉଛି। ଆଉ ତା ଭଳି ଚାକରାଣୀଟିଏ ପାଇବା ସମ୍ଭବ ନୁହେଁ। ତା ଛଡ଼ା ମୁଁ ଆଉ ବାହାରକୁ ଯାଇ ଚଳିପାରିବି ବୋଲି ବିଶ୍ୱାସ ଆସୁନାହିଁ।'

– କିନ୍ତୁ ସେ ଚାଲିଯିବ କାହିଁକି ?

– ଆପଣ ତାକୁ ଟିକେ ପଚାରନ୍ତୁ।

ମୁଁ ଭାବିଲି ବୋଧହୁଏ କିଛି କଳି ତକରାଲ ହୋଇଯାଇଛି। ଛୋଟ ଲୋକ ତ ! ଏତେ ଆଦର ଆପ୍ୟାୟନ ପାଇ ମୁହଁ ଉପରକୁ ହୋଇଯାଇଛି। ତେଣୁ ହୁଏତ ମୁହଁରେ ମୁହଁରେ ଜବାବ୍ ଦେବାକୁ ଶିଖିଲାଣି। ଜାଣେ ତ, ତା ବିନା ମା'ଙ୍କର ଆଉ ଚଳିବ ନାହିଁ। ସମୟ ବୁଝି ଦରମା ବଢ଼େଇବାକୁ କହୁଥିବ। ତା ଛଡ଼ା ଅନ୍ୟ କିଏ ବି ତାକୁ ନେବାକୁ ଫୁସୁଲେଉ ଥିବେ। ଏମିତି ଭଲ, ବିଶ୍ୱସ୍ତ କର୍ମଠ, ଚାକରାଣୀଟିଏ ପାଇବା କ'ଣ ସହଜ କଥା ?

ମୁଁ ଯାଇ ପହଞ୍ଚିଲା ବେଳକୁ ଦେଖେ ତ ଗୁରୁବାରୀ ହସିହସି ଗପ ଯୋଡ଼ିଛି

ଇନ୍ଦୁ ସାଙ୍ଗରେ। କଳି ତକରାଲର ସାମାନ୍ୟ ଲକ୍ଷଣ ବି ନାହିଁ। ଇନ୍ଦୁ ବି କ'ଣ ହସୁଛି। ଆଶ୍ଚର୍ଯ୍ୟ!

ମୋତେ ଦେଖି ଆଣ୍ଠୁମାଡ଼ି ମୁଣ୍ଡିଆ ମାରିଲା ଗୁରୁବାରୀ।

– କିଲୋ... ଗୁରୁବାରୀ, ଭଲ।

– ହଇ, ଆଜ୍ଞା।

ଇନ୍ଦୁ କହିଲା 'ଆରେ ମଉସା, ଆସନ୍ତୁ। ଏଇ ଗୁରୁବାରୀ ଗଲୁ ମଉସାଙ୍କ ପାଇଁ ଚା' କରି ଆଣ।'

ଚା ପିଉ ପିଉ କଥାଟା ଆରମ୍ଭ କଲି।

– କିଲୋ... ଗୁରୁବାରୀ, ତୁ ପରା କୁଆଡ଼େ ଚାକିରି ଛାଡ଼ି ଚାଲିଯିବୁ?

– ହଇ, ଆଜ୍ଞା।

– କିଲୋ କାହିଁକି? ମା' କ'ଣ ଗାଲି ଦେଲେ କିଲୋ।

ହାତେ ଜିଭ କାମୁଡ଼ି ଗୁରୁବାରୀ କହିଲା, 'ନାଇଁ ବାବୁ ମା' କେନେ ଗାଲିଦେବେ।'

– ତେବେ ପଲେଇ ଯିବୁ କାହିଁକି?

ଏଥର ଗୁରୁବାରୀ ମୁଣ୍ଡରୁ ଓଢ଼ଣାଟିକୁ ଟିକିଏ ତଲକୁ ଟାଣିଆଣି ପାଟି ଲୁଚେଇ ଲାଜରେ ତଲକୁ ମୁହଁ ପୋତିଲା।

– କିଲୋ, ଏମିତି ଲାଜେଇ ଯାଉଛୁ କାହିଁକି? କଥା କ'ଣ?

– 'ସଙ୍ଗା' ହେବି ଯେ।

ପୁନର୍ବିବାହକୁ ଏଠି ସେମାନେ 'ସଙ୍ଗା' କହନ୍ତି।

– କିଲୋ କାହାକୁ?

– ହେଇ, ହୁଟେଲରେ ପାଣି ଦିଏ ଯେ – ହରିଆକୁ।

– ତାରା ପରା ଦି'ଟା ବଡ଼ ବଡ଼ ଝିଅ ଅଛନ୍ତି।

– ହଇ, ଗତ ସନ, ତା'ର ବହୁଟା ମରିଗଲା ଯେ।

– ସେ ତୋ ପୁଅକୁ ରଖିବ?

– ଆର୍ ରଖିବ ନାଇଁ? ମୁଇଁ ତାକୁ ଦୁଇଟାକେ ସମ୍ଭାଲିବି ଯେ।

– କେବେ ହେବୁ?

– ଆର୍ ମାସ୍‌କେ।

କାହାରି କିଛି ଆପତ୍ତି ନାହିଁ। ହରିଆର ଯେଡ଼େ ଝିଅ। ଗୁରୁବାରୀର ଯୋଡ଼ିକ ପୁଅ। ସମସ୍ତେ ପୁଣି ଗୋଟିଏ ଘରେ ରହି ଆଉଥରେ ନୂଆ କରି ଘର ସଂସାର

କରିବେ। ତାଙ୍କ ସମାଜରେ ଏ ସବୁ ଚଳେ। ବରଂ ସମସ୍ତେ ଏହାକୁ ପ୍ରୋତ୍ସାହନ ଦିଅନ୍ତି। 'ସଙ୍ଗା କନିଆ'ର ପୁଣି କନ୍ୟାସୁନା ଦାବି ବେଶୀ। ଯଦି ପିଲାଝିଲା ନ ହୋଇ ବିଧବା ହୋଇଥାଏ ତେବେ ତ ବାପାର ଆୟ କରିବାର ଏ ବଡ଼ ମଉକା। ସେମିତି ବୁଢ଼ା ଅଭିଆଢ଼ା କି ଦୋଭେଇ ବର ହୋଇଥିଲେ ଦୁଇଗୁଣ କି ତିନିଗୁଣ କନ୍ୟାସୁନାର ପଣ ମାଗନ୍ତି।

ସ୍ତ୍ରୀ ତାଙ୍କ ପାଇଁ ମାଟିହାଣ୍ଡି ନୁହେଁ। ସ୍ତ୍ରୀ ସୁନା। ଅନ୍ୟପୁରୁଷର ସ୍ପର୍ଶରେ ସେ ମାରା ହୁଏ ନାହିଁ – ଅଭିଷ୍କା ହୁଏ।

ସୁନାର ପୁଣି ମାରା କଅଣ?

କିନ୍ତୁ ମୁଁ ଇନ୍ଦୁକୁ କହିଲି, 'ୟାହପ, ଶଳେ ଅନାର୍ଯ୍ୟଗୁଡ଼ାକ।'

ଇନ୍ଦୁରେଖା ମନେମନେ ଭଗବାନଙ୍କୁ ପ୍ରାର୍ଥନା କରୁଥିଲା, 'ହେ ଭଗବାନ, ଯଦି ପୁନର୍ଜନ୍ମ ଅଛି ଏବଂ ମୁଁ ଆଉଥରେ ନାରୀ ଭାବରେ ଜନ୍ମନିଏଁ ତେବେ ମୋତେ ଏଇ ବର ଦିଅ ମୁଁ ମ୍ଲେଚ୍ଛ ଇଂରେଜ ଜାତିରେ, କଳଙ୍କିତ ବ୍ରାହ୍ମସମାଜରେ ନହେଲେ ଏଇ ଅନାର୍ଯ୍ୟ କୁଳରେ ଜନ୍ମ ଗ୍ରହଣ କରେ।'

ଜହ୍ନିଫୁଲ

ଭୁଲିଯିବି। ଅଲବତ୍ ଭୁଲିଯିବି।

କ'ଣ ପାଇଁ ଭୁଲିବିନି ? କ'ଣ ଅଛି ଯେ ତମର ମୋତେ ଚିରଦିନ ପାଇଁ ବାନ୍ଧି ରଖିବ ?

ସୁକୁ ସୁକୁ କାନ୍ଦ ? ମୁହଁଫୁଲା ଆଭିମାନ ? ନନ୍‌ସେନ୍‌ସ।

ପ୍ରତ୍ୟେକ ସପ୍ତାହରେ ଗୋଟାଏ ଲେଖା ଛିଠି। 'ସତେ ତମେ ଭୁଲିଗଲ ? ଏତେ ନିଷ୍ଠୁର ତମେ। ଚିଠି ଖଣ୍ଡେ ବି ଦେବା ପାଇଁ ସମୟ ମିଳୁନି। ମୁଁ କିନ୍ତୁ ତମପାଇଁ ସବୁଦିନ ଜାଗର ଜାଲି ବସିଛି।'

ଜାଗର ଜାଳୁଛ କାହିଁକି ? ମଶାଲ ଜାଳ। ମୋର ସେଥିରେ କ'ଣ ଅଛି ? ଯେତେସବୁ ଚିପ୍ ସେଣ୍ଟିମେଣ୍ଟାଲିଟି। ଶସ୍ତା ଭାବପ୍ରବଣତା। ମଧ୍ୟଯୁଗୀୟ ରୋମାନ୍‌ସ। ଥିଲା କାହିଁ ଏଥିରେ ? ଜୀବନକୁ ନୂତନ ଭାବରେ ଉପଭୋଗ କରିବାର ଆଡ୍‌ଭେଞ୍ଚାର କାହିଁ ?

'ଗେଏ... ଏମ୍ ଅଫ୍ ଲଭ୍।' ସେଦିନ 'ଟ୍ରିଙ୍କାସ୍'ରେ ଡିନର୍ ପରେ ମିସ୍ ଏମିଲି ଜୋନ୍‌ସ ଏଇ ଫ୍ରେଜ୍‌ଟା କହୁଥିଲେ। 'ଗେମ୍' ଶବ୍ଦଟା କହିଲା ବେଳେ ଓଠ ଦିଓଟି କେମିତି ଲମ୍ବେଇ ଯାଏ ତାଙ୍କର। ଚମକ୍କାର ! ସଦ୍ୟ ସକାଳର ଦରଫୁଟା ଗୋଲାପ ଫୁଲର ନରମ ପାଖୁଡ଼ାରୁ ଅଜାଣତରେ ହାତ ବାଜି ଯେମିତି ଝରିପଡ଼େ ଶିଶିରବିନ୍ଦୁଗୁଡ଼ାକ– କଥାଗୁଡ଼ାକ ତାଙ୍କର ଠିକ୍ ସେମିତି ଝରିଯାଏ–ଟୁପ୍‌ଟାପ୍। କେତେ ସୁନ୍ଦର !

ମିସ୍ ଏମିଲି ଜୋନ୍‌ସ। ଗୋଟାଏ ମସ୍ତବଡ଼ ଇଉରୋପୀୟାନ୍ ଫାର୍ମର ଷ୍ଟେନୋଗ୍ରାଫର୍। ଦରମା କେତେ ପାଆନ୍ତି କେଜାଣି ? କିନ୍ତୁ–

ମୋର ବନ୍ଧୁ ମିଃ କୋହଲୀଙ୍କର ବାନ୍ଧବୀ। ପରିଚୟ ହୁଏ ଏଇ ରେଷ୍ଟୋରାଁରେ। ସେ ହେଲାଣି ଅନେକ ଦିନ। ପ୍ରାୟ ଛଅମାସ ହେବ।

ଷ୍ଲିମ୍‍ ଲାଇନ୍‍ଡ ବଡ଼ି। ଛୋଟ ଛୋଟ 'ବବ୍‍କଟ୍‍' ବାଳ। (ତାଙ୍କ ମତରେ ଛୋଟ ଛୋଟ ବାଳ ଥିଲେ ବେଶ୍‍ ଲାଇଟ୍‍ ଲାଗେ। ହାଲୁକା ଲାଗେ। ସ୍ଫୂର୍ତ୍ତି ଆସେ ମନରେ।) ଗାଢ଼ନୀଳ ରଙ୍ଗର ଆଖିଡୋଲା ଦିଓଟି। ସେଥିରେ ଆକାଶର ଗଭୀରତା ପୁଣି ମୌସୁମୀ ଝରଣାର ଚଞ୍ଚଳତା।

ସେଦିନ ମୁଁ ତାଙ୍କୁ କହିଲି, "ଦେଖନ୍ତୁ ମିସ୍‍ ଜୋନ୍‍ସ, ଆପଣଙ୍କୁ ଜିନ୍‍ରେ ବେଶ୍‍ ମାନେ – ମିଟ୍‍ ବେଟର ଦେନ୍‍ ସ୍କାର୍ଟସ୍‍।"

ସେ ଫିକ୍‍ କରି ହସିଲେ। ଓଠରେ କିଏ ଯେମିତି ହସର ରେଖାଟିଏ ଟାଣି ନେଇଗଲା ସରୁ ତୂଳିରେ।

କାଇଁ ଲାଜରେ କାଚୁମାଚୁ ହୋଇ ଅଧେ ଶାଢ଼ୀ ମୁହଁରେ ପୂରେଇ ଫିସ୍‍ଫିସ୍‍ କରି କହିଲେ ନାଇଁ ତ, "ଛି, ଆପଣ ଭାରି ଅସଭ୍ୟ!"

ଭିତରେ ଆନନ୍ଦରେ କୁରୁଳି ଉଠୁଥାଅ ପଛେ ଛଆଡ଼େ 'ଅସଭ୍ୟ'। ଯେତେ ସବୁ ସୋ। ସେ କିନ୍ତୁ ଏପ୍ରିସିଏଟ୍‍ କଲେ ସରଳ, ସୁନ୍ଦର ଭାବରେ। ସୌନ୍ଦର୍ଯ୍ୟ ଅଛି– ମୁଁ ତାଙ୍କୁ ପ୍ରଶଂସା କରୁଛି। ସେଇଟା ତ ସୌନ୍ଦର୍ଯ୍ୟର ଦାବି। ଆଉ ତାଙ୍କୁ ସ୍ୱାଭାବିକ ଭାବରେ ଗ୍ରହଣ କରିନେବା ସୁନ୍ଦରୀର କର୍ତ୍ତବ୍ୟ।

ଆହା କି ସୁନ୍ଦର ନାମ! ଏମିଲି ଜୋନ୍‍ସ। ଏ-ମି-ଲି। କେତେ ସୁଇଟ୍‍। ତା' ନ ହୋଇ ଗୋଟିଏ ନାଁ 'ପଙ୍କଜିନୀ'। ଆହା–ନ ହେଲା ନାଇଁ ରାଧାମଣି, ନେତ୍ରମଣି କି ରାଧିକାସୁନ୍ଦରୀ, କୃଷ୍ଣମଞ୍ଜରୀ–ଏମିତି ଗୋଟିଏ କିଛି। ନାଁର ଯେ ଗୋଟାଏ ମାଧୁର୍ଯ୍ୟ ଅଛି, ଚାର୍ମ ଅଛି ତା' ବି ଏଗୁଡ଼ା ବୁଝିବେ ନାଇଁ। ଯାହା ପାରେ ଗୋଟାଏ ନା ଦେଇଦେଲେ ହେଲା। ବେଙ୍ଗ, ପେଟି, ଗଣ୍ଡେଇ, ଶୁକୁଟୀ। ହାଓ ଟେରିବ୍‍ଲ।

ଗୋଟାଏ ନିର୍ଜନ ମୁହୂର୍ତ୍ତରେ, ଧରନ୍ତୁ, ନଈକୂଳରେ ଅବା ରାତିଅଧର ହଠାତ୍‍ ନିଦଭଙ୍ଗା ବେଳେ ନିଜର ପ୍ରେମିକାର ନାଁ ନେଇ ଯେ ଟିକିଏ ଭାବି ହେବ ତା'ର କି କୌଣସି ଉପାୟ ରଖିଛନ୍ତି ଏମାନେ? କେହି କେବେ ଭାବିପାରେ "ବେଙ୍ଗ, ବେଙ୍ଗୁଲି ଲୋ–ପ୍ରିୟ ମୋର।" ଛ୍ୟା ଛ୍ୟା। ହୋପ୍‍ଲେସ୍‍। ବିଷାଦ ସନ୍ଧ୍ୟାଟିକୁ ବିରହର ସ୍ମୃତିରେ ଜର୍ଜରିତ ଭାବରେ ଅନୁଭବ ନ କରିବାକୁ ବରଂ ତାଙ୍କୁ ବିଷାକ୍ତିକର କରିଦେବାକୁ ସତେ ଯେମିତି ସବୁ ବାପ ମା'ଙ୍କର ଗୋଟାଏ ଚକ୍ରାନ୍ତ।

କେତେ କଲ୍‍ଚାର୍ଡ ଝିଅ।

ସାହିତ୍ୟ, ରାଜନୀତି, ଦର୍ଶନ, ଖେଳ ଖବର-ସବୁଥରେ କିଛି ନା କିଛି ଜ୍ଞାନ ରହିଛି। କଥାବାର୍ତ୍ତାକୁ ସହଜ ଓ ସାବଲୀଳ କରିବାକୁ କେତେ ବାଟ। ଏକମୁଖୀ ନୁହେଁ।

ନାନା ବିଷୟରେ କଥାବାର୍ତ୍ତା। ଗପ କଲାବେଳେ ଭଲ ଲାଗେ ନା। ଗପ କରିସାରି ଆରାମ ଲାଗେ-ଉଶ୍ୱାସ ମନେହୁଏ ନିଜକୁ।

ତା' ନାହିଁ। ସବୁବେଳେ ସେଇ ଗୋଟାଏ କଥା।

"କେତେ ରାତି ବିତିଯାଏ ତମ ଭାବନାରେ। କେତେ ସଞ୍ଜ ଗଡ଼ିଯାଏ- କେତେ ସକାଳର ସ୍ୱପ୍ନ ହଜିଯାଏ। ସବୁର କେନ୍ଦ୍ର ତମେ। ଜାଣ, କାଲି ରାତିରେ କ'ଣ ସ୍ୱପ୍ନ ଦେଖିଛି ? ସେଇଟି ଶୁଣ। ଧେତ୍, ଲାଜ ଲାଗୁଛି। ମନେ ହେଉଛି ସତେ ଯେମିତି ତମେ ମୋ ପାଖରେ ବସିଛ ମୋ ମୁହଁକୁ ଅନେଇ।"

ରବ୍ବିଶ୍।

"ରାଗୁଚ କି ? କହିବି ମ। ତମ ପାଖରେ ନ କହିବି ତ ଆଉ କାହା ପାଖରେ କହିବି ? ତମଠୁ ବଳି ଆପଣାର ମୋର ଆଉ କିଏ ଅଛି ? ସ୍ୱପ୍ନ ଦେଖିଲି ତମର ଓ ମୋର ବାହାଘର ହୋଇଯାଇଛି। ଆମେ ଚାଲିଯାଉଛୁ କାହିଁ କେତେ ଦୂର ଏକ ଅଜଣା ଜାଗାକୁ। କେତେ ଲୋକ-ସବୁ କିନ୍ତୁ ଅଚିହ୍ନା। କେତେ ଗୀତ ନାଚ ହସଖୁସି - ସବୁ କିଛି ଅବୋଧ୍ୟ। କିନ୍ତୁ ସତେ ଯେମିତି ଆମକୁ ଦେଖି ଆନନ୍ଦରେ ନାଚି ଉଠୁଛନ୍ତି। ଆମରି ଖୁସିରେ ଆତ୍ମହରା ହୋଇଯାଉଛନ୍ତି। ସେଇ ଅଚିହ୍ନା, ଅବୋଧ ସୁରରେ ବି ଯେମିତି ରହିଛି ଆନନ୍ଦର ପ୍ରାଣ ମାତାଣିଆ ଝଙ୍କାର। ଆଉ ତମେ ମୋତେ-"

ତ୍ରାସ୍।

"ଆଉ ଶୁଣ। ଆମର ଗୋଟାଏ... ହେଇଛି। ତା' ନାଁ କ'ଣ ଦେଇଛି ଜାଣିଛ ?'

ଜାଣେ। ଗନ୍ଧିଆ, ଘୁସୁରି, ହାଡ଼ିଆ ହୋଇଥିବ ନ ହେଲେ କସ୍ତୁରୀଚରଣ, ବାଉରୀବନ୍ଧୁ, ଅରକ୍ଷିତ କି ହାଡ଼ିବନ୍ଧୁ ହୋଇଥିବ। ଆଉ ତାକୁ ଗୋଡ଼ ଲମ୍ବେଇ, ଆଣ୍ଠୁ ଉପରକୁ ଲୁଗା ଟେକି ହଳଦୀ ମଖଉ ମଖଉ ଗେହ୍ଲାଇ ହୋଇ ମୋତେ ଡାକି କହୁଛ, "ହେଇ ଶୁଣୁଚ ? ଗନ୍ଧିଆଟା କେଡ଼େ ଦୁଷ୍ଟ ହେଲାଣି।"

ଉଃ, ଅସହ୍ୟ।

ତା'ପରେ ମୁଁ ସଫା ପେଣ୍ଟ ସାର୍ଟ ପିନ୍ଧି ବୁଲି ବାହାରିଲା ବେଳେ, ମୁଣ୍ଡଟାକୁ ଭୁର୍କୁଣ୍ଡା କରି, ଶାଢ଼ୀରେ ଶହେ ଏକ ଜାଗାରେ ତେଲ ହଳଦୀର ଛାପ ମାରି, କଞ୍ଚା ହଳଦୀର ନାକଫଟା ଗନ୍ଧରେ ମୋର ଶ୍ୱାସରୁଦ୍ଧ କରି ପାଖକୁ ଆସି ଗନ୍ଧିଆ, ହାଡ଼ିଆ ବା କେଲୁଚରଣକୁ ଗେଲ କରୁକରୁ କହୁଛ, "କଅନ ? ମୋ ଗନ୍ଧିଆଲୋ - ମୋ ଗଣ୍ଠିଲୋ-ମୋ ଧନଲୋ-ମୋ କୁଟୁକୁଟୁ-ମୋ ଫୁଟୁଫୁଟୁ-।

ଇସ୍, ବାତ୍ସଲ୍ୟ ମମତା !

ଯେତେ ସବୁ 'ଡଲ୍', 'ନେରୋ', 'ସିଲି' ମେଣ୍ଟାଲିଟି।

ସ୍ୱାମୀ, ଘର, ପୁଅଝିଅ ଆଉ ଅବସର ସମୟରେ ପରଚର୍ଚ୍ଚା। ଏଇ ନେଇ ଜୀବନ। ବାଃ, କି ବଢ଼ିଆ ସ୍ୱପ୍ନ।

"ଲିଭ୍ ଫର୍ ଟୁଡେ।" ପ୍ରତ୍ୟେକଟା ଦିନକୁ ବଞ୍ଚିବାକୁ ହେବ ନୂତନ ଭାବରେ। ପୁରୁଣାର ପୁନରାବୃତ୍ତି ନୁହେଁ। ଆଜିକାଲିକା ଦୁନିଆଆରେ 'ଗତକାଲି' ଅତୀତର ଗୋଟାଏ ବର୍ଷ। ମହାଶୂନ୍ୟରେ ମଣିଷ ଘୁରୁଛି। ଇଷ୍ଟର କଣ୍ଟ୍ରୋଲପ୍ୟାନେଲ୍ ମିଶାଇଲ୍ ପ୍ରତ୍ୟେକ ମୁହୂର୍ତ୍ତରେ ଚାହିଁ ବସିଛି। କିଏ ଜାଣେ କୋଉ ମୁହୂର୍ତ୍ତରେ ଏ ଜୀବନ ଚାଲିଯିବ ? କି ସ୍ଥିରତା ଅଛି ଏଇ ଜୀବନରେ ? ଲିଭ୍ ଫର୍ ଦି ଡେ। ଏଇଟାହିଁ ତ ଏଇ ଶତାବ୍ଦୀର ମଣିଷର 'ମଟୋ' ହେବା ଉଚିତ।

ଲିଭ୍ ଏଣ୍ଡ ବି ମେରି।

କହୁକହୁ ଉତ୍ତେଜିତ ହୋଇ ପଡ଼ିଥିଲେ ମିସ୍ ମୋନିକା ମୋଜୁମ୍‌ଦାର୍। (ଲେଖନ୍ତି କିନ୍ତୁ ମନିକା ମଜୁମ୍‌ଦାର।)

"ଯୁଗ ଆଗେଇ ଯାଇଛି। ବାନର ମଣିଷ ହୋଇଛି। ଅସଭ୍ୟ ଆଦିମଣିଷ ସଭ୍ୟ, ଶିକ୍ଷିତ ହୋଇଛି। ନିଜକୁ ଉନ୍ନତ କରିଛି। ନିଜର ସୁଖ ସୁବିଧା ପାଇଁ ଅସଂଖ୍ୟ ଜିନିଷ ଆବିଷ୍କାର କରିଛି। ତାକୁ ସେ ଉପଭୋଗ କରିବ ନାହିଁତ କିଏ କରିବ ? ଅଲୋଡ଼ା ପୋଥିପତରର ବ୍ୟର୍ଥ ମନୁଷ୍ୟର ଅଲୀକ ପୁନର୍ଜନ୍ମର କଳ୍ପନା ନେଇ ଯୋଉଟା ନିର୍ମମ ସତ୍ୟ, ତାକୁ ଉପେକ୍ଷା କରିଯିବାର ମାନେ କିଛି ହୁଏନା।"

ମିସେସ୍ ମାଲହୋତ୍ରା ଟେବୁଲ୍ ଉପରେ ହାତ ବାଡ଼େଇ ନିଜର ମତକୁ ଜାହିର କରନ୍ତି।

ଆଉ ସେଇ ଚିଠି, "ତମେ ଆଉ ମୁଁ ଜନ୍ମଜନ୍ମାନ୍ତରର ସାଥୀ।" ଇସ୍ ସତେ ଯେମିତି ପୂର୍ବଜନ୍ମର ଡୁମେଣ୍ଟଟା ପାଖରେ ରହିଛି ଆଉ ପରଜନ୍ମର ପ୍ରୋଗ୍ରାମଟା ତାକୁ ଏଇମାତ୍ର ହେଣ୍ଡ ଓଭର କରାଯାଇଛି। ବାକୀ ଏଇ ଜନ୍ମଟା ଗଲେ କାମ ଶେଷ। ଯେତେ ସବୁ ଅନ୍ଧବିଶ୍ୱାସ। ବୋଗସ୍। ଇଣ୍ଟେଲେକ୍‌ଚୁଏଲ୍ ମୋରନ୍।

ଇମୋସନ୍ ନେଇ ମଣିଷ ବଞ୍ଚେ। କିନ୍ତୁ ତା' ବୋଲି ଗୋଟା ଶସ୍ତା ଇମୋସନ୍‌ର ପୁଡ଼ିଆ ନେଇ ମଣିଷ ସାରା ଜୀବନ ବଞ୍ଚିବ କେମିତି ଯେ ! ତାକୁ ନେଇ 'ଲାବଣ୍ୟବତୀ' ଲେଖିହେବ, 'ବିଦଗ୍ଧଚିନ୍ତାମଣି' ଚିନ୍ତା କରିହେବ କିନ୍ତୁ ଏକବିଂଶ ଶତାବ୍ଦୀ ଆଡ଼କୁ ପାଦ ବଢ଼ାଇଥିବା ମଣିଷ ତାକୁ କୁଣ୍ଠାଇ ଧରି ଜିଇଁବା ଅସମ୍ଭବ।

ବିବର୍ତ୍ତନବାଦ ଆଉ ହାଇପୋଥେସିସ୍ ନୁହେଁ। ଏହା ଏକ ସତ୍ୟ। ଏକ ଅଭ୍ରାନ୍ତ ନିୟମ। କ୍ରମବିବର୍ତ୍ତନର ଶେଷ ନାହିଁ। ଦୈହିକ ଅବସ୍ଥାରେ ମଣିଷ ତା'ର ଚରମ ପରିପୂର୍ଣ୍ଣତା ଲାଭ କରିଛି – ଏଥର ଦେହର ପରିବର୍ତ୍ତନ ନୁହେଁ, ମନର ପରିବର୍ତ୍ତନ

ସଂଘଟିତ ହେବାକୁ ବାଧ୍ୟ। ନୂତନରେ ପରିବେଶ, ନୂତନର ଆବିଷ୍କାରକୁ ଗ୍ରହଣ କରିନେବାକୁ ନୂତନ ମନ ଦରକାର। ନ ହେଲେ ଧ୍ୱଂସ ଅନିବାର୍ଯ୍ୟ।

“ତମେ କତେ କଥା ଲେଖିଛ। ମୁଁ କିଛି ବୁଝିପାରିଲି ନାହିଁ। ଆଉ ତମର ସେ ବଡ଼ ବଡ଼ କଥା। ମୋର ସେଥିରେ କିଛି ଦରକାର ନାହିଁ। ମୁଁ ଜାଣେ ତମକୁ। ତମେ ମୋର ପୃଥିବୀ - ତମେ ମୋର ସ୍ୱର୍ଗ। ତମେ ମୋର ଦେବତା - ତମେ ମୋର ହୃଦୟ, ମନ, ପ୍ରାଣ-ମୁଁ ଆଉ କିଛି ଜାଣେନା-ଜାଣିବାକୁ ଚାହେଁନା।”

ଡେଶ୍ ଇଟ୍।

କବିତା ଲେଖ ଆଜିକାଲି। ରୋମାଣ୍ଟିକ୍ କବିତା। ନାରୀ କବିଙ୍କ କବିତା ଆଜିକାଲି ପ୍ରଥମେ ଛପା ହେଉଛି।

“କିନ୍ତୁ ତମେ କେତେ କଥା ଜାଣ। କେତେ ବିଦ୍ୱାନ୍ ତମେ କେତେ ଜ୍ଞାନୀ। ଭାବିଲା ବେଳକୁ ଗର୍ବରେ, ଆନନ୍ଦରେ ଛାତି ଫୁଲି ଉଠୁଛି। ମୋର ପ୍ରେମିକ, ମୋର ସ୍ୱାମୀ କେତେ ଗୁଣୀ, କେତେ ପଣ୍ଡିତ। ଆଶ୍ଚର୍ଯ୍ୟ ଲାଗେ–ଏତେ କଥା କେମିତି ଜାଣିଲ ତମେ ?”

ହଁ, ନିଶ୍ଚୟ ଆଶ୍ଚର୍ଯ୍ୟ ହେବାର କଥା। ମୁଁ ଗୋଡ଼ ଦୁଇଟା ଉପରକୁ ଟେକି ମୁଣ୍ଡ ଉପରେ ପୃଥିବୀ ପରିଭ୍ରମଣ କରି ଆସିଛି।

ସାମାନ୍ୟ କଥା କେଇଟା। ତାକୁ ବୁଝିବାକୁ ଚେଷ୍ଟା ନାହିଁ। ଜାଣିବାର ଆଗ୍ରହ ନାହିଁ। ଅନ୍ଧ ଭାବରେ, ମେରୁଦଣ୍ଡହୀନ ପ୍ରାଣୀ ପରି କେବଳ ଗୁଡ଼େଇ ହୋଇ ଯିବାର ପ୍ରୟାସ। ଠିଆ ହେବାର ଚେଷ୍ଟା ତ ଦୂରର କଥା - ସେ ଭାବନାଟିକୁ ବି ମନର ଆଖପାଖର ନିଷିଦ୍ଧାଞ୍ଚଲ ଭିତରେ ପଶିବା ପାଇଁ ମନା।

ପ୍ରଥମ ଦେଖାହୁଏ - ଭଲ ଲାଗେ। ଆକର୍ଷଣ ହୁଏ। ବ୍ୟକ୍ତିତ୍ୱର ପ୍ରଭାବ।

ମିଲାମିଶା ହୁଏ - ଖୁସି ଲାଗେ। ପରସ୍ପରର ସାନ୍ନିଧ୍ୟର ପ୍ରଭାବ। ମିଲାମିଶା ଗଭୀର ହୁଏ - ଚୁମ୍ବନ, ଆଲିଙ୍ଗନ, ମିଲନ। କାମର ପ୍ରଭାବ।

କିନ୍ତୁ ଏହାର ସ୍ଥାୟିତ୍ୱର ମୂଲମନ୍ତ୍ର ହେଲା ବୁଝାମଣା। ମୁହଁ ପୁରୁଣା ଲାଗେ। ମିଲାମିଶା ଘସରା ହୁଏ। ଉତ୍ତେଜନା କମି କମି ଯାଏ। କିନ୍ତୁ ପରସ୍ପର ପରସ୍ପର ପ୍ରତି ଯୋଡ଼ ବୁଝାମଣା, ସେଇଟା କ୍ରମଶଃ ଗଭୀରରୁ ଗଭୀରତର ହୁଏ– ଦୃଢ଼ରୁ ଦୃଢ଼ତର ହୁଏ। ଯେତେ ସମୟ ଯାଏ–ସେ ସେତିକି ଗଭୀର ହୁଏ।

ନୂଆ କଣ୍ଢେଇ ଖେଲିବାକୁ ଖୁସିଲାଗେ–ରଙ୍ଗ ଛାଡ଼ିଲେ ଖତଗଦାକୁ। ମିସ୍ ଏମିଲି ଜୋନ୍ସ, ମନିକା ମଜୁମ୍ଦାର ଓ ମିସେସ୍ ମାଲହୋତ୍ରା ଏଇ ସତ୍ୟଟା ବୁଝନ୍ତି ବୋଲି ତାଙ୍କ ବନ୍ଧୁତ୍ୱ ଘସରା ଲାଗେନା। ନିତ୍ୟ ନୂତନ ସତ୍ୟର ଛନ୍ଦ ତାଙ୍କ କଥାରେ।

ତା'ଛଡ଼ା। ନିଜକୁ ଅଶୃଙ୍ଖିତର ଲଗେନା – କଥା କହିଲେ ତାକୁ ଗ୍ରହଣ କରିବାର ତାଙ୍କର କ୍ଷମତା ଥାଏ ବୋଲି। ବୌଦ୍ଧିକ କ୍ଷେତ୍ରରେ ଗ୍ରହଣ ଓ ପ୍ରତିଗ୍ରହଣ ଯେ ମନର ବିକ୍ଷିପ୍ତ ଚିନ୍ତାକୁ କେତେ ରେସନାଲାଇଜ୍ କରେ, ଭାବନାର ଧାରାକୁ କେତେ ଶାଣିତ ଓ ତୀକ୍ଷ୍ଣ କରେ ଯେ ନ ବୁଝିଛି – ସେ କେବେ ଜାଣିପାରିବ ନାହିଁ।

'ବୁଝି ପାରିଲିନି, ବଡ଼ ବଡ଼ କଥା।'

ନାଇଁ, ମୁଁ ତମକୁ ଆଇନ୍ସ୍ଟାଇନ୍ଙ୍କ ଥିଓରୀ ଅଫ୍ ରିଲେଟିଭିଟି ଲେଖିଛି। ଫିଫ୍‌ଥ ଫୋର୍ସର ଗୋଟେ ନୂଆ ଥିଓରୀ ଦେଇଛି ଯେ ବୁଝିପାରିଲିନି।

ଦିନେ ଅଧ୍ୟାପକ ବେନାର୍ଜୀଙ୍କର ଗୋଟାଏ ଟେକ୍‌ନିକାଲ୍ ଶବ୍ଦ ବୁଝି ପାରିଲେନି ବୋଲି ମିସେସ୍ ମାଲହୋତ୍ରା ସାତଦିନ ଧରି କ୍ଲବ୍‌କୁ ନ ଆସି ସେ ବିଷୟରେ ବସି ପଢ଼ିଥିଲେ, ଖାଲି କଥାବାର୍ତା କରିବେ ବୋଲି।

"କି ଉପନ୍ୟାସ ପଢ଼େଇଛ ସେଇଟା ? ଗୋଟାଏ ପୃଷ୍ଠା ପଢ଼ି ରଖିଦେଇଛି। ତମେ ଆସିଲେ ପଢ଼େଇବ। ବୁଝେଇବ। କେବେ ଆସିବ ? ଚାହିଁ ଚାହିଁ ଆଖିରୁ ପାଣି ମଲାଣି। ଶୀଘ୍ର ଆସିବ, ମୋ ରାଣ, ଶୀଘ୍ର ଆସିବ, ନିଣ୍ଟେ ଆସିବ।"

ଇସ୍, କି ବିରକ୍ତିକର। ମହାମୂର୍ଖ–ଗୋଟାଏ ଉପନ୍ୟାସ ପଢ଼ି ବୁଝି ପାରୁନି।

ହଁ, ମୁଁ ତ ତମକୁ ଉପନ୍ୟାସ ପଢ଼େଇବା ପାଇଁ ଯିବାକୁ ଗୋଡ଼ ଟେକି ବସିଛି। ଗୋଟାଏ ପୃଷ୍ଠା ପଢ଼ାହେବ। (ସେ ଭିତରେ କିଛି ହ୍ରସ-କିଛି ଦୁଷ୍ଟାମୀ।) ଦ୍ୱିତୀୟ ପୃଷ୍ଠା ପଢ଼ିଲା ବେଳକୁ ନିଦ ମାଡ଼ିଲାଣି।

ମୁଁ ଯିବିନି। ଯିବିନି। କେବେ ଯିବିନି।

ଶୁକ୍ରବାର, ଶନିବାର ଛୁଟି ଅଛି।

ସାବିତ୍ରୀ

ସକାଳ ଆଠଟା ମାତ୍ର ।

ଅଥଚ ବୈଶାଖ ରୌଦ୍ରତାପର ପ୍ରଖରତାରେ ଚାରିଆଡ଼ ଉତ୍ତପ୍ତ ହୋଇ ଆସିଲାଣି । ଫେରୋମାଙ୍ଗାନିଜ୍ କାରଖାନାରୁ ଉଦ୍‌ଗତ ଶୁଭ୍ର-ଲାଲ ଧୂମକୁଣ୍ଡଳୀ, ପାହାଡ଼ର ଶୀର୍ଷରେ ଝୁଲି ରହି ଏକ ମେଘଖଣ୍ଡର ଭ୍ରମ ସୃଷ୍ଟି କରୁଛି ।

ଘଣ୍ଟାଏ ତଳରୁ ପୁଙ୍ଗା ବାଜି ସାରିଲାଣି । ଘଣ୍ଟାଏ ଆଗରୁ ଶହଶହ କୁଲି ରେଜାଙ୍କ କଥାବାର୍ତ୍ତାରେ ମୁଖରିତ ରାସ୍ତା ଏବେ ଶାନ୍ତ ଓ ନିର୍ଜନ । ମଝିରେ ମଝିରେ ଶୁଣାଯାଉଛି ଟ୍ରକ୍, ଡମ୍ପରମାନଙ୍କର କ୍ରୁଦ୍ଧ ଗର୍ଜନ ।

ଯୋଡ଼ା ସହର । ପାହାଡ଼, ମୁଣ୍ଡିଆ, ଉଚ୍ଚନୀଚ, ଅସମତଳର ସହର । ମୁଣ୍ଡିଆଗୁଡ଼ାକ ଉପରୁ କେତେଦିନୁ ଗଛ କଟାହୋଇ ଖାଦାନ କାମ ଆରମ୍ଭ ହୋଇଯାଇଛି । ସେଗୁଡ଼ିକ ଦିଶୁଛି ଏକ ବିରାଟ ଶ୍ୟାମଳ ଜାନୁଆରୀର ବିରାଟ ବିରାଟ କ୍ଷତ ପରି । ମଝିରେ ମଝିର ବୁଦୁବୁଦୁକିଆ ଜଙ୍ଗଲ ।

ଯୋଡ଼ା । ଜାମଦା-କୋଇରା ଉପତ୍ୟକାର ପ୍ରାୟ ଦୁଇଶତାଧିକ କ୍ଷୁଦ୍ରବୃହତ୍ ଖାଦାନର ମୁଖ୍ୟ କେନ୍ଦ୍ରସ୍ଥଳ । ଏହା କିନ୍ତୁ ଠିକ୍ ସହର ନୁହେଁ ଗ୍ରାମ ବି ନୁହେଁ । କମ୍ପାନୀ, ସରକାରୀ କୋଠବାଡ଼ି ଘରଦ୍ବାର ଦେଖିଲେ ମନେହୁଏ ସହର-ଟିକିଏ ଦୂରକୁ ଗଲେ ଜଣାପଡ଼େ ଜଙ୍ଗଲିଆ ଗାଁ । ସହର ଓ ଗ୍ରାମର ଏକ ଅଦ୍ଭୁତ ସମ୍ମିଶ୍ରଣ – ଏଇ ମାଇନିଂ ଟାଉନ୍ ।

ଭୁବନେଶ୍ବର-ରାଉରକେଲା ରାସ୍ତା ଏଇ ସହରକୁ ପୂର୍ବ ପଶ୍ଚିମ ଦୁଇ ଭାଗରେ ବିଭକ୍ତ କରିଛି । ପୂର୍ବ ପଟକୁ ଓଡ଼ିଶା ସରକାରଙ୍କ ଅଫିସ୍‌ମାନ ପଶ୍ଚିମ ପଟକୁ ଟାଟା କମ୍ପାନୀର ଅଫିସ ଓ ଆବାସିକ ଗୃହ । ଟାଉନ୍‌ର କେନ୍ଦ୍ର ସ୍ଥଳରେ ଶ୍ରମିକ ବସ୍ତି, ବଜାର ଓ ଅନ୍ୟାନ୍ୟ ଖଣି ମାଲିକ, ବ୍ୟବସାୟୀମାନଙ୍କ ଘରଦ୍ବାର ।

ଟାଟା କମ୍ପାନୀର ଆବାସିକ ଗୃହଗୁଡ଼ିକ ଗୋଟାଏ ସରଳରେଖାରେ ଲମ୍ବିଯାଇଛି ଗୋଟାଏ ପାଖକୁ। ଅନ୍ୟ ପାଖରେ ଅଫିସଗୃହ। ତା'ର ଟିକିଏ ଉପରକୁ ଗୋଟାଏ ମୁଣ୍ଡିଆ ଉପରେ କମ୍ପାନୀର ଅତିଥିଶାଳା 'ଯୋଡ଼ା ଭିଉ'। ସାମ୍ନାରେ ସୁନ୍ଦର ଲନ୍। ଚମକ୍କାର ଫୁଲ ବଗିଚା। ଅତିଥିଶାଳା ଭିତରକୁ ପଶିଲାମାତ୍ରେ ଜଣେ ଭୁଲିଯିବାକୁ ବାଧ୍ୟ ଯେ ସେ ଏକ ପାହାଡ଼ ଘେରା, କ୍ଷୁଦ୍ରାତିକ୍ଷୁଦ୍ର ମାଇନିଂ ଟାଉନ ଯୋଡ଼ାରେ ରହିଛି ବୋଲି। ଅତିଥିଶାଳାଟି ଅତ୍ୟାଧୁନିକ ପଞ୍ଚତାରକା ହୋଟେଲ ଠାରୁ ମଧ୍ୟ ସଂଭ୍ରାନ୍ତ। ତା'ର ଗଠନ, ସାଜସଜ୍ଜା, କୋଠରି ଭିତରର ଆସବାବ, ଗାଲିଚା ତଥା ଅତ୍ୟାଧୁନିକ ବାଥରୁମ୍ ଇତ୍ୟାଦି ପଞ୍ଚତାରକା ହୋଟେଲର କୋଠରିଠାରୁ ମଧ୍ୟ ଅଭିଜାତ ସମ୍ପନ୍ନ, ରୁଚିଶୀଳ ଓ ମହାର୍ଘ। ସତେ ଯେମିତି କେଉଁ ଯାଦୁକର ତା'ର ମାୟାକାଠିର ସ୍ପର୍ଶରେ ଶୂନ୍ୟରେ ଗଢ଼ି ଦେଇଛି ଏଇ ମହାର୍ଘ, ବହୁମୂଲ୍ୟ ପ୍ରାସାଦଟିଏ।

ଅତିଥିଶାଳାର କନ୍ଫରେନ୍ସ ହଲ୍ଠାରେ ବସିଛି ଏକ ଜରୁରୀ ସଭା। ପ୍ରଧାନତଃ ବର୍ଷର ପ୍ରାୟ ଅଧିକାଂଶ ସମୟ ଏ ଅତିଥିଶାଳାଟି ଥାଏ ନିର୍ଜନ। କଦବା କ୍ବଚିତ୍ କମ୍ପାନୀର ବଡ଼ ଅଫିସର କେହି ଆସି ଏଠି ରାତ୍ରିଯାପନ କରେ। ଅଥବା ଓଡ଼ିଶା ସରକାରଙ୍କର ପଦସ୍ଥ କର୍ମଚାରୀମାନେ କେବେ କେବେ ଆସି ଏହିଠାରେ ଦିନେ ଦି'ଦିନ ପାଇଁ କମ୍ପାନୀର ଆତିଥ୍ୟ ଗ୍ରହଣ କରିଥାଆନ୍ତି। ସେତିକିବେଳେ ଟିକିଏ ଚହଲି ଜମିଥାଏ।

ଆଜିକାର କଥା କିନ୍ତୁ ସମ୍ପୂର୍ଣ୍ଣ ଭିନ୍ନ। 'ଯୋଡ଼ା ଭିଉ' ଚାରିପଟେ ଶସ୍ତ୍ରଧାରୀ ପୋଲିସ। ତା' ସାମ୍ନାକୁ ମୁଣ୍ଡିଆ ତଳେ ଥିବା ଅନ୍ୟ ଏକ ନିମ୍ନଶ୍ରେଣୀର ଅତିଥିଶାଳା– 'କୁହ୍ରା ଭିଉ'ରେ ଏକ ସଶସ୍ତ୍ର ପୋଲିସବାହିନୀ ଅବସ୍ଥାପିତ। ଚାରିଆଡ଼େ ଏକ ଗୁମ୍ସୁମ୍ ଭାବ। ଏକ ଚାପା ଉତ୍ତେଜନା।

କାଲିଠାରୁ ଧର୍ମଘଟ ଆରମ୍ଭ ହେବ।

ସମସ୍ତ ଦୁଇଶତାଧିକ ଖଣିରେ କାର୍ଯ୍ୟବନ୍ଦ। ଖଣି କାର୍ଯ୍ୟରେ ମେସିନ୍ ପ୍ରଚଳନ ବିରୁଦ୍ଧରେ ଏହି ଆନ୍ଦୋଳନ। ଥରେ ମେସିନ୍ ପ୍ରଚଳନ ହେଲେ ଶହ ଶହ ଖାଦାନ ଶ୍ରମିକ ବେକାର ହୋଇଯିବେ। ଛଟେଇ ହୋଇ ସେମାନେ ଯିବେ କୁଆଡ଼େ?

ଶ୍ରମିକ ଆନ୍ଦୋଳନ ସବୁବେଳେ ଅହିଂସାତ୍କକ ହୁଏ ନାହିଁ। କେତେବେଳେ ଯେ ଏହା ହିଂସାରେ ରୂପାନ୍ତରିତ ହୋଇ ପଡ଼ିବ ତା'ର ନିର୍ଦ୍ଦିଷ୍ଟ ସମୟ କେହି ବ୍ୟାଖ୍ୟାକାର କହି ପାରିବେ ନାହିଁ। ସେଥିପାଇଁ ପୋଲିସ ବାହିନୀର ଏ ବିରାଟ ବନ୍ଦୋବସ୍ତ।

ଜିଲ୍ଲା କଲେକ୍ଟର, ପୋଲିସ ମୁଖ୍ୟ, ଖଣି ନିର୍ଦ୍ଦେଶକ, ସମସ୍ତ ଖଣିମାଲିକ

ଇତ୍ୟାଦି ବହୁ ପଦସ୍ଥ ସରକାରୀ ତଥା ବେସରକାରୀ ବ୍ୟକ୍ତି ସଭାରେ ଉପସ୍ଥିତ। ଏ ସମୟରେ କି ପ୍ରକାର କାର୍ଯ୍ୟପନ୍ଥା ଗ୍ରହଣ କରାଯିବ ସେ ବିଷୟ ନେଇ ତନାଘନା ଆଲୋଚନା ଚାଲିଛି ଗତ ଦୁଇଦିନ ଧରି।

ଆଦୋଳନର ନେତୃତ୍ୱ ନେଇଛି କଲିକତାର ବିଖ୍ୟାତ ପୂର୍ବତନ ନକ୍‌ସାଲାଇଟ୍‌ ନେତା ସାଧନ ଚାଟାର୍ଜୀ। ତା' ସାଙ୍ଗରେ ଅଛନ୍ତି ବିଭିନ୍ନ ଖଣି ଶ୍ରମିକ ସଂଘର ସ୍ଥାନୀୟ ନେତା-ଇସ୍‌ମାଇଲ ଅହ୍‌ମ୍‌ଦ, ସନ୍ତୋଷ ପୃଷ୍ଟି, ବୁଲୁ ପଟ୍ଟନାୟକ, ମନମୋହନ ପଣ୍ଡା ଇତ୍ୟାଦି। ମାର୍କ୍‌ସବାଦୀ କମ୍ୟୁନିଷ୍ଟ ପରିଚାଳିତ ଶ୍ରମିକ ୟୁନିଅନ୍‌ମାନେ ହିଁ ଏଥିରେ ମୁଖ୍ୟ ଭୂମିକା ଗ୍ରହଣ କରିଛନ୍ତି। ତେଣୁ ସଂଘର୍ଷ ଅନିବାର୍ଯ୍ୟ।

ସ୍ଥିର ହେଲା ଉଷା ପୂର୍ବରୁ ଏ ସମସ୍ତ ନେତାମାନଙ୍କୁ ଗ୍ରେପ୍ତାର କରି ନେବାକୁ ପଡ଼ିବ। ଇତିମଧ୍ୟରେ ପୋଲିସର ଗୁପ୍ତଚରମାନଙ୍କୁ ଲଗେଇ ସନ୍ଧ୍ୟାବେଳେ ସେମାନେ କୋଉ କୋଉ ଜାଗାରେ ରହୁଛନ୍ତି ତା'ର ଖବର ନେବାକୁ ପଡ଼ିବ ଏବଂ ଠିକ୍‌ ରାତି ଦୁଇଟା ବେଳକୁ ଏକା ସମୟରେ ସେଇସବୁ ଆଡ୍ଡାରେ ଚଢ଼ାଉ କରି ପାହାନ୍ତା ପୂର୍ବରୁ ସେମାନଙ୍କୁ ଗିରଫ କରି କେନ୍ଦୁଝର ନେଇଯିବାକୁ ହେବ।

ମାଇନିଂ ଟାଉନର ବିଶେଷତ୍ୱ ହେଲା ସବୁ ରାତ୍ରି ଏକ ମଉଜମଜଲିସ ଆନନ୍ଦ-ଉଲ୍ଲାସର ରାତ୍ରି। ଦିନର ସମସ୍ତ କ୍ଲାନ୍ତି, ସମସ୍ତ ବିବାଦ, କଳି କନ୍ଦଳ, ରାଗ ଦ୍ୱେଷ, ବାଦବିସମ୍ବାଦ ସୂର୍ଯ୍ୟାସ୍ତ ପରେ ସବୁ ଭୁଲି ହୋଇଯାଏ। ଅନ୍ଧାରର ଘନ କାଲିମାରେ ସଫେଦ୍‌ ଦିନ ଆଲୁଅ ମିଲେଇ ଗଲା ପରି। ଭାଟିରେ, ବସ୍ତିର କୋଣରେ ମହୁଲି, ହାଣ୍ଡିଆର କଡ଼ା ଗନ୍ଧ ମହକିଯାଏ। ଦଳ ଦଳ ଲୋକ ଜମନ୍ତି। ଲୁଣିଆ ବୁଟସିଝା, ଶୁଖୁଆପୋଡ଼ା, କିମ୍ବା ଖାଲି କଞ୍ଚା ପିଆଜରେ ତରଳ ପ୍ରାଣପ୍ରାଚୁର୍ଯ୍ୟ ପେଟ ଭିତରକୁ ଚାଲିଯାଏ ଅନାୟାସରେ। ଆଶ୍ଚର୍ଯ୍ୟର ସହର ଏଇ ଯୋଡ଼ା। ରାତି ଅଧରେ ଚାହିଁଲେ ବି ଏଠାରେ ପୃଥିବୀର ସର୍ବବିଖ୍ୟାତ, ସର୍ବୋଚ୍ଚ ମୂଲ୍ୟର ହୁଇସ୍କି 'କିଙ୍‌ଅଫ୍‌ କିଙ୍‌ସ' ମିଳିପାରେ-ପୁଣି ରାତ୍ରିର ଯେକୌଣସି ପ୍ରହରରେ ମହୁଲି ହାଣ୍ଡିଆ ମିଳିପାରେ। ରାତ୍ରିର ଏଇ ଆନନ୍ଦୋଲ୍ଲାସରେ ଏଠାକାର ଅଫିସର ଓ ସାଧାରଣ ଶ୍ରମିକ ସମସ୍ତେ ଗଣତାନ୍ତ୍ରିକ ଅର୍ଥରେ ସମାନ। ଶ୍ରମିକମାନେ ବସନ୍ତି ଭାଟିର କାଠ ବେଞ୍ଚରେ, ଖୋଲାପଡ଼ିଆରେ, ଅଫିସରମାନେ ବସନ୍ତି କ୍ଲବ୍‌ ଘରେ।

ସକାଳ ସାତଟାରେ କିନ୍ତୁ ସମସ୍ତେ ପୁଣି କର୍ମମୁଖର। ପାନୀୟ ଯେମିତି ରାତ୍ରିର ଆଳସ୍ୟ କଟାଇ ପୁଣି ଏକ ନୂତନ ଦିନ ପାଇଁ ସେମାନଙ୍କୁ ପୁଣିଥରେ କର୍ମଚଞ୍ଚଳ କରିଦିଏ।

ଖବର ପାଇବାର ଜାଗା ତ ଏଇ ଭାଟି ଓ ହାଣ୍ଡିଆ ବିକ୍ରିର ହାଟ। ରାତି ଦଶଟା

ବେଳକୁ ସହର ନିଶ୍ଚୁପ୍ । ଶ୍ରମିକ ବସ୍ତିରେ ଜଣେ ଅଧେ ମଧ୍ୟରାତ୍ରିର ମାତାଲର ଖଣ୍ଡିଆ ଗୀତର ସ୍ୱରଲହରୀ ବା ଅକାରଣ ହସ ଛଡ଼ା ଆଉ ସବୁ ନିଷ୍ପ୍ରଭ ଓ ନିର୍ଜନ ।

ପୋଲିସର ବିଶ୍ୱସ୍ତ ଅନୁଚରମାନେ ସନ୍ଧ୍ୟାବେଳୁ ଜଗି ବସିଥିଲେ ସେଇ ସବୁ ସନ୍ଧି ଜାଗାମାନଙ୍କରେ । ପକେଟ୍‌ରେ ଖଣି ମାଲିକଙ୍କର ପଇସା–ବଦ୍ଧା ବଦ୍ଧା ଲୋକଙ୍କୁ ମାଗଣାରେ ପିଆଇ କଥା ଆଦାୟ କରିବାକୁ ।

ଦଶଟା ସରିକି ସବୁ ଖବର ପହଞ୍ଚିଗଲା ଥାନାରେ । ପୋଲିସ ଓ ସଶସ୍ତ୍ର ବାହିନୀ ପ୍ରସ୍ତୁତ । ରାତିର ନିଷ୍ଝୁମ ପ୍ରହରରେ ଆରମ୍ଭ ହୋଇଗଲା ଚଢ଼ାଉ, ବିଭିନ୍ନ ବସ୍ତି ଘରମାନଙ୍କରେ । ନିଦ ମଳ ମଳ ଆଖିରେ ବନ୍ଧା ହୋଇ ଆସିଲେ ଶ୍ରମିକ ନେତାମାନେ, କ'ଣ ଘଟୁଛି କିଛି ବୁଝିବା ପୂର୍ବରୁ ।

କିନ୍ତୁ ପୋଲିସର ସମସ୍ତ ସତର୍କତା ସତ୍ତ୍ୱେ ଧରାପଡ଼ିଲେ ନାହିଁ ଆନ୍ଦୋଳନର ମୁଖ୍ୟନେତା ସାଧନ ଚାଟାର୍ଜି, ସନ୍ତୋଷ ପୃଷ୍ଟି, ବୁଲୁ ପଟ୍ଟନାୟକ ଓ ମନମୋହନ ପଣ୍ଡା ।

ଆରମ୍ଭ ହୋଇଗଲା ବସ୍ତିର ଘରକୁ ଘର ତନଖି । ସକାଳ ସାତଟା ସୁଦ୍ଧା ସର୍ଚ୍ଚ ସରିଲା ପରେ ବି ଏ ଚାରି ଜଣଙ୍କର କିଛି ପତ୍ତା ମିଳିଲା ନାହିଁ । ସେମାନେ କ'ଣ ଶୂନ୍ୟରେ ଉଭେଇ ଗଲେ ?

ପଚରା ଉଚରା ପାଇଁ ଧରାହୋଇ ଆସିଲେ ପ୍ରାୟ ପଚାଶ ଜଣ ଶ୍ରମିକ । ପ୍ରାଥମିକ ଧମକ ଚମକ, ଦି'ଚାରିଟା ବିଧା ଗୋଇଠା ଓ କିଛି ଠେଙ୍ଗାଣିମାଡ଼ ପରେ ଅଠାଚାଶ ଜଣ ଛାଡ଼ ପାଇଲେ ସନ୍ଧ୍ୟାବେଳକୁ । ରହିଗଲା ବାକି ସାଲଖୁ ମୁଣ୍ଡା । ତା'ରି ଘରେ ହିଁ ଶେଷଥର ପାଇଁ ସାଧନ ଚାଟାର୍ଜି ଓ ବୁଲୁ ପଟ୍ଟନାୟକଙ୍କୁ ଦେଖା ଯାଇଥିଲା ।

"ଏଇ ଶାଳା ଜାଣିଛି ସବୁ । ହଉ ହଉ । ତୋ ପେଟରୁ କଥା କିମିତି ବାହାରିବ ସେ କଥା ମୋତେ ଜଣାଅଛି । ରହ, ରହ ।" ଥାନାବାବୁ ଚିତ୍କାର କଲେ ।

ସାଲଖୁମୁଣ୍ଡାର ଜନ୍ମ ଏଇ ଯୋଡ଼ାରେ । ତା'ର ବାପା ମା' ଗାଁ ଛାଡ଼ି ଏଠାକୁ ଆସିଲାବେଳକୁ ସେ ମା' ପେଟରେ ଥିଲା । ଏଇଠିକା ପାଣି ପବନରେ ସେ ମଣିଷ ହୋଇଛି । ତୃତୀୟ ଶ୍ରେଣୀ ପର୍ଯ୍ୟନ୍ତ ପଢ଼ିଥିଲା । ତା'ପରେ ହେଲା ନାହିଁ । ଏଇ ଖାଦାନ କାମରେ ହିଁ ସେ ଲାଗିଗଲା । ବାପ ମା' ମଲେଣି କୋଉଦିନୁ । ବଡ଼ ଦୁଇ ଭାଇ ଭଉଣୀ ବାହା ହୋଇ ଯେ ଯାହା ସଂସାରରେ । ଏକୁଟିଆ ରହୁଥିବାରୁ ତା' ଘରଟା ସମସ୍ତଙ୍କର ଆଡ୍‌ଡ଼ା । ଏବେ ଦି'ମାସ ହେଲା ବାହା ହୋଇ ଆସିଲା ପରେ ଆଉ ବେଶୀ କେହି ଆସୁନାହାନ୍ତି ତା ଘରକୁ । ତଥାପି ପୂର୍ବ ଅଭ୍ୟାସବଶତଃ କିଏ କେତେବେଳେ ବୋତଲଟିଏ ଧରି ପହଞ୍ଚ ଯାଆନ୍ତି ତା' ଘରେ ।

ଏକେ ତ ଧର୍ମଘଟ। ବସ୍ତିର ଲୋକେ ଭୟଭୀତ। ଭାଟିରେ, ହାଣ୍ଡିଆ ହାଟରେ ଲୋକ ଗହଳି ସନ୍ଧ୍ୟାବେଳ କମି ଯାଇଛି। ରାତି ସାତଟା ନ ବାଜୁଣୁ ଯୋଡ଼ା ସହର ନିସ୍ତବ୍ଧ।

ରାତି ଆଠଟା ବେଳକୁ ଥାନାବାବୁ କହିଲା, "ସେ ଶଳା କିଛି କହିଲା ନା ନାହିଁ? ଆବେ ଏ ଶମ୍ଭୁ, ଚାଲ୍।" ଦି'ଟା ମୋଟା ମୋଟା କନେଷ୍ଟବଲ୍ ସହିତ ଥାନା ବାବୁ ହାଜତ୍ ଖୋଲିଲେ। ତା'ପରେ, ପଟ୍‌ପାଟ୍, ଦୁମ୍‌ଦାମ୍ ଶବ୍ଦ – ଆଉ ଜଣେ ଲୋକର ଆର୍ତ୍ତ ଚିତ୍କାରରେ କମ୍ପି ଉଠିଲା ନିସ୍ତବ୍ଧ ବାୟୁମଣ୍ଡଳ। 'ଆବେ ତା' ହାତକୁ ବାନ୍ଧ-ମୁହଁରେ କନା ବିଣ୍ଟା ଦେଇ ଦେ।'

ରାତି ଏଗାରଟା ସୁଦ୍ଧା ଅକ୍ଲାନ୍ତ ପରିଶ୍ରମ ପରେ ବି କିଛି କଥା ବାହାରିଲା ନାହିଁ ସାଲଖୁ ମୁଣ୍ଡର ମୁହଁରୁ। ଏତିକି କହିଲା ଯେ ରାତି ଦଶଟାବେଳେ ସେମାନେ ତା' ଘରୁ କୁଆଡ଼େ ବାହାରି ଗଲେ। ତାକୁ କିଛି କହିନାହାନ୍ତି – ସେ ଆଉ କିଛି ଜାଣେ ନାହିଁ।

ସେତେବେଳକୁ ଝାଡ଼ା ପରିସ୍ରାରେ ହାଜତ୍ ଘରଟା ଦୁର୍ଗନ୍ଧରେ ଫାଟି ପଡ଼ିଲାଣି।

'ପଡ଼ିଥା, ଶଳା ସେଇଠି ରାତି ସାରା।' ଧର୍ମଘଟର ଦ୍ୱିତୀୟ ଦିନ। ତଥାପି ଶୋଭାଯାତ୍ରା ଆରମ୍ଭ ହୋଇନାହିଁ। ସମସ୍ତେ ଭୀତ ଓ ସନ୍ତ୍ରସ୍ତ। ଅଥଚ କୋଉଠି ଗୋଟାଏ କିଛି ଘଟୁଛି – କେତେବେଳେ ନା କେତେବେଳେ ବିସ୍ଫୋରିତ ହୋଇ ଉଠିବ।

ପାହାନ୍ତାରୁ କନେଷ୍ଟବଲ ସାଲଖୁକୁ ଉଠେଇଲା। 'ଉଠ୍‌ବେ, ଶଳା। ପାଣି ଆଣି ପରିସ୍ରା କରିବୁ।' କାଲି ସାରାଦିନ ଖାଇ ନାହିଁ। ରାତିର ମାଡ଼ରେ ପିଠି ଦେହ ମୁଣ୍ଡ ପରାସ। କାନମୁଣ୍ଡାରେ ଗୋଲ ହୋଇ ଫୁଲିଯାଇଛି। ସେ ପିଣ୍ଡୁଲା ଉପରେ ରକ୍ତ ବାହାରି ଶୁଖିଯାଇଛି। ଆଖିପତା ଦିଟା ଫୁଲିଯାଇ କିଛି ଭଲକରି ଦିଶୁନି। ହାତଗଣ୍ଠି, ବଳାଗଣ୍ଠିର ହାଡ଼ ଯେମିତି ଫାଟି ଯାଇଛି। ରକ୍ତ ଜମିଛି-ଶୁଖିଲା ରକ୍ତ।

ଘୋଷାରି ହୋଇ ନିଜ ପାଇଖାନା ପରିସ୍ରାର କଲା ସେ। ତା'ପରେ ପାଖ କଳରୁ ପାଣି ହାଜତ୍ ଧୋଇଲା। ସାତଟା ପୂର୍ବରୁ ଡିଏସ୍‌ପି ଆସିବା ଆଗରୁ ହାଜତ୍ ପରିସ୍କାର। ସାଲଖୁ ମୁଣ୍ଡାକୁ ଗିଲାସରେ ଚା ସହିତ ଦି'ଖଣ୍ଡ ବାସି ବରା ଦିଆଯାଇଛି।

ଡିଏସ୍‌ପି ପଚାରିଲେ, 'କିଛି କହିଲା?'

'ନା ସାର୍। କହୁଛି କିଛି ଜାଣିନି। ଆଉ ଦିନେ ଦି'ଦିନ ଯାଉ ବଲେ କହିବ।'

ସମସ୍ତେ ଫେରିଗଲେ। ଏକା ସାଲଖୁ ନାହିଁ। ମୁଲ୍‌ଗୀ ଆସି ପଚାରିଗଲା ସମସ୍ତଙ୍କୁ। କ'ଣ ହେଲା ସାଲଖୁର? ସେ କାହିଁକି ଫେରିଲା ନାହିଁ? ସମସ୍ତେ ଆଶ୍ୱାସନା ଦେଲେ କାଲି ସକାଲକୁ ନିଶ୍ଚେ ଫେରିବ। ସେ ରାତିରେ ନିଜ ଘରେ ଏକୁଟିଆ ଶୋଇବାକୁ ଭୟ ହେଲା ତା'ର।

ସକାଳ ଆଠଟା ହେଲା। ତଥାପି ସାଲଖୁ ଆସିଲା ନାହିଁ। ସମସ୍ତେ କହିଲେ, 'ଥାନାକୁ ଯା ବୁଝି ଆସିବୁ।' କିନ୍ତୁ କେହି ତା' ସହିତ ଆଉ ରାଜିହେଲେ ନାହିଁ ଥାନାକୁ ଯିବାକୁ। କୋହ୍ଲୁ ଝିଅ ସେ। ଏକୁଟିଆ ନିର୍ଭୟରେ ବଣ ଜଙ୍ଗଲରେ ବୁଲିପାରେ। ବାଘ ଭାଲୁ ସାଙ୍ଗରେ ଲଢ଼େଇ କରିପାରେ। କିନ୍ତୁ ଅଣଆଦିବାସୀ ବାବୁକୁ ଦେଖିଲେ ସେ ଭୟରେ ଶଙ୍କିଯାଏ। ଛାତି ତା'ର ଥରି ଉଠେ ଏକ ଅଜଣା ଭୟରେ। ତା ଉପରେ ପୁଣି ଥାନା ପୋଲିସ। ପୋଲିସ ସମ୍ବନ୍ଧରେ ସେମାନଙ୍କର ଭୟ ଜନ୍ମଜାତ। କେଉଁ ଆଦିମକାଲରୁ ତାଙ୍କ ରକ୍ତରେ ପୋଲିସର ଭୟ ଲିପିବଦ୍ଧ ହୋଇଯାଇଛି।

ଆଜି ମୁଲ୍‌ଗୀ ସାହସ ବାନ୍ଧିଲା। ଦିନ ବେଳ। ଖାଇ ଯିବେନି ତ ତାକୁ। ତା'ର ମରଦ। ତା'ର ଘଇତାକୁ ସେ ଦେଖିଯିବ ନାହିଁ? ସାଲଖୁ ତ ଥିବ ଥାନାରେ। ଆଉ ଭୟ କ'ଣ?

ଧୀରେଧୀରେ ଥାନା ବାରଣ୍ଡା ତଳେ ଛିଡ଼ା ହେଲା ସେ।

'କିଏ ବେ ତୁ? କ'ଣ ପାଇଁ ଆସିଛୁ?'

ପାଟି ଖନି ମାରିଗଲା ମୁଲ୍‌ଗୀର। ନୂଆ ବାହାହୋଇ ଆସିଛି କୋଉ ଜଙ୍ଗଲ ଭିତର ଗାଁରୁ। ସହଜେ ଓଡ଼ିଆ କଥା ପାଟିରେ ପଇଟୁ ନାହିଁ। ସେ କେମିତି ଗାଙ୍ଗୁଙ୍ଗୁଁ ହୋଇ କହିଲା, 'ସାଲଖୁ?'

'ତୁ ସାଲଖୁର ମାଇପ।'

ମୁଲ୍‌ଗୀ ମୁଣ୍ଡ ଟୁଙ୍ଗାରିଲା।

'ବସ୍, ସେଇ କଣରେ। ଥାନାବାବୁ ଆସି ନାହାନ୍ତି। ଆସିଲେ ପଚାରି ଦେଖା କରିବୁ।'

ହାଜତର ଅନ୍ଧାରିଆ ଘରେ ସାଲଖୁ ପଡ଼ିଛି। ଆଖିରେ କିଛି ଭଲ କରି ଦିଶୁନି, କାନରେ କିଛି ଭଲ କରି ଶୁଭୁନି।

କନେଷ୍ଟବଲ୍ ଶମ୍ଭୁ କହିଲା, 'ଶ୍ୟାମଭାଇ, ଦେଖୁଛୁ ଶାଲା କେଡ଼େ ବଢ଼ିଆ ମାଲ୍ ହୋଇଛି।'

ଶ୍ୟାମ କନେଷ୍ଟବଲ କହିଲା, 'ଶାଲୀ, କଅଁା କଷି କାକୁଡ଼ି ପରି ହୋଇଛି।'

ତା'ପରର କଥା ଅଶ୍ରାବ୍ୟ-ମୁଦ୍ରଣ ଅଯୋଗ୍ୟ।

ମୁଲ୍‌ଗୀ ଥାନା କାନ୍ଥକୁ ଆଉଜି ଛିଡ଼ା ହୋଇଥାଏ। ହଠାତ୍ ମଟରସାଇକେଲ୍ ଶବ୍ଦରେ ସେ ଚମକି ପଡ଼ିଲା।

ତାକୁ ଦେଖି ଥାନାବାବୁଙ୍କ ମଟରସାଇକେଲର ଗତି ଧୀର ହୋଇ ଆସିଲା।

ସେ ମଟରସାଇକେଲକୁ ସ୍ୱାନ୍ତରେ ରଖି, ଥାନା ଭିତରକୁ ଆସି ପଚାରିଲେ, 'ଆବେ ହେ ଶମ୍ଭୁ, ସକାଳୁ ସକାଳୁ ଏ ଛନଛନିଆ ଟୋକୀ କିଏ ବେ ?'

'ଆଜ୍ଞା, ସାଲ୍‌ଖୁ ମାଇପ ପରା । ଘଟଣାକୁ ଦେଖିବାକୁ ଆସିଛି ।'

'ନେଇଯା, ଶାଳୀକୁ । ଦେଖୁ । ଯଦି ମାଇପକୁ ଦେଖି ତା' ପେଟରୁ କଥା ବାହାରେ ।'

ମୁଲ୍‌ଗୀ ଧୀରେ ଧୀରେ ଯାଇ ହାଜତର ଲୁହା କବାଟ ଫାଙ୍କରେ ଉଙ୍କି ମାରିଲା । ସାଲ୍‌ଖୁ ଗୋଟାଏ କଣକୁ ମୋଡ଼ିମାଡ଼ି ହୋଇ ପଡ଼ିଛି । ମୁଲ୍‌ଗୀ କିଛି ସମୟ ସେମିତି ଚାହିଁ ରହିଲା ପରେ, ସାଲ୍‌ଖୁ ହଲଚଲ ନ ହେବାର ଦେଖି, ତା'ର ଛାତି ଥରି ଉଠିଲା । ସାଲ୍‌ଖୁ ମରିଯାଇନି ତ ।

ଥାନାର ସବୁ କନେଷ୍ଟବଲ୍ ଯାକ ସେମିତି ଲୋଭିଲା ଆଖିରେ ଚାହିଁ ରହିଥାନ୍ତି । ସେ ମୁହଁ ଫେରେଇ ଆର୍ଦ୍ର ଆଖିରେ ଚାହିଁଲା ସମସ୍ତଙ୍କ ଆଡ଼େ । ଶମ୍ଭୁ ବୋଧେ ବୁଝିପାରିଲା । ସେ ଆଗେଇ ଆସି ଜୋରରେ ଡାକିଲା, 'ଆବେ ଏ ସାଲ୍‌ଖୁ! ଉଠ୍ ତୋ ମାଇପ ଆସିଛି ଦେଖା କରିବାକୁ ।' ଶମ୍ଭୁର ପାଟିରେ ଚମି ଉଠିଲା ସାଲ୍‌ଖୁ । ଗତ ରାତିର ମାଡ଼ର ଭୟ–ସେଇ ପାଟି ସହିତ ସଂପୃକ୍ତ । ସେ ଧୁଡ଼ମୁସ ହୋଇ ଉଠିପଡ଼ି ମିଞ୍ଜିମିଞ୍ଜି ଆଖିରେ ଅନେଇ ଚାରିଆଡ଼େ । ଓଠଟା ଫୁଲି ଯାଇଛି ବେଙ୍ଗପରି । ଆଖି ଫୁଲିଯାଇ ଡୋଲାକୁ ଢାଙ୍କି ପକେଇଛି । ସେ କିଛି ସମୟ ଶିକାର ଯେମିତି ଶିକାରୀକୁ ମନ୍ତ୍ରମୁଗ୍ଧ ଦୃଷ୍ଟିରେ ଚାହିଁ ରହେ, ସେମିତି ଭାବରେ ଚାହିଁ ରହିଲା ଶମ୍ଭୁ ଆଡ଼େ, ତା'ପରେ ତା'ର ନଜର ପଡ଼ିଲା ମୁଲ୍‌ଗୀ ଉପରେ ।

ସୋ କୋହ୍ଲ ଭାଷାରେ ଭଙ୍ଗା ଭଙ୍ଗା କଥା କ୍ରୁଦ୍ଧ ସ୍ୱରରେ କହିଲା, 'ତୁ କାହିଁକି ଏବେ ଆସିଲୁ? ପଲା, ପଲା, ଜଲ୍‌ଦି ପଲା । ଆଉ ଆସିବୁ ନାଇଁ ।' ଏତକ କହି ମୁହଁମାଡ଼ି ପଡ଼ି ରହିଲା ।

ମୁଲ୍‌ଗୀ ଏକ ଅପରସୀମ ଯନ୍ତ୍ରଣାବୋଧରେ ମୂକ ହୋଇ ଯାଇଥାଏ । କାଲି ସକାଳର ସେଇ ଶାଲଗଛ ପରି ସତେଜ, ସୁପୁଷ୍ଟ, ବଳିଷ୍ଠ ମରଦର ଏ କି ଅବସ୍ଥା । ଗୋଟାଏ ଦିନରେ ସେ ଯେମିତି ବୁଢ଼ା ପାଲଟି ଯାଇଛି । କଟାଗଛ ପରି ପଡ଼ି ରହିଛି । ଡାଳପତ୍ର ସବୁ ମଉଳି ଯାଇ ଝାଉଁଳି ପଡ଼ିଛି ।

ପାଦ ଲାଖିଗଲା ତା'ର ସେଇଠି । ଆଖି ଲାଖି ରହିଲା ସାଲ୍‌ଖୁ ଉପରେ । ଛାଡ଼ି କରି ଗଲେ ଆଉ ବୋଧହୁଏ ସେ ଫେରି ପାଇବ ନାହିଁ ସାଲ୍‌ଖୁକୁ ।

ଛାତି ରୁନ୍ଧି ହୋଇଗଲା ତା'ର । ଆଖିକୁ ଆଉ କିଛି ଦେଖାଗଲା ନାଇଁ । ସେ

ଏକରକମ ଅନ୍ଧ ଭାବରେ ଦଉଡ଼ିଯାଇ ଥାନାବାବୁର ଗୋଡ଼ତଳେ ଲମ୍ୱ ହୋଇ ପଡ଼ି କୋହ୍ଲ ଭାଷାରେ କ'ଣ କହିବାକୁ ଲାଗିଲା ।

ଥାନାବାବୁ କହିଲେ, "ଆରେ, ଉଠ୍ ଉଠ୍ । କ'ଣ ତୁ କହୁଛୁ ମୁଁ କିଛି ବୁଝିପାରୁନି । ଆବେ ଓଡ଼ିଆରେ କହ ।'

ପାଗଳିନୀ ପରି ବକୁଥାଏ ମୁଲ୍ଗୀ ।

ଶ୍ୟାମ କହିଲା, "କ'ଣ ଆଉ କହିବ ଆଜ୍ଞା, ଘଟଣାକୁ ଛାଡ଼ିଦେବା ପାଇଁ କହୁଛି ।"

ଥାନାବାବୁ ଉଠିଆସିଲେ । ତା'ର ଦୁଇ କାଖ ସନ୍ଧିରେ ହାତ ଭର୍ତ୍ତି କରି ଉଠେଇ ବସେଇ ଦେଲେ ।

"ହଉ, ହଉ, ଦେଖିବା, ଦେଖିବା । ସାଲଖୁକୁ କହ ସେମାନେ କୁଆଡ଼େ ଲୁଚିଛନ୍ତି କହିଦେଲେ ମୁଁ ତାକୁ ଛାଡ଼ିଦେବି ।"

ମୁଲ୍ଗୀର ଦେହରେ କୋଉ ଅଂଶରେ ହାତ ବାଜୁଛି ତା'ର ଖିଆଲ ନାହିଁ । ଏଥର ସେ ଖଣ୍ଡି ଖଣ୍ଡି ଓଡ଼ିଆରେ କହିଲା, "ସତ କହୁଛ ହଜୁର, ସେ କିଛି ଜାଣି ନାହିଁ । ମୁଁ ବି କିଛି ଜାଣି ନାହିଁ । ସେମାନେ ଆମ ଘରେ ଆସି ବସିଥିଲେ । 'ସେଇଠୁ ଆସୁଛୁ' କହି କୁଆଡ଼େ ଗଲେ ଆମକୁ କିଛି କହି ନାହିଁ ।"

ମୁଲ୍ଗୀର ଦେହର ସ୍ପର୍ଶରେ ଥାନାବାବୁ ବୋଧହୁଏ ଟିକିଏ ନରମି ଯାଇଥିଲେ । କହିଲେ, "ହଉ ଯା ସେଇଠି ଛିଡ଼ା ହ । ପରେ ବୁଝି କରି କହିବି । ଏ କ'ଣ ମୋ ହାତର କଥା । ବଡ଼ବାବୁ ଅଛନ୍ତି ଏଠି, ତାଙ୍କୁ ନପଚାରି କେମିତି ଛାଡ଼ିଦେବି ?"

ତା'ପରେ ଶମ୍ୱୁକୁ ଡାକି ତା' କାନରେ କ'ଣ ଫୁସ୍‌ଫୁସ୍‌ କରି କହିଲେ । ଶମ୍ୱୁ ତାକୁ କହିଲା, "ଝିଆଡ଼େ ଆ, ତୋତେ ବୁଝାଇ ଦେବି ।" ଶମ୍ୱୁ ସେ ଅଞ୍ଚଳର ଲୋକ । ଅଛେ ବହୁତେ କାମଚଲା କୋହ୍ଲଭାଷା ଜାଣେ ।

ତାଙ୍କ ଭିତରେ କ'ଣ କଥାବାର୍ତ୍ତା ହେଲା ଜଣାନାହିଁ । ସେଦିନ ରାତି ଆଠଟା ବେଳେ ଥାନା ପରିସର ଭିତରେ ଜଣେ ନାରୀର ଛାୟା ଦେଖି, ଶମ୍ୱୁ କନେଷ୍ଟବଲ ଥାନା ବାବୁଙ୍କ କାନ ପାଖରେ ଫୁସ୍‌ଫୁସ୍‌ କରି କହିଲା :

"ଆସିଗଲା, ଆଜ୍ଞା ।"

"ତୋ ଘର ଖାଲି ଅଛି ପରା । ସେଠିକୁ ନେଇଯା ।"

"ଆଜ୍ଞା, ପାଖ କ୍ୱାଟରରେ ଜଗବନ୍ଧୁର ପିଲାପିଲି ଅଛନ୍ତି ।"

"ଦୂର ବୋକା, ସେମାନେ ମୋ ପିଲାପିଲିଙ୍କ ସହିତ ସାବିତ୍ରୀ ଅମାବାସ୍ୟା ପାଇଁ ମୁର୍ଗା ମହାଦେବ ମନ୍ଦିର ଯାଇଛନ୍ତି । ଆସୁ ଆସୁ ରାତି ଦଶ ବାଜିବ । ଶୀଘ୍ର ନେଇଯା, ଡେରି କରନା, କିଏ ଦେଖିବ ।"

ଅମାବାସ୍ୟା ଅନ୍ଧକାର ଘନୀଭୂତ ହୋଇଛି । ଖରାଦିନ, ବିଜୁଳି କାଟ । ଟିସ୍କୋର କେତୋଟି ଅଫିସଘରେ ଜେନେରେଟର ବିଜୁଳିବତୀ ଜଳୁଛି । ବାକି ସବୁ କିଟିକିଟି ଅନ୍ଧକାର । ରାତି ସାଢ଼େ ଦଶଟା ବେଳକୁ ମୁଲ୍ଗୀ ଥାନାକୁ ଫେରିଲା । ସେତେବେଳକୁ ସେ ଭଲ କରି ଛିଡ଼ା ହୋଇ ପାରୁ ନ ଥାଏ । ଗାଲରେ, ଛାତିରେ ଅଜସ୍ର ଆଙ୍ଗୁଡ଼ାର ଗାରରେ ଝାଲ ଲାଗି ଦେହ ଯେମିତି ଜଳି ଯାଉଥାଏ । ତଳି ପେଟରେ ଅସହ୍ୟ ଯନ୍ତ୍ରଣା । ପିଠି ଛାତିରେ ଅସହ୍ୟ ବ୍ୟଥା । କେତେଜଣ କେଜାଣି । ଗଣିଜାଣେନା । ଗଣିପାରିନି । ତା'ର ଖାଲି ମନେପଡ଼ୁଛି ତଳ ଚଟାଣରେ ସେ ଉଲଗ୍ନ ହୋଇ ପଡ଼ିରହିଥିଲା ଆଉ ତା' ଉପରେ ଗୋଟିଏ ପରେ ଗୋଟିଏ ଉତ୍ତର ଯେମିତି ଦଳିଚକଟି ମାଡ଼ି ଦେଇ ଯାଉଥିଲା । କେତେ ମିନିଟ୍, କେତେ ଘଣ୍ଟା, କେତେ ରାତି– କେଜାଣି । କିଛି ମନେ ପଡ଼ୁନାହିଁ । କିନ୍ତୁ ଏସବୁ ଯନ୍ତ୍ରଣା ମଧ୍ୟରେ ଗୋଟାଏ କଥା ପଥର ଅକ୍ଷରରେ ଲେଖି ହୋଇ ଯାଇଥିଲା – ସେ ସାଲଖୁକୁ ଆଜି ଘରକୁ ନେଇଯିବ । ସେ ବାଘ ମୁହଁରୁ ଶିକାର ଛଡ଼ାଇ ନେବ । ଯମ ମୁହଁରୁ ମୃତ୍ୟୁକୁ ଛଡ଼ାଇ ଆଣିବ, ଏଇ ଶପଥ । ଏଇ ପ୍ରତିଜ୍ଞା ।

ଠିଆ ହୋଇପାରୁ ନାହିଁ ସେ । ଲଥ୍ କରି ତଳେ ବସିପଡ଼ିଲା । ଏଇ ସମୟରେ ଥାନା ବାରଣ୍ଡାରେ ଶୁଣାଗଲା ହାଜତ୍ ଖୋଲିବାର ଶବ୍ଦ । ଆଉ ଥାନାର ଲଣ୍ଠନ ଆଲୋକରେ ଗୋଟାଏ ଅସ୍ପଷ୍ଟ ସିଲହୁଏଟ୍ । କାନ୍ଥକୁ ଧରି ଧର କିଏ ଗୋଟାଏ ପାଦ ଘୋସାରି ଘୋସାରି ଆଗକୁ ଆସୁଛି ।

ସାଲଖୁ ନା ।

ହଠାତ୍ ମୁଲ୍ଗୀର ଶିଥିଳ, ଶ୍ରାନ୍ତ, କ୍ଲାନ୍ତ, ଦେହରେ କିଏ ଯେମିତି ବିଦ୍ୟୁତ୍ ସ୍ପର୍ଶ ଦେଇଗଲା । ସେ ତଡ଼ାକ୍ କରି ବସି ଉଠି ଛିଡ଼ା ହୋଇପଡ଼ିଲା । ତା'ଭିତରେ କୋହୁର ଧମନୀରେ ଯୁଗ ଯୁଗ ଧରି ବହିଆସିଥିବା ସତେଜ, ବଳିଷ୍ଠ ରକ୍ତ ପ୍ରବଳ ବେଗରେ ବହିଯାଇ ଅଭୁତପୂର୍ବ ନୂତନ ପ୍ରାଣ ପ୍ରାଚୁର୍ଯ୍ୟ ଏବଂ ଆଶ୍ଚର୍ଯ୍ୟଜନକ ଏକ ଅଭୁତ ନୂତନ ପ୍ରାଣ ସଞ୍ଜୀବନୀ ଶକ୍ତିରେ ତାକୁ ଉଜ୍ଜୀବିତ କରି ଦେଇଗଲା । ସେ ଭୁଲିଗଲା ତା'ର ଯନ୍ତ୍ରଣା, ତା'ର ଜ୍ୱଳନ, ତା'ର ବ୍ୟଥା, ତା'ର ମୂଲ୍ୟହୀନ ସତୀତ୍ୱ ହରାଇଥିବାର ଗ୍ଲାନି, ଅପମାନ–ସେ ପରିବର୍ତିତ ହୋଇଗଲା ଏକ ନୂତନ, ଅପରିଚିତ ମହାଶକ୍ତିରେ ।

ସେ ପ୍ରାୟ ଦୌଡ଼ି ଦୌଡ଼ି ଯାଇ ଝୁଣ୍ଟିପଡ଼ି ପଡ଼ିଯାଇଥିବା ସାଲଖୁକୁ ଧରିନେଲା ତା'ର ବଳିଷ୍ଠ ହାତରେ । ସାଲଖୁର ଶୁଖ ବାହୁକୁ ନିଜ କାନ୍ଧରେ ଛନ୍ଦି ଦେଇ, ସେ ତାକୁ ଏକ ପ୍ରକାର କୁଣ୍ଢାଇ ଧରି ପ୍ରାୟ ଟେକି ଟେକି ନେଇ, ଆଗେଇ ଚାଲିଲା ବସ୍ତି ଆଡ଼କୁ, ଅମାବାସ୍ୟାର ଗଭୀର ଅନ୍ଧକାର ରାତ୍ରିର ମଧ୍ୟାମରେ ଏକ ପ୍ରଚଣ୍ଡ ଉଜ୍ଜ୍ୱଲ ସୂର୍ଯ୍ୟ ଶିଖା ପରି ।

ବିମାତା

"ନା, ଏବେ ନୁହେଁ।" ଦୃଢ଼ ସ୍ୱରରେ ସୁମିତ୍ରା କହିଲା।

ଅପେକ୍ଷାକୃତ ନରମ ସ୍ୱରରେ ବୁଝାଇଲା ଢଙ୍ଗରେ ସୁବ୍ରତ କହିଲା, "କାହିଁକି ? ତମର ପି.ଏଚ୍.ଡି. କାମ ତ ଶେଷ ହୋଇଗଲା। ଏବେ ତ ଆଉ କିଛି ଅସୁବିଧା ନାହିଁ। ତା'ଛଡ଼ା ତମର ପି.ଏସ୍.ସି. ଆପଏଣ୍ଟମେଣ୍ଟ ଆସୁ ଆସୁ କେତେ ଡେରି ହେବ କିଏ ଜାଣେ ? ଏଇଟା ତ ଉପଯୁକ୍ତ ସମୟ ବୋଲି ଭାବୁଛି। ତା'ଛଡ଼ା ବାପା ବୋଉ ବି ବ୍ୟସ୍ତ ହେଲେଣି। ମୁହଁରେ ସିନା କିଛି କହୁନାହାନ୍ତି। ତମ ବାପା ବୋଉ ବି ବେଶ୍ ଚିନ୍ତିତ। ତମ ବୋଉ ତ ସେଦିନ ପ୍ରାୟ ସିଧାସଳଖ କହିଦେଲେ ତମକୁ। ଭାବି ଦେଖ।"

– ନା, ଏବେ ଜମା ନୁହଁ। ତା'ଛଡ଼ା ମୁଁ ତ ପି.ଏସ୍.ସି. କଥା ମୋତେ ଭାବୁନି। ପ୍ରଫେସର କହିଛନ୍ତି ଯେ କମନ୍‌ୱେଲ୍‌ଥ ସ୍କଲାରସିପ୍ ଯେ କୌଣସି ମୁହୂର୍ତ୍ତରେ ଆସି ଯାଇପାରେ। ପ୍ରାୟ ସବୁ କିଛି ଠିକ୍ ହୋଇଗଲାଣି। ଯଦି ଆସିଯାଏ ସେତେବେଳକୁ ଅସୁବିଧା ହେବନି ? ନା ମୁଁ ଛାଡ଼ି ପାରିବି ନା ଯାଇ ପାରିବି ? ନା, ବାବା ନା, ମୋତେ ସେ କଥା କୁହ ନାହିଁ।

ସୁବ୍ରତ ଓ ସୁମିତ୍ରା ଉଭୟେ ପଦାର୍ଥ ବିଜ୍ଞାନର ଛାତ୍ର। ସୁବ୍ରତ ପଢ଼ୁଥିଲା ସୁମିତ୍ରାର ଗୋଟିଏ ବର୍ଷ ଉପରେ। ଉଭୟେ ପ୍ରାୟ ପଡ଼ୋଶୀ ଥିଲେ। ଚାରି ନମ୍ବର ୟୁନିଟ୍‌ର ପାଞ୍ଚ ନମ୍ବର ରୋଡ୍‌ରେ ସୁବ୍ରତର ଘର। ତା'ଠାରୁ ପଛ ଦୁଇ ଲାଇନ୍ ଛାଡ଼ି ସୁମିତ୍ରାର ବାପାଙ୍କ କ୍ୱାର୍ଟର। ଉଭୟେ ପରସ୍ପରକୁ ପିଲାଦିନରୁ ଜାଣିଥିଲେ ବି ତାଙ୍କର ପ୍ରେମ ଆରମ୍ଭ ହୁଏ ବାଣୀବିହାର କେମ୍ପସ୍ ଭିତର ପଦାର୍ଥବିଜ୍ଞାନର ଲେବୋରାଟାରୀ ପ୍ରକୋଷ୍ଠରୁ। ତା'ପରେ ଦୁଇଜଣଯାକ ପରସ୍ପରକୁ ଘନିଷ୍ଠ ଭାବରେ ଭଲପାଇ ବସନ୍ତି ଓ ବିବାହ କରିବାକୁ ନିଷ୍ଠିତ କରନ୍ତି।

ସୁବ୍ରତ ଖୁବ୍ ଭଲ ଛାତ୍ର ଥିଲା। ମାଟ୍ରିକ୍‌ଠାରୁ ଆରମ୍ଭ କରି ଏମ୍.ଏସ୍.ସି ପର୍ଯ୍ୟନ୍ତ

ସବୁବେଳେ ଫାଷ୍ଟକ୍ଲାସ୍ ପାଇ ଆସିଛି। ଆଇ.ଏସ୍.ସି., ବି.ଏସ୍.ସି ଓ ଏମ୍.ଏସ୍ସିରେ ପୋଜିସନ୍ ରଖିଥିଲା ବିଶ୍ୱବିଦ୍ୟାଳୟରେ। ସୁମିତ୍ରା ତା'ପରି ଏତେ ବ୍ରିଲିଆଣ୍ଟ ନ ହେଲେ ବି ସେ ମଧ୍ୟ ଖୁବ୍ ଭଲ ଛାତ୍ରୀ ଥିଲା। ଏମ୍.ଏସ୍ସି. ପାସ୍ କରି ସାରି ସୁବ୍ରତ ସେଇ ବାଣୀବିହାରରେ ରିସର୍ଚ୍ଚ ସ୍କଲାର ଭାବରେ ଦୁଇବର୍ଷ ରହିଲା। ପରେ ପି.ଏସ୍.ସି. ପାଇ ଯୋଗେ ଦେଲା ବିଜେବି କଲେଜରେ। ସୁମିତ୍ରା ପାସ୍ କରି ପିଏଚ୍ଡି କରିବା ପାଇଁ ଯୋଗ ଦେଲା ସେଇ ବାଣୀବିହାରରେ।

ସେଇବର୍ଷ ବାହା ଦେବାକୁ ଜିଦ୍ କଲେ ସୁବ୍ରତର ବାପା।

ଯଦିଓ ତାଙ୍କର ଏ ବାହାଘରରେ ବିଶେଷ ଇଚ୍ଛା ନ ଥିଲା ତଥାପି ପୁଅ ମୁହଁକୁ ଚାହିଁ ସେ ଆଉ କିଛି ପ୍ରତିବାଦ କରି ନ ଥିଲେ। ସେ ଜାଣିଥିଲେ ସୁମିତ୍ରା ଭଲ ଛାତ୍ରୀ। ସେ ନିଶ୍ଚୟ ଲେକ୍ଚରସିପ୍‌ଟିଏ ପାଇଯିବ। ହୁଏତ ଡେରି ହୋଇପାରେ। କିନ୍ତୁ ସେ ନିଶ୍ଚେ ପାଇଯିବ ଏ ସମ୍ବନ୍ଧରେ ତାଙ୍କର ତିଳେମାତ୍ର ସନ୍ଦେହ ନ ଥିଲା। ତା'ଛଡ଼ା ସୁବ୍ରତର ବୋଉ ମଧ୍ୟ ସୁମିତ୍ରାକୁ ଭଲ ପାଉଥିଲେ। ତେଣୁ ସୁବ୍ରତର ବାପ ଯଥାଶୀଘ୍ର ବିବାହ ଦେବାକୁ ଠିକ୍ କଲେ, ପ୍ରାୟ ବିନା ଯୌତୁକରେ।

ବିବାହ ସ୍ଥିରୀକୃତ ହେବାର ଦିନଠାରୁ ହିଁ ସୁମିତ୍ରା ସୁବ୍ରତଠାରୁ ପ୍ରତିଜ୍ଞା କରାଇ ନେଇଥିଲା। "ଦେଖ, ମୋର ଗୋଟାଏ ଅନୁରୋଧ ଅଛି। ତମେ ରଖିବ।"

– ନିଶ୍ଚୟ। କହୁନା।

– ତମେ ଆଗ ପ୍ରତିଜ୍ଞା କର।

– ଆଗେ କଥାଟା କୁହ।

– ନା, ଆଗେ ମୋ ଦେହ ଛୁଇଁ ଶପଥ କର ନିଶ୍ଚେ ରଖିବ। କିଛି ଅନ୍ୟାୟ କଥା ନୁହେଁ କି ତମକୁ ବେଶୀ କିଛି ମାଗୁନି ମ ?

– ହଉ ବାବା ହେଲା। ମୁଁ ତମ ଦେହ ଛୁଇଁ ଶପଥ କରୁଛି।

– ଶୁଣ, ତମେ ଦୁଇବର୍ଷ ରିସର୍ଚ୍ଚ କରି ହଠାତ୍ ଚାକିରି ପାଇଯାଇଛ। ତମର ପି.ଏଚ୍.ଡି. କାମ ଅଧା ରହିଛି। ମୋର ବି ପି.ଏଚ୍.ଡି. କରିବାକୁ ଭାରି ଇଚ୍ଛା। କହିବାକୁ ଗଲେ ମୋର ପିଲାଦିନରୁ ଗୋଟାଏ ବଡ଼ ଆଶା। ତମକୁ ମୋର କେବଳ ଗୋଟାଏ ଅନୁରୋଧ ଆମ ଦି'ଜଣଙ୍କ ପି.ଏଚ୍.ଡି. ନ ସରିଲା ପର୍ଯ୍ୟନ୍ତ ତମେ ମୋତେ ମା' ହେବାକୁ ବାଧ୍ୟ କରିବନି।

ସୁବ୍ରତ ଏଇ କଥା ଶୁଣି ହୋ ହୋ ହୋଇ ହସିଥିଲା ପ୍ରଥମେ ତା'ପରେ ହସି ହସି କହିଥିଲା, "ଓଃ, ଏଇ କଥା। ଏଇ କଥା କହିବାକୁ ଏତେ ଉପକ୍ରମଣିକା? ଏତେ ଶପଥ? ମୁଁ କ'ଣ ଏତେ ଶୀଘ୍ର ପିଲାପିଲି ଚାହେଁ ବୋଲି ଭାବୁଛ? ମୁଁ ତ

ଚାହେଁ ଅନ୍ତତଃ ପାଞ୍ଚବର୍ଷ ପର୍ଯ୍ୟନ୍ତ ନୁହେଁ । ଆଗେ ନିଜର ତ କିଛି କରିବାକୁ ପଡ଼ିବ । ତା'ପରେ ପିଲାପିଲି କଥା ପଚ୍ଛ ।"

ଦୁଇଜଣଙ୍କ ଭିତରେ ଏ ଚୁକ୍ତିର କଥା ଘରେ କେହି ଜାଣି ନ ଥିଲେ । ସେମାନେ ମଧ୍ୟ କାହାରିକୁ କହିବା ପାଇଁ ଇଚ୍ଛା କରି ନଥିଲେ ।

ବାହାଘରର ପ୍ରଥମ ବର୍ଷ ସୁରୁଖୁରୁରେ କଟିଗଲା ।

ବର୍ଷକ ପରେ ସୁବ୍ରତର ସାନ ଭଉଣୀର ବାହାଘର ମଧ୍ୟ ହୋଇଗଲା । ସୁବ୍ରତ ଓ ସୁମିତ୍ରା ଉଭୟେ ମିଶି ବାହାଘର ପାଇଁ ନଗଦ କୋଡ଼ିଏ ହଜାର ଟଙ୍କା ଦେଇଥିଲେ । ତା'ଛଡ଼ା ହାତ ଉଧାରି ଧାର ମଧ୍ୟ ପାଞ୍ଚ ସାତ ହଜାର ଖର୍ଚ୍ଚ କରିଥିଲେ । ସୁବ୍ରତର ବାପା ବୋଉ ଭାରି ଖୁସି । ବୋହୂ ନୁହେଁ ତ ଲକ୍ଷ୍ମୀ । ଯୌତୁକ ଆଣିଥିଲେ ତ ସେ ଭୋଗ କରିଥା'ନ୍ତା । କାହାକୁ କ'ଣ ଦେଇଥାନ୍ତି ?

ଦ୍ୱିତୀୟ ବର୍ଷ ଶେଷ ହେଲା ପରେ ସୁବ୍ରତଙ୍କ ବୋଉ ମନରେ ସାମାନ୍ୟ ସନ୍ଦେହ ଦେଖାଗଲା । ବୋହୂର ପିଲାପିଲି । ବୋହୂର ପିଲାପିଲି ହେବାର କିଛି ଲକ୍ଷଣ ଦିଶୁନାହିଁ ତ ? ମନକୁ ମନ ପ୍ରବୋଧ ଦେଲେ "ହଁ, ଦୁଇଟା ବର୍ଷ ତ । କ'ଣ ସବୁ କରୁଥିବେ । ଆଜିକାଲିକା ପିଲା ତ । ଓଲିଆରୁ ଗଜା ।" ଅଢ଼େଇବର୍ଷ ଗଡ଼ିଗଲାବେଳକୁ ସେ ଧୀରେଧୀରେ ଆତଙ୍କିତ ହୋଇ ଉଠିଲେ । ବିଶେଷତଃ ଯୋଉଦିନୁ ସେ ପଡ଼ୋଶୀ ଘର ବୋହୂମାନଙ୍କ ପିଲାପିଲି ହେବାର ଦେଖିଲେ । ସାମଲ ବାବୁଙ୍କ ଘର ଝିଅର ବର୍ଷେ ନ ପୁରୁଣୁ କୋଳରେ ଛୁଆ । ମିଶ୍ରବାବୁଙ୍କ ପୁଅର ବର୍ଷେ ପରେ ପରେ ପୁଅ । ତାଙ୍କର ଖ୍ୟାତିକୁଟୁମ୍ବ, ଚିହ୍ନା ପରିଚିତ, ଯାହା ଯାହା ପୁଅ ଝିଅ ବାହାଘରକୁ ସେ ଯାଇଥିଲେ, ସମସ୍ତେ ନାତି ନାତୁଣୀ ଦେଖି ସାରିଲେଣି । ତିନିବର୍ଷ ପୂରିଲା ପରେ ତାଙ୍କ ମନର ଆଶଙ୍କା ଦୃଢ଼ୀଭୂତ ହେବାକୁ ଆରମ୍ଭ କଲାଣି । ପଡ଼ିଶା ଘର ମହାନ୍ତି ବାବୁଙ୍କ ସ୍ତ୍ରୀ ଆରପଟ ଘର ଶତପଥୀ ବାବୁଙ୍କ ସ୍ତ୍ରୀଙ୍କୁ କହୁଥିଲେ ତାଙ୍କୁ ଶୁଣେଇ ଶୁଣେଇ । "ହଇଲୋ, ନାନୀ ! ଏ ପଟ୍ଟନାୟକ ଘର ବୋହୂଟା ବାଞ୍ଝୀ କିଲୋ ? ତିନି ତିନି ବରଷ ବିଭାଘର ଗଲାଣି । କୋଳ ପୂରୁନି କାହିଁକି ?"

କିଏ ଯେମିତି ନିଆଁ ଖଣ୍ଡକରେ ଚେଙ୍କେଇ ଦେଲା ତାଙ୍କୁ । ସତରେ ତ । ତିନିବର୍ଷ ହେଲାଣି କିଛି ନାହିଁ ! କାହା କାହା ପେଟରେ ଛୁଆ ରହେ ନାହିଁ । ଗର୍ଭପାତ ହୋଇଯାଏ । ୟାର ତ କିଛି ନାହିଁ ! ଗର୍ଭ ହେବାର ଲକ୍ଷଣ ବି କିଛି ନାହିଁ । ବୋହୂଟା ମହାନ୍ତିଆଣୀ କହିଲା ପରି "ସତରେ ବାଞ୍ଝଟାଏ କି ?"

ଚୂଲିକି ଯାଉ ତା ରୋଜଗାର ପଇସା । ପିଲା ମୁହଁ ଯଦି ନ ଦେଖିଲା କି ମାଇପି ସିଏ ? ଆଣ୍ଠୁକୁଡ଼ୀ ହୋଇ ସାରାଜୀବନ କଟେଇ ଦେବ । ତା'ଛଡ଼ା ସେ ନିଜେ

ବି ତ ଆଉ ଜୀବନରେ ନାତିନାତୁଣୀ ଦେଖି ପାରିବେ ନାହିଁ। ପୁଅ ଜୀବନଟା ବି ତ ମାଟି ହୋଇଗଲା। କୁଳବଂଶରେ ଦୀପ ଦେବାକୁ ରହିବ କିଏ ? ଶେଷକୁ ସବୁ ଆଶଙ୍କାର କଥା ସ୍ୱାମୀଙ୍କୁ କହିଲେ। ସୁବ୍ରତର ବାପା ଯେ ଏ ବିଷୟରେ ନିଜେ ବି ଟିକିଏ ଆଶଙ୍କା ନ କରୁଥିଲେ ନୁହେଁ, କିନ୍ତୁ ତଥାପି ସ୍ତ୍ରୀଙ୍କୁ ଆଶା ଦେବା ଭଙ୍ଗୀରେ କହିଲେ, "ଏ କ'ଣ ତମ ଯୁଗ ହୋଇଛି। ବୋହୂ ଶିକ୍ଷିତା। ଯାହା ଭଲମନ୍ଦ ସେ କ'ଣ ବୁଝୁନି ? ତମେ ଏତେ ବ୍ୟସ୍ତ କାହିଁକି ହେଉଛ ଯେ ?"

ତଥାପି ମନ ମାନିଲାନି ସୁବ୍ରତ ବୋଉଙ୍କର। ସେ ସହି ନ ପାରି ଦିନେ ପୁଅକୁ ଡାକି କହିଲେ, "ବୋହୂକୁ ଟିକିଏ ଡାକ୍ତର ଦେଖାଇନୁ କାହିଁକି ?" ସୁବ୍ରତ ଆଶ୍ଚର୍ଯ୍ୟ ହୋଇ ପଚାରିଲେ, "କାହିଁକି ? ତା'ର ତ କିଛି ହୋଇନି।" ଏମିତି ବୋକା ପୁଅକୁ ଆଉ କ'ଣ ବୋଲି କହିବେ, କେମିତି ଭାବରେ ବୁଝେଇବେ କିଛି ଭାଷା ପାଇଟିଲାନି ତାଙ୍କର। ତଥାପି ମନକୁ ମନ କହିଲେ, "ନାଇଁ ଯେ, ମାଇକିନିଆ ଦେହ, ଟିକିଏ ମଝିରେ ମଝିରେ ଡାକ୍ତର ଦେଖେଇବା ଦରକାର। ଭିତରେ ଭିତରେ କେତେବେଳେ କ'ଣ ଅସଜ ହୋଇଥିବ–।"

ପୁଅ ପାଖରେ ହାର୍ ମାନି ଶେଷକୁ ଆଉ ଉପାୟ ନ ପାଇ ସମୁଦ୍ରାଣୀଙ୍କ ପାଖକୁ ଯାଇ କହିଲେ, "ଝିଅକୁ କୁହ, ଟିକିଏ ଡାକ୍ତର ପାଖକୁ ଯାଉ। ନାତି ଖେଳେଇବା କ'ଣ ଆଉ ମୋ ଭାଗ୍ୟରେ ହେବ ନାହିଁ ?"

ସୁମିତ୍ରାର ବୋଉ କିନ୍ତୁ ବର୍ଷକ ତଳରୁ ସୁମିତ୍ରାର କଥା ଜାଣିଥିଲେ। ସୁମିତ୍ରା ତା ସାନଭଉଣୀ ମାଧ୍ୟମରେ କହି ଦେଇଥିଲା, "ବୋଉକୁ କହିଦେବୁ, ମୋ ପି. ଏଚ୍‌ଡି. ନ ସରିଲା ଯାଏ ସେ ନାତିନାତୁଣୀ କଥା ମୁହଁରେ ଧରିବ ନାହିଁ।" କିନ୍ତୁ ସେ ବା ଆଉ କ'ଣ କହି ବୁଝେଇବେ ସମୁଦ୍ରାଣୀଙ୍କୁ ଯେ ମୋ ଝିଅ ବାଞ୍ଝ ନୁହେଁ। ସେ ପି.ଏଚ୍‌ଡି. କରିବା ପାଇଁ ଏଇନେ ପିଲାପିଲି ଚାହୁଁ ନାହିଁ ବୋଲି। ଯଦିଓ ନିଜ ଝିଅ ବୋଲି ସେ ସୁମିତ୍ରା କଥାରେ କିଛି କହି ନଥିଲେ ତଥାପି ତାଙ୍କ ମନଟା ବି ଏକ ବିଷାଦରେ ଭାରାକ୍ରାନ୍ତ ହୋଇ ଯାଇଥିଲା। କେତେ ଆଶା ଥିଲା ତାଙ୍କର। ସୁମି ଛୁଆକୁ ନିଜ ହାତରେ ହଳଦୀ ମଖେଇବେ, ତେଲ ଲଗେଇବେ। ଗେଲ କରିବେ। କ'ଣ କହି ସେ ଆଉ ସମୁଦ୍ରାଣୀଙ୍କୁ ସାନ୍ତ୍ୱନା ଦେବେ ? ତାଙ୍କ ନିଜ ମନ ତ ମାନୁନି। ନିଜ ଝିଅ ହେଲେ କ'ଣ ହେଲା ? ଏ କୋଉ ଅଜବ କଥା ? ପିଲାପିଲି ହେବାର ଗୋଟାଏ ବୟସ ଅଛି ନା ଖାଲି ପାଠ ପଢ଼ିବ ବୋଲି ଛୁଆ ଜନମ କରିବାର ବୟସ ଗଡ଼େଇ ଦେବ ? ଯେତେହେଲେ ମାଇପି ଜନମ। ମା' ନ ହେଲେ ତା'ର ମର୍ଯ୍ୟାଦା କାହିଁ ? ସମ୍ମାନ କାହିଁ ?

ହେଲେ ସୁମୀଟା ବୁଝିଲେ ତ ?

ଏମିତି ଏକଜିଦିଆ ଝିଅଟା । ଯାହା ବୁଝିଥିବ ସେଇଆ । ପିଲାଦିନରୁ ସେମିତି । ତାଙ୍କ ବୋଉ ପରି ଗୁଣ ପାଇଛି ସେ କ'ଣ କରିବେ ? କେମିତି କହିବେ ? ତଥାପି ସବୁ ଲାଜସରମ ଛାଡ଼ି ଝିଅକୁ ବୁଝେଇଥିଲେ; "ଦେଖ୍, ତୋ ପାଇଁ ତୋ ଶାଶୂଶ୍ୱଶୁର ମନରେ ଯେତିକି କଷ୍ଟ, ଆମକୁ ସେତିକି ନିନ୍ଦା । ଆମ ନିଜ ଦୁଃଖ କଥା ତ ଛାଡ଼ । ସମସ୍ତେ କହୁଛନ୍ତି ବୋଧହୁଏ ବାଞ୍ଝଟା । ମୋତେ କେତେ କଷ୍ଟ ଲାଗୁଛି ସେ କଥା ତୁ ବୁଝିପାରିବୁନି । ଭିତରି କଥା ବୁଝୁଛି କିଏ ? କହିଲେ ବି ବିଶ୍ୱାସ କରିବ କିଏ ? ହେଇତ, ତୋ ସାଙ୍ଗରେ ବାହା ହୋଇଥିବା ସବୁ ପୁଅ ଝିଅଙ୍କ ପିଲାପିଲି ହୋଇ ସାରିଲାଣି । ତୋ ପରେ ବାହା ହୋଇଥିବା ଝିଅଙ୍କର ମଧ ପିଲା ହେଲାଣି । ତୋ ଜିଦ୍ କଥା, ତୋ ମନ କଥା, କିଏ ଆଉ ବିଶ୍ୱାସ କରିବ ? ମୋ ସାନକୁହା ମାନ – ଆଉ ଜିଦ୍ କରନା ।"

ସବୁକଥା ଶୁଣିସାରି ସୁମିତ୍ରା ମୁହଁ ନେଫେଡ଼େଇ କହିଥିଲା, "ବୋଉ, ଏ କଥା କହିବୁ ବୋଲି ମୋତେ ଏତେଥର କରି ଡକେଇ ପଠେଇଥିଲୁ ? ଦେଖ୍ ବୋଉ, ମୋ ବିଷୟରେ ତୁ ଆଉ ମୁଣ୍ଡ ଖେଲାନା ? ମୋ କଥା ମୁଁ ବୁଝିବି । ଲୋକଙ୍କ ଉପହାସ, ସାଇପଡ଼ିଶାଙ୍କ ଖୁଞ୍ଚା ଶୁଣି ମୁଁ ମୋ ଜୀବନର ଲକ୍ଷ୍ୟକୁ ବଦଲେଇ ଦେବିନି । ମୋ ଜୀବନରେ ଦଖଲ ଦେବାକୁ ସେମାନେ କିଏ ? ମୁଁ କାହିଁକି ସେମାନଙ୍କର ଏଇ ବାଜେ ଉପଦେଶ ଶୁଣିବି ? ତୁ ବି ସେମାନଙ୍କ କଥାରେ ଆଉ କାନ ଦେ ନା ।"

ଏହାପରେ ସୁମୀବୋଉ ଆଉ କିଛି କହି ନ ଥିଲେ । ତା'ରି ଭଲ ପାଇଁ ତ ସେ କହୁଥିଲେ । ଏବେ ନ ଶୁଣିଲା ଯଦି ତାଙ୍କର ଆଉ ଦୋଷ କ'ଣ ? ଛବିଶ ସତେଇଶ ବର୍ଷ ହେଲାଣି । ସେ ତ ଆଉ ପିଲା ନୁହେଁ । ଯାହା ତା'ର ଭାଗ୍ୟରେ ଥିବ । ସୁମୀବୋଉ ଦୀର୍ଘଶ୍ୱାସ ନେଲେ । ଏତେ ଜିଦ୍ ଭଲ ନୁହେଁ ।

ମନେ ମନେ ଭୀଷଣ ବିରକ୍ତ ହୋଇ ଉଠିଲା ସୁମିତ୍ରା । ଖାଲି ଛୁଆ ଜନ୍ମ କର । ଆଉ ଯେମିତି ସ୍ତ୍ରୀମାନଙ୍କର ଆଉ କିଛି କର୍ତ୍ତବ୍ୟ ନାହିଁ, କାମନା ନାହିଁ, ଆଶା ନାହିଁ । ସ୍ତ୍ରୀ ବୈଜ୍ଞାନିକଟିଏ ହେଉ, ପାଇଲଟ ହେଉ, ଗୃହିଣୀ ହେଉ ଅବା ଯେ କୌଣସି ଚାକିରି କରୁନା କାହିଁକି, ତା'ର ପ୍ରଥମ ଓ ଶେଷ ପରିଚୟ କେବଳ ଏକ ଜନନୀ । ତାକୁ ଯେମିତି ହେଉ ବାହା ହୋଇ ଗୋଟାଏ ଛୁଆ ଜନ୍ମ କରିବାକୁ ହିଁ ପଡ଼ିବ । ଏଇଆ ହିଁ ଯେମିତି ତା ପ୍ରତି ଏକ ଅଲଂଘନୀୟ ଏକ ନିଷ୍ଠୁର ଆଦେଶ । ତା'ଠାରୁ ଆଉ ନିସ୍ତାର ନାହିଁ । ସମସ୍ତେ ତା'ଠାରୁ କେବଳ ଏଇ ଗୋଟିଏ ଆଶା କରଛି । ବନ୍ଧୁବାନ୍ଧବ, ଆତ୍ମୀୟ ପରିଜନ, ଧର୍ମ ନୀତିଶାସ୍ତ, ସାମାଜିକତା-ସମସ୍ତେ, ସମସ୍ତେ । ସେଇଟା ହିଁ ତା'ର

ଜୀବନର ଏକମାତ୍ର ପୂର୍ଣ୍ଣତା ବୋଲି ବାରମ୍ବାର ଘୋଷଣା କରନ୍ତି, ଶୁଆ ପରି ପଢ଼ାନ୍ତି, ନ ହେଲେ ଶେଷକୁ କାନ ଧରି, ବାଧ୍ୟ କରି ସେଇ କାମଟା କରେଇ ନିଅନ୍ତି। ନାରୀ ଜୀବନରେ କେବଳ ଜନନୀ ହେବାଟା ହିଁ ଏକମାତ୍ର ମୁଖ୍ୟ ଉଦ୍ଦେଶ୍ୟ? ଆଉ କିଛି ନାହିଁ? କାହିଁକି ପୁରୁଷ କ୍ଷେତ୍ରରେ ତ ସେମିତି ହେଉନାହିଁ। ସୃଷ୍ଟିରେ ତ ସେମାନଙ୍କର ଭୂମିକା ରହିଛି। ତେବେ ସେମାନଙ୍କ ପାଇଁ 'ପିତୃତ୍ୱ' କାହିଁକି ଏକମାତ୍ର ଉଦ୍ଦେଶ୍ୟ ବୋଲି ଲେଖା ଯାଇନାହିଁ। କାହିଁକି ଏ କଥା ଘୋଷଣା କରାଯାଉ ନାହିଁ କି ସାଧାରଣ ଜୀବନ କ୍ଷେତ୍ରରେ ବି ଘଟୁ ନାହିଁ। କାହିଁକି?

ସୁମିତ୍ରାର ମନଟା ବିଦ୍ରୋହୀ ହୋଇ ଉଠିଲା। ପୁରୁଷଶାସିତ ସମାଜରେ କେବଳ ନାରୀକୁ ଦୁର୍ବଳ କରି ରଖିବାକୁ, କବଳିତ କରି ରଖିବାକୁ 'ମାତୃତ୍ୱ'କୁ ଏତେ ବେଶୀ ଗ୍ଲୋରିଫାଏ କରାଯାଇଛି। 'ମାତୃତ୍ୱ' ନାରୀର ଏକମାତ୍ର ମହାନ୍ ଆଦର୍ଶ ଓ ଏକମାତ୍ର ଚରମ ଓ ପରମ ଲକ୍ଷ୍ୟ ବୋଲି କେତେ ସ୍ତୁତିବାଣୀ, କେତେ ପ୍ରଶଂସା, କେତେ ଶାସ୍ତ୍ର, କେତେ ପୁରାଣ, କେତେ କବିତା, ଗଳ୍ପ ଉପନ୍ୟାସ, ନୀତିବାକ୍ୟ ଲେଖାଯାଇଛି। ଅଥଚ ଦେଖିବାକୁ ଗଲେ 'ମାତୃତ୍ୱ'ଟା ପ୍ରକୃତିର କ'ଣ? ଏକ ସ୍ୱାଭାବିକ ଜୈବିକ ପ୍ରକ୍ରିୟା ମାତ୍ର। ପୃଥିବୀରେ କେତେ ଲକ୍ଷ କୋଟି ଜୀବଜନ୍ତୁ ରହିଛନ୍ତି। ସମସ୍ତଙ୍କ ଭିତରେ ରହିଛି ଏଇ ଜନନୀ ହେବାର ଏକ ସ୍ୱାଭାବିକ ପ୍ରକ୍ରିୟା। ତା'ଠାରୁ ମଣିଷ ଜନନୀର ପ୍ରାଥକ୍ୟ କ'ଣ? କିଛି ନୁହେଁ - କିଛି ନୁହେଁ। ପ୍ରାଣୀ ମାତ୍ରକେ ଏହି ସ୍ୱାଭାବିକ ଅଦ୍ୟ ଜୈବିକ ପ୍ରକ୍ରିୟାର ଏକ କ୍ରୀତଦାସ ମାତ୍ର।

ବିବର୍ତ୍ତନର ଏହା ଏକ କ୍ରୂର ପରିହାସ ଯେ ଯେତେ ଉନ୍ନତତର ପ୍ରାଣୀମାନେ ଜନ୍ମ ନେଇଛନ୍ତି, କ୍ରମାନ୍ୱୟରେ ସେମାନଙ୍କର ଶିଶୁମାନେ ସେତିକି ସେତିକି ଅସହାୟ ହୋଇ ପଡ଼ିଛନ୍ତି। ଗୋଟାଏ ପିମ୍ପୁଡ଼ି, କି ମାଛି, କି ମଶା-ଜନନୀ ତା'ର ସନ୍ତାନ ପ୍ରତି ଏକେବାରେ ବୀତସ୍ପୃହ। ସେମାନଙ୍କର ସନ୍ତାନମାନେ ସେତିକି ପରିବେଶ ପ୍ରତି ଯଥାଶୀଘ୍ର ଆଡ଼ଜଷ୍ଟ କରିଯାଆନ୍ତି ସରଭାଇଭେଲର ପ୍ରବୃତ୍ତିରେ। ବଞ୍ଚ ରହିବାର ସଂଗ୍ରାମରେ। କିନ୍ତୁ ତା ତୁଲନାରେ ଗୋଟାଏ ପକ୍ଷୀଶାବକ ବା ପଶୁ ଶାବକ ଅପେକ୍ଷକୃତ ଅସହାୟ। ପକ୍ଷୀଟିଏ ସନ୍ତାନ ଲାଳନପାଳନ କରେ ଶିଶୁଟି ଉଡ଼ି ଶିଖିବା ପର୍ଯ୍ୟନ୍ତ। ବାଘ ଶିଶୁଟି, କି କୁକୁର ଶିଶୁଟି ଅପେକ୍ଷା କରେ ଶିକାର ଶିଖିବା ପର୍ଯ୍ୟନ୍ତ। ବିଲେଇ ଶିଶୁଟିକୁ ତା'ର ଜନନୀ ରକ୍ଷା କରେ ଆଖି ଫିଟିବା ପର୍ଯ୍ୟନ୍ତ। ତା'ପରେ ଯେ ଯାହାର ସ୍ୱାଧୀନ। କେବଳ ମଣିଷ ଶିଶୁଟି ହିଁ ଦୀର୍ଘକାଲ ପର୍ଯ୍ୟନ୍ତ ଆଶ୍ରିତ ହୋଇଯାଏ।

ଶିଶୁଟିର ଏଇ ଅସହାୟତ୍ୱ ହିଁ ପରୋକ୍ଷରେ ଜନନୀର ଗୌରବାତ୍ମକ ଭୂମିକାର ଏକ ଅପରିହାର୍ଯ୍ୟ ଅଙ୍ଗବିଶେଷ। ମଣିଷ ଶିଶୁଟି ଯଦି ବାଛୁରୀଟିଏ ପରି ଜନ୍ମ ପରଠାରୁ

କୁଦାମାରି ଚାଲି ଶୁଖୁଥା'ନ୍ତା, 'ଜନନୀତ୍ୱ'ର ପ୍ରଶଂସା ଅଧା ହୋଇ ଯାଇଥା'ନ୍ତା। ଆଉ ଯଦି ମଶାମାଛି ଶିଶୁ ପରି ଜନ୍ମରୁ ନିଜକୁ ରକ୍ଷା କରି ପାରୁଥା'ନ୍ତା, ତେବେ 'ଜନନୀ' ମାତୃତ୍ୱର ପ୍ରଶଂସା ବୋଧେ ଇତିହାସରେ ଲେଖା ହୋଇ ନ ଥା'ନ୍ତା।

ନା, ସେ ମାତୃତ୍ୱକୁ ଅସ୍ୱୀକାର କରୁ ନାହିଁ। ମାତୃତ୍ୱ ତ ନାରୀ ଜୀବନର ଏକ ଚରମ ସାର୍ଥକତା ତଥା ପ୍ରମୁଖ ଦୁର୍ବଳତା। କିନ୍ତୁ ତା'ର ପ୍ରତିବାଦର ମୂଳ କଥା ହେଲା, ନାରୀ କେବଳ ଜନନୀ ନୁହେଁ। କେବଳ ଜଣେ ନାରୀ ଭାବରେ ତା'ର ନିଜତ୍ୱ ଏବଂ ଅନ୍ୟାନ୍ୟ ବିଶେଷତ୍ୱ ଓ ବ୍ୟକ୍ତିତ୍ୱ ରହିଛି। ସେ ଚାହେଁ ସେ ପରିଚିତ ହେଉ ସେ 'ନାରୀ'ର ବୈଶିଷ୍ଟ୍ୟ ନେଇ, ତା'ର ଗୋଟିଏ ବିଶିଷ୍ଟ ଭୂମିକା ନେଇ ନୁହେଁ। ଏକ ସ୍ୱୟଂସମ୍ପୂର୍ଣ୍ଣ ବ୍ୟକ୍ତି ଭାବରେ ତା'ର ପୂର୍ଣ୍ଣ ଗାରିମା ନେଇ ସେ ପ୍ରତିଷ୍ଠିତ ହେଉ ପୁରୁଷର ସମକକ୍ଷ ଭାବରେ। ପୁରୁଷ ଯେପରି କେବଳ 'ପିତୃତ୍ୱ'ରେ ହିଁ ଗୌରବାନ୍ୱିତ ହୁଏ ନାହିଁ, ନାରୀ ବି ସେଇପରି କେବଳ 'ମାତୃତ୍ୱ'ର ମାର୍କା ନେଇ ପରିଚିତ ନ ହେଉ। କାରଣ ସେଇ 'ମାତୃତ୍ୱ'ର ଗୌରବାନ୍ୱିତ ଭୂମିକାର ପ୍ରଶସ୍ତିର ଆଢୁଆଲରେ ସେମାନଙ୍କୁ ଅବଦମିତ କରି ରଖାଯାଏ, ପରାଜିତ କରି ରଖାଯାଏ ଏବଂ ସେଇ 'ମାତୃତ୍ୱ'ର ବାହାନାରେ ସେମାନେ ନିର୍ଯାତିତ ହୋଇ ଆସୁଛନ୍ତି ଯୁଗ ଯୁଗ ଧରି। ଧରି ନିଆଯାଇଛି ଏହାହିଁ ତା'ର ପ୍ରଥମ ଓ ଶେଷ କର୍ତ୍ତବ୍ୟ। ଅଥଚ ସେ ସନ୍ତାନ ଉପରେ ତା'ର କୌଣସି ଅଧିକାର ନାହିଁ। ତା'ର 'ମାତୃତ୍ୱ'ର କିଛି ଦାବି ନାହିଁ–ତା'ର କିଛି ପୁରସ୍କାର ନାହିଁ। ସେଇଥିପାଇଁ 'ଜନନୀ'ର ଆଦର୍ଶକୁ ବଡ଼ କରି ଦେଖାଯାଇଛି–ତା'ର ପ୍ରଶସ୍ତିଗାନ କରାଯାଇଛି। ଅଥଚ ପରୋକ୍ଷରେ ତାକୁ ଏକ୍ସପ୍ଲ୍ୱଏଟ୍ କରାଯାଇଛି ଯୁଗ ଯୁଗ ଧରି।

ସୁବ୍ରତ ବୁଝେଇଥିଲା ତାକୁ।

– ସୁମୀ, ତମେ ଅଯଥାଚାରେ ଉତ୍ତେଜିତ ହୋଇଯାଉଛ। ସେଥିପାଇଁ ତମ ମନରେ ଏଇ ସବୁ ଉଭଟ ଚିନ୍ତା ଆସୁଛି। ସତରେ କ'ଣ ତମେ ବିଶ୍ୱାସ କରନାହିଁ ନାରୀ ଜୀବନରେ 'ମାତୃତ୍ୱ' ହିଁ ପୂର୍ଣ୍ଣତା ଆଣିଦିଏ ବୋଲି ?

– ଦେଖ, ତମେ ମୋତେ ଆଉ ଆଦର୍ଶ ଓ ନାରୀ ଜୀବନର ଲକ୍ଷ୍ୟ ସମ୍ବନ୍ଧରେ ପ୍ରବଚନ ଦିଅ ନାହିଁ। ମୁଁ ତମକୁ ଗୋଟିଏ ପ୍ରଶ୍ନ ପଚାରୁଛି। ଭାରତବର୍ଷରେ ପ୍ରତିବର୍ଷ କୋଟି କୋଟି ନାରୀ, ପ୍ରତିବର୍ଷ ସହସ୍ର ସହସ୍ର ଶିଶୁକୁ ଜନ୍ମଦେଇ ତମରି ଭାଷାରେ ଜୀବନର ପୂର୍ଣ୍ଣତା ପାଉଛନ୍ତି। ଏମିତି ବି କେତେ ସହସ୍ର ବର୍ଷ ଯୁଗରୁ ହୋଇ ଆସୁଛି। କିନ୍ତୁ ତମେ ମୋତେ କହିପାରିବ ସେମାନଙ୍କ ଭିତରୁ କେତେ ଜଣକୁ ଲୋକେ ମନେ ରଖିଛନ୍ତି ? ଅଥଚ ମାତୃତ୍ୱର ଗୌରବରେ ଗୌରବାନ୍ୱିତ ଓ ପୂର୍ଣ୍ଣତା ନ ପାଇଥିବା ଜଣେ ନାରୀ 'ମୀରାବାଈ'ର ନାମ ଆଜି ସାରା ଭାରତର ପ୍ରତ୍ୟେକ ବ୍ୟକ୍ତି ଜାଣନ୍ତି।

– ତାଙ୍କ କଥା କାହିଁକି ପଢ଼ିଛି ? ସେ ତ ଜଣେ ସନ୍ତ। ତ୍ୟାଗୀ, ମହାନାରୀ।

– ଆଉ ଝାନ୍‌ସୀର ରାଣୀ ଲକ୍ଷ୍ମୀବାଈ ? ତମେ କ’ଣ ତାଙ୍କୁ ଜଣେ ମା’ ରୂପରେ ଆଜି ସମ୍ମାନ ଦେଉଛ ନା ଏକ ମହାନ୍‌ ସାହସୀ, ଦେଶପ୍ରେମୀ ନାରୀ ଭାବରେ ?

– ଦେଖ, ଏଇ ଅସାଧାରଣ ନାରୀମାନଙ୍କ କଥା ମୁଁ କହୁନାହିଁ।

– ତମେ ତ ବିଜ୍ଞାନର ଛାତ୍ର। ମୁଁ ତମକୁ ଆଉ ଜଣେ ସାଧାରଣ ନାରୀଙ୍କ କଥା କହୁଛି। ମ୍ୟାଡ଼ାମ୍‌ କ୍ୟୁରୀ। ତମେ ଜାଣ ସେ ଦୁଇ ଦୁଇଥର ନୋବେଲ ପ୍ରାଇଜ୍‌ ପାଇଥିଲେ। ତମେ ନିଜେ ଜାଣ ସେ କେତେ କଷ୍ଟ, କେତେ ଦୁଃଖ ସହ୍ୟ କରି ସ୍ୱାମୀଙ୍କ ସହିତ ଏକାଠି ହୋଇ ‘ରେଡ଼ିଅମ୍‌’ ଆବିଷ୍କାର କରିଥିଲେ। ଟଙ୍କା ନ ମିଳିବାରୁ ଶେଷକୁ ନିଜ ଘରଦ୍ୱାର ବିକ୍ରୟ କରି ଗୋଟାଏ ଗ୍ୟାରେଜ୍‌ ଭିତରେ ତାଙ୍କର ଗବେଷଣା ଚଳେଇ ଯାଇଥିଲେ। ଶେଷକୁ ତାଙ୍କର ଘରର ଆସବାବପତ୍ର ମଧ୍ୟ ଜାଲି ଦେଇଥିଲେ ଗବେଷଣାଗାରରେ ଟଙ୍କା ଅଭାବରୁ କୋଇଲା କିଣି ନ ପାରି। ଅଥଚ ତମ ଭାଷାରେ ସେ ତ ନାରୀ ଜୀବନର ‘ପୂର୍ଣ୍ଣତା’ ପାଇ ନ ଥିଲେ। କିନ୍ତୁ ସେ ଆଜି ସମଗ୍ର ବିଶ୍ୱବନ୍ଦିତା।

– ସେ ମଧ୍ୟ ଜଣେ।

– ଅସାଧାରଣ ନାରୀ ନା ? ଏଇଠି ସାଧାରଣ ଅସାଧାରଣର ପ୍ରଶ୍ନ ଉଠୁନି। ଉଠୁଛି ଏକ ମୌଲିକ ପ୍ରଶ୍ନ। ନାରୀ ଯେ ସବୁବେଳେ ‘ମାତୃତ୍ୱ’ର ଗୌରବରେ ଗୌରବାନ୍ବିତ ହୁଏନା, ପୂର୍ଣ୍ଣତା ପାଏନା ଏହା ଏକ ନିରାଟ ସତ୍ୟ। ଯଦି ତାହାହିଁ ଧ୍ରୁବ ସତ୍ୟ ହୋଇଥାନ୍ତା–ଗାର୍ଗୀ, ମୈତ୍ରେୟୀ, ମୀରାବାଈ, ଲକ୍ଷ୍ମୀବାଈ, ଜୋଆନ୍‌ ଅଫ୍‌ ଆର୍କ, ଦି ମ୍ୟାଡ଼ମ କ୍ୟୁରିଙ୍କୁ ଆମ୍ଭେମାନେ ଆଜିଯାଏ ମନେ ରଖି ନଥାନ୍ତୁ। ପୁରୁଷର ଯେମିତି ‘ପିତୃତ୍ୱ’ ଛଡ଼ା ଏକ ସାମଗ୍ରୀକ ବ୍ୟକ୍ତିତ୍ୱ ରହିଛି ନାରୀର ମଧ୍ୟ ସେହିପରି ଅଲଗା ଏକ ସାମଗ୍ରୀକ ବ୍ୟକ୍ତିତ୍ୱ ରହିଛି। ତମେ ସେଇ ବ୍ୟକ୍ତିତ୍ୱକୁ ସ୍ୱୀକାର କର। ତା’ର ଗୋଟିଏ ଭୂମିକାକୁ ନୁହେଁ।

ତମ ଦେଶର ମହାନ୍‌ ଦେବୀମାନେ କ’ଣ କେବଳ ‘ମାତୃତ୍ୱ’ର ଭୂମିକାରେ ହିଁ ପୂଜିତା ? ଶ୍ରୀରାଧା ତ ସନ୍ତାନହୀନା ଏକ ନାରୀ। ପାର୍ବତୀ କ’ଣ ଗଣେଶ, କାର୍ତ୍ତିକଙ୍କ ଜନନୀ ଭାବରେ ପୂଜିତା ? ତାଙ୍କର ଦଶମହାବିଦ୍ୟାର ରୂପ ଏବଂ ଭୂମିକା କ’ଣ କିଛି ନୁହେଁ ? ତାଙ୍କର ମହିଷମର୍ଦ୍ଦିନୀର ଓ ମହାକାଳୀର ଭୂମିକା କ’ଣ ‘ମାତୃତ୍ୱ’ ତୁଲନାରେ ବେଶୀ ବିଖ୍ୟାତ ନୁହେଁ ? ସେଇପରି ‘ସୀତା’ କ’ଣ କେବଳ ‘ଲବକୁଶ’ର ଜନନୀ ଭାବରେ ହିଁ ପରିଚିତା ? ସାବିତ୍ରୀ ଓ ଗାନ୍ଧାରୀ କ’ଣ କେବଳ ଶତପୁତ୍ର ଜନନୀ ଭାବରେ ପ୍ରସିଦ୍ଧା ?

ନାରୀ ଜୀବନରେ ଅନେକ ଭୂମିକା ଭିତରୁ ‘ମାତୃତ୍ୱ’ ଏକ ବଳିଷ୍ଠ ଭୂମିକା

ମାତ୍ର। ଅଭିନେତ୍ରୀଏ ଗୋଟିଏ ଭୂମିକାରେ ପ୍ରସିଦ୍ଧି ଲାଭ କରେ ସତ କିନ୍ତୁ ସେଇ ଗୋଟିକ ଭୂମିକା ତା'ର ସମଗ୍ର ବ୍ୟକ୍ତିତ୍ୱ ନୁହେଁ। ତା' ଛଡ଼ା 'ମାତୃତ୍ୱ' ଏକ ପ୍ରିନ୍ସିପ୍ଲ। କେବଳ ଜୈବିକ ଉପାୟରେ ଇଚ୍ଛା ବା ଅନିଚ୍ଛାକୃତ ଭାବରେ ଛୁଆ ଜନ୍ମ କରିବା 'ମାତୃତ୍ୱ' ନୁହେଁ। ଛୁଆ ଜନ୍ମ ନ କରି ମଧ ଜଣେ ନାରୀ ମାତୃତ୍ୱର ଅନ୍ତର୍ନିହିତ ମହାନତା, ଭଲପାଇବା, ସ୍ୱାର୍ଥତ୍ୟାଗ, ତ୍ୟାଗ, କ୍ଷମା, ସହିଷ୍ଣୁତା ପ୍ରଭୃତି ସଦ୍‌ଗୁଣାବଳୀର ଅଧିକାରି ହୋଇପାରେ ମଦର ଟେରେସାଙ୍କ ପରି।

ସାଧାରଣ 'ମାତୃତ୍ୱ' ପ୍ରକୃତିର ଏକ ଅଲଘ୍ନୀୟ ନିୟମ ଏବଂ ପ୍ରକ୍ରିୟା ମାତ୍ର। ତେଣୁ କେତେବେଳେ 'ମାତୃତ୍ୱ' ଏକ ବରଦାନ ତ କେତେବେଳେ ଏହା ଏକ ଅଭିଶାପ। କେତେବେଳେ ଏହା ଏକ ଆନନ୍ଦିତ ପରିସ୍ଥିତିର ପରିବର୍ତ୍ତନରେ ଏହା ଏକ ଦୁଃଖ, ଏକ ବୋଝ, ଏକ ଗୁରୁଭାର। ସେଥିପାଇଁ ନାରୀଟିଏ କେତେବେଳେ ସନ୍ତାନଟିକୁ ଆଗ୍ରହରେ ଅପେକ୍ଷା କରେ ତ ଆଉ କେତେବେଳେ ସଂଗୋପନରେ ତାକୁ ବିସର୍ଜନ ଦେବାକୁ ଉନ୍ମୁଖ ହୋଇଉଠେ। ସାମାଜିକତାର ପରିପ୍ରେକ୍ଷୀରେ ଏଇ ଜୈବିକ ମାତୃତ୍ୱର ମାନସିକତାରେ ପରିବର୍ତ୍ତନ ଘଟିଥାଏ। କିନ୍ତୁ 'ମାତୃତ୍ୱବୋଧ'ର ନୁହେଁ।

ଅବାକ୍ ବିସ୍ମୟରେ ସୁବ୍ରତ ଚାହିଁ ରହିଲା ସୁମିତ୍ରାକୁ। ଏ ତ ତା'ର ଅତି ପରିଚିତ, ଅତି ଆପଣାର ସେ ସୁମିତ୍ରା ନୁହେଁ। ଏତେଦିନର ଅନ୍ତରଙ୍ଗତା, ନିଗୂଢ଼ ଆତ୍ମୀୟତା ଭିତରେ ବି କ'ଣ ସେ ସୁମିତ୍ରାକୁ ଠିକ୍ ଭାବରେ ଜାଣି ପାରିନାହିଁ? ଏ ଯେମିତି ଅନ୍ୟ କିଏ ଜଣେ ଅପରିଚିତା ନାରୀ ତା ଭିତରେ କଥା କହୁଛି। ଜଣେ ଓଡ଼ିଆଣୀ ଝିଅ ନୁହେଁ। ଭାରତୀୟ ନାରୀ ବି ନୁହେଁ। ସମଗ୍ର ପୃଥିବୀରେ 'ନାରୀ' ନାମକ ଏକ ଜାତିର ବହୁଯୁଗର ସଞ୍ଚିତ କ୍ରୋଧ, ଅପମାନ, ଅବହେଲା, ନିର୍ଯାତନା ଓ ଅଭିମାନର ପୁଞ୍ଜୀଭୂତ ତେଜସମ୍ଭୂତ ଏକ ମହାଶକ୍ତି ତା' ଆଗରେ ଛିଡ଼ା ହୋଇ ତା'ର ଉତ୍ତର ଚାହୁଁଛି।

ସେ ଏକ ଅଭିଭୂତ ଅବସ୍ଥାରେ ଅସ୍ପଷ୍ଟ ସ୍ୱରରେ, ଭୟାର୍ତ୍ତ କଣ୍ଠରେ କେବଳ କହିଲା, 'ସୁମିତ୍ରା'!"

ସୁମିତ୍ରା ସୁବ୍ରତର ହାତ ଦୁଇଟିକୁ ଏକ ଗଭୀର ଆବେଗରେ ଚାପିଧରି ଅନେକ ଦିନ ପରେ ତା'ର ନାମ ଧରି ଡାକିଲା।

'ସୁବ୍ରତ।'

ତା'ପରେ କିଛି ସମୟ ସେମିତି ଚାପିଧରି ଚୁପ୍‌ରହି କହିଲା– ସୁବ୍ରତ ମୁଁ ତମକୁ ଭଲପାଏ। ତମେ ମୋତେ ବୁଝିବାକୁ ଚେଷ୍ଟା କର। ତମେ ମୋତେ ଆଜି ସ୍ପଷ୍ଟ କରି କୁହ ତମେ ମୋତେ ମା' ରୂପରେ ଦେଖିଲେ ବେଶୀ ଖୁସି ହେବ ନା – ମ୍ୟାଡ଼ାମ୍ କ୍ୟୁରି

ପରି ତମ ସାଙ୍ଗରେ କାନ୍ଧକୁ କାନ୍ଧ ମିଳେଇ ଏକ ନୂତନ ଆବିଷ୍କାରର ନିଶାରେ ସାରାଜୀବନ ଏମିତି ସତ୍ୟର ଅନୁସନ୍ଧାନରେ କଟେଇବାକୁ ପାଖରେ ଛିଡ଼ା ହେଲେ ଅଧିକ ଖୁସି ହେବ ?

ସୁବ୍ରତ ନୀରବ ରହିଗଲା । ତା'ପାଟିରୁ କିଛି କଥା ବାହାରିଲା ନାହିଁ । ସେ କିଛି ସ୍ଥିର କରିପାରୁ ନ ଥିଲା । ତା'ର ଯୁଗ ଯୁଗର ପରମ୍ପରାବାଦୀ ମନ କହୁଥିଲା ତାକୁ ମା' ରୂପରେ ଦେଖିଲେ ବୋଧହୁଏ ସେ ବେଶୀ ଖୁସି ହେବ । କିନ୍ତୁ ତା'ର ଯୁକ୍ତିବାଦୀ ମନ କହୁଥିଲା ହୁଏତ ତାକୁ ଏକ ସହସଙ୍ଗିନୀ, ସହକର୍ମିଣୀ ଭାବରେ ପାଇଲେ ସେ ବେଶୀ ଆନନ୍ଦିତ ହେବ ।

– କୁହ, ସୁବ୍ରତ ! ସ୍ପଷ୍ଟ କରି କୁହ । କାରଣ ମୋତେ ଆଜି ନିଷ୍ପତ୍ତି ନେବାକୁ ପଡ଼ିବ । ଯେତେ ଦୁଃଖ ହେଉ, ଯେତେ କଷ୍ଟ ହେଉ ପଛେ –

ସୁମିତ୍ରା ଅସ୍ଥିର ହୋଇ ଉଠିଲା ।

ସୁବ୍ରତ ତଥାପି ମନ ସ୍ଥିର କରିପାରୁ ନ ଥିଲା । ହଠାତ୍ ସେ ଅନୁଭବ କଲା କାହିଁ କେତେ ଦୂରରୁ, କାହିଁ କେଉଁ ସୁଦୂର ଅତୀତର ଅନ୍ଧକାର ଗହ୍ୱର ଭିତରୁ କୋଉ ଗୋଟାଏ ଅଜଣା ଶକ୍ତି (ପୌରୁଷର ଅହମିକା ?) ତାକୁ ଠେଲି ନେଇ ଯାଉଛି – ତା'ର ପାଟି ମେଲା କରି ଦେଉଛି – ଆଉ ତା'ପାଟିରେ ଜୋର ଜବରଦସ୍ତି କେତେଟା ଶବ୍ଦ ଭର୍ତ୍ତି କରି ଦେଉଛି । ତା' ଭିତରୁ ଅଜଣା ବ୍ୟକ୍ତିଟିଏ ଗାଁ ଗାଁ ହୋଇ ଉତ୍ତର ଦେଲା ।

– ସୁମି, ତମକୁ ମା' ରୂପରେ ଦେଖିଲେ ମୁଁ ଖୁସି ହେବି ।

ଗୋଟାଏ ମୁହୂର୍ତ୍ତ ସ୍ତବ୍ଧ ହୋଇ ରହିଗଲା ସୁମିତ୍ରା । ତା'ପରେ ମୁରୁକି ହସି କହିଲା, "ସୁବ୍ରତ, ମୁଁ ଆଜି ଏଇ ମୁହୂର୍ତ୍ତରେ ଆମ ଘରକୁ ଚାଲିଯାଉଛି । କାଲି ତମେ ମୋର ଛାଡ଼ପତ୍ରର ନୋଟିସ୍ ପାଇବ ।"

ସୁମିତ୍ରାର ଗଲା ବାଟକୁ ଅନେଇ ସୁବ୍ରତ କିଂକର୍ତ୍ତବ୍ୟବିମୂଢ଼ ହୋଇ ଛିଡ଼ା ହୋଇ ରହିଲେ ସ୍ତବ୍ଧ ଓ ନିର୍ବାକ୍ ହୋଇ ।

BLACK EAGLE BOOKS

www.blackeaglebooks.org
info@blackeaglebooks.org

Black Eagle Books, an independent publisher, was founded as
a nonprofit organization in April, 2019. It is our mission to
connect and engage the Indian diaspora and the world at large
with the best of works of world literature published on a
collaborative platform, with special emphasis on
foregrounding Contemporary Classics and New Writing.